静山社ペガサス文庫

JN210143

ハリー・ポッターと死《し》の秘《ひ》宝《ほう》〈7-3〉

J.K.ローリング 作　松岡佑子 訳

ハリー・ポッターと死《し》の秘宝《ひほう》7-3 ―もくじ―

═ハリー・ポッターと死《し》の秘宝《ひほう》7-3―人物紹介《じんぶつしょうかい》═

ハリー・ポッター
十七歳《さい》。緑《みどり》の目《め》に黒《くろ》い髪《かみ》、額《ひたい》には稲妻形《いなずまがた》の傷《きず》。幼《おさな》くして両親《りょうしん》を亡《な》くし、マグル(人間《にんげん》)界《かい》で育《そだ》った魔法使《まほうつか》い。闇《やみ》の帝王《ていおう》とは「一方《いっぽう》が生《い》きるかぎり、他方《たほう》は生《い》きられない」宿命《しゅくめい》にある

アルバス・ダンブルドア
ホグワーツ魔法魔術学校《まほうまじゅつがっこう》の前校長《ぜんこうちょう》

キングズリー・シャックルボルト
背《せ》の高《たか》い黒人《こくじん》の闇祓《やみばら》い。低《ひく》く深《ふか》い声《こえ》が人《ひと》を落《お》ち着《つ》かせる。不死鳥《ふしちょう》の騎士団《きしだん》のメンバー

リータ・スキーター
記者《きしゃ》。スキャンダルを取《と》り上《あ》げるのが得意《とくい》

ゼノフィリウス・ラブグッド
ハリーの友人《ゆうじん》で風変《ふうが》わりな少女《しょうじょ》ルーナの父親《ちちおや》。幻《まぼろし》の魔法生物《まほうせいぶつ》を信《しん》じ、魔法界《まほうかい》でも変《か》わり者《もの》とされている。雑誌《ざっし》『ザ・クィブラー』の編集長《へんしゅうちょう》

ロウェナ・レイブンクロー

聡明《そうめい》な魔女《まじょ》で、ホグワーツを創設《そうせつ》した四人《にん》のうちの一人《ひとり》。残《のこ》る三人《にん》は、ゴドリック・グリフィンドール、ヘルガ・ハッフルパフ、サラザール・スリザリン

ドラコ・マルフォイ

ハリーの宿敵《しゅくてき》。父親《ちちおや》は死喰《しく》い人《びと》のルシウス・マルフォイ。母親《ははおや》はシリウス・ブラックのいとこでベラトリックス・レストレンジの妹《いもうと》でもあるナルシッサ・マルフォイ

ドビー

ハリーが解放《かいほう》する前《まえ》はマルフォイ家《け》に仕《つか》えていた屋敷《やしき》しもべ妖精《ようせい》。ハリーを心《こころ》から尊敬《そんけい》している

ゲラート・グリンデルバルド

ヴォルデモートが世《よ》に出《で》る前《まえ》、史上最悪《しじょうさいあく》と恐《おそ》れられた闇《やみ》の魔法使《まほうつか》い。一九四五年《ねん》のダンブルドアとの決闘《けっとう》に敗《やぶ》れ、囚《とら》われの身《み》となった

ヴォルデモート（例《れい》のあの人《ひと》、トム・マールヴォロ・リドル）

闇《やみ》の帝王《ていおう》。ハリーにかけた呪《のろ》いがはね返《かえ》り、死《し》のふちをさまよっていたが、ついに復活《ふっかつ》をとげた

The
dedication
of this book
is split
seven ways:
to Neil,
to Jessica,
to David,
to Kenzie,
to Di,
to Anne,
and to you,
if you have
stuck
with Harry
until the
very
end.

この
物語を
七つに
分けて
捧《ささ》げます。
ニールに
ジェシカに
デイビッドに
ケンジーに
ダイに
アンに
そしてあなたに。
もしあなたが
最後まで
ハリーに
ついてきて
くださったの
ならば。

おお、この家を苦しめる業《ごう》の深さ、
　　そして、調子はずれに、破滅がふりおろす
　　　血ぬれた刃、
　おお、呻きをあげても、堪えきれない心の煩《わずら》い、
おお、とどめようもなく続く責苦《せめく》。

この家の、この傷を切り開き、膿《うみ》をだす
　　　治療の手だては、家のそとにはみつからず、
　　　　ただ、一族のものたち自身が、血を血で洗う
　　狂乱の争いの果てに見出すよりほかはない。
この歌は、地の底の神々のみが、嘉《よみ》したまう。

いざ、地下にまします祝福された霊たちよ、
　　ただいまの祈願を聞こし召されて、助けの力を遣わしたまえ、
お子たちの勝利のために。お志を嘉したまいて。

アイスキュロス「供養するものたち」より
（久保正彰訳『ギリシア悲劇全集I』岩波書店）

死とはこの世を渡り逝くことに過ぎない。友が海を渡り行くように。
友はなお、お互いの中に生きている。
なぜなら友は常に、偏在する者の中に生き、愛しているからだ。
この聖なる鏡の中に、友はお互いの顔を見る。
そして、自由かつ純粋に言葉を交わす。
これこそが友であることの安らぎだ。たとえ友は死んだと言われようとも、
友情と交わりは不滅であるがゆえに、最高の意味で常に存在している。

ウィリアム・ペン「孤独の果実」より
（松岡佑子訳）

Original Title: HARRY POTTER AND THE DEATHLY HALLOWS

First published in Great Britain in 2007
by Bloomsbury Publishing Plc, 50 Bedford Square, London WC1B 3DP

Japanese edition first published in 2008

This book is published in Japan by arrangement with
the author through The Blair Partnership

第《だい》20章《しょう》　ゼノフィリウス・ラブグッド

ハリーは、ハーマイオニーの怒《いか》りが一夜《いちや》にして収《おさ》まるとは期待《きたい》していなかった。だから、翌日《よくじつ》の朝《あさ》、ハーマイオニーが怖《こわ》い目《め》つきをしたり、当《あ》てつけがましくだまり込《こ》んだりすることで意思《いし》表示《ひょうじ》をしても、別《べつ》に驚《おどろ》きはしなかった。それに応《こた》えてロンも、ハーマイオニーがいる所《ところ》では後《こう》悔《かい》し続《つづ》けていることを形《かたち》に表《あらわ》すために、ロンらしくもないきまじめな態度《たいど》を守《まも》っていた。事実《じじつ》、三人《にん》でいると、ハリーは、会葬者《かいそうしゃ》の少《すく》ない葬式《そうしき》で、ただ一人《ひとり》、哀悼《あいとう》の意《い》を表《ひょう》していない人間《にんげん》のような気《き》がした。しかしロンは、ハリーと二人《ふたり》だけになる数少《かずすく》ない機会《きかい》が来《く》ると――水《みず》をくみに行《い》くとか、下生《したば》えの間《あいだ》にキノコを探《さが》すとか――破廉恥《はれんち》なほどに陽気《ようき》になった。

「誰《だれ》かが僕《ぼく》たちを助《たす》けてくれたんだ」

ロンは何度《なんど》もそう言《い》った。

「その人《ひと》が、あの牝鹿《めじか》をよこしたんだよ。誰《だれ》か味方《みかた》がいるんだ。分霊箱《ぶんれいばこ》、一丁《いっちょう》上《あ》がりだぜ、おい！」

ロケットを破壊《はかい》したことで意《い》を強《つよ》くした三人《にん》は、ほかの分霊箱《ぶんれいばこ》のありかを話《はな》し合《あ》いはじめた。これまで何度《なんど》も話《はな》し合《あ》ったことではあったが、楽観的《らっかんてき》になったハリーは、最初《さいしょ》の突破口《とっぱこう》に続《つづ》いて次々《つぎつぎ》と進展《しんてん》があるにちがいないと感《かん》じていた。ハーマイオニーがすねていても、ハリーの高揚《こうよう》した気持《きも》ちをそこなうことはできなかった。突然運《とつぜんうん》が向《む》いてきたこと、不思議《ふしぎ》な牝鹿《めじか》が現《あらわ》れたこと、グリフィンドールの剣《つるぎ》を手《て》に入《い》れたこと、そして何《なに》よりロンが帰《かえ》ってきた大《おお》きな幸福感《こうふくかん》で、ハリーは、笑顔《えがお》を見《み》せずにいるのがかなり難《むずか》しかった。

午後遅《ごごおそ》く、ハリーはロンと一緒《いっしょ》に、不機嫌《ふきげん》なハーマイオニーの御前《おんまえ》からまた退出《たいしゅつ》させていただき、キイチゴの実《み》を探《さが》すという口実《こうじつ》で、何《なに》もない生《い》け垣《がき》の中《なか》にありもしない実《み》をあさりながら、引《ひ》き続《つづ》き互《たが》いのニュースを交換《こうかん》し合《あ》った。ハリーはやっと、ゴドリックの谷《たに》で起《お》こった詳細《しょうさい》をふくめて、ハーマイオニーと二人《ふたり》の放浪《ほうろう》の旅《たび》についてのすべてを話《はな》し終《お》え、今度《こんど》はロンが、二人《ふたり》と離《はな》れていた何週間《なんしゅうかん》かに知《し》った魔法界全体《まほうかいぜんたい》のことをハリーに話《はな》していた。

「……それで、君《きみ》たちは、どうやって『禁句《きんく》』のことがわかったんだ？」

マグル生《う》まれたちが魔法省《まほうしょう》から逃《のが》れるために、必死《ひっし》に手《て》を尽《つ》くしているという話《はなし》をしたあとで、ロンがハリーに聞《き》いた。

「何《なん》のこと？」

「君《きみ》もハーマイオニーも、『例《れい》のあの人《ひと》』の名前《なまえ》を言《い》うのをやめたじゃないか！」

「ああ、それか。まあね、悪《わる》いくせがついてしまっただけさ」ハリーが言《い》った。「でも、僕《ぼく》は、名前《なまえ》を呼《よ》ぶのに問題《もんだい》はないよ。ヴォ――」

「**ダメだ！**」

ロンの大声《おおごえ》で、ハリーは思《おも》わず生《い》け垣《がき》に飛《と》び込《こ》んだ。テントの入口《いりぐち》で、本《ほん》に没頭《ぼっとう》していたハーマイオニーは、怖《こわ》い顔《かお》で二人《ふたり》をにらんだ。

「ごめん」

ロンは、ハリーをキイチゴのしげみから引《ひ》っ張《ぱ》り出《だ》しながら謝《あやま》った。

「でもさ、ハリー、その名前《なまえ》には呪《のろ》いがかかっているんだ。それで追跡《ついせき》するんだよ。その名前《なまえ》を呼《よ》ぶと、保護呪文《ほごじゅもん》が破《やぶ》れる。ある種《しゅ》の魔法《まほう》の乱《みだ》れを引《ひ》き起《お》こすんだ――連中《れんちゅう》はその手《て》で、僕《ぼく》たちをトテナム・コート通《どお》りで見《み》つけたんだ！」

「僕《ぼく》たちが、その名前《なまえ》を使《つか》ったから？」

「そのとおり！　なかなかやるよな。論理的《ろんりてき》だ。『あの人《ひと》』に対《たい》して真剣《しんけん》に抵抗《ていこう》しようという者《もの》だけが、たとえばダンブルドアだけど、名前《なまえ》で呼《よ》ぶ勇気《ゆうき》があるんだ。だけど連中《れんちゅう》がそれを『禁句《きんく》』にしたから、その名《な》を言《い》えば追跡可能《ついせきかのう》なんだ――騎士団《きしだん》のメンバーを見《み》つけるには早《はや》くて簡《かん》単《たん》な方法《ほうほう》さ！　キングズリーも危《あや》うく捕《つか》まるところだった——」

「うそだろ？」

「ほんとさ。死喰《しく》い人《びと》の一団《いちだん》がキングズリーを追《お》いつめたって、ビルが言《い》ってた。でも、キングズリーは戦《たたか》って逃《に》げたんだ。今《いま》では僕《ぼく》たちと同《おな》じように、逃亡中《とうぼうちゅう》だよ」

ロンは杖《つえ》の先《さき》で、考《かんが》え深《ぶか》げにあごをかいた。

「キングズリーが、あの牝鹿《めじか》を送《おく》ったとは思《おも》わないか？」

「彼《かれ》の守護霊《しゅごれい》はオオヤマネコだ。結婚式《けっこんしき》で見《み》たこと、覚《おぼ》えてるだろ？」

「ああ、そうか……」

二人《ふたり》はなおも生《い》け垣《がき》に沿《そ》って、テントから、そしてハーマイオニーから離《はな》れるように移動《いどう》した。

「ハリー……ダンブルドアの可能性《かのうせい》があるとは思《おも》わないか？」

「ダンブルドアがどうしたって？」

ロンは少《すこ》しきまりが悪《わる》そうだったが、小声《こごえ》で言《い》った。

「ダンブルドアが……牝鹿《めじか》とか？　だってさ……」ロンは、ハリーを横目《よこめ》でじっと見《み》ていた。

「本物《ほんもの》の剣《つるぎ》を最後《さいご》に持《も》っていたのはダンブルドアだ。そうだろ？」

ハリーはロンを笑《わら》えなかった。質問《しつもん》の裏《うら》にあるロンの願《ねが》いが、痛《いた》いほどわかったからだ。ダンブルドアが実《じつ》はどうにかして三人《にん》の所《ところ》に戻《もど》ってきて、三人《にん》を見守《みまも》っている。そう考《かんが》えると、何《なん》とも表現《ひょうげん》しがたい安心感《あんしんかん》が湧《わ》く。しかし、ハリーは首《くび》を横《よこ》に振《ふ》った。

「ダンブルドアは死《し》んだ」ハリーが言《い》った。「僕《ぼく》はその場面《ばめん》を目撃《もくげき》したし、なきがらも見《み》た。まちがいなく逝《い》ってしまったんだ。いずれにせよダンブルドアの守護霊《しゅごれい》は、不死鳥《ふしちょう》だ。牝鹿《めじか》じゃない」

「だけど、守護霊《しゅごれい》は変《か》わる、ちがうか？」

ロンが言《い》った。

「トンクスのは変《か》わった、だろ？」

「ああ。だけど、もしダンブルドアが生《い》きてるなら、どうして姿《すがた》を現《あらわ》さないんだ？　どうして僕《ぼく》たちに剣《つるぎ》を手渡《てわた》さないんだ？」

「わかるわけないよ」ロンが言《い》った。「生《い》きているうちに君《きみ》に剣《つるぎ》を渡《わた》さなかったのと、同《おな》じ理由《りゆう》じゃないかな？　君《きみ》に古《ふる》いスニッチを遺《のこ》して、ハーマイオニーには子供《こども》の本《ほん》を遺《のこ》したのと同《おな》じ理《り》由《ゆう》じゃないか？」

「その理由《りゆう》って何《なん》だ？」

ハリーは答《こた》え欲《ほ》しさに、ロンを真正面《ましょうめん》から見《み》た。

「さあね」ロンが言《い》った。「僕《ぼく》さ、ときどきいらいらしてたまんないときなんかに、ダンブルドアが陰《かげ》で笑《わら》ってるんじゃないかって思《おも》うことがあったんだ。それとも――もしかしたら、わざわざ事《こと》を難《むずか》しくしたがってるだけなんじゃないかって。でも今《いま》は、そうは思《おも》わない。『灯消《ひけ》しライター』を僕《ぼく》にくれたとき、ダンブルドアにはすべてお見透《みとお》しだったんだ。そうだろ？　ダンブルドアは――えーと」

ロンの耳《みみ》が真《ま》っ赤《か》になり、急《きゅう》に足元《あしもと》の草《くさ》に気《き》を取《と》られたように、つま先《さき》でほじりだした。

「ダンブルドアは、僕《ぼく》が君《きみ》を見捨《みす》てて逃《に》げ出《だ》すことを知《し》ってたにちがいないよ」

「ちがうね」ハリーが訂正《ていせい》した。「ダンブルドアは、君《きみ》がはじめからずっと戻《もど》りたいと思《おも》い続《つづ》けるだろうって、わかっていたにちがいないよ」

ロンは救《すく》われたような顔《かお》をしたが、それでもまだきまりが悪《わる》そうだった。話題《わだい》を変《か》える意味《いみ》もあって、ハリーが言《い》った。

「ダンブルドアと言《い》えば、スキーターがダンブルドアについて書《か》いたこと、何《なに》か耳《みみ》にしたか？」

「ああ、聞《き》いた」ロンが即座《そくざ》に答《こた》えた。「みんな、ずいぶんその話《はなし》をしてるよ。もち、状況《じょうきょう》がちがえば、すっごいニュースだったろうな。ダンブルドアがグリンデルバルドと友達《ともだち》だったなんてさ。だけど今《いま》は、ダンブルドアを嫌《きら》ってた連中《れんちゅう》が物笑《ものわら》いの種《たね》にしてるだけだよ。それと、ダンブルドアをすごくいいやつだと思《おも》ってた人《ひと》にとっちゃ、ちょっと横面《よこづら》を張《は》られたみたいな。だけど、そんなにたいした問題《もんだい》じゃないと思《おも》うな。だって、二人《ふたり》は、ダンブルドアがほんとに若《わか》いときに――」

「僕《ぼく》たちの年齢《ねんれい》だ」

ハリーは、ハーマイオニーに言《い》い返《かえ》したと同《おな》じように言《い》った。そして、ハリーの表情《ひょうじょう》には、ロンに、この話題《わだい》を続《つづ》けないほうがいいと思《おも》わせる何《なに》かがあった。

キイチゴのしげみに凍《こお》ったクモの巣《す》があり、その真《ま》ん中《なか》に大《おお》きなクモがいた。ハリーは、前《まえ》の晩《ばん》にロンからもらった杖《つえ》でクモにねらいを定《さだ》めた。畏《おそ》れ多《おお》くもハーマイオニーが、あれから調《しら》べてくれた結果《けっか》、リンボクの木《き》でできていると判断《はんだん》してくれた杖《つえ》だ。

「エンゴージオ、肥大《ひだい》せよ」

クモはちょっと震《ふる》え、巣《す》の上《うえ》で少《すこ》し跳《は》ねた。ハリーは、もう一度《いちど》やってみた。今度《こんど》はクモが少《すこ》し大《おお》きくなった。

「やめてくれ」ロンが鋭《するど》い声《こえ》を出《だ》した。「ダンブルドアが若《わか》かったって言《い》って、悪《わる》かったよ。もういいだろう？」

ハリーは、ロンがクモ嫌《ぎら》いなのを忘《わす》れていた。

「ごめん――レデュシオ、縮《ちぢ》め」

クモは縮《ちぢ》まない。ハリーは、あらためてリンボクの杖《つえ》を見《み》た。その日《ひ》に試《ため》してみた簡単《かんたん》な呪文《じゅもん》のどれもが、不死鳥《ふしちょう》の杖《つえ》に比《くら》べて効《き》きが弱《よわ》いような気《き》がした。新《あたら》しい杖《つえ》は、出《で》しゃばりで違和感《いわかん》があった。自分《じぶん》の腕《うで》に、誰《だれ》かほかの人《ひと》の手《て》を縫《ぬ》いつけたようだった。

「練習《れんしゅう》が必要《ひつよう》なだけよ」

ハーマイオニーが、音《おと》もなく二人《ふたり》の背後《はいご》から近《ちか》づいて、ハリーがクモを大《おお》きくしたり縮《ちぢ》めようとしたりするのを心配《しんぱい》そうに見《み》つめていた。

「ハリー、要《よう》するに自信《じしん》の問題《もんだい》なのよ」

ハリーは、ハーマイオニーがなぜ杖《つえ》に問題《もんだい》がないことを願《ねが》うのか、その理由《りゆう》がわかっていた。ハリーの杖《つえ》を折《お》ったことを、まだ苦《く》にしているのだ。口《くち》まで出《で》かかった反論《はんろん》の言葉《ことば》を、ハリーはのみ込《こ》んだ。何《なに》もちがわないと思《おも》うなら、ハーマイオニーがリンボクの杖《つえ》を持《も》てばいい、かわりにハリーが彼女《かのじょ》の杖《つえ》を持《も》つから、と言《い》いたかった。しかし、三人《にん》の仲《なか》が早《はや》く元《もと》どおりになることを願《ねが》う気持《きも》ちが強《つよ》かったので、ハリーは逆《さか》らわなかった。ところが、ロンが遠慮《えんりょ》がちにハーマイオニーに笑《わら》いかけると、ハーマイオニーはつんけんしながら行《い》ってしまい、再《ふたた》び本《ほん》の陰《かげ》に顔《かお》を隠《かく》してしまった。

暗《くら》くなってきたので、三人《にん》はテントに戻《もど》り、ハリーが最初《さいしょ》に見張《みは》りに立《た》った。入口《いりぐち》に座《すわ》り、ハリーはリンボクの杖《つえ》で足元《あしもと》の小石《こいし》を浮上《ふじょう》させようとした。しかしハリーの魔法《まほう》は、相変《あいか》わらず以《い》前《ぜん》よりぎこちなく、効《き》き目《め》が弱《よわ》いように思《おも》えた。ハーマイオニーはベッドに横《よこ》たわって本《ほん》を読《よ》んでいた。ロンはおどおどしながら、何度《なんど》もちらちらとハーマイオニーのベッドを見上《みあ》げていたが、やがてリュックサックから小《ちい》さな木製《もくせい》のラジオを取《と》り出《だ》し、周波数《しゅうはすう》を合《あ》わせはじめた。

「一局《きょく》だけあるんだ」

ロンは声《こえ》を落《お》としてハリーに言《い》った。

「ほんとのニュースを伝《つた》えてるところが。ほかの局《きょく》は全部《ぜんぶ》『例《れい》のあの人《ひと》』側《がわ》で、魔法省《まほうしょう》の受《う》け売《う》りさ。でもこの局《きょく》だけは……聞《き》いたらわかるよ。すごいんだから。ただ、毎晩《まいばん》は放送《ほうそう》できないし、手《て》入《い》れがあるといけないから、しょっちゅう場所《ばしょ》を変《か》えないといけないんだ。それに、選局《せんきょく》するにはパスワードが必要《ひつよう》で……問題《もんだい》は、僕《ぼく》、最後《さいご》の放送《ほうそう》を聞《き》き逃《のが》したから……」

ロンは小声《こごえ》で行《い》き当《あ》たりばったりの言葉《ことば》をブツブツ言《い》いながら、ラジオのてっぺんを杖《つえ》で軽《かる》くトントンたたいた。何度《なんど》もハーマイオニーを盗《ぬす》み見《み》るのは、明《あき》らかに、ハーマイオニーが突然怒《とつぜんおこ》りだすことを恐《おそ》れてのことだ。しかしハーマイオニーは、まるでロンなどそこにいないかのように、完全無視《かんぜんむし》だった。十分《ぷん》ほど、ロンはトントンブツブツ、ハーマイオニーは本《ほん》のページをめくり、ハリーはリンボクの杖《つえ》の練習《れんしゅう》を続《つづ》けていた。

やがてハーマイオニーが、ベッドから降《お》りてきた。ロンは、すぐさまトントンをやめた。

「君《きみ》が気《き》になるなら、僕《ぼく》、すぐやめる！」ロンが、ピリピリしながら言《い》った。

ハーマイオニーは、ロンにはお応《こた》え召《め》されず、ハリーに近《ちか》づいた。

「お話《はなし》があるの」ハーマイオニーが言《い》った。ハリーは、ハーマイオニーがまだ手《て》にしたままの本《ほん》を見《み》た。『アルバス・ダンブルドアの真《ま》っ白《しろ》な人生《じんせい》と真《ま》っ赤《か》なうそ』だった。

「何《なに》？」ハリーは心配《しんぱい》そうに聞《き》いた。

その本《ほん》にハリーに関《かん》する章《しょう》があるらしいことが、ちらりと脳裏《のうり》をよぎった。リータ版《ばん》の自分《じぶん》とダンブルドアとの関係《かんけい》を、聞《き》く気《き》になれるかどうかハリーには自信《じしん》がなかった。しかし、ハーマイオニーの答《こた》えは、まったく予想外《よそうがい》のものだった。

「ゼノフィリウス・ラブグッドに、会《あ》いにいきたいの」

ハリーは目《め》を丸《まる》くして、ハーマイオニーを見《み》つめた。

「何《なん》て言《い》った？」

「ゼノフィリウス・ラブグッド。ルーナのお父《とう》さんよ。会《あ》って話《はなし》がしたいの！」

「あー――どうして？」

ハーマイオニーは意《い》を決《けっ》したように、深呼吸《しんこきゅう》してから答《こた》えた。

「あの印《しるし》なの。『吟遊詩人《ぎんゆうしじん》ビードル』にある印《しるし》。これを見《み》て！」

ハーマイオニーは、見《み》たくもないと思《おも》っているハリーの目《め》の前《まえ》に、『アルバス・ダンブルドアの真《ま》っ白《しろ》な人生《じんせい》と真《ま》っ赤《か》なうそ』を突《つ》き出《だ》した。そこには、ダンブルドアがグリンデルバルドに宛《あ》てた手紙《てがみ》の写真《しゃしん》がのっていた。あの見慣《みな》れた細長《ほそなが》い斜《なな》めの文字《もじ》だった。まちがいなくダンブルドアが書《か》いたものであり、リータのでっち上《あ》げではないという証拠《しょうこ》を見《み》せつけられるのは、いやだった。

「署名《しょめい》よ」ハーマイオニーが言《い》った。「ハリー、署名《しょめい》を見《み》て！」

ハリーは言《い》われるとおりにした。一瞬《いっしゅん》、ハーマイオニーが何《なに》を言《い》っているのか、さっぱりわからなかったが、杖灯《つえあか》りをかざしてよく見《み》ると、ダンブルドアは、アルバスの頭文字《かしらもじ》の「A《エー》」のかわりに、『吟遊詩人《ぎんゆうしじん》ビードルの物語《ものがたり》』に描《えが》かれているのと同《おな》じ、三角印《さんかくじるし》のミニチュア版《ばん》を書《か》いていた。

「えー――君《きみ》たち何《なん》の話《はなし》を――？」ロンが恐《おそ》る恐《おそ》る聞《き》きかけたが、ハーマイオニーはひとにらみでそれを押《お》さえ込《こ》み、またハリーに話《はな》しかけた。

「あちこちに、これが出《で》てくると思《おも》わない？」ハーマイオニーが言《い》った。「これはグリンデルバルドの印《しるし》だと、ビクトールが言《い》ったのはわかっているけど、でも、ゴドリックの谷《たに》の古《ふる》い墓《はか》にもまちがいなくこの印《しるし》があったし、あの墓石《はかいし》は、グリンデルバルドの時代《じだい》よりずっと前《まえ》のものだわ！　それに、今度《こんど》はこれ！　でもね、これがどういう意味《いみ》なのか、ダンブルドアにもグリンデルバルドにも聞《き》けないし――グリンデルバルドがまだ生《い》きているかどうかさえ、私《わたし》は知《し》らないわ――でも、ラブグッドさんなら聞《き》ける。結婚式《けっこんしき》で、このシンボルを身《み》につけていたんですもの。これは絶対《ぜったい》に大事《だいじ》なことなのよ、ハリー！」

ハリーはすぐには答《こた》えなかった。やる気《き》充分《じゅうぶん》の、決然《けつぜん》としたハーマイオニーの顔《かお》を見《み》つめ、それから外《そと》の暗闇《くらやみ》を見《み》ながら考《かんが》えた。しばらくして、ハリーが言《い》った。

「ハーマイオニー、もうゴドリックの谷《たに》の二《に》の舞《まい》はごめんだ。自分《じぶん》たちを説得《せっとく》してあそこに行《い》ったけど、その結果《けっか》――」

「でもハリー、この印《しるし》は何度《なんど》も出《で》てくるわ！　ダンブルドアが私《わたし》に『吟遊詩人《ぎんゆうしじん》ビードルの物語《ものがたり》』を遺《のこ》したのは、私《わたし》たちに、この印《しるし》のことを調《しら》べるようにっていう意味《いみ》なのよ。ちがう？」

「またか！」ハリーは少《すこ》し腹《はら》が立《た》った。「僕《ぼく》たち、何《なに》かと言《い》うと、ダンブルドアが秘密《ひみつ》の印《しるし》とかヒントを遺《のこ》してくれたにちがいないって、思《おも》い込《こ》もうとしている――」

「『灯消《ひけ》しライター』は、とっても役《やく》に立《た》ったぜ」ロンが急《きゅう》に口《くち》を挟《はさ》んだ。「僕《ぼく》は、ハーマイオニーが正《ただ》しいと思《おも》うな。僕《ぼく》たち、ラブグッドに会《あ》いにいくべきだと思《おも》うよ」

ハリーは、ロンをにらんだ。ロンがハーマイオニーの味方《みかた》をするのは、三角《さんかく》のルーン文字《もじ》の意《い》味《み》を知《し》りたいという気持《きも》ちとは無関係《むかんけい》だと、はっきりわかるからだ。

「ゴドリックの谷《たに》みたいには、ならないよ」ロンがまた言《い》った。「ラブグッドは、ハリー、君《きみ》の味方《みかた》だ。『ザ・クィブラー』は、ずっと君《きみ》に味方《みかた》していて、君《きみ》を助《たす》けるべきだって書《か》き続《つづ》けてる！」

「これは、絶対《ぜったい》に大事《だいじ》なことなのよ！」ハーマイオニーが熱《ねつ》を込《こ》めた。

「でも、もしそうなら、ダンブルドアが、死《し》ぬ前《まえ》に僕《ぼく》に教《おし》えてくれていたと思《おも》わないか？」

「もしかしたら……もしかしたら、それは、自分《じぶん》で見《み》つけなければいけないことなのじゃないかしら」

ハーマイオニーの言葉《ことば》の端《はし》に、藁《わら》にもすがる思《おも》いがにじんでいた。

「なるほど」ロンがへつらうように言《い》った。「それでつじつまが合《あ》う」

「合《あ》わないわ」ハーマイオニーがピシャリと言《い》った。「でも、やっぱりラブグッドさんと話《はな》すべきだと思《おも》うの。ダンブルドアとグリンデルバルドとゴドリックの谷《たに》を結《むす》ぶ、シンボルでしょう？ハリー、まちがいないわ。私《わたし》たち、これについて知《し》るべきなのよ！」

「多数決《たすうけつ》で決《き》めるべきだな」ロンが言《い》った。「ラブグッドに会《あ》うことに賛成《さんせい》の人《ひと》――」

ロンの手《て》のほうが、ハーマイオニーより早《はや》く挙《あ》がった。ハーマイオニーは手《て》を挙《あ》げながら、疑《うたが》わしげに唇《くちびる》をヒクヒクさせた。

「ハリー、多数決《たすうけつ》だ。悪《わる》いな」ロンはハリーの背中《せなか》をパンとたたいた。

「わかったよ」ハリーはおかしさ半分《はんぶん》、いらいら半分《はんぶん》だった。「ただし、ラブグッドに会《あ》ったら、そのあとは、ほかの分霊箱《ぶんれいばこ》を見《み》つける努力《どりょく》をしよう。いいね？　ところでラブグッドたちは、どこに住《す》んでるんだ？　君《きみ》たち、知《し》ってるのか？」

「ああ、僕《ぼく》のうちから、そう遠《とお》くない所《ところ》だ」ロンが言《い》った。「正確《せいかく》にはどこだか知《し》らないけど、パパやママが、あの二人《ふたり》のことを話《はな》すときは、いつも丘《おか》のほうを指差《ゆびさ》していた。そんなに苦労《くろう》しなくても見《み》つかるだろ」

ハーマイオニーがベッドに戻《もど》ってから、ハリーは声《こえ》を低《ひく》くして言《い》った。

「ハーマイオニーの機嫌《きげん》を取《と》りたいから、賛成《さんせい》しただけなんだろう？」

「恋愛《れんあい》と戦争《せんそう》では、すべてが許《ゆる》される」ロンがほがらかに言《い》った。「それに、この場合《ばあい》は両方少《りょうほうすこ》しずつだ。元気出《げんきだ》せ。クリスマス休暇《きゅうか》だから、ルーナは家《いえ》にいるぜ！」

翌朝《よくあさ》、風《かぜ》の強《つよ》い丘陵地《きゅうりょうち》に「姿《すがた》あらわし」した三人《にん》は、オッタリー・セント・キャッチポール村《むら》が一望《いちぼう》できる場所《ばしょ》にいた。見晴《みは》らしのよい地点《ちてん》から眺《なが》めると、雲間《くもま》から地上《ちじょう》に斜《なな》めにかかった大《おお》きな光《ひかり》のかけ橋《はし》の下《した》で、村《むら》は、おもちゃの家《いえ》が集《あつ》まっているように見《み》えた。三人《にん》は手《て》をかざして「隠《かく》れ穴《あな》」のほうを見《み》ながら、一分《ぷん》か二分《ふん》、じっとたたずんだが、見《み》えるのは高《たか》い生《い》け垣《がき》と果樹園《かじゅえん》の木《き》だけだった。そういうもののおかげで、曲《ま》がりくねった小《ち》さな家《いえ》は、マグルの目《め》から安全《あんぜん》に隠《かく》されていた。

「こんなに近《ちか》くまで来《き》て、家《いえ》に帰《かえ》らないのは変《へん》な感《かん》じだな」ロンが言《い》った。

「あら、ついこの間《あいだ》、みんなに会《あ》ったばかりとは思《おも》えない言《い》い方《かた》ね。クリスマスに家《いえ》にいたくせに」ハーマイオニーが冷《つめ》たく言《い》った。

「『隠《かく》れ穴《あな》』なんかに、いやしないよ！」ロンはまさか、という笑《わら》い方《かた》をした。「家《いえ》に戻《もど》って、僕《ぼく》は君《きみ》たちを見捨《みす》てて帰《かえ》ってきました、なんて言《い》えるか？　それこそ、フレッドやジョージは大《おお》喜《よろこ》びしただろうさ。それにジニーなんか、心底理解《しんそこりかい》してくれたろうな」

「だって、それじゃ、どこにいたの？」ハーマイオニーが驚《おどろ》いて聞《き》いた。

「ビルとフラーの新居《しんきょ》。『貝殻《かいがら》の家《いえ》』だ。ビルは、今《いま》までどんなときも僕《ぼく》をきちんと扱《あつか》ってくれた。ビルは——ビルは僕《ぼく》のしたことを聞《き》いて、感心《かんしん》はしなかったけど、くだくだ言《い》わなかった。

僕《ぼく》がほんとうに後悔《こうかい》してるってこと、ビルにはわかっていたんだ。ほかの家族《かぞく》は、僕《ぼく》がビルの所《ところ》にいるなんて、誰《だれ》も知《し》らなかった。ビルがママに、クリスマスにはフラーと二人《ふたり》っきりで過《す》ごしたいから、家《いえ》には帰《かえ》らないって言《い》ったんだ。ほら、結婚《けっこん》してから初《はじ》めての休暇《きゅうか》だし。フラーも別《べつ》に、それでかまわなかったと思《おも》うよ。だって、セレスティナ・ワーベック嫌《ぎら》いだしね」

ロンは「隠《かく》れ穴《あな》」に背《せ》を向《む》けた。

「ここを行《い》ってみよう」ロンは丘《おか》の頂上《ちょうじょう》を越《こ》える道《みち》を、先《さき》に立《た》って歩《ある》いた。

三人《にん》は二、三時間《じかん》歩《ある》いた。ハリーはハーマイオニーの強《つよ》い意見《いけん》で、「透明《とうめい》マント」に隠《かく》れていた。低《ひく》い丘《おか》が続《つづ》く丘陵地《きゅうりょうち》には、一軒《けん》の小《ちい》さなコテージ以外《いがい》人家《じんか》はなく、そのコテージにも人影《ひとかげ》がなかった。

「これが二人《ふたり》の家《いえ》かしら。クリスマス休暇《きゅうか》で出《で》かけたんだと思《おも》う？」

窓《まど》からのぞき込《こ》みながらハーマイオニーが言《い》った。中《なか》はこざっぱりとしたキッチンで、窓辺《まどべ》にはゼラニウムが置《お》いてある。ロンはフンと鼻《はな》を鳴《な》らした。

「いいか、僕《ぼく》の直感《ちょっかん》では、ラブグッドの家《いえ》なら、窓《まど》からのぞけば、一目《ひとめ》でそれだとわかるはずだ。別《べつ》の丘陵地《きゅうりょうち》を探《さが》そうぜ」

そこで三人《にん》は、そこから数《すう》キロ北《きた》へ「姿《すがた》くらまし」した。

「ハハーン！」ロンが叫《さけ》んだ。

風《かぜ》が三人《にん》の髪《かみ》も服《ふく》もはためかせていた。ロンは、三人《にん》が現《あらわ》れた丘《おか》の一番上《いちばんうえ》を指差《ゆびさ》していた。そこに、世《よ》にも不思議《ふしぎ》な縦《たて》に長《なが》い家《いえ》が、くっきりと空《そら》にそびえていた。巨大《きょだい》な黒《くろ》い塔《とう》のような家《いえ》の背後《はいご》には、午後《ごご》の薄明《うすあ》かりの空《そら》に、ぼんやりとした幽霊《ゆうれい》のような月《つき》がかかっていた。

「あれがルーナの家《いえ》にちがいない。ほかにあんな家《いえ》に住《す》むやつがいるか？　巨大《きょだい》な城《しろ》だぜ！」

「何言《なにい》ってるの？　お城《しろ》には見《み》えないけど」ハーマイオニーが塔《とう》を見《み》て顔《かお》をしかめた。

「城《しろ》は城《しろ》でもチェスの城《しろ》さ」ロンが言《い》った。「どっちかって言《い》うと塔《とう》だけどね」

一番足《いちばんあし》の長《なが》いロンが、最初《さいしょ》に丘《おか》のてっぺんに着《つ》いた。ハリーとハーマイオニーが息《いき》を切《き》らし、みずおちを押《お》さえて追《お》いついたときには、ロンは得意《とくい》げに笑《わら》っていた。

「ずばりあいつらの家《いえ》だ」ロンが言《い》った。「見《み》てみろよ」

手描《てが》きの看板《かんばん》が三枚《まい》、壊《こわ》れた門《もん》にとめつけてあった。最初《さいしょ》の一枚《まい》は「ザ・クィブラー編集長《へんしゅうちょう》 X《エックス》・ラブグッド」。二枚目《まいめ》は「宿木《やどりぎ》は勝手《かって》につんでください」。三枚目《まいめ》は「飛行船《ひこうせん》スモモに近寄《ちかよ》らないでください」と書《か》いてある。

門《もん》を開《あ》けると、キーキーきしんだ。玄関《げんかん》までのジグザグの道《みち》には、さまざまな変《か》わった植物《しょくぶつ》が伸《の》び放題《ほうだい》だ。ルーナがときどきイヤリングにしていた、オレンジ色《いろ》のカブのような実《み》がたわわに実《みの》る灌木《かんぼく》もあった。ハリーはスナーガラフらしきものを見《み》つけ、そのしなびた切《き》り株《かぶ》から充分《じゅうぶん》に距離《きょり》を取《と》った。玄関《げんかん》の両脇《りょうわき》に見張《みは》りに立《た》つのは、風《かぜ》に吹《ふ》きさらされて傾《かたむ》いた豆《まめ》リンゴの古木《こぼく》が二本《ほん》。葉《は》は全部落《ぜんぶお》ちているが、小《ちい》さな赤《あか》い実《み》がびっしりと実《みの》り、白《しろ》いビーズ玉《だま》をつけたもじゃもじゃの宿木《やどりぎ》をいくつも冠《かんむり》のように戴《いただ》いて重《おも》そうだ。鷹《たか》のように頭《あたま》のてっぺんが少《すこ》しひしゃげた小《ちい》さなふくろうが一羽《わ》、枝《えだ》に止《と》まって三人《にん》をじっと見下《みお》ろしていた。

「ハリー、『透明《とうめい》マント』を取《と》ったほうがいいわ」ハーマイオニーが言《い》った。「ラブグッドさんが助《たす》けたいのは、私《わたし》たちじゃなくて、あなたなんだから」

ハリーは言《い》われたとおりにして、ハーマイオニーにマントを渡《わた》し、ビーズバッグにしまってもらった。それからハーマイオニーは、厚《あつ》い黒《くろ》い扉《とびら》を三度《ど》ノックした。扉《とびら》には鉄《てつ》くぎが打《う》ちつけてあり、ドア・ノッカーは鷲《わし》の形《かたち》をしている。

ものの十秒《びょう》もたたないうちに、扉《とびら》がパッと開《あ》き、そこにゼノフィリウス・ラブグッドが立《た》っていた。はだしで、汚《よご》れたシャツ型《がた》の寝巻《ねま》きのようなものを着《き》ている。綿《わた》がしのような長《なが》くて白《しろ》い髪《かみ》は、汚《よご》れてくしゃくしゃだ。ビルとフラーの結婚式《けっこんしき》のゼノフィリウスは、これに比《くら》べれば確実《かくじつ》にめかし込《こ》んでいた。

「何《なん》だ？　何事《なにごと》だ？　君《きみ》たちは誰《だれ》だ？　何《なに》しに来《き》た？」

ゼノフィリウスはかん高《だか》いいらだった声《こえ》で叫《さけ》び、最初《さいしょ》にハーマイオニーを、次《つぎ》にロンを見《み》て、最後《さいご》にハリーを見《み》た。とたんに口《くち》がぱっくり開《ひら》き、完璧《かんぺき》で滑稽《こっけい》な「O《オー》」の形《かたち》になった。

「こんにちは、ラブグッドさん」ハリーは手《て》を差《さ》し出《だ》した。「僕《ぼく》、ハリーです。ハリー・ポッターです」

ゼノフィリウスは、握手《あくしゅ》をしなかった。しかし、斜視《しゃし》でないほうの目《め》が、ハリーの額《ひたい》の傷痕《きずあと》へと走《はし》った。

「中《なか》に入《はい》ってもよろしいでしょうか？」ハリーが尋《たず》ねた。「お聞《き》きしたいことがあるのですが」

「そ……それはどうかな」ゼノフィリウスは、ささやくような声《こえ》で言《い》った。そしてゴクリとつばを飲《の》み、サッと庭《にわ》を見回《みまわ》した。「衝撃《しょうげき》と言《い》おうか……何《なん》ということだ……私《わたし》は……私《わたし》は、残念《ざんねん》ながらそうするべきではないと――」

「お時間《じかん》は取《と》らせません」ハリーは、この温《あたた》かいとは言《い》えない対応《たいおう》に、少《すこ》し失望《しつぼう》した。

「私《わたし》は――まあ、いいでしょう。入《はい》りなさい。急《いそ》いで。急《いそ》いで！」

敷居《しきい》をまたぎきらないうちに、ゼノフィリウスは扉《とびら》をバタンと閉《し》めた。そこは、ハリーがこれまで見《み》たこともない、へんてこなキッチンだった。完全《かんぜん》な円形《えんけい》の部屋《へや》で、まるで巨大《きょだい》なこしょう入《い》れの中《なか》にいるような気《き》がする。何《なに》もかもが、壁《かべ》にぴったりはまるような曲線《きょくせん》になっている。ガスレンジも流《なが》し台《だい》も、食器棚《しょっきだな》も、全部《ぜんぶ》がだ。それに、すべてに鮮《あざ》やかな原色《げんしょく》で花《はな》や虫《むし》や鳥《とり》の絵《え》が描《えが》いてある。ハリーはルーナ好《ごの》みだと思《おも》ったが、こういう狭《せま》い空間《くうかん》では、やや極端《きょくたん》過《す》ぎる効果《こうか》が出《で》ていた。

床《ゆか》の真《ま》ん中《なか》から上階《じょうかい》に向《む》かって、錬鉄《れんてつ》のらせん階段《かいだん》が伸《の》びている。上《うえ》からはガチャガチャ、バンバンとにぎやかな音《おと》が聞《き》こえていた。ハリーは、いったいルーナは何《なに》をしているのだろうと思《おも》った。

「上《うえ》に行《い》ったほうがいい」ゼノフィリウスは、相変《あいか》わらずひどく落《お》ち着《つ》かない様子《ようす》で、先《さき》に立《た》って案内《あんない》した。

二階《かい》は居間《いま》と作業場《さぎょうば》を兼《か》ねたような所《ところ》で、そのためキッチン以上《いじょう》にごちゃごちゃしていて、かつて見《み》た「必要《ひつよう》の部屋《へや》」の様子《ようす》を彷彿《ほうふつ》とさせた。部屋《へや》が、何世紀《なんせいき》にもわたって隠《かく》された品々《しなじな》で埋《う》まった巨大《きょだい》な迷路《めいろ》に変《か》わったときの、あの忘《わす》れられない光景《こうけい》だ。もっとも、ここはあの部屋《へや》よりは小《ち》さく、完全《かんぜん》な円筒形《えんとうけい》ではあったが、本《ほん》や書類《しょるい》がありとあらゆる平面《へいめん》に積《つ》み上《あ》げられているし、天井《てんじょう》からは、ハリーには何《なん》だかわからない生《い》き物《もの》の精巧《せいこう》な模型《もけい》が、羽《は》ばたいたりあごをバクバク動《うご》かしたりしながらぶら下《さ》がっていた。

ルーナはそこにいなかった。さっきのやかましい音《おと》を出《だ》していたものは、歯車《はぐるま》や回転盤《かいてんばん》が魔法《まほう》で回《まわ》っている木製《もくせい》の物体《ぶったい》だった。作業台《さぎょうだい》と古《ふる》い棚《たな》を一組《くみ》くっつけた奇想天外《きそうてんがい》な作品《さくひん》に見《み》えたが、しばらくしてハリーは、それが旧式《きゅうしき》の印刷機《いんさつき》だと判断《はんだん》した。『ザ・クィブラー』がどんどん刷《す》り出《だ》されていたからだ。

「失礼《しつれい》」ゼノフィリウスはその機械《きかい》につかつかと近《ちか》づき、膨大《ぼうだい》な数《かず》の本《ほん》や書類《しょるい》ののったテーブルから汚《きたな》らしいテーブルクロスを抜《ぬ》き取《と》って——本《ほん》も書類《しょるい》も全部《ぜんぶ》床《ゆか》に転《ころ》がり落《お》ちたが——印刷機《いんさつき》にかぶせた。ガチャガチャ、バンバンの騒音《そうおん》はそれで少《すこ》し抑《おさ》えられた。ゼノフィリウスは、あらためてハリーを見《み》た。

「どうしてここに来《き》たのかね？」

ところが、ハリーが口《くち》を開《ひら》くより前《まえ》に、ハーマイオニーが驚《おどろ》いて小《ちい》さな叫《さけ》び声《ごえ》を上《あ》げた。

「ラブグッドさん——あれは何《なん》ですか？」

指差《ゆびさ》していたのは、壁《かべ》に取《と》りつけられたらせん状《じょう》の巨大《きょだい》な灰色《はいいろ》の角《つの》で、ユニコーンのものと言《い》えなくもなかったが、壁《かべ》から一メートルほども突《つ》き出《だ》している。

「しわしわ角《づの》スノーカックの角《つの》だが」ゼノフィリウスが言《い》った。

「いいえ、ちがいます！」ハーマイオニーが言《い》った。

「ハーマイオニー」ハリーは、ばつが悪《わる》そうに小声《こごえ》で言《い》った。「今《いま》はそんなことを——」

「でも、ハリー、あれはエルンペントの角《つの》よ！　取引可能品目《とりひきかのうひんもく》B《ビー》クラス、危険物扱《きけんぶつあつか》いで、家《いえ》の中《なか》に置《お》くには危険過《きけんす》ぎる品《しな》だわ！」

「どうしてエルンペントの角《つの》だって、わかるんだ？」

ロンは、身動《みうご》きもままならないほど雑然《ざつぜん》とした部屋《へや》の中《なか》を、できるだけ急《いそ》いで角《つの》から離《はな》れた。

「『幻《まぼろし》の動物《どうぶつ》とその生息地《せいそくち》』に説明《せつめい》があるわ！　ラブグッドさん、すぐにそれを捨《す》てないと。ちょっとでも触《ふ》れたら爆発《ばくはつ》するかもしれないって、ご存《ぞん》じではないんですか？」

「しわしわ角《づの》スノーカックは」ゼノフィリウスは、てこでも動《うご》かない顔《かお》ではっきり言《い》った。「恥《は》ずかしがり屋《や》で、高度《こうど》な魔法生物《まほうせいぶつ》だ。その角《つの》は――」

「ラブグッドさん、角《つの》の付《つ》け根《ね》に溝《みぞ》が見《み》えます。あれはエルンペントの角《つの》で、信《しん》じられないくらい危険《きけん》なものです――どこで手《て》に入《い》れられたかは知《し》りませんが――」

「買《か》いましたよ」ゼノフィリウスは、誰《だれ》が何《なん》と言《い》おうと、という調子《ちょうし》だった。

「二週間前《しゅうかんまえ》、私《わたし》がスノーカックというすばらしい生物《せいぶつ》に興味《きょうみ》があることを知《し》った、気持《きも》ちのよい若《わか》い魔法使《まほうつか》いからだ。クリスマスにルーナをびっくりさせてやりたくてね。さて――」

ゼノフィリウスはハリーに向《む》きなおった。

「ミスター・ポッター、いったい、どういう用件《ようけん》で来《こ》られたのかな？」

「助《たす》けていただきたいんです」ハーマイオニーがまた何《なに》か言《い》いだす前《まえ》に、ハリーは答《こた》えた。

「ああ、助《たす》けね。ふむ」ゼノフィリウスが言《い》った。斜視《しゃし》でないほうの目《め》が、またハリーの傷痕《きずあと》へと動《うご》いた。おびえながら、同時《どうじ》に魅入《みい》られているようにも見《み》えた。

「そう。問題《もんだい》は……ハリー・ポッターを助《たす》けること……かなり危険《きけん》だ……」

「ハリーを助《たす》けることが第一《だいいち》の義務《ぎむ》だって、みんなに言《い》っていたのはあなたじゃないですか？」ロンが言《い》った。「あなたのあの雑誌《ざっし》で？」

ゼノフィリウスは、テーブルクロスに覆《おお》われてもまだやかましく動《うご》いている印刷機《いんさつき》を、ちらりと振《ふ》り返《かえ》った。

「あー――そうだ。そういう意見《いけん》を表明《ひょうめい》してきた。しかし――」

「――ほかの人《ひと》がすることで、あなた自身《じしん》ではないってことですか？」ロンが言《い》った。

ゼノフィリウスは何《なに》も答《こた》えなかった。つばを何度《なんど》も飲《の》み込《こ》み、目《め》が三人《にん》の間《あいだ》をすばやく往《い》ったり来《き》たりした。ハリーは、ゼノフィリウスが心《こころ》の中《なか》で何《なに》かもがいているような感《かん》じを受《う》けた。

「ルーナはどこかしら？」ハーマイオニーが聞《き》いた。「ルーナがどう思《おも》うか聞《き》きましょう」

ゼノフィリウスは、ゴクリと大《おお》きくつばを飲《の》んだ。覚悟《かくご》を固《かた》めているように見《み》えた。しばらくしてやっと、印刷機《いんさつき》の音《おと》にかき消《け》されて聞《き》き取《と》りにくいほどの震《ふる》え声《ごえ》で、答《こた》えが返《かえ》ってきた。

「ルーナは川《かわ》に行《い》っている。川《かわ》プリンピーを釣《つ》りに。ルーナは……君《きみ》たちに会《あ》いたいだろう。呼《よ》びに行《い》ってこよう。それから――そう、よろしい。君《きみ》を助《たす》けることにしよう」

ゼノフィリウスはらせん階段《かいだん》を下《お》りて、姿《すがた》が見《み》えなくなった。玄関《げんかん》の扉《とびら》が開《ひら》いて、閉《し》まる音《おと》が聞《き》こえた。三人《にん》は顔《かお》を見合《みあ》わせた。

「臆病者《おくびょうもの》のクソチビめ」ロンが言《い》った。「ルーナのほうが十倍《ばい》も肝《きも》が太《ふと》いぜ」

「僕《ぼく》がここに来《き》たことが死喰《しく》い人《びと》に知《し》れたら、自分《じぶん》たちはどうなるかって、たぶんそれを心配《しんぱい》してるんだろう」ハリーが言《い》った。

「そうねえ、私《わたし》はロンと同《おな》じ意見《いけん》よ」ハーマイオニーが言《い》った。「偽善者《ぎぜんしゃ》もいいとこだわ。ほかの人《ひと》にはあなたを助《たす》けるように言《い》っておきながら、自分自身《じぶんじしん》はコソコソ逃《に》げ出《だ》そうとするなんて。それに、お願《ねが》いだから、その角《つの》から離《はな》れてちょうだい」

ハリーは、部屋《へや》の反対側《はんたいがわ》にある窓《まど》に近寄《ちかよ》った。ずっと下《した》のほうに川《かわ》が見《み》える。丘《おか》のふもとを、光《ひか》るリボンのように細《ほそ》く流《なが》れている。この家《いえ》は、ずっと高《たか》い所《ところ》にある。ハリーは「隠《かく》れ穴《あな》」の方《ほう》角《がく》をじっと見《み》つめた。すると、窓《まど》の外《そと》を鳥《とり》が羽《は》ばたいて通《とお》り過《す》ぎた。「隠《かく》れ穴《あな》」は、別《べつ》の丘《おか》の稜《りょう》線《せん》の向《む》こうで、ここからは見《み》えない。ジニーは、どこかあのあたりにいる。こんなにジニーの近《ちか》くにいるのは、ビルとフラーの結婚式以来《けっこんしきいらい》なのに、自分《じぶん》が今《いま》ジニーのことを考《かんが》えながら、その方《ほう》向《こう》を眺《なが》めていることをジニーは知《し》る由《よし》もない。そのほうがいいと思《おも》うべきなのだ。自分《じぶん》が接触《せっしょく》した人《ひと》は、みんな危険《きけん》にさらされるのだから。ゼノフィリウスの態度《たいど》がいい証拠《しょうこ》だ。

窓《まど》から目《め》を離《はな》すと、ハリーの目《め》に、別《べっ》の奇妙《きみょう》なものが飛《と》び込《こ》んできた。壁《かべ》に沿《そ》って曲線《きょくせん》を描《えが》く、ごたごたした戸棚《とだな》の上《うえ》に置《お》かれている石像《せきぞう》だ。美《うつく》しいが厳《いかめ》しい顔《かお》つきの魔女《まじょ》の像《ぞう》が、世《よ》にも不思議《ふしぎ》な髪飾《かみかざ》りをつけている。髪飾《かみかざ》りの両脇《りょうわき》から、金《きん》のラッパ型補聴器《がたほちょうき》のようなものが飛《と》び出《で》ている。小《ちい》さなキラキラ光《ひか》る青《あお》い翼《つばさ》が一対《いっつい》、頭《あたま》のてっぺんを通《とお》る革《かわ》ひもに差《さ》し込《こ》まれ、オレンジ色《いろ》のカブが一つ、額《ひたい》に巻《ま》かれたもう一本《いっぽん》のひもに差《さ》し込《こ》まれていた。

「これを見《み》てよ」ハリーが言《い》った。

「ぐっと来《く》るぜ」ロンが言《い》った。「結婚式《けっこんしき》になんでこれを着《つ》けてこなかったのか、謎《なぞ》だ」

玄関《げんかん》の扉《とびら》が閉《し》まる音《おと》がして、まもなくゼノフィリウスが、らせん階段《かいだん》を上《のぼ》って部屋《へや》に戻《もど》ってきた。細《ほそ》い両足《りょうあし》をゴム長《なが》に包《つつ》み、バラバラなティーカップをいくつかと、湯気《ゆげ》を上《あ》げたティーポットののった盆《ぼん》を持《も》っている。

「ああ、私《わたし》のお気《き》に入《い》りの発明《はつめい》を見《み》つけたようだね」

盆《ぼん》をハーマイオニーの腕《うで》に押《お》しつけたゼノフィリウスは、石像《せきぞう》のそばに立《た》っているハリーの所《ところ》に行《い》った。

「まさに打《う》ってつけの、麗《うるわ》しのロウェナ・レイブンクローの頭《あたま》をモデルに制作《せいさく》した。『計《はか》り知《し》れぬ英知《えいち》こそ、われらが最大《さいだい》の宝《たから》なり！』」

ゼノフィリウスは、ラッパ型補聴器《がたほちょうき》のようなものを指差《ゆびさ》した。

「これはラックスパート吸《す》い上《あ》げ管《かん》だ——思考《しこう》する者《もの》の身近《みぢか》にあるすべての雑念《ざつねん》の源《みなもと》を取《と》り除《のぞ》く。これは」今度《こんど》は小《ちい》さな翼《つばさ》を指差《ゆびさ》した。「ビリーウィグのプロペラで、考《かんが》え方《かた》や気分《きぶん》を高揚《こうよう》させる。極《きわ》めつきは」オレンジのカブを指《さ》していた。「スモモ飛行船《ひこうせん》だ。異常《いじょう》なことを受《う》け入《い》れる能力《のうりょく》を高《たか》めてくれる」

ゼノフィリウスは、大股《おおまた》で盆《ぼん》のほうに戻《もど》った。ハーマイオニーは盆《ぼん》をごちゃごちゃしたサイドテーブルの一つにのせて、何《なん》とかバランスを保《たも》っていた。

「ガーディルートのハーブティーはいかがかな？」ゼノフィリウスが勧《すす》めた。「自家製《じかせい》でね」

赤《あか》カブのような赤紫色《あかむらさきいろ》の飲《の》み物《もの》を注《そそ》ぎながら、ゼノフィリウスが言葉《ことば》を続《つづ》けた。

「ルーナは『端《はし》の橋《はし》』の向《む》こうにいる。君《きみ》たちがいると聞《き》いて興奮《こうふん》しているよ。おっつけ来《く》るだろう。我々全員分《われわれぜんいんぶん》のスープを作《つく》るぐらいのプリンピーを釣《つ》っていたからね。さあ、かけて、砂糖《さとう》は自分《じぶん》で入《い》れてくれ」

「さてと——」

ゼノフィリウスは、ひじかけ椅子《いす》の上《うえ》でぐらぐらしていた書類《しょるい》の山《やま》を下《お》ろして腰《こし》かけ、ゴム長《なが》ばきの足《あし》を組《く》んだ。

「ミスター・ポッター、何《なに》をすればよいのかな？」

「えーと」ハリーはちらりとハーマイオニーを見《み》た。ハーマイオニーは、がんばれと言うようにうなずいた。「ラブグッドさん、ビルとフラーの結婚式《けっこんしき》に、あなたが首《くび》から下《さ》げていた印《しるし》のことですけど。あれに、どういう意味《いみ》があるのかと思《おも》って」

ゼノフィリウスは、両方《りょうほう》の眉《まゆ》を吊《つ》り上《あ》げた。

「『死《し》の秘宝《ひほう》』の印《しるし》のことかね？」

第《だい》21章《しょう》　三人兄弟《さんにんきょうだい》の物語《ものがたり》

ハリーは、ロンとハーマイオニーを見《み》たが、どちらも、ゼノフィリウスの言《い》ったことが理解《りかい》できなかったようだった。

「死《し》の秘宝《ひほう》？」

「そのとおり」ゼノフィリウスが言《い》った。

「聞《き》いたことがないのかね？　まあそうだろうね。信《しん》じている魔法使《まほうつか》いはほとんどいない。君《きみ》の兄《にい》さんの結婚式《けっこんしき》にいた、あのたわけた若者《わかもの》がいい証拠《しょうこ》だ」ゼノフィリウスは、ロンに向《む》かってうなずいた。「悪名高《あくめいだか》い闇《やみ》の魔法使《まほうつか》いの印《しるし》を見《み》せびらかしていると言《い》って、私《わたし》を攻撃《こうげき》した！　無知《むち》もはなはだしい。秘宝《ひほう》には闇《やみ》の『や』の字《じ》もない――少《すく》なくとも、一般的《いっぱんてき》に使《つか》われている単純《たんじゅん》な闇《やみ》の意味合《いみあ》いはない。あのシンボルは、ほかの信奉者《しんぽうしゃ》が『探求《たんきゅう》』を助《たす》けてくれることを望《のぞ》んで、自分《じぶん》が仲間《なかま》であることを示《しめ》すために使《つか》われるだけのことだ」

ゼノフィリウスは、ガーディルートのハーブティーに角砂糖《かくざとう》を数個《すうこ》入《い》れてかき回《まわ》し、一口《ひとくち》飲《の》んだ。

「すみませんが」ハリーが言《い》った。「僕《ぼく》には、まだよくわかりません」

ハリーも失礼《しつれい》にならないようにと一口《ひとくち》飲《の》んだが、ほとんど吐《は》き出《だ》すところだった。鼻《はな》くそ味《あじ》の「百味《ひゃくみ》ビーンズ」を液体《えきたい》にしたような、むかむかするひどい味《あじ》だ。

「そう、いいかね、信奉者《しんぽうしゃ》たちは、『死《し》の秘宝《ひほう》』を求《もと》めているのだ」

ゼノフィリウスは、ガーディルート・ティーがいかにもうまいとばかりに、舌《した》つづみを打《う》った。

「でも、『死《し》の秘宝《ひほう》』って、いったい何《なん》ですか？」ハーマイオニーが聞《き》いた。

ゼノフィリウスは、空《から》になったカップを横《よこ》に置《お》いた。

「君《きみ》たちは、『三人兄弟《さんにんきょうだい》の物語《ものがたり》』をよく知《し》っているのだろうね？」

ハリーは「いいえ」と言《い》ったが、ロンとハーマイオニーは同時《どうじ》に「はい」と言《い》った。

ゼノフィリウスは重々《おもおも》しくうなずいた。

「さてさて、ミスター・ポッター、すべては『三人兄弟《さんにんきょうだい》の物語《ものがたり》』から始《はじ》まる……どこかにその本《ほん》があるはずだが……」

ゼノフィリウスは漠然《ばくぜん》と部屋《へや》を見回《みまわ》し、羊皮紙《ようひし》や本《ほん》の山《やま》に目《め》をやったが、ハーマイオニーが「ラブグッドさん、私《わたし》がここに持《も》っています」と言《い》った。

そしてハーマイオニーは、小《ちい》さなビーズバッグから『吟遊詩人《ぎんゆうしじん》ビードルの物語《ものがたり》』を引《ひ》っ張《ぱ》り出《だ》した。

「原書《げんしょ》かね？」ゼノフィリウスが鋭《するど》く聞《き》いた。ハーマイオニーがうなずくと、「さあ、それじゃ、声《こえ》に出《だ》して読《よ》んでみてくれないか？　みんなが理解《りかい》するためには、それが一番《いちばん》よい」とゼノフィリウスが言《い》った。

「あっ……わかりました」

ハーマイオニーは、緊張《きんちょう》したように応《こた》えて本《ほん》を開《ひら》いた。ハーマイオニーが小《ちい》さく咳払《せきばら》いして読《よ》みはじめたとき、ハリーはそのページの一番上《いちばんうえ》に、自分《じぶん》たちが調《しら》べている印《しるし》がついているのに気《き》づいた。

「**昔《むかし》むかし、三人《にん》の兄弟《きょうだい》がさびしい曲《ま》がりくねった道《みち》を、夕暮《ゆうぐ》れ時《どき》に旅《たび》していました――**」

「真夜中《まよなか》だよ。ママが僕《ぼく》たちに話《はな》して聞《き》かせるときは、いつもそうだった」

両腕《りょううで》を頭《あたま》の後《うし》ろに回《まわ》し、体《からだ》を伸《の》ばして聞《き》いていたロンが言《い》った。ハーマイオニーは、じゃましないで、という目《め》つきでちらりとロンを見《み》た。

「ごめん、真夜中《まよなか》のほうが、もうちょっと不気味《ぶきみ》だろうと思《おも》っただけさ！」

「うん、そりゃあ、僕《ぼく》たちの人生《じんせい》には、もうちょっと恐怖《きょうふ》が必要《ひつよう》だしな」ハリーは思《おも》わず口走《くちばし》った。ゼノフィリウスはあまり注意《ちゅうい》して聞《き》いていない様子《ようす》で、窓《まど》の外《そと》の空《そら》を見《み》つめていた。

「ハーマイオニー、続《つづ》けてよ」

「やがて兄弟《きょうだい》は、歩《ある》いては渡《わた》れないほど深《ふか》く、泳《およ》いで渡《わた》るには危険《きけん》すぎる川《かわ》に着《つ》きました。でも三人《にん》は魔法《まほう》を学《まな》んでいたので、杖《つえ》をひと振《ふ》りしただけでその危《あぶ》なげな川《かわ》に橋《はし》をかけました。半分《はんぶん》ほど渡《わた》ったところで三人《にん》は、フードをかぶった何者《なにもの》かが行《ゆ》く手《て》をふさいでいるのに気《き》がつきました」

「そして、『死《し》』が三人《にん》に語《かた》りかけました――」

「ちょっと待《ま》って」

ハリーが口《くち》を挟《はさ》んだ。

「『死《し》』が語《かた》りかけたって？」

「おとぎ話《ばなし》なのよ、ハリー」

「そうか、ごめん。続《つづ》けてよ」

「そして、『死《し》』が三人《にん》に語《かた》りかけました。三人《にん》の新《あたら》しい獲物《えもの》にまんまとしてやられてしまったので、『死《し》』は怒《おこ》っていました。と言《い》うのも、旅人《たびびと》はたいてい、その川《かわ》でおぼれ死《し》んでいたからです。でも『死《し》』は狡猾《こうかつ》でした。三人《にん》の兄弟《きょうだい》が魔法《まほう》を使《つか》ったことをほめるふりをしました。そして、『死《し》』をまぬかれるほど賢《かしこ》い三人《にん》に、それぞれほうびをあげると言《い》いました」

「一番上《いちばんうえ》の兄《あに》は戦闘好《せんとうず》きでしたから、存在《そんざい》するどの杖《つえ》よりも強《つよ》い杖《つえ》をくださいと言《い》いました。決《けっ》闘《とう》すれば必《かなら》ず持《も》ち主《ぬし》が勝《か》つという、『死《し》』を克服《こくふく》した魔法使《まほうつか》いにふさわしい杖《つえ》を要求《ようきゅう》したのです！　そこで『死《し》』は、川岸《かわぎし》のニワトコの木《き》まで歩《ある》いていき、下《さ》がっていた枝《えだ》から一本《ぽん》の杖《つえ》を作《つく》り、それを一番上《いちばんうえ》の兄《あに》に与《あた》えました」

「二番目《ばんめ》の兄《あに》は、傲慢《ごうまん》な男《おとこ》でしたから、『死《し》』をもっとはずかしめてやりたいと思《おも》いました。そこで、人々《ひとびと》を『死《し》』から呼《よ》び戻《もど》す力《ちから》を要求《ようきゅう》しました。すると『死《し》』は、川岸《かわぎし》から一個《こ》の石《いし》を拾《ひろ》って二番目《ばんめ》の兄《あに》に与《あた》え、こう言《い》いました。『この石《いし》は死者《ししゃ》を呼《よ》び戻《もど》す力《ちから》を持《も》つであろう』」

「さて次《つぎ》に、『死《し》』は一番下《いちばんした》の弟《おとうと》に何《なに》が欲《ほ》しいかとたずねました。三番目《ばんめ》の弟《おとうと》は、兄弟《きょうだい》の中《なか》で一《いち》番謙虚《ばんけんきょ》で、しかも一番賢《いちばんかしこ》い人《ひと》でした。そして、『死《し》』を信用《しんよう》していませんでした。そこでその弟《おとうと》は、『死《し》』に跡《あと》をつけられずに、その場《ば》から先《さき》に進《すす》むことができるようなものが欲《ほ》しいと言《い》いました。そこで『死《し》』はしぶしぶ、自分《じぶん》の持《も》ち物《もの》の『透明《とうめい》マント』を与《あた》えました」

「『死《し》』が『透明《とうめい》マント』を持《も》っていたの？」ハリーはまた口《くち》を挟《はさ》んだ。

「こっそり人間《にんげん》に忍《しの》び寄《よ》るためさ」ロンが言《い》った。「両腕《りょううで》をひらひら振《ふ》って、叫《さけ》びながら走《はし》って襲《おそ》いかかるのに飽《あ》きちゃうことがあってさ……ごめん、ハーマイオニー」

「それから『死《し》』は、道《みち》をあけて三人《にん》の兄弟《きょうだい》が旅《たび》を続《つづ》けられるようにしました。三人《にん》は今《いま》しがたの冒険《ぼうけん》の不思議《ふしぎ》さを話《はな》し合《あ》い、『死《し》』の贈《おく》り物《もの》に感嘆《かんたん》しながら旅《たび》を続《つづ》けました」

「やがて三人《にん》は別《わか》れて、それぞれの目的地《もくてきち》に向《む》かいました」

「一番上《いちばんうえ》の兄《あに》は、一週間《しゅうかん》ほど旅《たび》をして、遠《とお》い村《むら》に着《つ》き、争《あらそ》っていた魔法使《まほうつか》いを探《さが》し出《だ》しました。『ニワトコの杖《つえ》』が武器《ぶき》ですから、当然《とうぜん》、その後《ご》に起《お》こった決闘《けっとう》に勝《か》たないわけはありません。死《し》んで床《ゆか》に倒《たお》れている敵《てき》を置《お》き去《ざ》りにして、一番上《いちばんうえ》の兄《あに》は旅籠《はたご》に行《い》き、そこで『死《し》』そのものから奪《うば》った強力《きょうりょく》な杖《つえ》について大声《おおごえ》で話《はな》し、自分《じぶん》は無敵《むてき》になったと自慢《じまん》しました」

「その晩《ばん》のことです。ひとりの魔法使《まほうつか》いが、ワインに酔《よ》いつぶれて眠《ねむ》っている一番上《いちばんうえ》の兄《あに》に忍《しの》び寄《よ》りました。その盗人《ぬすっと》は杖《つえ》を奪《うば》い、ついでに一番上《いちばんうえ》の兄《あに》ののどをかき切《き》りました」

「そうして『死《し》』は、一番上《いちばんうえ》の兄《あに》を自分《じぶん》のものにしました」

「一方《いっぽう》、二番目《ばんめ》の兄《あに》は、ひとり暮《ぐ》らしをしていた自分《じぶん》の家《いえ》に戻《もど》りました。そこですぐに死人《しにん》を呼《よ》び戻《もど》す力《ちから》のある石《いし》を取《と》り出《だ》し、手《て》の中《なか》で三度《と》回《まわ》しました。驚《おどろ》いたことに、そしてうれしいことに、若《わか》くして死《し》んだ、その昔結婚《むかしけっこん》を夢見《ゆめみ》た女性《じょせい》の姿《すがた》が現《あらわ》れました」

「しかし、彼女《かのじょ》は無口《むくち》で冷《つめ》たく、二番目《ばんめ》の兄《あに》とはベールで仕切《しき》られているかのようでした。この世《よ》にもどってきたものの、その女性《じょせい》は完全《かんぜん》にはこの世《よ》にはなじめずに苦《くる》しみました。二番目《ばんめ》の兄《あに》は、望《のぞ》みのない思慕《しぼ》で気《き》も狂《くる》わんばかりになり、彼女《かのじょ》とほんとうに一緒《いっしょ》になるために、とうとう自《みずか》らの命《いのち》を絶《た》ちました」

「そうして『死《し》』は、二番目《ばんめ》の兄《あに》を自分《じぶん》のものにしました」

「しかし三番目《ばんめ》の弟《おとうと》は、『死《し》』が何年探《なんねんさが》しても、けっして見《み》つけることができませんでした。三番目《ばんめ》の弟《おとうと》は、とても高齢《こうれい》になったときに、ついに『透明《とうめい》マント』を脱《ぬ》ぎ、息子《むすこ》にそれを与《あた》えました。そして三番目《ばんめ》の弟《おとうと》は、『死《し》』を古《ふる》い友人《ゆうじん》として迎《むか》え、喜《よろこ》んで『死《し》』とともに行《い》き、同《おな》じ仲間《なかま》として、一緒《いっしょ》にこの世《よ》を去《さ》ったのでした」

ハーマイオニーは本《ほん》を閉《と》じた。ゼノフィリウスは、ハーマイオニーが読《よ》み終《お》えたことにすぐには気《き》づかず、一瞬《いっしゅん》、間《ま》を置《お》いてから、窓《まど》を見《み》つめていた視線《しせん》をはずして言《い》った。

「まあ、そういうことだ」

「え？」ハーマイオニーは混乱《こんらん》したような声《こえ》を出《だ》した。

「それらが、『死《し》の秘宝《ひほう》』だよ」ゼノフィリウスが言《い》った。

ゼノフィリウスは、ひじの所《ところ》にある散《ち》らかったテーブルから羽根《はね》ペンを取《と》り、積《つ》み重《かさ》ねられた本《ほん》の山《やま》の中《なか》から破《やぶ》れた羊皮紙《ようひし》を引《ひ》っ張《ぱ》り出《だ》した。

「ニワトコの杖《つえ》」ゼノフィリウスは、羊皮紙《ようひし》に縦線《たてせん》をまっすぐ一本引《ぽんひ》いた。「蘇《よみがえ》りの石《いし》」と言《い》いながら縦線《たてせん》の上《うえ》に円《えん》を描《か》き足《た》し、「透明《とうめい》マント」と言《い》いながら、縦線《たてせん》と円《えん》とを三角《さんかく》で囲《かこ》んで、ハーマイオニーの関心《かんしん》を引《ひ》いていたシンボルを描《か》き終《お》えた。

「三つを一緒《いっしょ》にして」ゼノフィリウスが言《い》った。「死《し》の秘宝《ひほう》」

「でも、『死《し》の秘宝《ひほう》』という言葉《ことば》は、物語《ものがたり》のどこにも出《で》てきません」ハーマイオニーが言《い》った。

「それは、もちろんそうだ」

ゼノフィリウスは、腹立《はらだ》たしいほど取《と》り澄《す》ました顔《かお》だった。

「それは子供《こども》のおとぎ話《ばなし》だから、知識《ちしき》を与《あた》えるというより楽《たの》しませるように語《かた》られている。しかし、こういうことを理解《りかい》している我々《われわれ》の仲間《なかま》には、この昔話《むかしばなし》が、三つの品《しな》、つまり『秘宝《ひほう》』に言及《げんきゅう》していることがわかるのだ。もし三つを集《あつ》められれば、持《も》ち主《ぬし》は『死《し》』を制《せい》する者《もの》となるだろう」

一瞬《いっしゅん》の沈黙《ちんもく》が訪《おとず》れ、その間《あいだ》にゼノフィリウスは窓《まど》の外《そと》をちらりと見《み》た。太陽《たいよう》はもう西《にし》に傾《かたむ》いていた。

「ルーナはまもなく、充分《じゅうぶん》な数《かず》のプリンピーを捕《つか》まえるはずだ」ゼノフィリウスが低《ひく》い声《こえ》で言《い》った。

「『死《し》を制《せい》する者《もの》』っていうのは――」ロンが口《くち》を開《ひら》いた。

「制《せい》する者《もの》」ゼノフィリウスは、どうでもよいというふうに手《て》を振《ふ》った。「征服者《せいふくしゃ》。勝者《しょうしゃ》。言葉《ことば》は何《なん》でもよい」

「でも、それじゃ……つまり……」

ハーマイオニーがゆっくりと言《い》った。ハリーには、疑《うたが》っていることが少《すこ》しでも声《こえ》に表《あらわ》れないように努力《どりょく》しているのだとわかった。

「あなたは、それらの品《しな》――『秘宝《ひほう》』――が実在《じつざい》すると信《しん》じているのですか？」

ゼノフィリウスは、また眉《まゆ》を吊《つ》り上《あ》げた。

「そりゃあ、もちろんだ」

「でも、ラブグッドさん、どうして信《しん》じられるのかしら――？」その声《こえ》で、ハリーは、ハーマイオニーの抑制《よくせい》が効《き》かなくなりはじめているのを感《かん》じた。

「お嬢《じょう》さん、ルーナが君《きみ》のことをいろいろ話《はな》してくれたよ」ゼノフィリウスが言《い》った。「君《きみ》は知《ち》性《せい》がないわけではないとお見受《みう》けするが、気《き》の毒《どく》なほど想像力《そうぞうりょく》がかぎられている。偏狭《へんきょう》で頑迷《がんめい》だ」

「ハーマイオニー、あの帽子《ぼうし》を試《ため》してみるべきじゃないかな」

ロンがばかばかしい髪飾《かみかざ》りをあごでしゃくった。笑《わら》いださないようにこらえるつらさで、声《こえ》が震《ふる》えている。

「ラブグッドさん」ハーマイオニーがもう一度聞《いちどき》いた。「『透明《とうめい》マント』の類《たぐい》が存在《そんざい》することは、私《わたし》たち三人《にん》とも知《し》っています。めずらしい品《しな》ですが、存在《そんざい》します。でも――」

「ああ、しかし、ミス・グレンジャー、三番目《ばんめ》の秘宝《ひほう》は本物《ほんもの》の『透明《とうめい》マント』なのだ！　つまり、旅行用《りょこうよう》のマントに『目《め》くらまし術《じゅつ》』をしっかり染《し》み込《こ》ませたり、『眩惑《げんわく》の呪《のろ》い』をかけたりした品《しな》じゃないし、『葉隠《はがく》れ獣《じゅう》』の毛《け》で織《お》ったものでもない。この織物《おりもの》は、はじめのうちこそ隠《かく》してくれるが、何年《なんねん》かたつと色《いろ》あせて半透明《はんとうめい》になってしまう。本物《ほんもの》のマントは、着《き》るとまちがいなく完全《かんぜん》に透明《とうめい》にしてくれるし、永久《えいきゅう》に長持《ながも》ちする。どんな呪文《じゅもん》をかけても見透《みとお》せないし、いつもまちがいなく隠《かく》してくれる。ミス・グレンジャー、そういうマントをこれまで何枚見《なんまいみ》たかね？」

ハーマイオニーは答《こた》えようとして口《くち》を開《ひら》いたが、ますます混乱《こんらん》したような顔《かお》でそのまま閉《と》じた。ハリーたち三人《にん》は顔《かお》を見合《みあ》わせた。ハリーは、みなが同《おな》じことを考《かんが》えていると思《おも》った。この瞬間《しゅんかん》、ゼノフィリウスがたった今説明《いませつめい》してくれたマントと寸分《すんぶん》たがわぬ品《しな》が、この部屋《へや》に、しかも自分《じぶん》たちの手《て》にある。

「そのとおり」

ゼノフィリウスは、論理的《ろんりてき》に三人《にん》を言《い》い負《ま》かしたというような調子《ちょうし》だった。

「君《きみ》たちはそんな物《もの》を見《み》たことがない。持《も》ち主《ぬし》はそれだけで、計《はか》り知《し》れないほどの富《とみ》を持《も》つと言《い》えるだろう。ちがうかね？」

ゼノフィリウスは、また窓《まど》の外《そと》をちらりと見《み》た。空《そら》はうっすらとピンクに色《いろ》づいていた。

「それじゃ」ハーマイオニーは落《お》ち着《つ》きを失《うしな》っていた。「その『マント』は実在《じつざい》するとしましょう……ラブグッドさん、石《いし》のことはどうなるのですか？　あなたが『蘇《よみがえ》りの石《いし》』と呼《よ》ばれた、その石《いし》は？」

「どうなるとは、どういうことかね？」

「あの、どうしてそれが現実《げんじつ》のものだと言《い》えますか？」

「そうじゃないと証明《しょうめい》してごらん」ゼノフィリウスが言《い》った。

ハーマイオニーは憤慨《ふんがい》した顔《かお》をした。

「そんな――失礼《しつれい》ですが、そんなこと愚《ぐ》の骨頂《こっちょう》だわ！　実在《じつざい》しないことをいったいどうやって証《しょう》明《めい》できるんですか？　たとえば、私《わたし》が石《いし》を――世界中《せかいじゅう》の石《いし》を集《あつ》めてテストすればいいとでも？　つまり、実在《じつざい》を信《しん》ずる唯一《ゆいいつ》の根拠《こんきょ》が、その実在《じつざい》を否定《ひてい》できないということなら、何《なん》だって実在《じつざい》すると言《い》えるじゃないですか！」

「そう言《い》えるだろうね」ゼノフィリウスが言《い》った。「君《きみ》の心《こころ》が少《すこ》し開《ひら》いてきたようで、喜《よろこ》ばしい」

「それじゃ、『ニワトコの杖《つえ》』は」ハーマイオニーが反論《はんろん》する前《まえ》に、ハリーが急《いそ》いで聞《き》いた。「それも実在《じつざい》すると思《おも》われますか？」

「ああ、まあ、この場合《ばあい》は、数《かぞ》えきれないほどの証拠《しょうこ》がある」ゼノフィリウスが言《い》った。「秘宝《ひほう》の中《なか》でも『ニワトコの杖《つえ》』は最《もっと》も容易《ようい》に跡《あと》を追《お》える。杖《つえ》が手《て》から手《て》へと渡《わた》る方法《ほうほう》のせいだがね」

「その方法《ほうほう》って？」ハリーが聞《き》いた。

「その方法《ほうほう》とは、真《しん》に杖《つえ》の所持者《しょじしゃ》となるためには、その前《まえ》の持《も》ち主《ぬし》から杖《つえ》を奪《うば》わなければならないということだ。『極悪人《ごくあくにん》エグバート』が『悪人《あくにん》エメリック』を虐殺《ぎゃくさつ》して杖《つえ》を手《て》に入《い》れた話《はなし》は、もちろん聞《き》いたことがあるだろうね？　ゴデロットが、息子《むすこ》のヘレワードに杖《つえ》を奪《うば》われて、自宅《じたく》の地下室《ちかしつ》で死《し》んだ話《はなし》も？　あの恐《おそ》ろしいロクシアスが、バーナバス・デベリルを殺《ころ》して、杖《つえ》を手《て》に入《い》れたことも？『ニワトコの杖《つえ》』の血《ち》の軌跡《きせき》は、魔法史《まほうし》のページに点々《てんてん》と残《のこ》っている」

ハリーはハーマイオニーをちらりと見《み》た。顔《かお》をしかめてゼノフィリウスを見《み》てはいたが、ハーマイオニーは反対《はんたい》を唱《とな》えなかった。

「それじゃ、『ニワトコの杖《つえ》』は、今《いま》どこにあるのかなぁ？」ロンが聞《き》いた。

「嗚呼《ああ》、誰《たれ》ぞ知《し》るや？」ゼノフィリウスは窓《まど》の外《そと》を眺《なが》めながら言《い》った。「『ニワトコの杖《つえ》』がどこに隠《かく》されているか、誰《だれ》が知《し》ろう？　アーカスとリビウスのところで、跡《あと》がとだえているのだ。ロクシアスを打《う》ち負《ま》かして杖《つえ》を手《て》に入《い》れたのがどちらなのか、誰《だれ》が知《し》ろう？　そのどちらかを、また別《べつ》の誰《だれ》が負《ま》かしたかもしれぬと、誰《だれ》が知《し》ろう？　歴史《れきし》は、嗚呼《ああ》、語《かた》ってくれぬ」

一瞬《いっしゅん》の沈黙《ちんもく》の後《のち》、ハーマイオニーが切《き》り口上《こうじょう》に質問《しつもん》した。

「ラブグッドさん、ペベレル家《け》と『死《し》の秘宝《ひほう》』は、何《なに》か関係《かんけい》がありますか？」

ゼノフィリウスは度肝《どぎも》を抜《ぬ》かれた顔《かお》をし、ハリーは記憶《きおく》の片隅《かたすみ》が揺《ゆ》すぶられた。しかし、ハリーにはそれが何《なん》なのか、はっきりとは思《おも》い出《だ》せなかった。ペベレル……どこかで聞《き》いた名前《なまえ》だ……。

「なんと、お嬢《じょう》さん、私《わたし》は今《いま》まで勘《かん》ちがいをしていたようだ！」

ゼノフィリウスは椅子《いす》にしゃんと座《すわ》りなおし、驚《おどろ》いたように目玉《めだま》をぎょろぎょろさせてハーマイオニーを見《み》ていた。

「君《きみ》を『秘宝《ひほう》の探求《たんきゅう》』の初心者《しょしんしゃ》とばかり思《おも》っていた！　探求者《たんきゅうしゃ》たちの多《おお》くは、ペベレルこそ『秘宝《ひほう》』のすべてを――すべてを！　――握《にぎ》っていると考《かんが》えている！」

「ペベレルって誰《だれ》？」ロンが聞《き》いた。

「ゴドリックの谷《たに》に、その印《しるし》がついた墓石《ぼせき》があったの。その墓《はか》の名前《なまえ》よ」ゼノフィリウスをじっと見《み》たまま、ハーマイオニーが答《こた》えた。「イグノタス・ペベレル」

「いかにもそのとおり！」ゼノフィリウスは、ひとくさり論《ろん》じたそうに人差《ひとさ》し指《ゆび》を立《た》てた。「イグノタスの墓《はか》の『死《し》の秘宝《ひほう》』の印《しるし》こそ、決定的《けっていてき》な証拠《しょうこ》だ！」

「何《なん》の？」ロンが聞《き》いた。

「これはしたり！　物語《ものがたり》の三兄弟《さんきょうだい》とは、実在《じつざい》するペベレル家《け》の兄弟《きょうだい》、アンチオク、カドマス、イグノタスであるという証拠《しょうこ》だ！　三人《にん》が秘宝《ひほう》の最初《さいしょ》の持《も》ち主《ぬし》たちだという証拠《しょうこ》なのだ！」

またしても窓《まど》の外《そと》に目《め》を走《はし》らせると、ゼノフィリウスは立《た》ち上《あ》がって盆《ぼん》を取《と》り上《あ》げ、らせん階《かい》段《だん》に向《む》かった。

「夕食《ゆうしょく》を食《た》べていってくれるだろうね？」再《ふたた》び階下《かいか》に姿《すがた》を消《け》したゼノフィリウスの声《こえ》が聞《き》こえた。

「誰《だれ》でも必《かなら》ず、川《かわ》プリンピー・スープのレシピを聞《き》くんだよ」

「たぶん、聖《せい》マンゴの中毒治療科《ちゅうどくちりょうか》に見《み》せるつもりだぜ」ロンがこっそり言《い》った。

ハリーは、下《した》のキッチンでゼノフィリウスが動《うご》き回《まわ》る音《おと》が聞《き》こえてくるのを待《ま》って、口《くち》を開《ひら》いた。

「どう思《おも》う？」ハリーはハーマイオニーに聞《き》いた。

「ああ、ハリー」ハーマイオニーはうんざりしたように言《い》った。

「ばかばかしいの一言《ひとこと》よ。あの印《しるし》のほんとうの意味《いみ》が、こんな話《はなし》のはずはないわ。ラブグッド独《どく》特《とく》のへんてこな解釈《かいしゃく》にすぎないのよ。時間《じかん》のむだだったわ」

「『しわしわ角《づの》スノーカック』を世《よ》に出《だ》したやつの、いかにも言《い》いそうなことだぜ」ロンが言《い》った。

「君《きみ》も信用《しんよう》していないんだね？」ハリーが聞《き》いた。

「ああ、あれは、子供《こども》たちの教訓《きょうくん》になるようなおとぎ話《ばなし》の一つだろ？『君子《くんし》危《あや》うきに近寄《ちかよ》らず、けんかはするな、寝《ね》た子《こ》を起《お》こすな！　目立《めだ》つな、よけいなおせっかいをやくな、それで万事《ばんじ》オッケー』。そう言《い》えば――」ロンが言葉《ことば》を続《つづ》けた。「ニワトコの杖《つえ》が不幸《ふこう》を招《まね》くって、あの話《はなし》から来《き》てるのかもな」

「何《なん》の話《はなし》だ？」

「迷信《めいしん》の一つだよ。『真夏生《まなつう》まれの魔女《まじょ》は、マグルと結婚《けっこん》する』、『朝《あした》に呪《のろ》えば、暮《く》れには解《と》ける』『ニワトコの杖《つえ》、永久《とこしえ》に不幸《ふこう》』。聞《き》いたことがあるはずだ。僕《ぼく》のママなんか、迷信《めいしん》どっさりさ」

「ハリーも私《わたし》も、マグルに育《そだ》てられたのよ」ハーマイオニーがロンの勘《かん》ちがいを正《ただ》した。「私《わたし》たちの教《おし》えられた迷信《めいしん》はちがうわ」

その時《とき》、キッチンからかなりの刺激臭《しげきしゅう》が漂《ただよ》ってきて、ハーマイオニーは深《ふか》いため息《いき》をついた。

ゼノフィリウスにいらいらさせられたおかげで、ハーマイオニーがロンへのいらだちを忘《わす》れてしまったのは、幸《さいわ》いだった。

「あなたの言《い》うとおりだと思《おも》うわ」ハーマイオニーがロンに話《はな》しかけた。「単《たん》なる道徳話《どうとくばなし》なのよ。どの贈《おく》り物《もの》が一番《いちばん》よいかは明白《めいはく》だわ。どれを選《えら》ぶべきかと言《い》えば――」

三人《にん》が同時《どうじ》に声《こえ》を出《だ》した。ハーマイオニーは「マント」、ロンは「杖《つえ》」、そしてハリーは「石《いし》」と言《い》った。

三人《にん》は、驚《おどろ》きとおかしさが半々《はんはん》で顔《かお》を見合《みあ》わせた。

「『マント』と答《こた》えるのが正解《せいかい》だろうとは思《おも》うけど」ロンがハーマイオニーに言《い》った。「でも、杖《つえ》があれば、透明《とうめい》になる必要《ひつよう》はないんだ。『無敵《むてき》の杖《つえ》』だよ、ハーマイオニー、しっかりしろ！」

「僕《ぼく》たちにはもう、『透明《とうめい》マント』があるんだ」ハリーが言《い》った。

「それに、私《わたし》たち、それにずいぶん助《たす》けられたわ。お忘《わす》れじゃないでしょうね！」ハーマイオニーが言《い》った。「ところが杖《つえ》は、まちがいなく面倒《めんどう》を引《ひ》き起《お》こす運命《うんめい》――」

「――大声《おおごえ》で宣伝《せんでん》すれば、だよ」ロンが反論《はんろん》した。「まぬけならってことさ。杖《つえ》を高々《たかだか》と掲《かか》げて振《ふ》り回《まわ》しながら踊《おど》り回《まわ》って、歌《うた》うんだ。『無敵《むてき》の杖《つえ》を持《も》ってるぞ、勝《か》てると思《おも》うならかかってこい』なんてさ。口《くち》にチャックしておけば――」

「ええ、でも口《くち》にチャックしておくなんて、できるかしら？」ハーマイオニーは疑《うたが》わしげに言《い》った。「あのね、ゼノフィリウスの話《はなし》の中《なか》で、真実《しんじつ》はたった一つ、何百年《なんびゃくねん》にもわたって、強力《きょうりょく》な杖《つえ》に関《かん》するいろいろの話《はなし》があったということよ」

「あったの？」ハリーが聞《き》いた。

ハーマイオニーはひどくいらいらした顔《かお》をしたが、それがいかにもハーマイオニーらしくて憎《にく》めない顔《かお》だったので、ハリーとロンは顔《かお》を見合《みあ》わせてニヤリとした。

「『死《し》の杖《つえ》』、『宿命《しゅくめい》の杖《つえ》』、そういうふうに名前《なまえ》のちがう杖《つえ》が、何世紀《なんせいき》にもわたってときどき現《あらわ》れるわ。たいがい闇《やみ》の魔法使《まほうつか》いの持《も》つ杖《つえ》で、持《も》ち主《ぬし》が杖《つえ》の自慢《じまん》をしているの。ビンズ先生《せんせい》が何度《なんど》かお話《はな》しされたわ――でも――ええ、すべてナンセンス。杖《つえ》の力《ちから》は、それを使《つか》う魔法使《まほうつか》いの力《ちから》しだいですもの。魔法使《まほうつか》いの中《なか》には、自分《じぶん》の杖《つえ》がほかのより大《おお》きくて強《つよ》いなんて、自慢《じまん》したがる人《ひと》がいるというだけよ」

「でも、こうは考《かんが》えられないか？」ハリーが言《い》った。「そういう杖《つえ》は――『死《し》の杖《つえ》』とか『宿命《しゅくめい》の杖《つえ》』だけど――同《おな》じ杖《つえ》が、何世紀《なんせいき》にもわたって、名前《なまえ》を変《か》えて登場《とうじょう》するって」

「おい、そいつらは全部《ぜんぶ》、『死《し》』が作《つく》った本物《ほんもの》の『ニワトコの杖《つえ》』だってことか？」ロンが言《い》った。

ハリーは笑《わら》った。ふと思《おも》いついた考《かんが》えだったが、結局《けっきょく》、ありえないと思《おも》ったからだ。ヴォルデモートに空中追跡《くうちゅうついせき》されたあの晩《ばん》、ハリーの杖《つえ》が何《なに》をしたにしても、あの杖《つえ》は柊《ひいらぎ》でニワトコではなかったし、オリバンダーが作《つく》った杖《つえ》だ。ハリーはそう自分《じぶん》に言《い》い聞《き》かせた。それに、もしハリーの杖《つえ》が無敵《むてき》だったのなら、折《お》れてしまうわけがない。

「それじゃ、君《きみ》はどうして石《いし》を選《えら》ぶんだ？」ロンがハリーに聞《き》いた。

「うーん、もしそれで呼《よ》び戻《もど》せるなら、シリウスも……マッド-アイも……ダンブルドアも……僕《ぼく》の両親《りょうしん》も……」

ロンもハーマイオニーも笑《わら》わなかった。

「でも、『吟遊詩人《ぎんゆうしじん》ビードルの物語《ものがたり》』では、死者《ししゃ》は戻《もど》りたがらないということだったよね？」今聞《いまき》いたばかりの話《はなし》を思《おも》い出《だ》しながら、ハリーが言《い》った。

「ほかにも、石《いし》が死者《ししゃ》をよみがえらせる話《はなし》がたくさんあるってわけじゃないだろう？」

ハリーはハーマイオニーに聞《き》いた。

「ないわ」ハーマイオニーが悲《かな》しそうに答《こた》えた。「ラブグッドさん以外《いがい》に、そんなことが可能《かのう》だと思《おも》い込《こ》める人《ひと》はいないでしょうよ。ビードルはたぶん、『賢者《けんじゃ》の石《いし》』から思《おも》いついたんだと思《おも》うわ。つまり、不老不死《ふろうふし》の石《いし》のかわりに、死《し》を逆戻《ぎゃくもど》しする石《いし》にして」

キッチンからの悪臭《あくしゅう》は、ますます強《つよ》くなってきた。下着《したぎ》を焼《や》くような臭《にお》いだ。せっかくの気持《きも》ちを傷《きず》つけないようにしたくとも、どれだけゼノフィリウスの料理《りょうり》が食《た》べられるか、ハリーには自信《じしん》がなかった。

「でもさ、『マント』はどうだ?」ロンはゆっくりと言《い》った。「あいつの言《い》うことが正《ただ》しいと思《おも》わないか? 僕《ぼく》なんか、ハリーの『マント』に慣《な》れっこになっちゃって、どんなにすばらしいかなんて、考《かんが》えたこともないけど、ハリーの持《も》っているようなマントの話《はなし》は、ほかに聞《き》いたことないぜ。絶対確実《ぜったいかくじつ》だものな。僕《ぼく》たち、あれを着《き》てて見《み》つかったことないし──」

「あたりまえでしょ──あれを着《き》ていれば見《み》えないのよ、ロン!」

「だけど、あいつが言《い》ってたほかのマントのこと──それに、そういうやつだって、二束三《にそくさん》クヌートってわけじゃないぜ──全部《ぜんぶ》ほんとうだ! 今《いま》まで考《かんが》えてもみなかったけど、古《ふる》くなって呪文《じゅもん》の効果《こうか》が切《き》れたマントの話《はなし》を聞《き》いたことがあるし、呪文《じゅもん》で破《やぶ》られて、穴《あな》が開《あ》いた話《はなし》も聞《き》いた。ハリーのマントはお父《とう》さんが持《も》っていたやつだから、厳密《げんみつ》には新品《しんぴん》じゃないのにさ、それでも何《なん》て言《い》うか……完璧《かんぺき》!」

「ええ、そうね、でもロン、石《いし》は……」

二人《ふたり》が小声《こごえ》で議論《ぎろん》している間《あいだ》、ハリーはそれを聞《き》くともなく聞《き》きながら、部屋《へや》を歩《ある》き回《まわ》っていた。らせん階段《かいだん》に近《ちか》づき、なにげなく上《うえ》を見《み》たとたん、ハリーはどきりとした。自分《じぶん》の顔《かお》が上《うえ》の部屋《へや》の天井《てんじょう》から見下《みお》ろしている。一瞬《いっしゅん》うろたえたが、ハリーはそれが鏡《かがみ》でなく、絵《え》であることに気《き》づいた。好奇心《こうきしん》にかられて、ハリーは階段《かいだん》を上《のぼ》りはじめた。

「ハリー、何《なに》してるの？　ラブグッドさんがいないのに、勝手《かって》にあちこち見《み》ちゃいけないと思《おも》うわ！」

しかしハリーはもう、上《うえ》の階《かい》にいた。

ルーナは部屋《へや》の天井《てんじょう》を、すばらしい絵《え》で飾《かざ》っていた。ハリー、ロン、ハーマイオニー、ジニー、ネビルの五人《にん》の顔《かお》の絵《え》だ。ホグワーツの絵《え》のように動《うご》いたりはしなかったが、それにもかかわらず、絵《え》には魔法《まほう》のような魅力《みりょく》があった。ハリーには、五人《にん》が息《いき》をしているように思《おも》えた。絵《え》の周《まわ》りに細《こま》かい金《きん》の鎖《くさり》が織《お》り込《こ》んであり、五人《にん》をつないでいる。しばらく絵《え》を眺《なが》めていたハリーは、鎖《くさり》が実《じつ》は、金色《きんいろ》のインクで同《おな》じ言葉《ことば》を何度《なんど》もくり返《かえ》し描《か》いたものだと気《き》づいた。

ともだち……ともだち……ともだち……。

ハリーはルーナに対《たい》して、熱《あつ》いものが一気《いっき》にあふれ出《だ》すのを感《かん》じた。ハリーは部屋《へや》を見回《みまわ》した。ベッドの脇《わき》に大《おお》きな写真《しゃしん》があり、小《ちい》さいころのルーナと、ルーナそっくりの顔《かお》をした女性《じょせい》が抱《だ》き合《あ》っている。この写真《しゃしん》のルーナは、ハリーがこれまで見《み》てきたどのルーナよりも、きちんとした身《み》なりをしていた。写真《しゃしん》はほこりをかぶっていた。何《なん》だか変《へん》だ。ハリーは周《まわ》りをよく見《み》た。

何《なに》かがおかしい。淡《あわ》い水色《みずいろ》のじゅうたんにはほこりが厚《あつ》く積《つ》もっている。洋服《ようふく》だんすには一着《ちゃく》も服《ふく》がないし、ドアが半開《はんびら》きのままだ。ベッドは冷《ひ》えてよそよそしく、何週間《なんしゅうかん》も人《ひと》の寝《ね》た気配《けはい》がない。一番手近《いちばんてぢか》の窓《まど》には、真《ま》っ赤《か》に染《そ》まった空《そら》を背景《はいけい》に、クモの巣《す》が一つ張《は》っている。

「どうかしたの？」

ハリーが下《お》りていくと、ハーマイオニーが聞《き》いた。しかし、ハリーが答《こた》える前《まえ》に、ゼノフィリウスがキッチンから上《あ》がってきた。今度《こんど》はスープ皿《ざら》をのせた盆《ぼん》を運《はこ》んできた。

「ラブグッドさん。ルーナはどこですか？」ハリーが聞《き》いた。

「何《なに》かね？」

「ルーナはどこですか？」

ゼノフィリウスは、階段《かいだん》の一番上《いちばんうえ》で、はたと止《と》まった。

「さ――さっきから言《い》ってるとおりだ。『端《はし》の橋《はし》』でプリンピー釣《づ》りをしている」

「それじゃ、なぜお盆《ぼん》に四人分《にんぶん》しかないんですか？」

ゼノフィリウスは口《くち》を開《ひら》いたが、声《こえ》が出《で》てこなかった。相変《あいか》わらず聞《き》こえてくる印刷機《いんさつき》のバタバタという騒音《そうおん》と、ゼノフィリウスの手《て》の震《ふる》えでカタカタ鳴《な》る盆《ぼん》の音《おと》だけが聞《き》こえた。

「ルーナは、もう何週間《なんしゅうかん》もここにはいない」ハリーが言《い》った。「洋服《ようふく》はないし、ベッドには寝《ね》た跡《あと》がない。ルーナはどこですか？　それに、どうしてしょっちゅう窓《まど》の外《そと》を見《み》るんですか？」

ゼノフィリウスは盆《ぼん》を取《と》り落《お》とし、スープ皿《ざら》が跳《は》ねて砕《くだ》けた。ハリー、ロン、ハーマイオニーは杖《つえ》を抜《ぬ》いた。ゼノフィリウスは、手《て》をポケットに突《つ》っ込《こ》もうとして、その場《ば》に凍《こお》りついた。そのとたん、印刷機《いんさつき》が大《おお》きくバーンと音《おと》を立《た》て、『ザ・クィブラー』誌《し》がテーブルクロスの下《した》から床《ゆか》に流《なが》れ出《で》てきた。印刷機《いんさつき》はやっと静《しず》かになった。

ハーマイオニーが、杖《つえ》をラブグッド氏《し》に向《む》けたまま、かがんで一冊《さつ》拾《ひろ》い上《あ》げた。

「ハリー、これを見《み》て」

ハリーはごたごたの山《やま》の中《なか》をできるだけ急《いそ》いで、ハーマイオニーのそばに行《い》った。『ザ・クィブラー』には、ハリーの写真《しゃしん》とともに「問題分子《もんだいぶんし》ナンバーワン」の文字《もじ》が鮮《あざ》やかに書《か》かれ、見出《みだ》しには賞金額《しょうきんがく》が書《か》いてあった。

「『ザ・クィブラー』は、それじゃ、論調《ろんちょう》が変《か》わったということですか？」

ハリーはめまぐるしく頭《あたま》を働《はたら》かせながら、冷《つめ》たい声《こえ》で聞《き》いた。

「ラブグッドさん、庭《にわ》に出《で》ていったとき、あなたはそういうことをしていたわけですか？　魔法《まほう》省《しょう》にふくろうを送《おく》ったのですね？」

ゼノフィリウスは唇《くちびる》をなめた。

「私《わたし》のルーナが連《つ》れ去《さ》られた」ゼノフィリウスがささやくように言《い》った。「私《わたし》が書《か》いていた記事《きじ》のせいで。あいつらは私《わたし》のルーナを連《つ》れていった。どこにいるのか、連中《れんちゅう》がルーナに何《なに》をしたのか、私《わたし》にはわからない。しかし、私《わたし》のルーナを返《かえ》してもらうのには、もしかしたら——もしかしたら——」

「ハリーを引《ひ》き渡《わた》せば？」ハーマイオニーが言葉《ことば》を引《ひ》き取《と》った。

「そうはいかない」ロンがきっぱり言《い》った。「じゃまするな。僕《ぼく》たちは出《で》ていくんだから」

ゼノフィリウスは死人《しにん》のように青《あお》ざめ、老《ふ》けて百歳《さい》にも見《み》えた。唇《くちびる》が引《ひ》きつり、すさまじい形相《ぎょうそう》を浮《う》かべている。

「連中《れんちゅう》は今《いま》にもやってくる。私《わたし》はルーナを救《すく》わなければならない。ルーナを失《うしな》うわけにはいかない。君《きみ》たちは、ここを出《で》てはならないのだ」

ゼノフィリウスは、階段《かいだん》で両手《りょうて》を広《ひろ》げた。ハリーの目《め》に、突然《とつぜん》、自分《じぶん》のベビーベッドの前《まえ》で同《おな》じことをした母親《ははおや》の姿《すがた》が浮《う》かんだ。

「僕《ぼく》たちに、手荒《てあら》なことをさせないでください」ハリーが言《い》った。「どいてください、ラブグッドさん」

「ハリー!」ハーマイオニーが悲鳴《ひめい》を上《あ》げた。

箒《ほうき》に乗《の》った人影《ひとかげ》が窓《まど》の向《む》こうを飛《と》び過《す》ぎた。三人《にん》が目《め》を離《はな》したすきに、ゼノフィリウスが杖《つえ》を抜《ぬ》いた。ハリーは危《あや》ういところで油断《ゆだん》に気《き》づき、横《よこ》っ飛《と》びに跳《と》んで、ロンとハーマイオニーを呪《じゅ》文《もん》の通《とお》り道《みち》から押《お》しのけた。ゼノフィリウスの「失神呪文《しっしんじゅもん》」は、部屋《へや》を横切《よこぎ》ってエルンペントの角《つの》に当《あ》たった。

ものすごい爆発《ばくはつ》だった。部屋《へや》が吹《ふ》っ飛《と》んだかと思《おも》うような音《おと》だった。木《き》や紙《かみ》の破片《はへん》、瓦礫《がれき》が四《し》方八方《ほうはっぽう》に飛《と》び散《ち》り、前《まえ》が見《み》えないほどのもうもうたるほこりで、あたりが真《ま》っ白《しろ》になった。ハリーは宙《ちゅう》に飛《と》ばされ、そのあと床《ゆか》に激突《げきとつ》し、両腕《りょううで》でかばった頭《あたま》の上《うえ》に降《ふ》り注《そそ》ぐ破片《はへん》で何《なに》も見《み》えなくなった。ハーマイオニーの悲鳴《ひめい》、ロンの叫《さけ》び声《ごえ》、そして吐《は》き気《け》をもよおすようなドサッという金属音《きんぞくおん》がくり返《かえ》し聞《き》こえた。吹《ふ》き飛《と》ばされたゼノフィリウスが、仰向《あおむ》けにらせん階段《かいだん》を落《お》ちていく音《おと》だと、ハリーには察《さっ》しがついた。

瓦礫《がれき》に半分埋《はんぶんう》もれながら、ハリーは立《た》ち上《あ》がろうとした。舞《ま》い上《あ》がるほこりで、ほとんど息《いき》もできず、目《め》も見《み》えない。天井《てんじょう》は半分吹《はんぶんふ》き飛《と》び、ルーナのベッドの端《はし》が天井《てんじょう》の穴《あな》からぶら下《さ》がっていた。顔《かお》が半分《はんぶん》なくなったロウェナ・レイブンクローの胸像《きょうぞう》がハリーの脇《わき》に倒《たお》れ、切《き》れ切《ぎ》れになった羊皮紙《ようひし》は宙《ちゅう》を舞《ま》い、印刷機《いんさつき》の大部分《だいぶぶん》は横倒《よこだお》しになって、キッチンへ下《お》りる階段《かいだん》の一番上《いちばんうえ》をふさいでいた。その時《とき》、白《しろ》い人影《ひとかげ》がハリーのそばで動《うご》き、ほこりに覆《おお》われてまるで二個目《こめ》の石像《せきぞう》になったようなハーマイオニーが、唇《くちびる》に人差《ひとさ》し指《ゆび》を当《あ》てていた。

一階《かい》の扉《とびら》がすさまじい音《おと》を立《た》てて開《ひら》いた。

「トラバース、だから急《いそ》ぐ必要《ひつよう》はないと言《い》ったろう？」荒々《あらあら》しい声《こえ》が言《い》った。「このイカレポンチが、またたわ言《ごと》を言《い》っているだけだと言《い》ったろう？」

バーンという音《おと》と、ゼノフィリウスが痛《いた》みで悲鳴《ひめい》を上《あ》げるのが聞《き》こえた。

「ちがう……ちがう……二階《かい》に……ポッターが！」

「先週《せんしゅう》言《い》ったはずだぞ、ラブグッド、もっと確実《かくじつ》な情報《じょうほう》でなければ我々《われわれ》は来《こ》ないとな！　先週《せんしゅう》のことを覚《おぼ》えているだろうな？　あのばかばかしい髪飾《かみかざ》りと娘《むすめ》を交換《こうかん》したいと言《い》ったな？　その一週間前《しゅうかんまえ》は――」またバーンという音《おと》と叫《さけ》び声《ごえ》。「――おまえは何《なに》を考《かんが》えていた？　何《なん》とか言《い》う変《へん》な動物《どうぶつ》が実在《じつざい》する証拠《しょうこ》を提供《ていきょう》すれば、我々《われわれ》が娘《むすめ》を返《かえ》すと思《おも》ったと？　しわしわ――」バーン。「――アタマの――」バーン。「――スノーカックだと？」

「ちがうちがうお願《ねが》いだ！」ゼノフィリウスはすすり泣《な》いた。「本物《ほんもの》のポッターだ！　ほんとうだ！」

「それなのに今度《こんど》は、我々《われわれ》をここに呼《よ》んでおいて、吹《ふ》っ飛《と》ばそうとしたとは！」

死喰《しく》い人《びと》がほえわめき、バーンという音《おと》の連発《れんぱつ》の合間《あいま》に、ゼノフィリウスの苦《くる》しむ悲鳴《ひめい》が聞《き》こえた。

「セルウィン、この家《いえ》は今《いま》にも崩《くず》れ落《お》ちそうだぞ」もう一人《ひとり》の冷静《れいせい》な声《こえ》が、めちゃめちゃになった階段《かいだん》を伝《つた》って響《ひび》いてきた。「階段《かいだん》は完全《かんぜん》に遮断《しゃだん》されている。取《と》りはずしてみたらどうかな？ここ全体《ぜんたい》が崩《くず》れるかもしれんな」

「この小汚《こぎたな》いうそつきめ」セルウィンと呼《よ》ばれた魔法使《まほうつか》いが叫《さけ》んだ。「ポッターなど、今《いま》まで見《み》たこともないのだろう？我々《われわれ》をここにおびき寄《よ》せて、殺《ころ》そうと思《おも》ったのだろうが？こんなことで娘《むすめ》が戻《もど》るとでも思《おも》うのか？」

「うそじゃない……うそじゃない……ポッターが二階《かい》にいる！」

「ホメナム　レベリオ！　人《ひと》、現《あらわ》れよ！」階段下《かいだんした》で声《こえ》がした。

ハリーはハーマイオニーが息《いき》をのむのを聞《き》いた。それから、何《なに》かが自分《じぶん》の上《うえ》にスーッと低《ひく》く飛《と》んできて、その影《かげ》の中《なか》にハリーの体《からだ》を取《と》り込《こ》むような奇妙《きみょう》な感《かん》じがした。

「上《うえ》にたしかに誰《だれ》かいるぞ、セルウィン」二番目《ばんめ》の声《こえ》が鋭《するど》く言《い》った。

「ポッターだ。ほんとうに、ポッターなんだ！」ゼノフィリウスがすすり泣《な》いた。「お願《ねが》いだ……お願《ねが》いだ……私《わたし》のルーナを返《かえ》してくれ。ルーナを私《わたし》の所《ところ》に返《かえ》して……」

「おまえの小娘《こむすめ》を返《かえ》してやろう、ラブグッド」セルウィンが言《い》った。「この階段《かいだん》を上《あ》がって、ハリー・ポッターをここに連《つ》れてきたならばな。しかしこれが策略《さくりゃく》だったら、罠《わな》を仕掛《しか》けて上《うえ》にいる仲間《なかま》に我々《われわれ》を待《ま》ち伏《ぶ》せさせているんだったら、おまえの娘《むすめ》は、埋葬《まいそう》のために一部《いちぶ》だけを返《かえ》してやるかどうか考《かんが》えよう」

ゼノフィリウスは、恐怖《きょうふ》と絶望《ぜつぼう》でむせび泣《な》いた。あたふたと、あちこち引《ひ》っかき回《まわ》すような音《おと》がした。ゼノフィリウスが、階段《かいだん》を覆《おお》う瓦礫《がれき》をかき分《わ》けて、上《あ》がってこようとしている。

「さあ」ハリーがささやいた。「ここから出《で》なくては」

ゼノフィリウスが階段《かいだん》を上《あ》がろうとするやかましい音《おと》に紛《まぎ》れて、ハリーは瓦礫《がれき》の中《なか》から自分《じぶん》の体《からだ》を掘《ほ》り出《だ》しはじめた。ロンが一番深《いちばんふか》く埋《う》まっていた。ハリーとハーマイオニーは、ロンが埋《う》まっている所《ところ》まで、なるべく音《おと》を立《た》てないように瓦礫《がれき》の山《やま》を歩《ある》いていった。ロンは、両足《りょうあし》に乗《の》った重《おも》いたんすを、何《なん》とかして取《と》り除《のぞ》こうとしていた。ゼノフィリウスがたたいたり掘《ほ》ったりする音《おと》が、しだいに近《ちか》づいてくる。ハーマイオニーは「浮遊術《ふゆうじゅつ》」でやっとロンを動《うご》けるようにした。

「これでいいわ」

ハーマイオニーが小声《こごえ》で言《い》った。階段《かいだん》の一番上《いちばんうえ》をふさいでいる印刷機《いんさつき》が、ガタガタ揺《ゆ》れはじめた。ゼノフィリウスはすぐそこまで来《き》ているようだ。

「ハリー、私《わたし》を信《しん》じてくれる？」ほこりで真《ま》っ白《しろ》な姿《すがた》のハーマイオニーが聞《き》いた。

ハリーはうなずいた。

「オッケー、それじゃ」ハーマイオニーが小声《こごえ》で言《い》った。「『透明《とうめい》マント』を使《つか》うわ。ロン、あなたが着《き》るのよ」

「僕《ぼく》？　でもハリーが――」

「お願《ねが》い、ロン！　ハリー、私《わたし》の手《て》をしっかり握《にぎ》って。ロン、私《わたし》の肩《かた》をつかんで」

ハリーは左手《ひだりて》を出《だ》してハーマイオニーの手《て》を握《にぎ》った。ロンは『マント』の下《した》に消《き》えた。階段《かいだん》をふさいでいる壊《こわ》れた印刷機《いんさつき》は、まだ揺《ゆ》れていた。ゼノフィリウスは、「浮遊術《ふゆうじゅつ》」で印刷機《いんさつき》を動《うご》かそうとしている。ハリーには、ハーマイオニーが何《なに》を待《ま》っているのかわからなかった。

「しっかりつかまって」ハーマイオニーがささやいた。

「しっかりつかまって……まもなくよ……」

ゼノフィリウスの真《ま》っ青《さお》な顔《かお》が、倒《たお》れたサイドボードの上《うえ》から現《あらわ》れた。

「オブリビエイト！　忘《わす》れよ！」ハーマイオニーはまずゼノフィリウスの顔《かお》に杖《つえ》を向《む》けて叫《さけ》び、それから床《ゆか》に向《む》けて叫《さけ》んだ。「デプリモ！　沈《しず》め！」

ハーマイオニーは居間《いま》の床《ゆか》に穴《あな》を開《あ》けていた。三人《にん》は石《いし》が落《お》ちるように落《お》ちていった。ハリーは、ハーマイオニーの手《て》をしっかり握《にぎ》ったままだ。下《した》で悲鳴《ひめい》が上《あ》がり、破《やぶ》れた天井《てんじょう》から降《ふ》ってくる大量《たいりょう》の瓦礫《がれき》や壊《こわ》れた家具《かぐ》の雨《あめ》をよけて逃《に》げる、二人《ふたり》の男《おとこ》の姿《すがた》がちらりとハリーの目《め》に入《はい》った。

ハーマイオニーが空中《くうちゅう》で身《み》をよじり、ハリーは、家《いえ》が崩《くず》れるごう音《おん》を耳《みみ》にしながら、ハーマイオニーに引《ひ》きずられて再《ふたた》び暗闇《くらやみ》の中《なか》に入《はい》っていた。

第《だい》22章《しょう》 死《し》の秘宝《ひほう》

ハリーはあえぎながら草《くさ》の上《うえ》に落《お》ち、ようやく立《た》ち上《あ》がった。三人《にん》は、夕暮《ゆうぐ》れのどこか野原《のはら》の一角《いっかく》に着地《ちゃくち》したようだった。ハーマイオニーはもう杖《つえ》を振《ふ》り、周《まわ》りに円《えん》を描《えが》いて走《はし》っていた。

「プロテゴ トタラム《ばんぜんのまもり》……サルビオ ヘクシア《のろいをさけよ》……」

「あの裏切《うらぎ》り者《もの》！ 老《お》いぼれの悪党《あくとう》！」ロンはゼイゼイ言《い》いながら「透明《とうめい》マント」を脱《ぬ》いで現《あらわ》れ、マントをハリーに放《ほう》り投《な》げた。「ハーマイオニー、君《きみ》って天才《てんさい》だ。大天才《だいてんさい》だ。あそこから逃《に》げおおせたなんて、信《しん》じられないよ！」

「カーベ イニミカム《てきをけいかいせよ》……だから、エルンペントの角《つの》だって言《い》ったでしょう？ あの人《ひと》にちゃんと教《おし》えてあげたのに――。結局《けっきょく》、あの人《ひと》の家《いえ》は吹《ふ》き飛《と》んでしまったじゃない！」

「罰《ばち》が当《あ》たったんだ」

ロンは、破《やぶ》れたジーンズと両足《りょうあし》の切《き》り傷《きず》を調《しら》べながら言《い》った。

「連中《れんちゅう》は、あいつをどうすると思《おも》う？」

「あぁ、殺《ころ》したりしなければいいんだけど！」ハーマイオニーがうめいた。「だから、あそこを離《はな》れる前《まえ》に、死喰《しく》い人《びと》たちにハリーの姿《すがた》をちらっとでも見《み》せたかったの。そしたら、ゼノフィリウスがうそをついていたんじゃないってわかるから！」

「だけど、どうして僕《ぼく》を隠《かく》したんだ？」ロンが聞《き》いた。

「ロン、あなたは黒斑病《こくはんびょう》で寝《ね》ていることになってるの！　死喰《しく》い人《びと》は、父親《ちちおや》がハリーを支持《しじ》しているからってルーナをさらったのよ！　あなたがハリーと一緒《いっしょ》にいるのを見《み》たら、あの人《ひと》たちが、あなたの家族《かぞく》に何《なに》をするかわからないでしょう？」

「だけど、君《きみ》のパパやママは？」

「オーストラリアだもの」ハーマイオニーが言《い》った。「大丈夫《だいじょうぶ》なはずよ。二人《ふたり》は何《なに》も知《し》らないわ」

「君《きみ》って天才《てんさい》だ」ロンは感服《かんぷく》しきった顔《かお》でくり返《かえ》した。

「うん、ハーマイオニー、天才《てんさい》だよ」ハリーも心《こころ》から同意《どうい》した。「君《きみ》がいなかったら、僕《ぼく》たちどうなっていたかわからない」

ハーマイオニーはニッコリしたが、すぐに真顔《まがお》になった。

「ルーナはどうなるのかしら？」

「うーん、あいつらの言《い》ってることがほんとうで、ルーナがまだ生《い》きてるとすれば――」

ロンが言《い》いかけた。

「やめて、そんなこと言《い》わないで！」ハーマイオニーが金切《かなき》り声《ごえ》を上《あ》げた。「ルーナは生《い》きてるはずよ。生《い》きていなくちゃ！」

「それならアズカバンにいる、と思《おも》うな」ロンが言《い》った。「だけど、あそこで生《い》き延《の》びられるかどうか……大勢《おおぜい》がだめになって……」

「ルーナは生《い》き延《の》びる」

ハリーが言《い》った。そうではない場合《ばあい》を考《かんが》えることさえたえられなかった。

「ルーナはタフだ。僕《ぼく》たちが考《かんが》えるよりずっと強《つよ》い。たぶん、監獄《かんごく》にとらわれている人《ひと》たちに、ラックスパートとかナーグルのことを教《おし》えているよ」

「そうだといいけど」ハーマイオニーは手《て》で目《め》をぬぐった。「ゼノフィリウスがかわいそうだわ。もし――」

「もし、あいつが、僕《ぼく》たちを死喰《しく》い人《びと》に売《う》ろうとしていなかったらな。うん」ロンが言《い》った。

三人《にん》はテントを張《は》って中《なか》に入《はい》り、ロンが紅茶《こうちゃ》をいれた。九死《きゅうし》に一生《いっしょう》を得《え》たあとは、こんな寒々《さむざむ》としたかび臭《くさ》い古《ふる》い場所《ばしょ》でも、安全《あんぜん》でくつろげる居心地《いごこち》のよい家庭《かてい》のようだった。

「あぁ、私《わたし》たち、どうしてあんな所《ところ》へ行《い》ったのかしら?」

しばらく沈黙《ちんもく》が続《つづ》いたあと、ハーマイオニーがうめくように言《い》った。

「ハリー、あなたが正《ただ》しかったわ。ゴドリックの谷《たに》の二《に》の舞《まい》だった。まったく時間《じかん》のむだ!『死《し》の秘宝《ひほう》』なんて……くだらない……でも、ほんとは――」ハーマイオニーは何《なに》か急《きゅう》にひらめいたらしい。「全部《ぜんぶ》あの人《ひと》の作《つく》り話《ばなし》なんじゃないかしら? ゼノフィリウスは、たぶん『死《し》の秘《ひ》宝《ほう》』なんてまったく信《しん》じていないんだわ。死喰《しく》い人《びと》たちが来《く》るまで、私《わたし》たちに話《はなし》をさせておきたかっただけよ!」

「それはちがうと思《おも》うな」ロンが言《い》った。「緊張《きんちょう》しているときにでっち上《あ》げ話《ばなし》をするなんて、意《い》外《がい》と難《むずか》しいんだ。『人《ひと》さらい』に捕《つか》まったとき、僕《ぼく》にはそれがわかったよ。スタンのふりをするほうが、まったく知《し》らない誰《だれ》かをでっち上《あ》げるよりずっと簡単《かんたん》だった。だって、少《すこ》しはスタンのことを知《し》っているからね。ラブグッドじいさんも、僕《ぼく》たちを足止《あしど》めしようとして、ものすごくプレッシャーがかかってたはずだ。僕《ぼく》たちをしゃべらせておくために、あいつはほんとうのことを言《い》ったと思《おも》うな。でなきゃ、ほんとうだと思《おも》っていることをね」

「まあね、それはどっちでもいいわ」ハーマイオニーはため息《いき》をついた。「ゼノフィリウスが正《しょう》直《じき》な話《はなし》をしていたにしても、あんなでたらめだらけの話《はなし》は聞《き》いたことがないわ」

「でも、待《ま》てよ」ロンが言《い》った。「『秘密《ひみつ》の部屋《へや》』だって、伝説上《でんせつじょう》のものだと思《おも》われてたんじゃないか？」

「でも、ロン、『死《し》の秘宝《ひほう》』なんて、**ありえないわ！**」

「君《きみ》はそればっかり言《い》ってるけど、そのうちの一つはありうるぜ」ロンが言《い》った。「ハリーの『透明《とうめい》マント』――」

「『三人兄弟《さんにんきょうだい》の物語《ものがたり》』はおとぎ話《ばなし》よ」ハーマイオニーがきっぱりと言《い》った。「人間《にんげん》がいかに死《し》を恐《おそ》れるかのお話《はなし》だわ。生《い》き残《のこ》ることが『透明《とうめい》マント』に隠《かく》れると同《おな》じぐらい簡単《かんたん》なことだったら、今《いま》ごろ私《わたし》たち、必要《ひつよう》な物《もの》は全部《ぜんぶ》手《て》にしているはずよ」

「それはどうかな。無敵《むてき》の杖《つえ》が手《て》に入《はい》ればいいんだけど」ハリーは、大嫌《だいきら》いなリンボクの杖《つえ》を、指《ゆび》でひっくり返《かえ》しながら言《い》った。

「ハリー、そんな物《もの》はないのよ！」

「たくさんあったって、君《きみ》が言《い》ったじゃないか――『死《し》の杖《つえ》』とか何《なん》とか、名前《なまえ》はいろいろだけど――」

「いいわよ、それじゃ、仮《かり》に『ニワトコの杖《つえ》』は実在《じつざい》するって思《おも》い込《こ》んだとしましょう。でも、『蘇《よみがえ》りの石《いし》』のほうはどうなるの？」

ハーマイオニーは、「蘇《よみがえ》りの石《いし》」と言《い》うときに、指《ゆび》で「かぎかっこ」を書《か》き、皮肉《ひにく》たっぷりな言《い》い方《かた》をした。

「どんな魔法《まほう》でも、死者《ししゃ》をよみがえらせることはできないわよ。これは決定的《けっていてき》だわ！」

「僕《ぼく》の杖《つえ》が『例《れい》のあの人《ひと》』の杖《つえ》とつながったとき、僕《ぼく》の父《とう》さんも母《かあ》さんも現《あらわ》れた……それにセドリックも……」

「でも、ほんとうに死《し》からよみがえったわけじゃないでしょう？」ハーマイオニーが言《い》った。「ある種《しゅ》の――ぼんやりした影《かげ》みたいな姿《すがた》は、誰《だれ》かをほんとうにこの世《よ》によみがえらせるのとはちがうわ」

「でも、あの話《はなし》に出《で》てくる女性《じょせい》は、ほんとうに戻《もど》ってきたんじゃなかったよ。そうだろう？　あの話《はなし》では、人《ひと》はいったん死《し》ぬと、死者《ししゃ》の仲間入《なかまい》りをする。でも、二番目《ばんめ》の兄《あに》は、その女性《じょせい》を見《み》たし、話《はなし》もしただろう？　しかも、しばらくは一緒《いっしょ》に住《す》んだ……」

ハリーはハーマイオニーが心配《しんぱい》そうな、何《なん》とも形容《けいよう》しがたい表情《ひょうじょう》を浮《う》かべるのを見《み》た。そのあとでハーマイオニーがロンをちらりと見《み》たときに、ハリーはそれが恐怖《きょうふ》の表情《ひょうじょう》だと気《き》がついた。死《し》んだ人《ひと》たちと一緒《いっしょ》に住《す》むという話《はなし》が、ハーマイオニーを怖《こわ》がらせてしまったのだ。

「それで、ゴドリックの谷《たに》に墓《はか》のある、あのペベレル家《け》の人《ひと》のことだけど――」

ハリーは、自分《じぶん》が正気《しょうき》だと思《おも》わせるように、きっぱりした声《こえ》で、急《いそ》いで話題《わだい》を変《か》えた。

「その人《ひと》のこと、何《なに》もわからないの？」

「ええ」

ハーマイオニーは、話題《わだい》が変《か》わってホッとしたような顔《かお》をした。

「墓石《ぼせき》にあの印《しるし》があるのを見《み》たあとで、私《わたし》、その人《ひと》のことを調《しら》べたの。有名《ゆうめい》な人《ひと》か、何《なに》か重要《じゅうよう》なことをした人《ひと》なら、持《も》ってきた本《ほん》のどれかに絶対《ぜったい》にのっているはずだと思《おも》って。やっと見《み》つけたけど、『ペベレル』っていう名前《なまえ》は、たった一か所《しょ》しかなかったわ。『生粋《きっすい》の貴族《きぞく》――魔法界家系《まほうかいかけい》図《ず》』。クリーチャーから借《か》りた本《ほん》よ」

ロンが眉《まゆ》を吊《つ》り上《あ》げたのを見《み》て、ハーマイオニーが説明《せつめい》した。

「男子《だんし》の血筋《ちすじ》が現在《げんざい》では絶《た》えてしまっている、純血《じゅんけつ》の家系《かけい》のリストなの。ペベレル家《け》は、早《はや》くに絶《た》えてしまった血筋《ちすじ》の一つらしいわ」

「男子《だんし》の血筋《ちすじ》が絶《た》える？」ロンがくり返《かえ》した。

「つまり、氏《うじ》が絶《た》えてしまった、という意味《いみ》よ」ハーマイオニーが言《い》った。「ペベレル家《け》の場合《ばあい》は、何世紀《なんせいき》も前《まえ》にね。子孫《しそん》はまだいるかもしれないけど、ちがう姓《せい》を名乗《なの》っているわ」

とたんにハリーの頭《あたま》に、パッとひらめくものがあった。ペベレルの姓《せい》を聞《き》いたときに揺《ゆ》すぶられた記憶《きおく》だ。魔法省《まほうしょう》の役人《やくにん》の鼻先《はなさき》で、醜《みにく》い指輪《ゆびわ》を見《み》せびらかしていた汚《きたな》らしい老人《ろうじん》――。

「マールヴォロ・ゴーント！」ハリーは叫《さけ》んだ。

「えっ？」ロンとハーマイオニーが同時《どうじ》に聞《き》き返《かえ》した。

「マールヴォロ・ゴーントだ！『例《れい》のあの人《ひと》』の祖父《そふ》だ！『憂《うれ》いの篩《ふるい》』の中《なか》で！　ダンブルドアと一緒《いっしょ》に！　マールヴォロ・ゴーントが、自分《じぶん》はペベレルの子孫《しそん》だと言《い》ってた！」

ロンもハーマイオニーも、当惑《とうわく》した顔《かお》だった。

「あの指輪《ゆびわ》。分霊箱《ぶんれいばこ》になったあの指輪《ゆびわ》だ。マールヴォロ・ゴーントが、ペベレルの紋章《もんしょう》がついていると言《い》ってた！　魔法省《まほうしょう》の役人《やくにん》の前《まえ》で、ゴーントがそれを振《ふ》って見《み》せていた。ほとんど鼻《はな》の穴《あな》に突《つ》っ込《こ》みそうだった！」

「ペベレルの紋章《もんしょう》ですって？」ハーマイオニーが鋭《するど》く聞《き》いた。「どんなものだったか見《み》えたの？」

「いや、はっきりとは」

ハリーは思《おも》い出《だ》そうとした。

「僕《ぼく》の見《み》たかぎりでは、何《なん》にも派手《はで》なものはなかった。引《ひ》っかいたような線《せん》が二、三本《ぼん》だったかもしれない。ほんとによく見《み》たのは、指輪《ゆびわ》が割《わ》れたあとだったから」

ハーマイオニーが突然《とつぜん》目《め》を見開《みひら》いたのを見《み》て、ハリーは、ハーマイオニーが何《なに》を理解《りかい》したかを悟《さと》った。ロンはびっくりして二人《ふたり》を交互《こうご》に見《み》た。

「おっどろきー……それがまたしても例《れい》の印《しるし》だって言《い》うのか？　秘宝《ひほう》の印《しるし》だって？」

「そうさ！」ハリーは興奮《こうふん》した。「マールヴォロ・ゴーントは、豚《ぶた》みたいな暮《く》らしをしていた無《む》知な老人《ろうじん》で、唯一《ゆいいつ》、自分《じぶん》の家系《かけい》だけが大切《たいせつ》だった。あの指輪《ゆびわ》が、何世紀《なんせいき》にもわたって受《う》け継《つ》がれてきたものだとしたら、ゴーントは、それがほんとうは何《なん》なのかを知《し》らなかったかもしれない。あの家《いえ》には本《ほん》なんかなかったし。それに、いいかい、あいつはまちがっても、子供《こども》におとぎ話《ばなし》を聞《き》かせるようなタイプじゃなかった。石《いし》の引《ひ》っかき傷《きず》を紋章《もんしょう》だと思《おも》いたかったんだろう。だって、ゴーントにしてみれば、純血《じゅんけつ》だということは貴族《きぞく》であるのも同然《どうぜん》だったんだ」

「ええ……それはそれでとてもおもしろい話《はなし》だわ」ハーマイオニーは慎重《しんちょう》に言《い》った。「でも、ハリー、あなたの考《かんが》えていることが、私《わたし》の想像《そうぞう》どおりなら――」

「そう、そうだよ。**そうなんだ！**」ハリーは慎重《しんちょう》さを投《な》げ捨《す》てて言《い》った。「あれが石《いし》だったんだ。そうだろう？」ハリーは応援《おうえん》を求《もと》めるようにロンを見《み》た。「もしもあれが『蘇《よみがえ》りの石《いし》』だったら？」

ロンは口《くち》をあんぐり開《あ》けた。

「おっどろきー……だけど、ダンブルドアが壊《こわ》したのなら、まだ効《き》き目《め》があるかなぁ――」

「効《き》き目《め》？　効《き》き目《め》ですって？　ロン、一度《いちど》も効《き》いたことなんかないのよ！　『蘇《よみがえ》りの石《いし》』なんていうものはないの！」

ハーマイオニーは、いらだちと怒《いか》りを顔《かお》に出《だ》して、勢《いきお》いよく立《た》ち上《あ》がった。

「ハリー、あなたは何《なに》もかも『秘宝《ひほう》』の話《はなし》に当《あ》てはめようとしているわ――」

「何《なに》もかも当《あ》てはめる？」ハリーがくり返《かえ》した。「ハーマイオニー、自然《しぜん》に当《あ》てはまるんだ！　あの石《いし》に『死《し》の秘宝《ひほう》』の印《しるし》があったに決《き》まってる！　ゴーントはペベレルの子孫《しそん》だって言《い》ったんだ！」

「ついさっき、石《いし》の紋章《もんしょう》をちゃんと見《み》なかったって、言《い》ったじゃない！」

「その指輪《ゆびわ》、今《いま》どこにあると思《おも》う？」ロンがハリーに聞《き》いた。「ダンブルドアは、指輪《ゆびわ》を割《わ》ったあと、どうしたのかなぁ？」

しかしハリーの頭《あたま》の中《なか》は、ロンやハーマイオニーよりずっと先《さき》を走《はし》っていた……。

三つの品《しな》、つまり「秘宝《ひほう》」は、もし三つを集《あつ》められれば、持《も》ち主《ぬし》は死《し》を制《せい》する者《もの》となるだろう……制《せい》する者《もの》……征服者《せいふくしゃ》……勝者《しょうしゃ》……最後《いやはて》の敵《てき》なる死《し》もまた亡《ほろ》ぼされん……。

そしてハリーは、「秘宝《ひほう》」を所有《しょゆう》する者《もの》として、ヴォルデモートに対決《たいけつ》する自分《じぶん》の姿《すがた》を思《おも》い浮《う》かべた。分霊箱《ぶんれいばこ》は秘宝《ひほう》にはかなわない――一方《いっぽう》が生《い》きるかぎり、他方《たほう》は生《い》きられぬ――これがその答《こた》えだろうか？　秘宝対分霊箱《ひほうたいぶんれいばこ》？　ハリーが最後《さいご》に勝利者《しょうりしゃ》になる確実《かくじつ》な方法《ほうほう》があった、ということなのだろうか？「死《し》の秘宝《ひほう》」の持《も》ち主《ぬし》になれば、ハリーは安全《あんぜん》なのだろうか？

「ハリー？」

しかしハリーは、ハーマイオニーの声《こえ》をほとんど聞《き》いていなかった。「透明《とうめい》マント」を引《ひ》っ張《ぱ》り出《だ》し、指《ゆび》の間《あいだ》をすべらせた。水《みず》のように柔軟《じゅうなん》で、空気《くうき》のように軽《かる》い布《ぬの》だ。魔法界《まほうかい》に入《はい》ってほぼ七年《ねん》の間《あいだ》、これと同《おな》じ物《もの》は見《み》たことがない。この「マント」はゼノフィリウスが説明《せつめい》したとおりの品《しな》だ。――**本物《ほんもの》のマントは、着《き》るとまちがいなく完全《かんぜん》に透明《とうめい》にしてくれるし、永久《えいきゅう》に長持《ながも》ちする。どんな呪文《じゅもん》をかけても見透《みとお》せないし、いつでもまちがいなく隠《かく》してくれる……。**

その時《とき》、ハリーは思《おも》わず息《いき》をのんだ。思《おも》い出《だ》したことがある――。

「ダンブルドアが、僕《ぼく》の『マント』を持《も》っていた！　僕《ぼく》の両親《りょうしん》が死《し》んだ夜《よる》に！」

ハリーは声《こえ》が震《ふる》え、顔《かお》に血《ち》が上《のぼ》るのを感《かん》じたが、かまうものかと思《おも》った。

「母《かあ》さんが、シリウスにそう教《おし》えてた。ダンブルドアが『マント』を借《か》りてるって！　なぜ借《か》りたのかがわかった！　ダンブルドアは調《しら》べたかったんだ。三番目《ばんめ》の『秘宝《ひほう》』じゃないか、と思《おも》ったからなんだ！　イグノタス・ペベレルは、ゴドリックの谷《たに》に埋葬《まいそう》されている……」

ハリーはテントの中《なか》を無意識《むいしき》に歩《ある》き回《まわ》っていた。真実《しんじつ》の広大《こうだい》な展望《てんぼう》が、新《あたら》しく目《め》の前《まえ》に開《ひら》けてきたような感《かん》じがした。

「イグノタスは僕《ぼく》の先祖《せんぞ》だ！　僕《ぼく》は三番目《ばんめ》の弟《おとうと》の子孫《しそん》なんだ！　それで全部《ぜんぶ》つじつまが合《あ》う！」

ハリーは、「秘宝《ひほう》」を信《しん》じることで、確実《かくじつ》に武装《ぶそう》されたように感《かん》じた。「秘宝《ひほう》」を所有《しょゆう》すると考《かんが》えただけで、護《まも》られるかのように感《かん》じた。ハリーはうれしくなって、二人《ふたり》を振《ふ》り返《かえ》った。

「ハリー」

ハーマイオニーがまた呼《よ》びかけたが、ハリーは、激《はげ》しく震《ふる》える指《ゆび》で、首《くび》の巾着《きんちゃく》を開《あ》けることに没頭《ぼっとう》していた。

「読《よ》んで」

ハリーは、母親《ははおや》の手紙《てがみ》をハーマイオニーの手《て》に押《お》しつけて言《い》った。

「それを読《よ》んで！　ハーマイオニー、ダンブルドアが『マント』を持《も》っていたんだ！　どうしてそれが欲《ほ》しかったのか、ほかには理由《りゆう》がないだろ？　ダンブルドアには『マント』なんか必要《ひつよう》なかった。強力《きょうりょく》な『目《め》くらまし術《じゅつ》』を使《つか》って、『マント』なんかなくとも完全《かんぜん》に透明《とうめい》になれたんだから！」

何《なに》かが床《ゆか》に落《お》ちて、光《ひか》りながら椅子《いす》の下《した》を転《ころ》がった。手紙《てがみ》を引《ひ》っ張《ぱ》り出《だ》したときにスニッチを落《お》としてしまったのだ。ハリーはかがんで拾《ひろ》い上《あ》げた。すると、たった今見《いまみ》つけたばかりのすばらしい発見《はっけん》の泉《いずみ》が、ハリーにまた別《べつ》の贈《おく》り物《もの》をくれた。衝撃《しょうげき》と驚《おどろ》きが体《からだ》の中《なか》から噴《ふ》き出《だ》し、ハリーは叫《さけ》んでいた。

「**ここにあるんだ！** ダンブルドアは僕《ぼく》に指輪《ゆびわ》を遺《のこ》した――このスニッチの中《なか》にある！」

「そ――その中《なか》だって？」

ロンがなぜ不意《ふい》を突《つ》かれたような顔《かお》をするのか、ハリーには理解《りかい》できなかった。わかりきったことじゃないか、はっきりしてるじゃないか、何《なに》もかも当《あ》てはまる、何《なに》もかもだ……ハリーの「マント」は三番目《ばんめ》の「秘宝《ひほう》」であり、スニッチの開《あ》け方《かた》がわかったときには二番目《ばんめ》の「秘宝《ひほう》」も手《て》に入《はい》る。あとは第《だい》一の「秘宝《ひほう》」である「ニワトコの杖《つえ》」を見《み》つければよいだけだ。そうすれば――。

しかし、きらびやかな舞台《ぶたい》の幕《まく》が、そこで突然《とつぜん》下《お》りたかのようだった。ハリーの興奮《こうふん》も、希望《きぼう》も幸福感《こうふくかん》も、一挙《いっきょ》に消《き》えた。輝《かがや》かしい呪文《じゅもん》は破《やぶ》れ、ハリーは一人暗闇《ひとりくらやみ》にたたずんでいた。

「やつがねらっているのは、それだ」

ハリーの声《こえ》の調子《ちょうし》が変《か》わったことで、ロンもハーマイオニーもますますおびえた顔《かお》になった。

「『例《れい》のあの人《ひと》』が、『ニワトコの杖《つえ》』を追《お》っている」

張《は》りつめた、疑《うたが》わしげな顔《かお》の二人《ふたり》に、ハリーは背《せ》を向《む》けた。これが真実《しんじつ》だ。ハリーには確信《かくしん》があった。すべてのつじつまが合《あ》う。ヴォルデモートは新《あたら》しい杖《つえ》を求《もと》めていたのではなく、古《ふる》い杖《つえ》を、しかもとても古《ふる》い杖《つえ》を探《さが》していたのだ。ハリーはテントの入口《いりぐち》まで歩《ある》き、夜《よる》の闇《やみ》に目《め》を向《む》けて、ロンやハーマイオニーがいることも忘《わす》れて考《かんが》えた……。

ヴォルデモートは、マグルの孤児院《こじいん》で育《そだ》てられた。ハリー同様《どうよう》、子供《こども》のときに誰《だれ》からも『吟遊《ぎんゆう》詩人《しじん》ビードルの物語《ものがたり》』を聞《き》かされてはいないはずだ。「死《し》の秘宝《ひほう》」を信《しん》ずる魔法使《まほうつか》いはほとんどいない。すると、ヴォルデモートが秘宝《ひほう》のことを知《し》っているという可能性《かのうせい》はあるだろうか？

ハリーはじっと闇《やみ》を見《み》つめた……もしヴォルデモートが「死《し》の秘宝《ひほう》」のことを知《し》っていたなら、まちがいなくそれを求《もと》め、手《て》に入《い》れるためには何《なん》でもしたのではないだろうか？　所有者《しょゆうしゃ》を、死《し》を制《せい》する者《もの》にする三つの品《しな》なのだ。「死《し》の秘宝《ひほう》」のことを知《し》っていたなら、ヴォルデモートははじめから「分霊箱《ぶんれいばこ》」など必要《ひつよう》としなかっただろう。秘宝《ひほう》の一つを手《て》に入《い》れながら、それを分霊箱《ぶんれいばこ》にしてしまったという単純《たんじゅん》な事実《じじつ》を見《み》ても、魔法界《まほうかい》のこの究極《きゅうきょく》の秘密《ひみつ》を、ヴォルデモートが知《し》らなかったことが明《あき》らかなのではないだろうか？

そうだとすれば、ヴォルデモートは「ニワトコの杖《つえ》」の持《も》つ力《ちから》を、完全《かんぜん》には知《し》らずに探《さが》していることになる。三つの品《しな》の一つだということを知《し》らずに……杖《つえ》は隠《かく》すことができない秘宝《ひほう》だから、その存在《そんざい》は最《もっと》もよく知《し》られている……**「ニワトコの杖《つえ》」の血《ち》の軌跡《きせき》は、魔法史《まほうし》のページに点々《てんてん》と**

残《のこ》っている……。

ハリーは曇《くも》った夜空《よぞら》を見上《みあ》げた。くすんだ灰色《はいいろ》と銀色《ぎんいろ》の雲《くも》の曲線《きょくせん》が、白《しろ》い月《つき》の面《めん》をなでていた。ハリーは自分《じぶん》の発見《はっけん》したことに驚《おどろ》き、頭《あたま》がぼうっとなっていた。

ハリーはテントの中《なか》に戻《もど》った。ロンとハーマイオニーが、さっきとまったく同《おな》じ場所《ばしょ》に立《た》っているのを見《み》て、ハリーはひどく驚《おどろ》いた。ハーマイオニーはまだリリーの手紙《てがみ》を持《も》ち、ロンはその横《よこ》で、少《すこ》し心配《しんぱい》そうな顔《かお》をしていた。この数分間《すうふんかん》に、自分《じぶん》たちがどれほど遠《とお》くまでやってきたかに、二人《ふたり》は気《き》づいていないのだろうか？

「こういうことなんだ」ハリーは、自分《じぶん》でも驚《おどろ》くほどの確信《かくしん》の光《ひかり》の中《なか》に、二人《ふたり》を引《ひ》き入《い》れようとした。「これですべて説明《せつめい》がつく。『死《し》の秘宝《ひほう》』は実在《じつざい》する。そして僕《ぼく》はその一つを持《も》っている――二つかもしれない――」

ハリーはスニッチを掲《かか》げた。

「――そして『例《れい》のあの人《ひと》』は三番目《ばんめ》を追《お》っている。ただし、あいつはそれを知《し》らない……強力《きょうりょく》な杖《つえ》だと思《おも》っているだけだ――」

「ハリー」ハーマイオニーはハリーに近《ちか》づき、リリーの手紙《てがみ》を返《かえ》しながら言《い》った。「気《き》の毒《どく》だけど、あなたは勘《かん》ちがいしているわ。何《なに》もかも勘《かん》ちがい」

「でも、どうして？　これで全部《ぜんぶ》つじつまが――」

「いいえ、合《あ》わないわ」ハーマイオニーが言《い》った。「合《あ》わないのよ、ハリー。あなたはただ夢中《むちゅう》になっているだけ。お願《ねが》いだから――」

ハーマイオニーは、口《くち》を開《ひら》きかけたハリーを止《と》めた。

「お願《ねが》いだから、答《こた》えて。もしも『死《し》の秘宝《ひほう》』が実在《じつざい》するのなら、そしてダンブルドアがそれを知《し》っていたのなら、三つの品《しな》を所持《しょじ》するものが死《し》を制《せい》すると知《し》っていたのなら――ハリー、どうしてそれをあなたに話《はな》さなかったの？　どうして？」

ハリーは、答《こた》える準備《じゅんび》ができていた。

「だって、ハーマイオニー、君《きみ》が言《い》ったじゃないか。自分《じぶん》で見《み》つけなければいけないことだって！　これは『探求《たんきゅう》』なんだ！」

「でも私《わたし》は、ラブグッドの所《ところ》に行《い》くようにあなたを説得《せっとく》したくて、そう言《い》ったにすぎないのよ！」ハーマイオニーは、極度《きょくど》にいらいらして叫《さけ》んだ。「そう信《しん》じていたわけじゃないわ！」

ハリーはあとに引《ひ》かなかった。

「ダンブルドアはいつも、僕自身《ぼくじしん》に何《なに》かを見《み》つけ出《だ》させた。自分《じぶん》の力《ちから》を試《ため》し、危険《きけん》をおかすようにし向《む》けた。今度《こんど》のことも、ダンブルドアらしいやり方《かた》だという感《かん》じがするんだ」

「ハリー、これはゲームじゃないのよ。練習《れんしゅう》じゃないわ！　本番《ほんばん》なのよ。ダンブルドアはあなたにはっきりした指示《しじ》を遺《のこ》したわ。分霊箱《ぶんれいばこ》を見《み》つけ出《だ》して壊《こわ》せと！　あの印《しるし》は何《なん》の意味《いみ》もないわ。『死《し》の秘宝《ひほう》』のことは忘《わす》れてちょうだい。寄《よ》り道《みち》しているひまはないの――」

ハリーはほとんど聞《き》いていなかった。スニッチが開《ひら》いて、「蘇《よみがえ》りの石《いし》」が現《あらわ》れ、ハーマイオニーに自分《じぶん》が正《ただ》しいことを、そして「死《し》の秘宝《ひほう》」が実在《じつざい》することを証明《しょうめい》してくれないかと、半《なか》ば期待《きたい》しながら、ハリーはスニッチを手《て》の中《なか》で何度《なんど》もひっくり返《かえ》していた。

ハーマイオニーはロンに訴《うった》えた。

「あなたは信《しん》じないでしょう？」

ハリーは顔《かお》を上《あ》げた。ロンはためらっていた。

「わかんないよ……だって……ある程度《ていど》、合《あ》ってる所《ところ》もあるし」ロンは答《こた》えにくそうだった。「だけど全体《ぜんたい》として見《み》ると……」ロンは深《ふか》く息《いき》を吸《す》った。「ハリー、僕《ぼく》たちは分霊箱《ぶんれいばこ》をやっつけることになっていると思《おも》う。ダンブルドアが僕《ぼく》たちに言《い》ったのは、それだ。たぶん……たぶん、この秘宝《ひほう》のことは忘《わす》れるべきだろう」

「ありがとう、ロン」ハーマイオニーが言《い》った。「私《わたし》が最初《さいしょ》に見張《みは》りに立《た》つわ」

そしてハーマイオニーは、ハリーの前《まえ》を意気揚々《いきようよう》と通《とお》り過《す》ぎ、テントの入口《いりぐち》に座《すわ》り込《こ》んで、この件《けん》にピシャリと終止符《しゅうしふ》を打《う》った。

しかしハリーは、その晩《ばん》、ほとんど眠《ねむ》れなかった。「死《し》の秘宝《ひほう》」にすっかり取《と》り憑《つ》かれ、その考《かんが》えが心《こころ》を揺《ゆ》り動《うご》かし、頭《あたま》の中《なか》で渦巻《うずま》いているうちは、気《き》が休《やす》まらなかった。杖《つえ》、石《いし》、そしてマント。そのすべてを所有《しょゆう》できさえすれば……。

私《わたし》は終《お》わるときに開《ひら》く――でも終《お》わるときって、何《なん》だ？　どうして今《いま》すぐ石《いし》が手《て》に入《はい》らないんだ？　石《いし》さえあれば、ダンブルドアに直接《ちょくせつ》、こういう質問《しつもん》ができるのに……そしてハリーは、暗《くら》い中《なか》でスニッチに向《む》かってブツブツと呪文《じゅもん》を唱《とな》えてみた。できることは全部《ぜんぶ》やってみた。蛇語《へびご》も試《ため》したが、金色《きんいろ》の球《たま》は開《ひら》こうとしない……。

それに、杖《つえ》だ。「ニワトコの杖《つえ》」は、どこに隠《かく》されているのだろう？　ヴォルデモートは今《いま》、どこを探《さが》しているのだろう？　ハリーは、額《ひたい》の傷《きず》がうずいて、ヴォルデモートの考《かんが》えを見《み》せてくれればよいのにと思《おも》った。ハリーとヴォルデモートが、初《はじ》めてまったく同《おな》じ物《もの》を望《のぞ》む、ということで結《むす》ばれたからだ……。ハーマイオニーは、もちろん、こういう考《かんが》えを嫌《きら》うだろう……。しかし、ハーマイオニーははじめから信《しん》じていない……ゼノフィリウスは、ある意味《いみ》で正《ただ》しいことを言《い》った――**想像力《そうぞうりょく》がかぎられている。偏狭《へんきょう》で頑迷《がんめい》だ**――。ほんとうのところは、ハーマイオニーは「死《し》の秘宝《ひほう》」という考《かんが》えが怖《こわ》いのだ。特《とく》に「蘇《よみがえ》りの石《いし》」が……。ハリーは再《ふたた》びスニッチに口《くち》を押《お》しつけ、キスして、ほとんど飲《の》み込《こ》んでみたが、冷《つめ》たい金属《きんぞく》は頑《がん》として屈服《くっぷく》しなかった……。

明《あ》け方近《がたちか》くになって、ハリーはルーナのことを思《おも》い出《だ》した。アズカバンの独房《どくぼう》で、たった一人《ひとり》、吸魂鬼《きゅうこんき》に囲《かこ》まれている姿《すがた》だ。ハリーは急《きゅう》に自分《じぶん》が恥《は》ずかしくなった。秘宝《ひほう》のことを考《かんが》えるのに夢中《むちゅう》で、ルーナのほうはすっかり忘《わす》れていた。何《なん》とか助《たす》け出《だ》したい。しかしあれだけの数《かず》の吸魂《きゅうこん》鬼《き》では、事実上攻撃《じじつじょうこうげき》することなどできない。考《かんが》えてみると、ハリーは、まだこのリンボクの杖《つえ》で守護霊《しゅごれい》の呪文《じゅもん》を試《ため》したことがない……朝《あさ》になったら試《ため》してみなければ……。

もっとよい杖《つえ》を得《え》る手段《しゅだん》があればいいのに……。

すると、「ニワトコの杖《つえ》」、不敗《ふはい》で無敵《むてき》の「死《し》の杖《つえ》」への渇望《かつぼう》が、またしてもハリーをのみ込《こ》んでしまった……。

翌朝《よくあさ》、三人《にん》はテントをたたみ、憂《ゆう》うつな雨《あめ》の中《なか》を移動《いどう》した。土砂降《どしゃぶ》りの雨《あめ》は、その晩《ばん》テントを張《は》った海岸地方《かいがんちほう》まで追《お》ってきて、ハリーにとっては気《き》のめいるような荒涼《こうりょう》たる風景《ふうけい》を水浸《みずびた》しにしながら、その週《しゅう》いっぱい降《ふ》り続《つづ》いた。ハリーは、「死《し》の秘宝《ひほう》」のことしか考《かんが》えられなかった。まるで胸《むね》に炎《ほのお》がともされたようで、ハーマイオニーのにべもない否定《ひてい》も、ロンの頑固《がんこ》な疑《うたが》いも、その火《ひ》を消《け》すことはできなかった。しかし、秘宝《ひほう》への思《おも》いが燃《も》えれば燃《も》えるほど、ハリーの喜《よろこ》びは薄《うす》れるばかりだった。ハリーは、ロンとハーマイオニーを恨《うら》んだ。二人《ふたり》の断固《だんこ》たる無関心《むかんしん》ぶりが、容赦《ようしゃ》ない雨《あめ》と同《おな》じくらいにハリーの意気《いき》をくじいた。しかしそのどちらも、ハリーの確信《かくしん》を弱《よわ》めることはできず、ハリーの信念《しんねん》は絶対的《ぜったいてき》なものだった。「秘宝《ひほう》」に対《たい》する信念《しんねん》と憧《あこが》れがハリーの心《こころ》を奪《うば》い、そのため、分霊箱《ぶんれいばこ》への執念《しゅうねん》を持《も》つ二人《ふたり》から孤立《こりつ》しているように感《かん》じた。

「執念《しゅうねん》ですって？」

ある晩《ばん》、ハリーが不用意《ふようい》にその言葉《ことば》を口《くち》にすると、ハーマイオニーが低《ひく》く、激《はげ》しい声《こえ》で言《い》った。ほかの分霊箱《ぶんれいばこ》を探《さが》すことに関心《かんしん》がないと、ハーマイオニーがハリーを叱《しか》りつけたあとのことだった。

「執念《しゅうねん》に取《と》り憑《つ》かれているのは私《わたし》たち二人《ふたり》のほうじゃないわ、ハリー！　私《わたし》たちは、ダンブルドアが私《わたし》たち三人《にん》にやらせたかったことを、やりとげようとしているだけよ！」

しかし遠回《とおまわ》しな批判《ひはん》など、ハリーは受《う》けつけなかった。ダンブルドアは、「秘宝《ひほう》」の印《しるし》をハーマイオニーに遺《のこ》して解読《かいどく》させるようにし、また、ハリーには「蘇《よみがえ》りの石《いし》」を金《きん》のスニッチに隠《かく》して遺《のこ》したのだ、という確信《かくしん》は、揺《ゆ》るぎないものだった。**一方《いっぽう》が生《い》きるかぎり、他方《たほう》は生《い》きられぬ**……**死《し》を制《せい》する者《もの》**……。ロンもハーマイオニーも、どうしてそれがわからないのだろう？

「『**最後《いやはて》の敵《てき》なる死《し》もまた亡《ほろ》ぼされん**』」ハリーは静《しず》かに引用《いんよう》した。

「私《わたし》たちの戦《たたか》うはずの敵《てき》は『例《れい》のあの人《ひと》』だと思《おも》ったけど？」ハーマイオニーが切《き》り返《かえ》した。

ハリーはハーマイオニーを説得《せっとく》するのをあきらめた。

ロンとハーマイオニーが議論《ぎろん》したがった銀色《ぎんいろ》の牝鹿《めじか》の不思議《ふしぎ》でさえ、今《いま》のハリーにはあまり重要《じゅうよう》とは思《おも》えず、そこそこおもしろいつけ足《た》しの余興《よきょう》にすぎないような気《き》がした。ハリーにとってもう一つだけ重要《じゅうよう》なのは、額《ひたい》の傷痕《きずあと》がまたチクチク痛《いた》みだしたことだった。ただし、二人《ふたり》には気《き》づかれないよう、ハリーは全力《ぜんりょく》を尽《つ》くした。痛《いた》みだすたびにハリーは一人《ひとり》になろうとしたが、そこで見《み》たイメージには失望《しつぼう》した。ハリーとヴォルデモートが共有《きょうゆう》する映像《えいぞう》は、質《しつ》が変《か》わってしまった。焦点《しょうてん》が合《あ》ったり合《あ》わなかったりするように、ぼやけて揺《ゆ》れ動《うご》いた。どくろのようなものや、実体《じったい》のない影《かげ》のような山《やま》などが、おぼろげに見分《みわ》けられるだけだった。現実《げんじつ》のような鮮明《せんめい》なイメージに慣《な》れていたハリーは、この変化《へんか》に不安《ふあん》を感《かん》じた。自分《じぶん》とヴォルデモートとの間《あいだ》の絆《きずな》が壊《こわ》れてしまったのではないかと心配《しんぱい》だった。絆《きずな》はハリーにとって恐《おそ》ろしいものであると同時《どうじ》に、ハーマイオニーに対《たい》して何《なん》と言《い》ったかは別《べつ》として、大切《たいせつ》なものだった。こんなぼんやりした不満《ふまん》足《ぞく》なイメージしか得《え》られないことを、ハリーはなぜか自分《じぶん》の杖《つえ》が折《お》れたことに関係《かんけい》づけ、ヴォルデモートの心《こころ》を以前《いぜん》のようにはっきり見《み》ることができないのは、リンボクの杖《つえ》のせいだと思《おも》った。

何週間《なんしゅうかん》かがじわじわと過《す》ぎ、ハリーが自分《じぶん》の考《かんが》えに夢中《むちゅう》になっているうちに、どうやらロンが指揮《しき》をとっていることに気《き》づかされるはめになった。二人《ふたり》を置《お》き去《ざ》りにしたことへの埋《う》め合《あ》わせをしようという決意《けつい》からか、ハリーの熱意《ねつい》のなさが、眠《ねむ》っていたロンの指揮能力《しきのうりょく》に活《かつ》を入《い》れたからか、今《いま》やロンが、ほかの二人《ふたり》を励《はげ》ましたり説《と》き伏《ふ》せたりして行動《こうどう》させていた。

「分霊箱《ぶんれいばこ》はあと三個《こ》だ」ロンは何度《なんど》もそう言《い》った。「行動計画《こうどうけいかく》が必要《ひつよう》だ。さあ、さあ！　まだ探《さが》してない所《ところ》はどこだ？　もう一度復習《いちどふくしゅう》しようぜ。孤児院《こじいん》……」

ダイアゴン横丁《よこちょう》、ホグワーツ、リドルの館《やかた》、ボージン・アンド・バークスの店《みせ》、アルバニアなど、トム・リドルのかつての住《す》みか、職場《しょくば》、訪《おとず》れた所《ところ》、殺人《さつじん》の場所《ばしょ》だとわかっている所《ところ》を、ロンとハーマイオニーは拾《ひろ》い上《あ》げなおした。ハリーは、ハーマイオニーにしつこく言《い》われるので、しかたなく参加《さんか》した。ハリーは一人《ひとり》だまって、ヴォルデモートの考《かんが》えを読《よ》んだり、「ニワトコの杖《つえ》」についてさらに調《しら》べたりしていれば満足《まんぞく》だったのに、ロンは、ますます可能性《かのうせい》のなさそうな場所《ばしょ》に旅《たび》を続《つづ》けようと言《い》い張《は》った。ハリーには、ロンが単《たん》に三人《にん》を動《うご》かし続《つづ》けるためにそうしているのだとわかっていた。

「何《なん》だってありだぜ」がロンの口《くち》ぐせになっていた。「アッパー・フラグリーは魔法使《まほうつか》いの村《むら》だ。あいつがそこに住《す》みたいと思《おも》ったかもしれない。ちょっとほじくりに行《い》こうよ」

こうして魔法使《まほうつか》いの領域《りょういき》をひんぱんにつつき回《まわ》っているうちに、三人《にん》はときどき「人《ひと》さらい」を見《み》かけることがあった。

「死喰《しくびと》い人と同《おな》じぐらいワルもいるんだぜ」ロンが言《い》った。「僕《ぼく》を捕《つか》まえた一味《いちみ》は、ちょっとお粗末《そまつ》なやつらだったけど、ビルは、すごく危険《きけん》な連中《れんちゅう》もいるって言《い》ってる。『ポッターウオッチ』で言《い》ってたけど――」

「何《なん》て言《い》った？」ハリーが聞《き》き返《かえ》した。

「『ポッターウオッチ』。言《い》わなかったかな、そう呼《よ》ばれてるって？　僕《ぼく》がずっと探《さが》しているラジオ番組《ばんぐみ》だよ。何《なに》が起《お》こっているかについて、ほんとうのことを教《おし》えてくれる唯一《ゆいいつ》の番組《ばんぐみ》だ！『例《れい》のあの人《ひと》』路線《ろせん》に従《したが》っている番組《ばんぐみ》がほとんどだけど、『ポッターウオッチ』だけはちがう。君《きみ》たちに、ぜひ聞《き》かせてやりたいんだけど、周波数《しゅうはすう》を合《あ》わせるのが難《むずか》しくて……」

ロンは毎晩《まいばん》のように、さまざまなリズムでラジオのてっぺんをたたいて、ダイヤルを回《まわ》していた。ときどき、龍痘《りゅうとう》の治療《ちりょう》のヒントなどがちらりと聞《き》こえたし、一度《いちど》は「♪大鍋《おおなべ》は灼熱《しゃくねつ》の恋《こい》にあふれ」が数小節流《すうしょうせつなが》れてきた。トントンと軽《かる》くたたきながら、ロンはブツブツとでまかせの言葉《ことば》を羅列《られつ》し、正《ただ》しいパスワードを当《あ》てようと努力《どりょく》し続《つづ》けていた。

「普通《ふつう》は、騎士団《きしだん》に関係《かんけい》する言葉《ことば》なんだ」ロンが言《い》った。「ビルなんか、ほんとに当《あ》てるのがうまかったな。僕《ぼく》も、数撃《かずう》ちゃそのうち当《あ》たるだろ……」

しかし、ようやくロンに幸運《こううん》がめぐってきたときには、もう三月《がつ》になっていた。ハリーは見張《みは》りの当番《とうばん》で、テントの入口《いりぐち》に座《すわ》り、凍《い》てついた地面《じめん》を破《やぶ》って顔《かお》を出《だ》したムスカリの花《はな》の群生《ぐんせい》を、見《み》るともなく見《み》ていた。その時《とき》、テントの中《なか》から、興奮《こうふん》したロンの叫《さけ》び声《ごえ》が聞《き》こえてきた。

「やった、やったぞ！　パスワードは『アルバス』だった！　ハリー、入《はい》ってこい！」

「死《し》の秘宝《ひほう》」の思索《しさく》から何日《なんにち》かぶりに目覚《めざ》め、ハリーが急《いそ》いでテントの中《なか》に戻《もど》ってみると、ロンとハーマイオニーが、小《ちい》さなラジオのそばにひざまずいていた。手持《ても》ちぶさたにグリフィンドールの剣《つるぎ》を磨《みが》いていたハーマイオニーは、口《くち》をポカンと開《あ》けて、小《ちい》さなスピーカーを見《み》つめていた。

そこからはっきりと、聞《き》き覚《おぼ》えのある声《こえ》が流《なが》れていた。

「……しばらく放送《ほうそう》を中断《ちゅうだん》していたことをおわびします。おせっかいな死喰《しく》い人《びと》たちが、我々《われわれ》のいる地域《ちいき》で何軒《なんけん》も戸別訪問《こべつほうもん》してくれたせいなのです」

「ねえ、これ、リー・ジョーダンだわ！」

「そうなんだよ！」ロンがニッコリした。「かっこいいだろ？　ねっ？」

「……現在《げんざい》、安全《あんぜん》な別《べつ》の場所《ばしょ》が見《み》つかりました」リーが話《はな》していた。「そして、今晩《こんばん》は、うれしいことに、レギュラーのレポーターのお二人《ふたり》を番組《ばんぐみ》にお迎《むか》えしています。レポーターのみなさん、こんばんは！」

「やあ」

「こんばんは、リバー」

『リバー』、それ、リーのことだよ」ロンが説明《せつめい》した。「みんな暗号名《あんごうめい》を持《も》ってるんだけど、たいがいは誰《だれ》だかわかる――」

「シーッ！」ハーマイオニーがだまらせた。

「ロイヤルとロムルスのお二人《ふたり》の話《はなし》を聞《き》く前《まえ》に」リーが話《はな》し続《つづ》けた。「ここで悲《かな》しいお知《し》らせがあります。『WWN《ダブリューダブリューエヌ》・魔法《まほう》ラジオネットワークニュース』や『日刊予言者《にっかんよげんしゃ》』が、報道《ほうどう》する価《か》値《ち》もないとしたお知《し》らせです。ラジオをお聞《き》きのみなさんに、つつしんでお知《し》らせいたします。残念《ざんねん》ながら、テッド・トンクスとダーク・クレスウェルが殺害《さつがい》されました」

ハリーは胃《い》がザワッとした。三人《にん》はぞっとして顔《かお》を見合《みあ》わせた。

「ゴルヌックという名《な》の小鬼《ゴブリン》も殺《ころ》されました。トンクス、クレスウェル、ゴルヌックと一緒《いっしょ》に旅《たび》をしていたと思《おも》われる、マグル生《う》まれのディーン・トーマスともう一人《ひとり》の小鬼《ゴブリン》は、難《なん》を逃《のが》れた模《も》様《よう》です。ディーンがこの放送《ほうそう》を聞《き》いているなら、またはディーンの所在《しょざい》に関《かん》して何《なに》かご存《ぞん》じの方《かた》、ご両親《りょうしん》と姉妹《しまい》の方々《かたがた》が必死《ひっし》で消息《しょうそく》を求《もと》めています」

「一方《いっぽう》、ガッドリーでは、マグルの五人家族《にんかぞく》が、自宅《じたく》で死亡《しぼう》しているのが発見《はっけん》されました。マグルの政府《せいふ》は、ガスもれによる事故死《じこし》と見《み》ていますが、騎士団《きしだん》からの情報《じょうほう》によりますと、『死《し》の呪《じゅ》文』によるものだとのことです――マグル殺しが新政権のレクリエーション並みになっているという実態《じったい》については、今《いま》さら証拠《しょうこ》は無用《むよう》ですが、さらなる証拠《しょうこ》が上《あ》がったということでしょう」

「最後《さいご》に、大変残念《たいへんざんねん》なお知《し》らせです。バチルダ・バグショットのなきがらがゴドリックの谷《たに》で見《み》つかりました。数《すう》か月前《げつまえ》にすでに死亡《しぼう》していたと見《み》られます。騎士団《きしだん》の情報《じょうほう》によりますと、遺体《いたい》には、『闇《やみ》の魔術《まじゅつ》』によって傷害《しょうがい》を受《う》けた、紛《まぎ》れもない跡《あと》があるとのことです」

「ラジオをお聞《き》きのみなさん、テッド・トンクス、ダーク・クレスウェル、バチルダ・バグショット、ゴルヌック、そして死喰《しく》い人《びと》に殺《ころ》された名前《なまえ》のわからないマグルのご一家《いっか》に対《たい》しても、同《おな》じく哀悼《あいとう》の意《い》を表《ひょう》して、お亡《な》くなりになったみな様《さま》のために、一分間《ぶんかん》の黙祷《もくとう》を捧《ささ》げたいと思《おも》います。黙祷《もくとう》……」

沈黙《ちんもく》の時間《じかん》だった。ハリー、ロン、ハーマイオニーは言葉《ことば》もなかった。ハリーは、もっと聞《き》きたい気持《きも》ちと、これ以上聞《いじょうき》くのが恐《おそ》ろしいという気持《きも》ちが半々《はんはん》だった。外部《がいぶ》の世界《せかい》と完全《かんぜん》につながっていると感《かん》じたのは、久《ひさ》しぶりのことだった。

「ありがとうございました」リーの声《こえ》が言《い》った。「さて今度《こんど》は、レギュラーのお一人《ひとり》に、新《あたら》しい魔法界《まほうかい》の秩序《ちつじょ》がマグルの世界《せかい》に与《あた》えている影響《えいきょう》について、最新《さいしん》の情報《じょうほう》をうかがいましょう。ロイヤル、どうぞ」

「ありがとう、リバー」

すぐそれとわかる、深《ふか》い低音《ていおん》の、抑制《よくせい》のあるゆったりした安心感《あんしんかん》を与《あた》える声《こえ》だ。

「キングズリー！」ロンが思《おも》わず口走《くちばし》った。

「わかってるわ！」ハーマイオニーがロンをだまらせた。

「マグルたちは、死傷者《ししょうしゃ》が増《ふ》え続《つづ》ける中《なか》で、被害《ひがい》の原因《げんいん》をまったく知《し》らないままです」キングズリーが言《い》った。「しかし、魔法使《まほうつか》いも魔女《まじょ》も、身《み》の危険《きけん》をおかしてまで、マグルの友人《ゆうじん》や隣人《りんじん》を護《まも》ろうとしているという、まことに心動《こころうご》かされる話《はなし》が次々《つぎつぎ》と耳《みみ》に入《はい》ってきます。往々《おうおう》にしてマグルはそれに気《き》づかないことが多《おお》いのですが。ラジオをお聞《き》きのみなさんには、たとえば近所《きんじょ》に住《す》むマグルの住居《じゅうきょ》に保護呪文《ほごじゅもん》をかけるなどして、こうした模範的《もはんてき》な行為《こうい》にならうことを強《つよ》く呼《よ》びかけたいと思《おも》います。そのような簡単《かんたん》な措置《そち》で、多《おお》くの命《いのち》が救《すく》われることでしょう」

「しかし、ロイヤル、このように危険《きけん》な時期《じき》には『魔法使《まほうつか》い優先《ゆうせん》』と答《こた》えるラジオ聴取者《ちょうしゅしゃ》のみなさんに対《たい》しては、どのようにおっしゃるつもりですか？」リーが聞《き》いた。

「『魔法使《まほうつか》い優先《ゆうせん》』は、たちまち『純血優先《じゅんけつゆうせん》』に結《むす》びつき、さらに『死喰《しく》い人《びと》』につながるものだと申《もう》し上《あ》げましょう」キングズリーが答《こた》えた。「我々《われわれ》はすべてヒトです。そうではありませんか？　すべての人《ひと》の命《いのち》は同《おな》じ重《おも》さを持《も》ちます。そして、救《すく》う価値《かち》があるのです」

「すばらしいお答《こた》えです、ロイヤル。現在《げんざい》のごたごたから抜《ぬ》け出《だ》したあかつきには、私《わたし》はあなたが魔法大臣《まほうだいじん》になるよう一票《いっぴょう》を投《とう》じますよ」リーが言《い》った。「さて、次《つぎ》はロムルスにお願《ねが》いしましょう。人気特別番組《にんきとくべつばんぐみ》の『ポッター通信《つうしん》』です」

「ありがとう、リバー」

これもよく知《し》っている声《こえ》だった。ロンは口《くち》を開《ひら》きかけたが、ハーマイオニーがささやき声《ごえ》で封《ふう》じた。

「ルーピンだってすぐわかるわよ！」

「ロムルス、あなたは、この番組《ばんぐみ》に出《で》ていただくたびにそうおっしゃいますが、ハリー・ポッターはまだ生《い》きているというご意見《いけん》ですね？」

「そのとおりです」ルーピンがきっぱりと言《い》った。「もしハリーが死《し》んでいれば、死喰《しく》い人《びと》たちが大々的《だいだいてき》にその死《し》を宣言《せんげん》するであろうと、確信《かくしん》しています。なぜならば、それが新体制《しんたいせい》に抵抗《ていこう》する人々《ひとびと》の士気《しき》に、致命的《ちめいてき》な打撃《だげき》を与《あた》えるからです。『生《い》き残《のこ》った男《おとこ》の子《こ》』は、今《いま》でも、我々《われわれ》がそのために戦《たたか》っているあらゆるもの、つまり、善《ぜん》の勝利《しょうり》、無垢《むく》の力《ちから》、抵抗《ていこう》し続《つづ》ける必要性《ひつようせい》などの象《しょう》徴《ちょう》なのです」

ハリーの胸《むね》に、感謝《かんしゃ》と恥《は》ずかしさが湧《わ》き上《あ》がってきた。最後《さいご》にルーピンに会《あ》ったとき、ハリーはひどいことを言《い》った。ルーピンは、それを許《ゆる》してくれたのだろうか？

「では、ロムルス、もしハリーがこの放送《ほうそう》を聞《き》いていたら、何《なん》と言《い》いたいですか？」

「我々《われわれ》は全員《ぜんいん》、心《こころ》はハリーとともにある、そう言《い》いたいですね」

ルーピンはそのあとに、少《すこ》し躊躇《ちゅうちょ》しながらつけ加《くわ》えた。

「それから、こうも言《い》いたい。自分《じぶん》の直感《ちょっかん》に従《したが》え。それはよいことだし、ほとんど常《つね》に正《ただ》しい」

ハリーはハーマイオニーを見《み》た。ハーマイオニーの目《め》に涙《なみだ》がたまっていた。

「ほとんど常《つね》に正《ただ》しい」ハーマイオニーがくり返《かえ》した。

「あっ、僕《ぼくい》言わなかったっけ？」ロンがすっとんきょうな声《こえ》を上《あ》げた。「ビルに聞《き》いたけど、ルーピンは、またトンクスと一緒《いっしょ》に暮《く》らしているって！　それにトンクスは、かなりお腹《なか》が大《おお》きくなってきたらしいよ」

「……ではいつものように、ハリー・ポッターに忠実《ちゅうじつ》であるがために被害《ひがい》を受《う》けている、友人《ゆうじん》たちの近況《きんきょう》はどうですか？」リーが話《はなし》を続《つづ》けていた。

「そうですね、この番組《ばんぐみ》をいつもお聞《き》きの方《かた》にはもうおわかりのことでしょうが、ハリー・ポッターを最《もっと》も大胆《だいたん》に支持《しじ》してきた人々《ひとびと》が数人《すうにん》、投獄《とうごく》されました。たとえばゼノフィリウス・ラブグッド、かつての『ザ・クィブラー』編集長《へんしゅうちょう》などですが――」ルーピンが言《い》った。

「少《すく》なくとも生《い》きてる！」ロンがつぶやいた。

「さらに、つい数時間前《すうじかんまえ》に聞《き》いたことですが、ルビウス・ハグリッド——」

三人《にん》はそろってハッと息《いき》をのみ、そのためにそのあとの言葉《ことば》を聞《き》き逃《のが》すところだった。

「——ホグワーツ校《こう》の名物森番《めいぶつもりばん》ですが、構内《こうない》で逮捕《たいほ》されかけました。自分《じぶん》の小屋《こや》で『ハリー・ポッター応援《おうえん》』パーティを開《ひら》いたとのうわさです。しかし、ハグリッドは拘束《こうそく》されませんでした。逃亡中《とうぼうちゅう》だと思《おも》われます」

「死喰《しく》い人《びと》から逃《のが》れるときに、五メートルもある巨人《きょじん》の弟《おとうと》と一緒《いっしょ》なら、役《やく》に立《た》つでしょうね？」

「たしかに有利《ゆうり》になると言《い》えるでしょうね」ルーピンがまじめに同意《どうい》した。「さらにつけ加《くわ》えますが、『ポッターウオッチ』としてはハグリッドの心意気《こころいき》に喝采《かっさい》しますが、どんなに熱心《ねっしん》なハリーの支持者《しじしゃ》であっても、ハグリッドのまねはしないようにと強《つよ》く忠告《ちゅうこく》します。今《いま》のご時世《じせい》では、『ハリー・ポッター応援《おうえん》』パーティは賢明《けんめい》とは言《い》えない」

「まったくそのとおりですね、ロムルス」リーが言《い》った。「そこで我々《われわれ》は、稲妻形《いなずまがた》の傷痕《きずあと》を持《も》つ青年《せいねん》への変《か》わらぬ献身《けんしん》を示《しめ》すために、『ポッターウオッチ』を聞《き》き続《つづ》けてはいかがでしょう！さて、それではハリー・ポッターと同《おな》じぐらい見《み》つかりにくいとされている、あの魔法使《まほうつか》いについてのニュースに移《うつ》りましょう。ここでは『親玉死喰《おやだまし く》い人《びと》』と呼称《こしょう》したいと思《おも》います。彼《かれ》を取《と》り巻《ま》く異常《いじょう》なうわさのいくつかについて、ご意見《いけん》をうかがうのは、新《あたら》しい特派員《とくはいん》のローデントです。ご紹介《しょうかい》しましょう」

「ローデント？」

また聞《き》き覚《おぼ》えのある声《こえ》だ。ハリー、ロン、ハーマイオニーはいっせいに叫《さけ》んだ。

「フレッド！」

「いや――ジョージかな？」

「フレッド、だと思《おも》う」ロンが耳《みみ》をそばだてて言《い》った。双子《ふたご》のどちらかが話《はな》した。

「俺《おれ》はローデントじゃないぜ、冗談《じょうだん》じゃない。『レイピア、諸刃《もろは》の剣《つるぎ》』にしたいって言《い》ったじゃないか！」

「ああ、わかりました。ではレイピア、『親玉死喰い人《おやだましくいびと》』についていろいろ耳《みみ》に入《はい》ってくる話《はなし》に関《かん》する、あなたのご見解《けんかい》をいただけますか？」

「承知《しょうち》しました、リバー」フレッドが言《い》った。「ラジオをお聞《き》きのみなさんはもうご存《ぞん》じでしょうが、もっとも、庭《にわ》の池《いけ》の底《そこ》とかその類《たぐい》の場所《ばしょ》に避難《ひなん》していれば別《べつ》ですが、『例《れい》のあの人《ひと》』が表《おもて》に出《で》ないという影《かげ》の人物戦術《じんぶつせんじゅつ》は、相変《あいか》わらずちょっとした恐慌状態《きょうこうじょうたい》を作《つく》り出《だ》しています。いいですか、『あの人《ひと》』を見《み》たという情報《じょうほう》がすべてほんとうなら、ゆうに十九人《にん》もの『例《れい》のあの人《ひと》』

がそのへんを走《はし》り回《まわ》っていることになりますね」

「それが彼《かれ》の思《おも》うつぼなのだ」キングズリーが言《い》った。「謎《なぞ》に包《つつ》まれているほうが、実際《じっさい》に姿《すがた》を現《あらわ》すよりも大《おお》きな恐怖《きょうふ》を引《ひ》き起《お》こす」

「そうです」フレッドが言《い》った。「ですから、みなさん、少《すこ》し落《お》ち着《つ》こうではないですか。状況《じょうきょう》はすでに充分悪《じゅうぶんわる》いんですから、これ以上妄想《いじょうもうそう》をふくらませなくてもいい。たとえば、『例《れい》のあの人《ひと》』はひとにらみで人《ひと》を殺《ころ》すという新《あたら》しいご意見《いけん》ですが、みなさん、それはバジリスクのことですよ。簡単《かんたん》なテストが一つ。こっちをにらんでいるものに足《あし》があるかどうか見《み》てみましょう。もしあれば、その目《め》を見《み》ても安全《あんぜん》です。もっとも、相手《あいて》が本物《ほんもの》の『例《れい》のあの人《ひと》』だったら、どっちにしろ、それがこの世《よ》の見納《みおさ》めになるでしょう」

ハリーは声《こえ》を上《あ》げて笑《わら》った。ここ何週間《なんしゅうかん》もなかったことだ。ハリーは、重苦《おもくる》しい緊張《きんちょう》が解《と》けていくのを感《かん》じた。

「ところで、『あの人《ひと》』を海外《かいがい》で見《み》かけたといううわさはどうでしょう？」リーが聞《き》いた。

「そうですね。『あの人《ひと》』ほどハードな仕事《しごと》ぶりなら、そのあとで、ちょっとした休暇《きゅうか》が欲《ほ》しくなるんじゃないでしょうか？」フレッドが答《こた》えた。「要《よう》はですね、『あの人《ひと》』が国内《こくない》にいないからといって、まちがった安心感《あんしんかん》にまどわされないこと。海外《かいがい》かもしれないし、そうじゃないかもしれない。どっちにしろ、『あの人《ひと》』がその気《き》になれば、その動《うご》きのすばやさときたら、シャンプーを目《め》の前《まえ》に突《つ》きつけられたセブルス・スネイプでさえかなわないでしょうね。だから、危険《きけん》をおかして何《なに》かしようと計画《けいかく》している方《かた》は、『あの人《ひと》』が遠《とお》くにいることを当《あ》てにしないように。まさかこんな言葉《ことば》が自分《じぶん》の口《くち》から出《で》るのを聞《き》くことになるとは思《おも》わなかったけど、『安全第一《あんぜんだいいち》！』」

「レイピア、賢明《けんめい》なお言葉《ことば》をありがとうございました」リーが言《い》った。「ラジオをお聞《き》きのみなさん、今日《きょう》の『ポッターウオッチ』は、これでお別《わか》れの時間《じかん》となりました。次《つぎ》はいつ放送《ほうそう》できるかわかりませんが、必《かなら》ず戻《もど》ります。ダイヤルを回《まわ》し続《つづ》けてください。次《つぎ》のパスワードは『マッド-アイ』です。お互《たが》いに安全《あんぜん》でいましょう。信頼《しんらい》を持《も》ち続《つづ》けましょう。では、おやすみなさい」

ラジオのダイヤルがくるくる回《まわ》り、周波数《しゅうはすう》を合《あ》わせるパネルの明《あ》かりが消《き》えた。ハリー、ロン、ハーマイオニーは、まだニッコリ笑《わら》っていた。聞《き》き覚《おぼ》えのある親《した》しい声《こえ》を聞《き》くのは、この上《うえ》ないカンフル剤効果《ざいこうか》があった。孤立《こりつ》に慣《な》れきってしまい、ハリーは、自分《じぶん》たちのほかにもヴォルデモートに抵抗《ていこう》している人々《ひとびと》がいることを、ほとんど忘《わす》れていた。長《なが》い眠《ねむ》りから覚《さ》めたような気分《きぶん》だった。

「いいだろう、ねっ?」ロンがうれしそうに言《い》った。

「すばらしいよ」ハリーが言《い》った。

「なんて勇敢《ゆうかん》なんでしょう」ハーマイオニーが敬服《けいふく》しながらため息《いき》をついた。「見《み》つかりでもしたら……」

「でも、常《つね》に移動《いどう》してるんだろ?」ロンが言《い》った。「僕《ぼく》たちみたいに」

「それにしても、フレッドの言《い》ったことを聞《き》いたか?」ハリーが興奮《こうふん》した声《こえ》で言《い》った。放送《ほうそう》が終《お》わってみれば、ハリーの思《おも》いは、また同《おな》じ所《ところ》に戻《もど》っていた。何《なに》もかも焼《や》き尽《つ》くすような執着《しゅうちゃく》だ。

「あいつは海外《かいがい》だ！　まだ杖《つえ》を探《さが》しているんだよ。僕《ぼく》にはわかる！」

「ハリーったら」

「いいかげんにしろよ、ハーマイオニー。どうしてそう頑固《がんこ》に否定《ひてい》するんだ?　ヴォル――」

「**ハリー、やめろ！**」

「――デモートはニワトコの杖《つえ》を追《お》っているんだ！」

「その名前《なまえ》は『禁句《きんく》』だ！」

ロンが大声《おおごえ》を上《あ》げて立《た》ち上《あ》がった。テントの外《そと》でバチッという音《おと》がした。

「忠告《ちゅうこく》したのに。ハリー、そう言《い》ったのに。もうその言葉《ことば》は使《つか》っちゃだめなんだ――保護《ほご》をかけなおさないと――早《はや》く――やつらはこれで見《み》つけるんだから――」

しかし、ロンは口《くち》を閉《と》じた。ハリーにはその理由《りゆう》がわかった。テーブルの上《うえ》の「かくれん防止器《スニーコスコープ》」が明《あか》るくなり、回《まわ》りだしていた。外《そと》の声《こえ》がだんだん近《ちか》づいてくる。荒《あら》っぽい、興奮《こうふん》した声《こえ》だ。ロンは「灯消《ひけ》しライター」をポケットから取《と》り出《だ》してカチッと鳴《な》らした。ランプの灯《ひ》が消《き》えた。

「両手《りょうて》を上《あ》げて出《で》てこい！」

暗闇《くらやみ》の向《む》こうからしわがれた声《こえ》がした。

「中《なか》にいることはわかっているんだ！　六本《ぽん》の杖《つえ》がお前《まえ》たちをねらっているぞ。呪《のろ》いが誰《だれ》に当《あ》たろうが、俺《おれ》たちの知《し》ったことじゃない！」

第《だい》23章《しょう》 マルフォイの館《やかた》

ハリーは二人《ふたり》を振《ふ》り返《かえ》った。しかし、暗闇《くらやみ》の中《なか》ではりんかくしか見《み》えない。ハーマイオニーが杖《つえ》を上《あ》げ、外《そと》ではなくハリーの顔《かお》に向《む》けているのが見《み》えた。バーンという音《おと》とともに白《しろ》い光《ひかり》が炸裂《さくれつ》したかと思《おも》うと、ハリーは激痛《げきつう》でがっくりひざを折《お》った。何《なに》も見《み》えない。両手《りょうて》で覆《おお》った顔《かお》があっという間《ま》にふくれ上《あ》がっていくのがわかった。同時《どうじ》に、重《おも》い足音《あしおと》がハリーを取《と》り囲《かこ》んでいた。

「立《た》て、虫《むし》けらめ」

誰《だれ》のものともわからない手《て》がハリーを荒々《あらあら》しく引《ひ》っ張《ぱ》り上《あ》げた。抵抗《ていこう》する間《ま》もなく、誰《だれ》かがハリーのポケットを探《さぐ》り、リンボクの杖《つえ》を取《と》り上《あ》げた。ハリーはあまりの痛《いた》さに顔《かお》を強《つよ》く押《お》さえていたが、その指《ゆび》の下《した》の顔《かお》は目鼻《めはな》も見分《みわ》けがつかないほどふくれ上《あ》がり、ひどいアレルギーでも起《お》こしたようにパンパンに腫《は》れている。目《め》は押《お》しつぶされて細《ほそ》い筋《すじ》のようになり、ほとんど見《み》えない。手荒《てあら》にテントから押《お》し出《だ》された拍子《ひょうし》にめがねが落《お》ちてしまい、四、五人《にん》のぼやけた姿《すがた》がロンとハーマイオニーを無理《むり》やり外《そと》に連《つ》れ出《だ》すのが、やっと見《み》えただけだった。

「放《はな》せ――その女《ひと》を――放《はな》せ！」

ロンが叫《さけ》んだ。紛《まぎ》れもなく握《にぎ》り拳《こぶし》でなぐりつける音《おと》が聞《き》こえ、ロンは痛《いた》みにうめき、ハーマイオニーが悲鳴《ひめい》を上《あ》げた。

「やめて！　その人《ひと》を放《はな》して。放《はな》して！」

「おまえのボーイフレンドが俺《おれ》のリストにのっていたら、もっとひどい目《め》にあうぞ」

聞《き》き覚《おぼ》えのある、身《み》の毛《け》のよだつかすれ声《ごえ》だ。

「うまそうな女《おんな》だ……何《なん》というごちそうだ……俺《おれ》はやわらかい肌《はだ》が楽《たの》しみでねぇ……」

声《こえ》の主《ぬし》が誰《だれ》だかわかり、ハリーの胃袋《いぶくろ》が宙返《ちゅうがえ》った。フェンリール・グレイバック、残忍《ざんにん》さを買《か》われて、死喰《しく》い人《びと》のローブを着《き》ることを許《ゆる》された狼人間《おおかみにんげん》だ。

「テントを探《さが》せ！」別《べつ》の声《こえ》が言《い》った。

ハリーは放《ほう》り投《な》げられ、地《じ》べたにうつ伏《ぶ》せに倒《たお》れた。ドスンと音《おと》がして、ロンが自分《じぶん》の横《よこ》に投《な》げ出《だ》されたことがわかった。足音《あしおと》や物《もの》がぶつかり合《あ》う音《おと》、椅子《いす》を押《お》しのけてテントの中《なか》を探《さが》す音《おと》がした。

「さて、獲物《えもの》を見《み》ようか」頭上《ずじょう》でグレイバックの満足《まんぞく》げな声《こえ》がしたかと思《おも》うと、ハリーは仰向《あおむ》けに転《ころ》がされた。杖灯《つえあか》りがハリーの顔《かお》を照《て》らし、グレイバックが笑《わら》った。

「こいつを飲《の》み込《こ》むにはバタービールが必要《ひつよう》だな。どうしたんだ、醜男《ぶおとこ》？」

ハリーはすぐには答《こた》えなかった。

「聞《き》いてるのか！」

ハリーはみずおちをなぐられ、痛《いた》さに体《からだ》をくの字《じ》に曲《ま》げた。

「どうしたんだ？」グレイバックがくり返《かえ》した。

「刺《さ》された」ハリーがつぶやいた。「刺《さ》されたんだ」

「ああ、そう見《み》えらぁな」二番目《ばんめ》の声《こえ》が言《い》った。

「名前《なまえ》は？」グレイバックがうなるように言《い》った。

「ダドリー」ハリーが言《い》った。

「苗字《みょうじ》じゃなくて名前《なまえ》は？」

「僕《ぼく》――バーノン。バーノン・ダドリー」

「リストをチェックしろ、スカビオール」

グレイバックが言《い》った。そのあと、グレイバックが横《よこ》に移動《いどう》して、今度《こんど》はロンを見下《みお》ろす気配《けはい》がした。

「赤毛《あかげ》、おまえはどうだ？」

「スタン・シャンパイク」ロンが言《い》った。

「でまかせ言《い》いやがって」スカビオールと呼《よ》ばれた男《おとこ》が言《い》った。「スタン・シャンパイクならよう、俺《おれ》たち、知《し》ってるんだぜ。こっちの仕事《しごと》を、ちいとばっかしやらせてんだ」

またドスッという音《おと》がした。

「ブ、バーネーだ」ロンの口《くち》の中《なか》が血《ち》だらけなのがハリーにはわかった。「バーネー・ウィード・リー」

「ウィーズリー一族《いちぞく》か」

グレイバックがざらざらした声《こえ》で言《い》った。

「それなら、『穢《けが》れた血《ち》』でなくとも、おまえは『血《ち》を裏切《うらぎ》る者《もの》』の親《しん》せきだ。さーて、最後《さいご》、おまえのかわいいお友達《ともだち》……」

舌《した》なめずりするような声《こえ》に、ハリーは鳥肌《とりはだ》が立《た》った。

「急《せ》くなよ、グレイバック」周《まわ》りの嘲《あざけ》り笑《わら》いを縫《ぬ》って、スカビオールの声《こえ》がした。

「ああ、まだいただきはしない。バーニーよりは少《すこ》し早《はや》く名前《なまえ》を思《おも》い出《だ》すかどうか、聞《き》いてみるか。お嬢《じょう》さん、お名前《なまえ》は？」

「ペネロピー・クリアウォーター」

ハーマイオニーはおびえていたが、説得力《せっとくりょく》のある声《こえ》で答《こた》えた。

「おまえの血統《けっとう》は？」

「半純血《はんじゅんけつ》」ハーマイオニーが答《こた》えた。

「チェックするのは簡単《かんたん》だ」スカビオールが言《い》った。「だが、こいつらみんな、まだオグワーツ年齢《ねんれい》みてえに見《み》えらぁ――」

「やべたんだ」ロンが言《い》った。

「赤毛《あかげ》、やめたってぇのか？」スカビオールが言《い》った。「そいで、キャンプでもしてみようって決《き》めたのか？　そいで、おもしれえから、闇《やみ》の帝王《ていおう》のなめえでも呼《よ》んでみようと思《おも》ったてぇのか？」

「おぼしろいからじゃのい」ロンが言《い》った。「じご」

「事故《じこ》？」嘲《あざけ》り笑《わら》いの声《こえ》がいっそう大《おお》きくなった。

「ウィーズリー、闇《やみ》の帝王《ていおう》を名前《なまえ》で呼《よ》ぶのが好《す》きだったやつらを知《し》っているか？」

グレイバックがうなった。

「不死鳥《ふしちょう》の騎士団《きしだん》だ。何《なに》か思《おも》い当《あ》たるか？」

「べづに」

「いいか、やつらは闇《やみ》の帝王《ていおう》にきちんと敬意《けいい》を払《はら》わない。そこで名前《なまえ》を『禁句《きんく》』にしたんだ。騎《き》士団員《しだんいん》の何人《なんにん》かは、そうやって追跡《ついせき》した。まあ、いい。さっきの二人《ふたり》の捕虜《ほりょ》と一緒《いっしょ》に縛《しば》り上《あ》げろ」

誰《だれ》かがハリーの髪《かみ》の毛《け》をぐいとつかんで立《た》たせ、すぐ近《ちか》くまで歩《ある》かせて地《じ》べたに座《すわ》らせ、ほかのとらわれ人《びと》と背中合《せなかあ》わせに縛《しば》りはじめた。ハリーはめがねもない上《うえ》に、腫《は》れ上《あ》がったまぶたのすきまからはほとんど何《なに》も見《み》えなかった。縛《しば》り上《あ》げた男《おとこ》が行《い》ってしまってから、ハリーはほかの捕虜《ほりょ》に小声《こごえ》で話《はな》しかけた。

「誰《だれ》かまだ杖《つえ》を持《も》っている？」

「ううん」ロンとハーマイオニーがハリーの両脇《りょうわき》で答《こた》えた。

「僕《ぼく》のせいだ。僕《ぼく》が名前《なまえ》を言《い》ったばっかりに。ごめん――」

別《べつ》な声《こえ》、しかも聞《き》き覚《おぼ》えのある声《こえ》が、ハリーの真後《まうし》ろの、ハーマイオニーの左側《ひだりがわ》に縛《しば》られている誰《だれ》かから聞《き》こえた。

「ハリーか？」

「ディーン？」

「やっぱり君《きみ》か！　君《きみ》を捕《と》らえたことにあいつらが気《き》づいたら――！　連中《れんちゅう》は『人《ひと》さらい』なん

だ。賞金《しょうきん》かせぎに、学校《がっこう》に登校《とうこう》していない学生《がくせい》を探《さが》しているだけのやつらだ――」

「一晩《ひとばん》にしては悪《わる》くない上《あ》がりだ」

グレイバックが、靴底《くつぞこ》にびょうを打《う》ったブーツでハリーの近《ちか》くをカツカツと歩《ある》きながら言《い》った。

テントの中《なか》から、家捜《やさが》しする音《おと》がますます激《はげ》しく聞《き》こえてきた。

「『穢《けが》れた血《ち》』が一人《ひとり》、逃亡中《とうぼうちゅう》の小鬼《ゴブリン》が一人《ひとり》、学校《がっこう》をなまけているやつが三人《にん》。スカビオール、まだ、こいつらの名前《なまえ》をリストと照合《しょうごう》していないのか？」グレイバックがほえた。

「ああ、バーノン・ダドリーなんてぇのは、見当《みあ》たらねえぜ、グレイバック」

「おもしろい」グレイバックが言《い》った。「そりゃあ、おもしろい」

グレイバックはハリーのそばにかがみ込《こ》んだ。ハリーは、腫《は》れ上《あ》がったまぶたの間《あいだ》のわずかなすきまから、グレイバックの顔《かお》を見《み》た。もつれた灰色《はいいろ》の髪《かみ》とほおひげに覆《おお》われた顔《かお》、茶色《ちゃいろ》く汚《よご》れてとがった歯《は》、両端《りょうたん》の裂《さ》けた口《くち》が見《み》えた。ダンブルドアが死《し》んだ、あの塔《とう》の屋上《おくじょう》でかいだのと同《おな》じ臭《にお》いがした。泥《どろ》と汗《あせ》と血《ち》の臭《にお》いだ。

「それじゃ、バーノン、おまえはお尋《たず》ね者《もの》じゃないと言《い》うわけか？　それともちがう名前《なまえ》でリストにのっているのかな？　ホグワーツではどの寮《りょう》だった？」

「スリザリン」ハリーは反射的《はんしゃてき》に答《こた》えた。

「おかしいじゃねえか。捕《つか》まったやつぁみんな、そう言《い》やぁいいと思《おも》ってる」スカビオールの嘲《あざけ》り笑《わら》いが、薄暗《うすぐら》い所《ところ》から聞《き》こえた。「なのに、談話室《だんわしつ》がどこにあるか知《し》ってるやつぁ、一人《ひとり》もいねえ」

「地下室《ちかしつ》にある」ハリーがはっきり言《い》った。「壁《かべ》を通《とお》って入《はい》るんだ。どくろとかそんなものがたくさんあって、湖《みずうみ》の下《した》にあるから明《あ》かりは全部《ぜんぶ》緑色《みどりいろ》だ」

一瞬《いっしゅん》、間《ま》が空《あ》いた。

「ほう、ほう、どうやら本物《ほんもの》のスリザリンのガキを捕《つか》めえたみてぇだ」スカビオールが言《い》った。「よかったじゃねえか、バーノン。スリザリンには『穢《けが》れた血《ち》』はあんまりいねえからな。親父《おやじ》は誰《だれ》だ？」

「魔法省《まほうしょう》に勤《つと》めている」

ハリーはでまかせを言《い》った。ちょっと調《しら》べれば、うそは全部《ぜんぶ》ばれることがわかっていたが、どうせ時間《じかん》かせぎだ。顔《かお》が元《もと》どおりになれば、いずれにせよ万事休《ばんじきゅう》すだ。

「魔法事故惨事部《まほうじこさんじぶ》だ」

「そう言《い》えばよぅ、グレイバック」スカビオールが言《い》った。「あそこにダドリーってやつがいると思《おも》うぜ」

ハリーは息《いき》が止《と》まりそうだった。運《うん》がよければ、運《うん》しかないが、ここから無事《ぶじ》逃《のが》れられるかもしれない？

「なんと、なんと」

ハリーは、グレイバックの冷酷《れいこく》な声《こえ》に、かすかな動揺《どうよう》を感《かん》じ取《と》った。グレイバックは、ほんとうに魔法省《まほうしょう》の役人《やくにん》の息子《むすこ》を襲《おそ》って縛《しば》り上《あ》げてしまったのかもしれないと、疑問《ぎもん》を感《かん》じているのだ。ハリーの心臓《しんぞう》が、ろっ骨《こつ》を縛《しば》っているロープを激《はげ》しく打《う》っていた。ハリーは、グレイバックにその動《うご》きが見《み》えても不思議《ふしぎ》はないと思《おも》った。

「もしほんとうのことを言《い》っているなら、醜男《ぶおとこ》さんよ、魔法省《まほうしょう》に連《つ》れていかれても何《なに》も恐《おそ》れることはない。おまえの親父《おやじ》が、息子《むすこ》を連《つ》れ帰《かえ》った俺《おれ》たちに、ほうびをくれるだろうよ」

「でも」ハリーは口《くち》がからからだった。「もし、僕《ぼく》たちを放《はな》して――」

「ヘイ！」テントの中《なか》で叫《さけ》ぶ声《こえ》がした。「これを見《み》ろよ、グレイバック！」

黒《くろ》い影《かげ》が急《いそ》いでこっちへやってきた。杖灯《つえあか》りで、銀色《ぎんいろ》に輝《かがや》くものが見《み》えた。連中《れんちゅう》はグリフィンドールの剣《つるぎ》を見《み》つけたのだ。

「すーっげえもんだ」

グレイバックは仲間《なかま》からそれを受《う》け取《と》って、感心《かんしん》したように言《い》った。

「いやあ、立派《りっぱ》なもんだ。小鬼製《ゴブリンせい》らしいな、これは。こんな物《もの》をどこで手《て》に入《い》れた？」

「僕《ぼく》のパパのだ」ハリーはうそをついた。だめもとだったが、暗《くら》いので、グレイバックには柄《つか》のすぐ下《した》に彫《ほ》ってある文字《もじ》が見《み》えないことを願《ねが》った。「薪《まき》を切《き》るのに借《か》りてきた――」

「グレイバック、ちょっと待《ま》った！　これを見《み》てみねえ、『予言者《よげんしゃ》』をよ」

スカビオールがそう言《い》ったそのとき、ハリーのふくれ上《あ》がった額《ひたい》の引《ひ》き伸《の》ばされた傷痕《きずあと》に激痛《げきつう》が走《はし》った。現実《げんじつ》に周囲《しゅうい》にあるものよりもっとはっきりと、ハリーはそびえ立《た》つ建物《たてもの》を見《み》た。人《ひと》を寄《よ》せつけない、真《ま》っ黒《くろ》で不気味《ぶきみ》な要塞《ようさい》だ。ヴォルデモートの想念《そうねん》が、急《きゅう》にまた鮮明《せんめい》になった。巨《きょ》大《だい》な建物《たてもの》に向《む》かってすべるように進《すす》んでいくヴォルデモートは、陶酔感《とうすいかん》を感《かん》じながら冷静《れいせい》に目的《もくてき》をはたそうとしている……。


近《ちか》いぞ……近《ちか》いぞ……。

意志《いし》の力《ちから》を振《ふ》りしぼり、ハリーはヴォルデモートの想念《そうねん》に対《たい》して心《こころ》を閉《と》じ、今《いま》いる現実《げんじつ》の場所《ばしょ》に自分《じぶん》を引《ひ》き戻《もど》した。ハリーは、暗闇《くらやみ》の中《なか》でロン、ハーマイオニー、ディーン、グリップフックたちと一緒《いっしょ》に縛《しば》りつけられ、グレイバックとスカビオールの声《こえ》を聞《き》いていた。

「アー・マイオニー・グレンジャー」とスカビオールが読《よ》み上《あ》げていた。「アリー・ポッターと一《いっ》緒《しょ》に旅《たび》をしていることがわかっている、『穢《けが》れた血《ち》』」

沈黙《ちんもく》の中《なか》で、ハリーの傷痕《きずあと》が焼《や》けるように痛《いた》んだが、ハリーは現実《げんじつ》のその場《ば》にとどまるように、ヴォルデモートの心《こころ》の中《なか》にすべり込《こ》まないようにと、極限《きょくげん》まで力《ちから》を振《ふ》り絞《しぼ》って踏《ふ》ん張《ば》った。グレイバックがブーツをきしませて、ハーマイオニーの前《まえ》にかがみ込《こ》む音《おと》が聞《き》こえた。

「嬢《じょう》ちゃんよ、驚《おどろ》くじゃないか。この写真《しゃしん》は、なんともはや、あんたにそっくりだぜ」

「ちがうわ！　私《わたし》じゃない！」

ハーマイオニーのおびえた金切《かなき》り声《ごえ》は、告白《こくはく》しているも同《おな》じだった。

「……『ハリー・ポッターと一緒《いっしょ》に旅《たび》をしていることがわかっている』」

グレイバックが低《ひく》い声《こえ》でくり返《かえ》した。

その場《ば》が静《しず》まり返《かえ》った。傷痕《きずあと》が激《はげ》しく痛《いた》んだが、ハリーはヴォルデモートの想念《そうねん》に引《ひ》き込《こ》まれないよう、全力《ぜんりょく》で抵抗《ていこう》した。自分《じぶん》の心《こころ》を保《たも》つのが、今《いま》ほど大切《たいせつ》だったことはない。

「すると、話《はなし》はすべてちがってくるな」グレイバックがささやいた。

誰《だれ》も口《くち》をきかなかった。ハリーは、「人《ひと》さらい」の一味《いちみ》が、身動《みうご》きもせずに自分《じぶん》を見《み》つめているのを感《かん》じ取《と》った。そして、ハーマイオニーの腕《うで》の震《ふる》えが自分《じぶん》の腕《うで》に伝《つた》わってくるのを感《かん》じた。

グレイバックが立《た》ち上《あ》がって、一、二歩歩《ほある》き、ハリーの前《まえ》にまたかがみ込《こ》んで、ふくれ上《あ》がったハリーの顔《かお》をじっと見《み》つめた。

「額《ひたい》にあるこれは何《なん》だ、バーノン？」

引《ひ》き伸《の》ばされた傷痕《きずあと》に汚《きたな》らしい指《ゆび》を押《お》しつけ、グレイバックが低《ひく》い声《こえ》で聞《き》いた。腐臭《ふしゅう》のする息《いき》がハリーの鼻《はな》を突《つ》いた。

「さわるな！」

ハリーはがまんできずに思《おも》わず叫《さけ》んだ。痛《いた》みで吐《は》きそうだった。

「ポッター、めがねをかけていたはずだが？」グレイバックがささやくように言《い》った。

「めがねがあったぞ！」

後《うし》ろのほうをこそこそ歩《ある》き回《まわ》っていた、一味《いちみ》の一人《ひとり》が言《い》った。

「テントの中《なか》にめがねがあった。グレイバック、ちょっと待《ま》ってくれ――」

数秒後《すうびょうご》、ハリーの顔《かお》にめがねが押《お》しつけられた。「人《ひと》さらい」の一味《いちみ》は、今《いま》やハリーを取《と》り囲《かこ》み、のぞき込《こ》んでいた。

「まちがいない！」グレイバックがガサガサ声《ごえ》で言《い》った。「俺《おれ》たちはポッターを捕《つか》まえたぞ！」

一味《いちみ》は、自分《じぶん》たちのしたことにぼうぜんとして、全員《ぜんいん》が数歩《すうほ》退《しりぞ》いた。二つに引《ひ》き裂《さ》かれる頭《あたま》の中《なか》で、現実《げんじつ》の世界《せかい》にとどまろうと奮闘《ふんとう》し続《つづ》けていたハリーは、何《なに》も言《い》うべき言葉《ことば》を思《おも》いつかなかった。バラバラな映像《えいぞう》が、心《こころ》の表面《ひょうめん》に入《はい》り込《こ》んできた――。

……黒《くろ》い要塞《ようさい》の高《たか》い壁《かべ》の周《まわ》りを、自分《じぶん》はすべるように動《うご》き回《まわ》っていた――。ちがう。自分《じぶん》はハリーだ。縛《しば》り上《あ》げられ、杖《つえ》もなく、深刻《しんこく》な危機《きき》に瀕《ひん》している――。

……目《め》を上《あ》げて見《み》ている。一番上《いちばんうえ》の窓《まど》まで行《い》くのだ。一番高《いちばんたか》い塔《とう》だ――。自分《じぶん》はハリーだ。一味《いちみ》は低《ひく》い声《こえ》で自分《じぶん》の運命《うんめい》を話《はな》し合《あ》っている――。

……飛《と》ぶ時《とき》がきた――。

「……魔法省《まほうしょう》へ行《い》くか？」

「魔法省《まほうしょう》なんぞくそくらえだ」グレイバックがうなった。「あいつらは自分《じぶん》の手柄《てがら》にしちまうぞ。俺《おれ》たちは何《なん》の分《わ》け前《まえ》にもあずかれない。俺《おれ》たちが『例《れい》のあの人《ひと》』に直接渡《ちょくせつわた》すんだ」

「『あのいと』を呼《よ》び出《だ》すのか？　ここに？」スカビオールの声《こえ》は恐《おそ》れ戦《おのの》いていた。

「ちがう」グレイバックが歯《は》がみした。「俺《おれ》にはそこまで――『あの人《ひと》』は、マルフォイの所《ところ》を基地《きち》にしていると聞《き》いた。こいつをそこに連《つ》れていくんだ」

ハリーは、グレイバックがなぜヴォルデモートを呼《よ》び出《だ》さないか、わかるような気《き》がした。狼人間《おおかみにんげん》は、死喰《しく》い人《びと》が利用《りよう》したいときだけそのローブを着《き》ることを許《ゆる》されはするが、闇《やみ》の印《しるし》を刻印《こくいん》されるのはヴォルデモートの内輪《うちわ》の者《もの》だけで、グレイバックはその最高《さいこう》の名誉《めいよ》までは受《う》けていないのだ。

ハリーの傷痕《きずあと》がまたしてもうずいた——。

……そして自分《じぶん》は、夜《よる》の空《そら》を、塔《とう》の一番上《いちばんうえ》の窓《まど》まで、まっすぐに飛《と》んでいった——。

「……こいつが本人《ほんにん》だってぇのはほんとうにたしかか？　もしまちげえでもしたら、グレイバック、俺《おれ》たちゃ死《し》ぬ」

「指揮《しき》をとってるのは誰《だれ》だ？」

グレイバックは、一瞬《いっしゅん》の弱腰《よわごし》を挽回《ばんかい》すべく、ほえ声《ごえ》を上《あ》げた。

「こいつはポッターだと、俺《おれ》がそう言《い》ってるんだ。ポッターとその杖《つえ》、それで即座《そくざ》に二十万《まん》ガリオンだ！　しかしおまえら、どいつも、一緒《いっしょ》に来《く》る根性《こんじょう》がなけりゃあ、賞金《しょうきん》は全部俺《ぜんぶおれ》のもんだ。うまくいけば、小娘《こむすめ》のおまけもいただく！」

……窓《まど》は黒《くろ》い石《いし》に切《き》れ目《め》が入《はい》っているだけで、人一人通《ひとひとりとお》れる大《おお》きさではない……がいこつのような姿《すがた》が、すきまからかろうじて見《み》える。毛布《もうふ》をかぶって丸《まる》まっている……死《し》んでいるのか、それとも眠《ねむ》っているのか……？

「よし！」スカビオールが言《い》った。「よーし、乗《の》った！ どっこい、ほかのやつらは、グレイバック、ほかのやつらをどうする？」

「いっそまとめて連《つ》れていこう。『穢《けが》れた血《ち》』が二人《ふたり》、それで十ガリオン追加《ついか》だ。その剣《つるぎ》も俺《おれ》によこせ。そいつらがルビーなら、それでまたひともうけだ」

捕虜《ほりょ》たちは、引《ひ》っ張《ば》られて立《た》ち上《あ》がった。ハリーの耳《みみ》に、ハーマイオニーのおびえた荒《あら》い息《いき》づかいが聞《き》こえた。

「つかめ。しっかりつかんでろよ。俺《おれ》がポッターをやる！」

グレイバックはハリーの髪《かみ》の毛《け》を片手《かたて》でむんずとつかんだ。ハリーは、長《なが》い黄色《きいろ》い爪《つめ》が頭皮《とうひ》を引《ひ》っかくのを感《かん》じた。

「三つ数《かぞ》えたらだ！ 一――二――三――」

一味《いちみ》は、捕虜《ほりょ》を引《ひ》き連《つ》れて「姿《すがた》くらまし」した。ハリーはグレイバックの手《て》を振《ふ》り離《はな》そうともがいたが、どうにもならなかった。ロンとハーマイオニーが両脇《りょうわき》にきつく押《お》しつけられていて、自分一人《じぶんひとり》だけ離《はな》れることはできなかった。息《いき》ができないほど肺《はい》がしぼられ、傷痕《きずあと》はいっそうひどく痛《いた》んだ――。

……自分《じぶん》は窓《まど》の切《き》れ目《め》から蛇《へび》のごとく入《はい》り込《こ》み、霞《かすみ》のように軽々《かるがる》と独房《どくぼう》らしい部屋《へや》の中《なか》に降《お》り立《た》った――。

捕虜《ほりょ》たちは、どこか郊外《こうがい》の小道《こみち》に着地《ちゃくち》し、よろめいてぶつかり合《あ》った。ハリーの両目《りょうめ》はまだ腫《は》れていて、周囲《しゅうい》に目《め》が慣《な》れるまで少《すこ》し時間《じかん》がかかったが、やがて長《なが》い馬車道《ばしゃみち》のような道《みち》と、その入口《いりぐち》に両開《りょうびら》きの鉄《てつ》の門《もん》が見《み》えた。ハリーは少《すこ》しホッとした。まだ最悪《さいあく》の事態《じたい》は起《お》こっていない。ヴォルデモートは、ここにはいない。頭《あたま》に浮《う》かぶ映像《えいぞう》と戦《たたか》っていたハリーには、それがわかっていた。ヴォルデモートは、どこか見知《みし》らぬ要塞《ようさい》のような場所《ばしょ》の、塔《とう》のてっぺんにいる。しかし、ハリーがここにいると知《し》って、ヴォルデモートがやってくるまでに、はたしてどのくらいの時間《じかん》がかかるのか、それはまた別《べつ》な問題《もんだい》だ……。

「人《ひと》さらい」の一人《ひとり》が、大股《おおまた》で門《もん》に近《ちか》づき揺《ゆ》さぶった。

「どうやって入《はい》るんだ？　鍵《かぎ》がかかってる。グレイバック、俺《おれ》は入《はい》れ——うぉっと！」

その男《おとこ》は、仰天《ぎょうてん》してパッと手《て》を引《ひ》っ込《こ》めた。鉄《てつ》がゆがんで抽象的《ちゅうしょうてき》な曲線《きょくせん》や渦模様《うずもよう》が恐《おそ》ろしい顔《かお》に変《か》わり、ガンガン響《ひび》く声《こえ》でしゃべりだしたのだ。

「目的《もくてき》を述《の》べよ！」

「俺《おれ》たちは、ポッターを連《つ》れてきた！」グレイバックが勝《か》ち誇《ほこ》ったようにほえた。「ハリー・ポッターを捕《つか》まえた！」

門《もん》がパッと開《ひら》いた。

「来《こ》い！」グレイバックが一味《いちみ》に言《い》った。捕虜《ほりょ》たちは門《もん》から中《なか》へ、そして馬車道《ばしゃみち》へと歩《ある》かされ、両側《りょうがわ》の高《たか》い生《い》け垣《がき》がその足音《あしおと》をくぐもらせた。ハリーは、頭上《ずじょう》に幽霊《ゆうれい》のような白《しろ》い姿《すがた》を見《み》たが、それはアルビノの白孔雀《しろくじゃく》だった。ハリーはつまずいて、グレイバックに引《ひ》きずり起《お》こされた。ほかの四人《にん》の捕虜《ほりょ》と背中合《せなかあ》わせに縛《しば》られたまま、ハリーはよろめきながら横歩《よこある》きしていた。腫《は》れぼったい目《め》を閉《と》じ、ハリーは、しばらく傷痕《きずあと》の痛《いた》みに屈服《くっぷく》することにした。ヴォルデモートが何《なに》をしているのか、ハリーが捕《つか》まったことをもう知《し》っているのかどうかを知《し》りたかった——。

……やつれはてた姿《すがた》が薄《うす》い毛布《もうふ》の下《した》で身動《みうご》きし、こちらに寝返《ねがえ》りを打《う》った。そしてがいこつのような顔《かお》の両目《りょうめ》が見開《みひら》かれた……弱《よわ》りきった男《おとこ》は、落《お》ちくぼんだ大《おお》きな目《め》でこちらを、ヴォルデモートを見《み》すえ、上半身《じょうはんしん》を起《お》こした。そして笑《わら》った。歯《は》がほとんどなくなっている……。

「やってきたか。来《く》るだろうと思《おも》っていた……そのうちにな。しかし、おまえの旅《たび》は無意味《むいみ》だった。私《わたし》がそれを持《も》っていたことはない」

「うそをつくな！」

ヴォルデモートの怒《いか》りが、ハリーの中《なか》でドクドクと脈打《みゃくう》った。ハリーの傷痕《きずあと》は、痛《いた》みで張《は》り裂《さ》けそうだった。ハリーは、心《こころ》をもぎ取《と》るようにして自分《じぶん》の体《からだ》に戻《もど》し、捕虜《ほりょ》の一人《ひとり》として砂利道《じゃりみち》を歩《ある》かされているという現実《げんじつ》から心《こころ》が離《はな》れないように戦《たたか》った。

明《あ》かりがこぼれ、捕虜全員《ほりょぜんいん》を照《て》らし出《だ》した。

「何事《なにごと》ですか？」冷《つめ》たい女《おんな》の声《こえ》だ。

「我々《われわれ》は、『名前《なまえ》を言《い》ってはいけないあの人《ひと》』にお目《め》にかかりに参《まい》りました」グレイバックのガサガサした声《こえ》が言《い》った。

「おまえは誰《だれ》？」

「あなたは私《わたし》をご存《ぞん》じでしょう！」

狼人間《おおかみにんげん》の声《こえ》には憤《いきどお》りがこもっていた。

「フェンリール・グレイバックだ！　我々《われわれ》はハリー・ポッターを捕《と》らえた！」

グレイバックはハリーをぐいとつかんで半回《はんまわ》りさせ、正面《しょうめん》の明《あ》かりに顔《かお》を向《む》けさせた。ほかの捕虜《ほりょ》も一緒《いっしょ》にずるずると半回《はんまわ》りさせられるはめになった。

「この顔《かお》がむくんでいるのはわかっていやすがね、マダム、しかし、こいつはアリー・ビオールが口《くち》を挟《はさ》んだ。「ちょいとよく見《み》てくださりゃあ、こいつの傷痕《きずあと》が見《み》えまさぁ。それに、ほれ、娘《むすめ》っこが見《み》えますかい？『穢《けが》れた血《ち》』で、アリーと一緒《いっしょ》に旅《たび》しているやつでさぁ、マダム。こいつがアリーなのはまちげえねえ。それに、こいつの杖《つえ》も取《と》り上《あ》げたんで。ほれ、マダム」

ハリーは、ナルシッサ・マルフォイが自分《じぶん》の腫《は》れ上《あ》がった顔《かお》をたしかめるように眺《なが》めているのを見《み》た。スカビオールが、リンボクの杖《つえ》をナルシッサに押《お》しつけた。ナルシッサは眉《まゆ》を吊《つ》り上《あ》げた。

「その者《もの》たちを中《なか》に入《い》れなさい」ナルシッサが言《い》った。

ハリーたちは広《ひろ》い石《いし》の階段《かいだん》を追《お》い立《た》てられ、けり上《あ》げられながら、肖像画《しょうぞうが》の並《なら》ぶ玄関《げんかん》ホールに入《はい》った。

「ついてきなさい」

ナルシッサは、先《さき》に立《た》ってホールを横切《よこぎ》った。

「息子《むすこ》のドラコが、イースターの休暇《きゅうか》で家《いえ》にいます。これがハリー・ポッターなら、息子《むすこ》にはわかるでしょう」

外《そと》の暗闇《くらやみ》のあとでは、客間《きゃくま》の明《あ》かりがまぶしかった。ほとんど目《め》の開《あ》いていないハリーでさえ、その部屋《へや》の広《ひろ》さが理解《りかい》できた。クリスタルのシャンデリアが一基《いっき》、天井《てんじょう》から下《さ》がり、この部屋《へや》にも、深紫色《ふかむらさきいろ》の壁《かべ》に何枚《なんまい》もの肖像画《しょうぞうが》がかかっていた。「人《ひと》さらい」たちが捕虜《ほりょ》を部屋《へや》に押《お》し込《こ》むと、見事《みごと》な装飾《そうしょく》の大理石《だいりせき》の暖炉《だんろ》の前《まえ》に置《お》かれた椅子《いす》から、二つの姿《すがた》が立《た》ち上《あ》がった。

「何事《なにごと》だ？」

いやというほど聞《き》き覚《おぼ》えのあるルシウス・マルフォイの気取《きど》った声《こえ》が、ハリーの耳《みみ》に入《はい》ってきた。ハリーは今《いま》になって急《きゅう》に恐《おそ》ろしくなった。逃《に》げ道《みち》がない。しかし恐《おそ》れがつのることでヴォルデモートの想念《そうねん》を遮断《しゃだん》しやすくなった。傷痕《きずあと》の焼《や》けるようなうずきだけはまだ続《つづ》いている。

「この者《もの》たちは、ポッターを捕《つか》まえたと言《い》っています」ナルシッサの冷《つめ》たい声《こえ》が言《い》った。「ドラコ、ここへ来《き》なさい」

ハリーはドラコを真正面《ましょうめん》から見る気《き》になれず、顔《かお》を背《そむ》けて横目《よこめ》で見《み》た。ひじかけ椅子《いす》から立《た》ち上《あ》がったドラコは、ハリーより少《すこ》し背《せ》が高《たか》く、プラチナブロンドの髪《かみ》の下《した》に、あごのとがった青白《あおじろ》い顔《かお》がぼやけて見《み》えた。

グレイバックは、捕虜《ほりょ》たちを再《ふたた》び回《まわ》して、ハリーがシャンデリアの真下《ました》に来《く》るようにした。

「さあ、坊《ぼっ》ちゃん？」狼人間《おおかみにんげん》がかすれ声《ごえ》で言《い》った。

ハリーは、暖炉《だんろ》の上《うえ》にある、繊細《せんさい》な渦巻《うずま》き模様《もよう》の見事《みごと》な金縁《きんぶち》の鏡《かがみ》に顔《かお》を向《む》けていた。細《ほそ》い線《せん》のような目《め》で、ハリーは、グリモールド・プレイスを離《はな》れて以来《いらい》、初《はじ》めて鏡《かがみ》に映《うつ》る自分《じぶん》の姿《すがた》を見《み》た。

ハーマイオニーの呪《のろ》いで、顔《かお》はふくれ上《あ》がり、ピンク色《いろ》にテカテカ光《ひか》って、顔《かお》の特徴《とくちょう》がすべてゆがめられていた。黒《くろ》い髪《かみ》は肩《かた》まで伸《の》び、あごの周《まわ》りにはうっすらとひげが生《は》えている。そこに立《た》っているのが自分《じぶん》だと知《し》らなければ、自分《じぶん》のめがねをかけているのは誰《だれ》かといぶかったことだろう。ハリーは絶対《ぜったい》にしゃべるまいと決心《けっしん》した。声《こえ》を出《だ》せば、きっと正体《しょうたい》がばれてしまう。それでもハリーは、近《ちか》づいてくるドラコと目《め》を合《あ》わせるのをさけた。

「さあ、ドラコ？」

ルシウス・マルフォイが聞《き》いた。声《こえ》が上《うわ》ずっていた。

「そうなのか？　ハリー・ポッターか？」

「わからない——自信《じしん》がない」ドラコが言《い》った。

ドラコはグレイバックから距離《きょり》を取《と》り、ハリーがドラコを見《み》るのを恐《おそ》れると同《おな》じくらい、ハリーを見《み》るのが恐《おそ》ろしい様子《ようす》だった。

「しかし、よく見《み》るんだ、さあ！　もっと近《ちか》くに寄《よ》って！」

ハリーは、こんなに興奮《こうふん》したルシウス・マルフォイの声《こえ》を、初《はじ》めて聞《き》いた。

「ドラコ、もし我々《われわれ》が闇《やみ》の帝王《ていおう》にポッターを差《さ》し出《だ》したとなれば、何《なに》もかも許《ゆる》され——」

「いいや、マルフォイ様《さま》、こいつを実際《じっさい》に捕《つか》まえたのが誰《だれ》かを、お忘《わす》れではないでしょうな？」

グレイバックが脅《おど》すように言《い》った。

「もちろんだ。もちろんだとも！」

ルシウスはもどかしげに言《い》い、自分自身《じぶんじしん》でハリーに近《ちか》づいた。あまりに近寄《ちかよ》ってきたので、ハリーの腫《は》れ上《あ》がった目《め》でさえ、いつもの物《もの》うげな青白《あおじろ》い顔《かお》が、はっきりと細《こま》かい所《ところ》まで見《み》えた。ハリーのふくれ上《あ》がった顔《かお》は仮面《かめん》のようで、まるでおりの格子《こうし》の間《あいだ》から外《そと》をのぞいているような感《かん》じがした。

「いったいこいつに何《なに》をしたのだ？」ルシウスがグレイバックに聞《き》いた。「どうしてこんな顔《かお》になったのだ？」

「我々《われわれ》がやったのではない」

「むしろ『蜂刺《はちさ》しの呪《のろ》い』のように見《み》えるが」ルシウスが言《い》った。

灰色《はいいろ》の目《め》が、ハリーの額《ひたい》をなめるように見《み》た。

「ここに何《なに》かある」ルシウスが小声《こごえ》で言《い》った。「傷痕《きずあと》かもしれない。ずいぶん引《ひ》き伸《の》ばされている……ドラコ、ここに来《き》てよく見《み》るのだ！　どう思《おも》うか？」

ハリーは、今度《こんど》は父親《ちちおや》の顔《かお》のすぐ横《よこ》に、ドラコの顔《かお》を近々《ちかぢか》と見《み》た。瓜二《うりふた》つだ。しかし、興奮《こうふん》で我《われ》を忘《わす》れている父親《ちちおや》に比《くら》べて、ドラコの表情《ひょうじょう》はまるで気《き》の進《すす》まない様子《ようす》で、おびえているようにさえ見《み》えた。

「わからないよ」ドラコはそう言《い》うと、母親《ははおや》が立《た》って見《み》ている暖炉《だんろ》のほうに歩《ある》き去《さ》った。

「確実《かくじつ》なほうがいいわ、ルシウス」

ナルシッサが、いつもの冷《つめ》たい、はっきりした声《こえ》でルシウスに話《はな》しかけた。

「闇《やみ》の帝王《ていおう》を呼《よ》び出《だ》す前《まえ》に、これがポッターであることを完全《かんぜん》にたしかめたほうがいいわ……この者《もの》たちは、この杖《つえ》がこの子《こ》のものだと言《い》うけれど」

ナルシッサはリンボクの杖《つえ》を念入《ねんい》りに眺《なが》めていた。

「でも、これはオリバンダーの話《はなし》とはちがいます……もしも私《わたし》たちがまちがいを犯《おか》せば、もしも闇《やみ》の帝王《ていおう》を呼《よ》び戻《もど》してもむだ足《あし》だったら……ロウルとドロホフがどうなったか、覚《おぼ》えていらっしゃるでしょう?」

「それじゃ、この『穢《けが》れた血《ち》』はどうだ?」

グレイバックがうなるように言《い》った。「人《ひと》さらい」たちが再《ふたた》び捕虜《ほりょ》たちをぐいと回《まわ》し、ハーマイオニーに明《あ》かりが当《あ》たるようにした。その拍子《ひょうし》に、ハリーは足《あし》をすくわれて倒《たお》れそうになった。

「お待《ま》ち」ナルシッサが鋭《するど》く言《い》った。「そう——そうだわ。この娘《むすめ》は、ポッターと一緒《いっしょ》にマダム・マルキンの店《みせ》にいたわ! この子《こ》の写真《しゃしん》を『予言者《よげんしゃ》』で見《み》ましたわ! ごらん、ドラコ、この娘《むすめ》はグレンジャーでしょう?」

「僕《ぼく》……そうかもしれない……ええ」

「それなら、こいつはウィーズリーの息子《むすこ》だ!」

ルシウスは、縛《しば》り上《あ》げられた捕虜《ほりょ》たちの周《まわ》りを大股《おおまた》で歩《ある》き、ロンの前《まえ》に来《き》て叫《さけ》んだ。

「やつらだ。ポッターの仲間《なかま》たちだ——ドラコ、こいつを見《み》るんだ。アーサー・ウィーズリーの息子《むすこ》で、名前《なまえ》は何《なん》だったかな——?」

「ああ」ドラコは、捕虜《ほりょ》たちに背《せ》を向《む》けたまま言《い》った。「そうかもしれない」

ハリーの背後《はいご》で客間《きゃくま》のドアが開《ひら》き、女性《じょせい》の声《こえ》がした。その声《こえ》がハリーの恐怖《きょうふ》をさらに強《つよ》めた。

「どういうことだ？　シシー、何《なに》が起《お》こったのだ？」

ベラトリックス・レストレンジが、捕虜《ほりょ》の周《まわ》りをゆっくりと回《まわ》った。そしてハリーの右側《みぎがわ》で立《た》ち止《ど》まり、厚《あつ》ぼったいまぶたの下《した》からハーマイオニーをじっと見《み》た。

「なんと」ベラトリックスが静《しず》かに言《い》った。「これがあの『穢《けが》れた血《ち》』の？　これがグレンジャーか？」

「そう、そうだ。それがグレンジャーだ！」ルシウスが叫《さけ》んだ。「そしてその横《よこ》が、たぶんポッターだ！　ポッターと仲間《なかま》が、ついに捕《つか》まった！」

「ポッター？」

ベラトリックスがかん高《だか》く叫《さけ》んであとずさりし、ハリーをよく見《み》ようとした。

「たしかなのか？　さあ、それでは、闇《やみ》の帝王《ていおう》に、すぐさまお知《し》らせしなくては！」

ベラトリックスは左《ひだり》のそでをまくり上《あ》げた。ハリーはその腕《うで》に、闇《やみ》の印《しるし》が焼《や》きつけられているのを見《み》た。ベラトリックスが、愛《あい》するご主人様《しゅじんさま》を呼《よ》び戻《もど》すため、今《いま》にもそれに触《ふ》れようとしている――。

「私《わたし》が呼《よ》ぼうと思《おも》っていたのだ！」

そう言《い》うなり、ルシウスの手《て》がベラトリックスの手首《てくび》を握《にぎ》って、印《しるし》に触《ふ》れさせなかった。

「ベラ、私《わたし》がお呼《よ》びする。ポッターは私《わたし》の館《やかた》に連《つ》れてこられたのだから、私《わたし》の権限《けんげん》で――」

「おまえの権限《けんげん》！」

ベラトリックスは、握《にぎ》られた手《て》を振《ふ》り離《はな》そうとしながら、冷笑《れいしょう》した。

「杖《つえ》を失《うしな》ったとき、おまえは権限《けんげん》も失《うしな》ったんだ、ルシウス！　よくもそんな口《くち》がきけたものだな！　その手《て》を離《はな》せ！」

「これはおまえには関係《かんけい》がない。おまえがこいつを捕《つか》まえたわけではない――」

「失礼《しつれい》ながら、マルフォイの旦那《だんな》」グレイバックが割《わ》り込《こ》んできた。「ポッターを捕《つか》まえたのは我々《われわれ》ですぞ。そして、我々《われわれ》こそ金貨《きんか》を要求《ようきゅう》すべきで――」

「金貨《きんか》？」

義弟《ぎてい》の手《て》を振《ふ》り払《はら》おうとしながら、もう一方《いっぽう》の手《て》でポケットの杖《つえ》を探《さぐ》り、ベラトリックスが笑《わら》った。

「おまえは金貨《きんか》を受《う》け取《と》るがいい、汚《きたな》らしいハイエナめ。金貨《きんか》など私《わたし》が欲《ほ》しがると思《おも》うか？　私《わたし》が求《もと》めるのは名誉《めいよ》のみ。あの方《かた》の――あの方《かた》の――」

ベラトリックスは抗《あらが》うのをやめ、暗《くら》い目《め》でハリーには見《み》えない何《なに》かをじっと見《み》た。ベラトリックスを降伏《こうふく》させたと思《おも》ったルシウスは、有頂天《うちょうてん》でベラトリックスの手《て》を放《ほう》り出《だ》し、自分《じぶん》のローブのそでをまくり上《あ》げた――。

「**待《ま》て！**」

ベラトリックスがかん高《だか》い声《こえ》を上《あ》げた。

「触《ふ》れるな。今闇《いまやみ》の帝王《ていおう》がいらっしゃれば、我々《われわれ》は全員死《ぜんいんし》ぬ！」

ルシウスは、腕《うで》の印《しるし》の上《うえ》に人差《ひとさ》し指《ゆび》を浮《う》かせたまま硬直《こうちょく》した。ベラトリックスがつかつかと、ハリーの視線《しせん》の届《とど》く範囲《はんい》から出《で》ていった。

「これは、何《なん》だ？」ベラトリックスの声《こえ》が聞《き》こえた。

「剣《つるぎ》だ」見《み》えない所《ところ》にいる男《おとこ》の一人《ひとり》が、ブツブツ言《い》った。

「私《わたし》によこすのだ」

「あんたのじゃねえよ、奥《おく》さん、俺《おれ》んだ。俺《おれ》が見《み》つけたんだぜ」

バーンという音《おと》がして、赤《あか》い閃光《せんこう》が走《はし》った。ハリーには、その男《おとこ》が「失神呪文《しっしんじゅもん》」で気絶《きぜつ》させられたのだとわかった。仲間《なかま》が怒《おこ》ってわめき、スカビオールが杖《つえ》を抜《ぬ》いた。

「この女《おんな》、何《なん》のまねだ？」

「ステューピファイ！　まひせよ！」ベラトリックスが叫《さけ》んだ。「まひせよ！」

一対四《たい》でも、「人《ひと》さらい」ごときのかなう相手《あいて》ではなかった。ハリーの知《し》るベラトリックスは、並《なみ》はずれた技《わざ》を持《も》ち、良心《りょうしん》を持《も》たない魔女《まじょ》だ。「人《ひと》さらい」たちは、全員《ぜんいん》その場《ば》に倒《たお》れた。グレイバックだけは、両腕《りょううで》を差《さ》し出《だ》した格好《かっこう》で、無理《むり》やりひざまずかせられた。手《て》にグリフィンドールの剣《つるぎ》をしっかり握《にぎ》った蒼白《そうはく》な顔《かお》のベラトリックスが、すばやく狼人間《おおかみにんげん》に迫《せま》るのを、ハリーは目《め》の端《はし》でとらえた。

「この剣《つるぎ》をどこで手《て》に入《い》れた？」

グレイバックの杖《つえ》をやすやすともぎ取《と》りながら、ベラトリックスが押《お》し殺《ころ》した声《こえ》で聞《き》いた。

「よくもこんなことを！」

グレイバックがうなりを上《あ》げた。無理《むり》やりベラトリックスを見上《みあ》げる姿勢《しせい》を取《と》らされ、口《くち》しか動《うご》かせない状態《じょうたい》だった。グレイバックは鋭《するど》い牙《きば》をむき出《だ》した。

「術《じゅつ》を解《と》け、女《おんな》！」

「どこでこの剣《つるぎ》を見《み》つけた？」

ベラトリックスは、剣《つるぎ》をグレイバックの目《め》の前《まえ》で振《ふ》り立《た》てながら、くり返《かえ》して聞《き》いた。

「これは、スネイプがグリンゴッツの私《わたし》の金庫《きんこ》に送《おく》ったものだ！」

「あいつらのテントにあった」グレイバックがかすれ声《ごえ》で言《い》った。「解《と》けと言《い》ったら解《と》け！」

ベラトリックスが杖《つえ》を振《ふ》り、グレイバックは跳《は》ねるように立《た》ち上《あ》がった。しかし、用心《ようじん》してベラトリックスには近《ちか》づかず、油断《ゆだん》なくひじかけ椅子《いす》の後《うし》ろに回《まわ》って、汚《きたな》らしいねじれた爪《つめ》で椅子《いす》の背《せ》をつかんだ。

「ドラコ、このクズどもを外《そと》に出《だ》すんだ」

ベラトリックスは、気絶《きぜつ》している男《おとこ》たちを指《さ》して言《い》った。

「そいつらを殺《や》ってしまう度胸《どきょう》がないなら、私《わたし》が片《かた》づけるから中庭《なかにわ》に打《う》っちゃっておきな」

「ドラコに対《たい》して、そんな口《くち》のききかたを――」

ナルシッサが激怒《げきど》したが、ベラトリックスのかん高《だか》い声《こえ》に押《お》さえ込《こ》まれた。

「おだまり！　シシー、おまえなんかが想像《そうぞう》する以上《いじょう》に、事《こと》は重大《じゅうだい》だ！　深刻《しんこく》な問題《もんだい》が起《お》きてしまったのだ！」

ベラトリックスは、立《た》ったまま少《すこ》しあえぎながら、剣《つるぎ》を見下《みお》ろしてその柄《つか》を調《しら》べた。それからだまりこくっている捕虜《ほりょ》たちに目《め》を向《む》けた。

「もしもほんとうにポッターなら、傷《きず》つけてはいけない」

ベラトリックスは、誰《だれ》に言《い》うともなくつぶやいた。

「闇《やみ》の帝王《ていおう》は、ご自身《じしん》でポッターを始末《しまつ》することをお望《のぞ》みなのだ……しかし、このことをあのお方《かた》がお知《し》りになったら……私《わたし》はどうしても……どうしてもたしかめなければ……」

ベラトリックスは、再《ふたた》び妹《いもうと》を振《ふ》り向《む》いた。

「私《わたし》がどうするか考《かんが》える間《あいだ》、捕虜《ほりょ》たちを地下牢《ちかろう》にぶち込《こ》んでおくんだ！」

「ベラ、ここは私《わたし》の家《いえ》です。そんなふうに命令《めいれい》することは――」

「言《い》われたとおりにするんだ！　どんなに危険《きけん》な状態《じょうたい》なのか、おまえにはわかっていない！」

ベラトリックスは金切《かなき》り声《ごえ》を上《あ》げた。恐《おそ》ろしい狂気《きょうき》の形相《ぎょうそう》だった。杖《つえ》から一筋《ひとすじ》の炎《ほのお》が噴《ふ》き出《だ》し、じゅうたんに焦《こ》げ穴《あな》を開《あ》けた。

ナルシッサは一瞬《いっしゅん》とまどったが、やがて狼人間《おおかみにんげん》に向《む》かって言《い》った。

「捕虜《ほりょ》を地下牢《ちかろう》に連《つ》れていきなさい、グレイバック」

「待《ま》て」ベラトリックスが鋭《するど》く言《い》った。「一人《ひとり》だけ……『穢《けが》れた血《ち》』を残《のこ》していけ」

グレイバックは、満足《まんぞく》げに鼻《はな》を鳴《な》らした。

「やめろ！」ロンが叫《さけ》んだ。「かわりに僕《ぼく》を残《のこ》せ。僕《ぼく》を！」

ベラトリックスがロンの顔《かお》をなぐった。その音《おと》が部屋中《へやじゅう》に響《ひび》いた。

「この子《こ》が尋問中《じんもんちゅう》に死《し》んだら、次《つぎ》はおまえにしてやろう」ベラトリックスが言《い》った。「『血《ち》を裏切《うらぎ》る者《もの》』は、『穢《けが》れた血《ち》』の次《つぎ》に気《き》に入《い》らないね。グレイバック、捕虜《ほりょ》を地下《ちか》へ連《つ》れていって、逃《に》げられないようにするんだ。ただし、それ以上《いじょう》は何《なに》もするな――今《いま》のところは――」

ベラトリックスはグレイバックの杖《つえ》を投《な》げ返《かえ》し、ロープの下《した》から銀《ぎん》の小刀《こがたな》を取《と》り出《だ》した。ベラトリックスがハーマイオニーをほかの捕虜《ほりょ》から切《き》り離《はな》し、髪《かみ》の毛《け》をつかんで部屋《へや》の真《ま》ん中《なか》に引《ひ》きずり出《だ》す間《あいだ》、グレイバックは、前《まえ》に突《つ》き出《だ》した杖《つえ》から抵抗《ていこう》しがたい見《み》えない力《ちから》を発《はっ》して、捕虜《ほりょ》たちを別《べつ》のドアまで無理《むり》やり歩《ある》かせ、暗《くら》い通路《つうろ》に押《お》し込《こ》んだ。

「用済《ようず》みになったら、あの女《おんな》は、俺《おれ》に娘《むすめ》を味見《あじみ》させてくれると思《おも》うか？」

捕虜《ほりょ》に通路《つうろ》を歩《ある》かせながら、グレイバックが歌《うた》うように言《い》った。

「一口《くち》か二口《くち》というところかな、どうだ、赤毛《あかげ》？」

ハリーはロンの震《ふる》えを感《かん》じた。捕虜《ほりょ》たちは、急《きゅう》な階段《かいだん》を無理《むり》やり歩《ある》かされ、背中合《せなかあ》わせに縛《しば》られたままなので、今《いま》にも足《あし》を踏《ふ》みはずして転落《てんらく》し、首《くび》を折《お》ってしまいそうだった。階段下《かいだんした》に、頑丈《がんじょう》な扉《とびら》があった。グレイバックは杖《つえ》でたたいて開錠《かいじょう》し、じめじめしたかび臭《くさ》い部屋《へや》に全員《ぜんいん》を押《お》し込《こ》んで、真《ま》っ暗闇《くらやみ》の中《なか》に取《と》り残《のこ》した。地下牢《ちかろう》の扉《とびら》がバタンと閉《し》まり、その響《ひび》きがまだ消《き》えないうちに、真上《まうえ》から恐《おそ》ろしい悲鳴《ひめい》が長々《ながなが》と聞《き》こえてきた。

「ハーマイオニー！」

ロンが大声《おおごえ》を上《あ》げ、縛《しば》られているロープを振《ふ》りほどこうと身《み》もだえしはじめた。同《おな》じロープに縛《しば》られているハリーはよろめいた。

「ハーマイオニー！」

「静《しず》かにして！」ハリーが言《い》った。「ロン、だまって。方法《ほうほう》を考《かんが》えなくては――」

「ハーマイオニー！　ハーマイオニー！」

「計画《けいかく》が必要《ひつよう》なんだ。叫《さけ》ぶのはやめてくれ――このロープをほどかなくちゃ――」

「ハリー？」暗闇《くらやみ》からささやく声《こえ》がした。「ロン？　あんたたちなの？」

ロンは叫《さけ》ぶのをやめた。近《ちか》くで何《なに》かが動《うご》く音《おと》がして、ハリーは、近《ちか》づいてくる影《かげ》を見《み》た。

「ハリー？　ロン？」

「ルーナ？」

「そうよ、あたし！　ああ、あんただけは捕《つか》まってほしくなかったのに！」

「ルーナ、ロープをほどくのを手伝《てつだ》ってくれる？」ハリーが言《い》った。

「あ、うん、できると思《おも》う……何《なに》か壊《こわ》すときのために古《ふる》いくぎが一本《ぽん》あるもン……ちょっと待《ま》って……」

頭上《ずじょう》からまたハーマイオニーの叫《さけ》び声《ごえ》が聞《き》こえた。ベラトリックスの叫《さけ》ぶ声《こえ》も聞《き》こえたが、何《なに》を言《い》っているのかは聞《き》き取《と》れなかった。ロンがまた叫《さけ》んだからだ。

「ハーマイオニー！　ハーマイオニー！」

「オリバンダーさん？」

ハリーは、ルーナがそう呼《よ》ぶ声《こえ》を聞《き》いた。

「オリバンダーさん、くぎを持《も》ってる？　ちょっと移動《いどう》してくだされば……たしか水差《みずさ》しの横《よこ》にあったと……」

ルーナはすぐに戻《もど》ってきた。

「じっとしてないとだめよ」ルーナが言《い》った。

ハリーは、ルーナが結《むす》び目《め》をほどこうとして、ロープの頑丈《がんじょう》な繊維《せんい》に穴《あな》をうがっているのを感《かん》じた。上《うえ》の階《かい》から、ベラトリックスの声《こえ》が聞《き》こえてきた。

「もう一度《いちど》聞《き》くよ！　剣《つるぎ》をどこで手《て》に入《い》れた？　どこだ？」

「見《み》つけたの――見《み》つけたのよ――**やめて！**」

ハーマイオニーがまた悲鳴《ひめい》を上《あ》げた。ロンはますます激《はげ》しく身《み》をよじり、さびたくぎがすべって、ハリーの手首《てくび》に当《あ》たった。

「ロン、お願《ねが》いだからじっとしてて！」ルーナが小声《こごえ》で言《い》った。「あたし、手元《てもと》が見《み》えないんだもン――」

「僕《ぼく》のポケット！」ロンが言《い》った。「僕《ぼく》のポケットの中《なか》。『灯消《ひけ》しライター』がある。灯《あか》りがいっぱい詰《つ》まってるよ！」

数秒後《すうびょうご》、カチッと音《おと》がして、テントのランプから吸《す》い取《と》った光《ひかり》の玉《たま》がいくつも地下牢《ちかろう》に飛《と》び出《だ》した。もともとの出所《でどころ》に戻《もど》ることができない光《ひかり》は、小《ちい》さな太陽《たいよう》のようにあちこちに浮《う》かび、地《ち》下牢《かろう》には光《ひかり》があふれた。ハリーはルーナを見《み》た。白《しろ》い顔《かお》に目《め》ばかりが大《おお》きかった。杖作《つえつく》りのオリバンダーが、部屋《へや》の隅《すみ》で身動《みうご》きもせずに身《み》を丸《まる》めているのが見《み》えた。首《くび》を回《まわ》して後《うし》ろを見《み》ると、一緒《いっしょ》に縛《しば》られている仲間《なかま》が見《み》えた。ディーンとグリップフックだ。小鬼《ゴブリン》は、ヒトと一緒《いっしょ》に縛《しば》られているロープに支《ささ》えられてやっと立《た》ってはいたが、ほとんど意識《いしき》がないように見《み》えた。

「ああ、ずっとよくなったわ。ありがとう、ロン。あら、こんにちは、ディーン！」

ルーナは、そう言《い》うと、また縄目《なわめ》をたたき切《き》りにかかった。

上《うえ》から、ベラトリックスの声《こえ》が聞《き》こえてきた。

「おまえはうそをついている、『穢《けが》れた血《ち》』め、私《わたし》にはわかるんだ！　おまえたちはグリンゴッツの私《わたし》の金庫《きんこ》に入《はい》ったんだろう！　ほんとうのことを言《い》え、**ほんとうのことを！**」

またしても恐《おそ》ろしい叫《さけ》び声《ごえ》――。

「**ハーマイオニー！**」

「ほかには何《なに》を盗《ぬす》んだ？　ほかに何《なに》を手《て》に入《い》れたんだ？　ほんとうのことを言《い》え。さもないと、いいか、この小刀《こがたな》で切《き》り刻《きざ》んでやるよ！」

「ほーら！」

ハリーはロープが落《お》ちるのを感《かん》じて、手首《てくび》をさすりながら振《ふ》り向《む》いた。ロンが低《ひく》い天井《てんじょう》を見上《みあ》げて、跳《は》ね戸《ど》はないかと探《さが》しながら、地下牢《ちかろう》を走《はし》り回《まわ》っているのが目《め》に入《はい》った。ディーンは傷《きず》を負《お》い、血《ち》だらけの顔《かお》でルーナに「ありがとう」と言《い》い、震《ふる》えながらその場《ば》に立《た》っていた。しかしグリップフックは、ふらふらと右《みぎ》も左《ひだり》もわからないありさまで床《ゆか》に座《すわ》り込《こ》んだ。色黒《いろぐろ》の顔《かお》に、いく筋《すじ》もミミズ腫《ば》れが見《み》えた。

ロンは、今度《こんど》は杖《つえ》なしのまま「姿《すがた》くらまし」しようとしていた。

「出《で》ることはできないんだもン、ロン」

ロンのむだなあがきを見《み》ていたルーナが言《い》った。

「地下牢《ちかろう》は完全《かんぜん》に逃亡《とうぼう》不可能《ふかのう》になってるもン。あたしも最初《さいしょ》はやってみたし、オリバンダーさんは長《なが》くいるから、もう、何《なに》もかも試《ため》してみたもン」

ハーマイオニーがまた悲鳴《ひめい》を上《あ》げ、その声《こえ》は、肉体的《にくたいてき》な痛《いた》みとなってハリーの体《からだ》を突《つ》き抜《ぬ》けた。自分《じぶん》の傷痕《きずあと》の激《はげ》しい痛《いた》みはほとんど意識《いしき》せずに、ハリーも地下牢《ちかろう》をかけ回《まわ》りはじめた。何《なに》を探《さが》しているのか自分《じぶん》でもわからないまま、ハリーは壁《かべ》という壁《かべ》を手探《てさぐ》りしたが、心《こころ》の奥《おく》では、むだなことだとわかっていた。

「ほかには何《なに》を盗《ぬす》んだ？　**答《こた》えろ！**　クルーシオ！　苦《くる》しめ！」

ハーマイオニーの悲鳴《ひめい》が、上《うえ》の階《かい》から壁《かべ》を伝《つた》って響《ひび》き渡《わた》った。ロンは壁《かべ》を拳《こぶし》でたたきながら半《はん》分泣《ぶんな》いていた。居《い》ても立《た》ってもいられず、ハリーは、首《くび》にかけたハグリッドの巾着《きんちゃく》をつかみ、中《なか》をかき回《まわ》した。ダンブルドアのスニッチを引《ひ》っ張《ぱ》り出《だ》し、何《なに》を期待《きたい》しているのかもわからずに振《ふ》ってみた——何事《なにごと》も起《お》こらない。二つに折《お》れた不死鳥《ふしちょう》の尾羽根《おばね》の杖《つえ》を振《ふ》ってみたが、まったく反応《はんのう》がない——鏡《かがみ》の破片《はへん》がキラキラと床《ゆか》に落《お》ちた。そして、ハリーは明《あか》るいブルーの輝《かがや》きを見《み》た——。

ダンブルドアの目《め》が、鏡《かがみ》の中《なか》からハリーを見《み》つめていた。

「助《たす》けて！」ハリーは、鏡《かがみ》に向《む》かって必死《ひっし》に叫《さけ》んだ。「僕《ぼく》たちはマルフォイの館《やかた》の地下牢《ちかろう》にいます。助《たす》けて！」

その目《め》が瞬《またた》いて、消《き》えた。

ハリーには、ほんとうにそこに目《め》があったかどうかの確信《かくしん》もなかった。破片《はへん》をあちこちに傾《かたむ》けてみたが、映《うつ》るものと言《い》えば牢獄《ろうごく》の壁《かべ》や天井《てんじょう》ばかりだった。上《うえ》から聞《き》こえるハーマイオニーの叫《さけ》び声《ごえ》が、ますますひどくなってきた。そしてハリーの横《よこ》では、ロンが大声《おおごえ》で叫《さけ》んでいた。

「ハーマイオニー！　ハーマイオニー！」

「どうやって私《わたし》の金庫《きんこ》に入《はい》った？」ベラトリックスの叫《さけ》ぶ声《こえ》が聞《き》こえた。「地下牢《ちかろう》に入《はい》っている薄汚《うすぎたな》い小鬼《ゴブリン》が手助《てだす》けしたのか？」

「小鬼《ゴブリン》には、今夜会《こんやあ》ったばかりだわ！」ハーマイオニーがすすり泣《な》いた。「あなたの金庫《きんこ》になんか、入《はい》ったことはないわ……それは本物《ほんもの》の剣《つるぎ》じゃない！　ただの模造品《もぞうひん》よ、模造品《もぞうひん》なの！」

「偽物《にせもの》？」ベラトリックスがかん高《だか》い声《こえ》を上《あ》げた。「ああ、うまい言《い》い訳《わけ》だ！」

「いや、簡単《かんたん》にわかるぞ！」ルシウスの声《こえ》がした。「ドラコ、小鬼《ゴブリン》を連《つ》れてこい。剣《つるぎ》が本物《ほんもの》かどうか、あいつならわかる！」

ハリーは、グリップフックがうずくまっている所《ところ》に飛《と》んでいった。

「グリップフック」

ハリーは小鬼《ゴブリン》のとがった耳《みみ》にささやいた。

「あの剣《つるぎ》が偽物《にせもの》だって言《い》ってくれ。やつらに、あれが本物《ほんもの》だと知《し》られてはならないんだ。グリップフック、お願《ねが》いだ――」

誰《だれ》かが地下牢《ちかろう》への階段《かいだん》を急《いそ》いで下《お》りてくる音《おと》が聞《き》こえ、次《つぎ》の瞬間《しゅんかん》、扉《とびら》の向《む》こうで、ドラコの震《ふる》える声《こえ》がした。

「みんな下《さ》がれ。後《うし》ろの壁《かべ》に並《なら》んで立《た》つんだ。おかしなまねをするな。さもないと殺《ころ》すぞ！」

みんな、命令《めいれい》に従《したが》った。鍵《かぎ》が回《まわ》ったとたん、ロンが「灯消《ひけ》しライター」をカチッと鳴《な》らした。光《ひかり》はロンのポケットに吸《す》い取《と》られて、地下牢《ちかろう》は暗闇《くらやみ》に戻《もど》った。扉《とびら》がパッと開《ひら》き、杖《つえ》をかまえたドラコ・マルフォイが、青白《あおじろ》い決然《けつぜん》とした顔《かお》でつかつかと入《はい》ってきた。ドラコは小《ちい》さいグリップフックの腕《うで》をつかみ、小鬼《ゴブリン》を引《ひ》きずりながらあとずさりした。扉《とびら》が閉《し》まると同時《どうじ》に、バチンという大《おお》きな音《おと》が、地下牢内《ちかろうない》に響《ひび》いた。

ロンが「灯消《ひけ》しライター」をもう一度《いちど》カチッと鳴《な》らした。光《ひかり》の玉《たま》が三つ、ポケットから空中《くうちゅう》に飛《と》び出《だ》し、たった今《いま》そこに「姿《すがた》あらわし」した、屋敷《やしき》しもべ妖精《ようせい》のドビーを照《て》らし出《だ》した。

「**ド——！**」

ハリーはロンの腕《うで》をたたいて、ロンの叫《さけ》びを止《と》めた。ロンは、うっかり叫《さけ》びそうになったことでぞっとしているようだった。頭上《ずじょう》の床《ゆか》を歩《ある》く足音《あしおと》がした。ドラコがグリップフックを、ベラトリックスの所《ところ》まで歩《ある》かせていた。

ドビーは、テニスボールのような巨大《きょだい》な眼《め》を見開《みひら》いて、足《あし》の先《さき》から耳《みみ》の先《さき》まで震《ふる》えていた。昔《むかし》のご主人様《しゅじんさま》の館《やかた》に戻《もど》ったドビーは、明《あき》らかに恐怖《きょうふ》ですくみ上《あ》がっている。

「ハリー・ポッター」蚊《か》の鳴《な》くようなキーキー声《ごえ》が震《ふる》えていた。「ドビーはお助《たす》けに参《まい》りました」

「でもどうやって――？」

恐《おそ》ろしい叫《さけ》び声《ごえ》が、ハリーの言葉《ことば》をかき消《け》した。ハーマイオニーがまた拷問《ごうもん》を受《う》けている。ハリーは大事《だいじ》な話《はなし》だけにしぼることにした。

「君《きみ》は、この地下牢《ちかろう》から『姿《すがた》くらまし』できるんだね？」

ハリーが聞《き》くと、ドビーは耳《みみ》をパタパタさせてうなずいた。

「そして、ヒトを一緒《いっしょ》に連《つ》れていくこともできるんだね？」

ドビーはまたうなずいた。

「よーし、ドビー、ルーナとディーンとオリバンダーさんをつかんで、それで三人《にん》を――三人《にん》を――」

「ビルとフラーの所《ところ》へ」ロンが言《い》った。「ティンワース郊外《こうがい》の『貝殻《かいがら》の家《いえ》』へ！」

しもべ妖精《ようせい》は、三度《みたび》うなずいた。

「それから、ここに戻《もど》ってきてくれ」ハリーが言《い》った。「ドビー、できるかい？」

「もちろんです、ハリー・ポッター」小《ちい》さなしもべ妖精《ようせい》は小声《こごえ》で答《こた》えた。

ドビーは、ほとんど意識《いしき》がないように見《み》えるオリバンダーの所《ところ》に、急《いそ》いで近《ちか》づいた。そして、杖作《つえつく》りの片方《かたほう》の手《て》を握《にぎ》り、もう一方《いっぽう》の手《て》をルーナとディーンのほうに差《さ》し出《だ》した。二人《ふたり》とも動《うご》かなかった。

「ハリー、あたしたちもあんたを助《たす》けたいわ！」ルーナがささやいた。

「君をここに置《お》いていくことはできないよ！」ディーンが言《い》った。

「二人《ふたり》とも、行《い》ってくれ！　ビルとフラーの所《ところ》で会《あ》おう」

ハリーがそう言《い》ったとたん、傷痕《きずあと》がこれまでにないほど激《はげ》しく痛《いた》んだ。その瞬間《しゅんかん》ハリーは、誰《だれ》かの姿《すがた》を見下《みお》ろしていた。杖作《つえつく》りのオリバンダーではなく、同《おな》じくらい年老《としお》いてやせこけた男《おとこ》だ。しかも、嘲《あざけ》るように笑《わら》っている。

「殺《ころ》すがよい、ヴォルデモート。私《わたし》は死《し》を歓迎《かんげい》する！　しかし私《わたし》の死《し》が、おまえの求《もと》めるものをもたらすわけではない……おまえの理解《りかい》していないことが、なんと多《おお》いことか……」

ハリーはヴォルデモートの怒《いか》りを感《かん》じた。しかし、また響《ひび》いてきたハーマイオニーの叫《さけ》び声《ごえ》が、ハリーを呼《よ》び戻《もど》した。ハリーは怒《いか》りをしめ出《だ》して、地下牢《ちかろう》に、そして自分自身《じぶんじしん》の現実《げんじつ》の恐怖《きょうふ》に戻《もど》ってきた。

「行《い》ってくれ！」ハリーはルーナとディーンに懇願《こんがん》した。「行《い》くんだ！　僕《ぼく》たちはあとで行《い》く。

とにかく行《い》ってくれ！」

二人《ふたり》は、しもべ妖精《ようせい》が伸《の》ばしている指《ゆび》をつかんだ。再《ふたた》びバチンと大《おお》きな音《おと》がして、ドビー、ルーナ、ディーン、オリバンダーは消《き》えた。

「あの音《おと》は何《なん》だ？」

ルシウス・マルフォイの叫《さけ》ぶ声《こえ》が、頭上《ずじょう》から聞《き》こえてきた。

「聞《き》こえたか？　地下牢《ちかろう》のあの物音《ものおと》は何《なん》だ？」

ハリーとロンは顔《かお》を見合《みあ》わせた。

「ドラコ――いや、ワームテールを呼《よ》べ！　やつに、行《い》って調《しら》べさせるのだ！」

頭上《ずじょう》で、部屋《へや》を横切《よこぎ》る足音《あしおと》がした。そして静《しず》かになった。ハリーは、地下牢《ちかろう》からまだ物音《ものおと》が聞《き》こえるかどうかと、客間《きゃくま》のみんなが耳《みみ》を澄《す》ましているのだと思《おも》った。

「二人《ふたり》で、やつを組《く》み伏《ふ》せるしかないな」

ハリーがロンにささやいた。ほかに手《て》はない。誰《だれ》かがこの部屋《へや》に入《はい》って、三人《にん》の囚人《しゅうじん》がいないのを見《み》つけたが最後《さいご》、こっちの負《ま》けだ。

「明《あ》かりをつけたままにしておけ」ハリーがつけ加《くわ》えた。

扉《とびら》のむこう側《がわ》で、誰《だれ》かが降《お》りてくる足音《あしおと》がした。二人《ふたり》は扉《とびら》の左右《さゆう》の壁《かべ》に張《は》りついた。

「下《さ》がれ」ワームテールの声《こえ》がした。「扉《とびら》から離《はな》れろ。今入《いまはい》っていく」

扉《とびら》がパッと開《ひら》いた。ワームテールは、ほんの一瞬《いっしゅん》、地下牢《ちかろう》の中《なか》を見《み》つめた。三個《こ》のミニ太陽《たいよう》が宙《ちゅう》に浮《う》かび、その明《あ》かりに照《て》らし出《だ》された地下牢《ちかろう》は、一見《いっけん》してからっぽだ。だが次《つぎ》の瞬間《しゅんかん》、ハリーとロンが、ワームテールに飛《と》びかかった。ロンはワームテールの杖腕《つえうで》を押《お》さえてねじり上《あ》げ、ハリーはワームテールの口《くち》をふさいで、声《こえ》を封《ふう》じた。三人《にん》は無言《むごん》で取《と》っ組《く》み合《あ》った。ワームテールの杖《つえ》から火花《ひばな》が飛《と》び、銀《ぎん》の手《て》がハリーののどをしめた。

「ワームテール、どうかしたか？」

上《うえ》からルシウス・マルフォイが呼《よ》びかけた。

「何《なん》でもありません！」ロンが、ワームテールのゼイゼイ声《ごえ》を何《なん》とかまねて答《こた》えた。「異常《いじょう》ありません！」

ハリーは、ほとんど息《いき》ができなかった。

「僕《ぼく》を殺《ころ》すつもりか？」

ハリーは息《いき》を詰《つ》まらせながら、金属《きんぞく》の指《ゆび》を引《ひ》きはがそうとした。

「僕《ぼく》はおまえの命《いのち》を救《すく》ったのに？ ピーター・ペティグリュー、君《きみ》は僕《ぼく》に借《か》りがある！」

銀《ぎん》の指《ゆび》がゆるんだ。予想外《よそうがい》だった。ハリーは驚《おどろ》きながら、ワームテールの口《くち》を手《て》でふさいだまま、銀《ぎん》の手《て》をのど元《もと》から振《ふ》りほどいた。ネズミ顔《がお》の、色《いろ》の薄《うす》い小《ちい》さな目《め》が、恐怖《きょうふ》と驚《おどろ》きで見開《みひら》かれていた。わずかに衝動的《しょうどうてき》な憐《あわ》れみを感《かん》じたことを、自分《じぶん》の手《て》が告白《こくはく》してしまったことに、ワームテールもハリーと同《おな》じくらい衝撃《しょうげき》を受《う》けているようだった。ワームテールは弱《よわ》みを見《み》せた一瞬《いっしゅん》を埋《う》め合《あ》わせるかのように、ますます力《ちから》を奮《ふる》って争《あらそ》った。

「さあ、それはいただこう」

ロンが小声《こごえ》でそう言《い》いながら、ワームテールの左手《ひだりて》から杖《つえ》を奪《うば》った。杖《つえ》も持《も》たずたった一人《ひとり》で、ペティグリューの瞳孔《どうこう》は恐怖《きょうふ》で広《ひろ》がっていた。その視線《しせん》が、ハリーの顔《かお》から何《なに》か別《べつ》なものへと移《うつ》った。ペティグリューの銀《ぎん》の指《ゆび》が、情《なさ》け容赦《ようしゃ》なく持《も》ち主《ぬし》ののど元《もと》へと動《うご》いていた。

「そんな――」

ハリーは何《なに》も考《かんが》えずに、とっさに銀《ぎん》の手《て》を引《ひ》き戻《もど》そうとした。しかし止《と》められない。ヴォルデモートが一番臆病《いちばんおくびょう》な召使《めしつか》いに与《あた》えた銀《ぎん》の道具《どうぐ》は、武装解除《ぶそうかいじょ》されて役立《やくた》たずになった持《も》ち主《ぬし》に矛先《ほこさき》を向《む》けたのだ。ペティグリューは、一瞬《いっしゅん》の躊躇《ちゅうちょ》、一瞬《いっしゅん》の憐憫《れんびん》の報《むく》いを受《う》けた。二人《ふたり》の目《め》の前《まえ》で、ペティグリューはしめ殺《ころ》されていった。

「やめろ！」

ロンもワームテールを放《はな》し、ハリーと二人《ふたり》で、ワームテールののどをぐいぐいしめつけている金属《きんぞく》の指《ゆび》を引《ひ》っ張《ぱ》ろうとした。しかしむだだった。ペティグリューの顔《かお》から血《ち》の気《け》が引《ひ》いていった。

「レラシオ！　放《はな》せ！」

ロンが銀《ぎん》の手《て》に杖《つえ》を向《む》けて唱《とな》えたが、何事《なにごと》も起《お》こらなかった。ワームテールはがっくりとひざをついた。その時《とき》、ハーマイオニーの恐《おそ》ろしい悲鳴《ひめい》が頭上《ずじょう》から聞《き》こえてきた。ワームテールは、顔《かお》がどす黒《ぐろ》くなり、目《め》がひっくり返《かえ》って、最後《さいご》に一度《いちど》けいれんしたきり動《うご》かなくなった。

ハリーとロンは、顔《かお》を見合《みあ》わせた。そして、床《ゆか》に転《ころ》がったワームテールの死体《したい》を残《のこ》して階段《かいだん》をかけ上《あ》がり、客間《きゃくま》に続《つづ》く薄暗《うすぐら》い通路《つうろ》に戻《もど》った。二人《ふたり》は半開《はんびら》きになっている客間《きゃくま》のドアに慎重《しんちょう》に忍《しの》び寄《よ》った。ベラトリックスが、グリップフックを見下《みお》ろしているのがよく見《み》えた。グリップフックは、グリフィンドールの剣《つるぎ》を指《ゆび》の長《なが》い両手《りょうて》で持《も》ち上《あ》げている。ハーマイオニーは、ベラトリックスの足元《あしもと》に身動《みうご》きもせずに倒《たお》れていた。

「どうだ？」ベラトリックスがグリップフックに聞《き》いた。「本物《ほんもの》の剣《つるぎ》か？」

ハリーは息《いき》を殺《ころ》し、傷痕《きずあと》の痛《いた》みと戦《たたか》いながら待《ま》った。

「いいえ」グリップフックが言《い》った。「贋作《がんさく》です」

「たしかか？」ベラトリックスがあえいだ。「ほんとうに、たしかか？」

「たしかです」小鬼《ゴブリン》が答《こた》えた。

ベラトリックスの顔《かお》に安堵《あんど》の色《いろ》が浮《う》かび、緊張《きんちょう》が解《と》けていった。

「よし」

ベラトリックスは軽《かる》く杖《つえ》を振《ふ》って、小鬼《ゴブリン》の顔《かお》にもう一つ深《ふか》い切《き》り傷《きず》を負《お》わせた。悲鳴《ひめい》を上《あ》げて足元《あしもと》に倒《たお》れた小鬼《ゴブリン》を、ベラトリックスは脇《わき》にけり飛《と》ばした。

「それでは」ベラトリックスが、勝《か》ち誇《ほこ》った声《こえ》で言《い》った。「闇《やみ》の帝王《ていおう》を呼《よ》ぶのだ！」

ベラトリックスはそでをまくり上《あ》げて、闇《やみ》の印《しるし》に人差《ひとさ》し指《ゆび》で触《ふ》れた。

とたんにハリーの傷痕《きずあと》に、またしてもぱっくり口《くち》を開《ひら》いたかと思《おも》われるほどの激痛《げきつう》が走《はし》った。現実《げんじつ》が消《き》え去《さ》り、ハリーはヴォルデモートになっていた。

目《め》の前《まえ》のがいこつのような魔法使《まほうつか》いが、歯《は》のない口《くち》をこちらに向《む》けて笑《わら》っている。呼《よ》び出《だ》しを感《かん》じてヴォルデモートは激怒《げきど》した――警告《けいこく》しておいたはずだ。ポッター以外《いがい》のことでは俺様《おれさま》を呼《よ》び出《だ》すなと、あいつらに言《い》ったはずだ。もしあいつらがまちがっていたなら……。

「さあ、殺《ころ》せ！」老人《ろうじん》が迫《せま》った。「**おまえは勝《か》たない。おまえは勝《か》てない！　あの杖《つえ》は金輪際《こんりんざい》、**

おまえのものにはならない――」

そして、ヴォルデモートの怒《いか》りが爆発《ばくはつ》した。牢獄《ろうごく》を緑《みどり》の閃光《せんこう》が満《み》たし、弱《よわ》りきった老体《ろうたい》は硬《かた》いベッドから浮《う》き上《あ》がって、魂《たましい》の抜《ぬ》け殻《がら》が床《ゆか》に落《お》ちた。ヴォルデモートは窓辺《まどべ》に戻《もど》った。激《はげ》しい怒《いか》りは抑《おさ》えようもない……自分《じぶん》を呼《よ》び戻《もど》す理由《りゆう》がなかったら、あいつらに俺様《おれさま》の報《むく》いを受《う》けさせてやる……。

「それでは」ベラトリックスの声《こえ》が言《い》った。「この『穢《けが》れた血《ち》』を処分《しょぶん》してもいいだろう。グレイバック、欲《ほ》しいなら娘《むすめ》を連《つ》れていけ」

「やめろおおおおおおおおおお！」

ロンが客間《きゃくま》に飛《と》び込《こ》んだ。驚《おどろ》いたベラトリックスは、振《ふ》り向《む》いて杖《つえ》をロンに向《む》けなおした――。

「エクスペリアームス！　武器《ぶき》よ去《さ》れ！」

ロンがワームテールの杖《つえ》をベラトリックスに向《む》けて叫《さけ》んだ。ベラトリックスの杖《つえ》が宙《ちゅう》を飛《と》び、ロンに続《つづ》いて部屋《へや》にかけ込《こ》んだハリーがそれをとらえた。ルシウス、ナルシッサ、ドラコ、グレイバックが振《ふ》り向《む》いた。

「ステューピファイ！　まひせよ！」ハリーが叫《さけ》んだ。

ルシウス・マルフォイが、暖炉《だんろ》の前《まえ》に倒《たお》れた。ドラコ、ナルシッサ、グレイバックの杖《つえ》から閃《せん》光《こう》が飛《と》んだが、ハリーはパッと床《ゆか》に伏《ふ》せ、ソファの後《うし》ろに転《ころ》がって閃光《せんこう》をよけた。

「やめろ。さもないとこの娘《むすめ》の命《いのち》はないぞ！」

ハリーはあえぎながらソファの端《はし》からのぞき見《み》た。ベラトリックスが、意識《いしき》を失《うしな》っているハーマイオニーを抱《かか》え、銀《ぎん》の小刀《こがたな》をそののど元《もと》に突《つ》きつけていた。

「杖《つえ》を捨《す》てろ」ベラトリックスが押《お》し殺《ころ》した声《こえ》で言《い》った。「捨《す》てるんだ。さもないと、『穢《けが》れた血《ち》』が、どんなものかを見《み》ることになるぞ！」

ロンは、ワームテールの杖《つえ》を握《にぎ》りしめたまま固《かた》まっていた。ハリーは、ベラトリックスの杖《つえ》を持《も》ったまま立《た》ち上《あ》がった。

「捨《す》てろと言《い》ったはずだ！」

ベラトリックスはハーマイオニーののど元《もと》に小刀《こがたな》を押《お》しつけて、かん高《だか》く叫《さけ》んだ。ハリーはそこに血《ち》がにじむのを見《み》た。

「わかった！」

ハリーはそう叫《さけ》んで、ベラトリックスの杖《つえ》を足元《あしもと》の床《ゆか》に落《お》とした。ロンも同《おな》じく、ワームテールの杖《つえ》を、床《ゆか》に落《お》とした。二人《ふたり》は両手《りょうて》を肩《かた》の高《たか》さに挙《あ》げた。

「いい子《こ》だ！」

ベラトリックスがニヤリと笑《わら》った。

「ドラコ、杖《つえ》を拾《ひろ》うんだ！　闇《やみ》の帝王《ていおう》がおいでになる。ハリー・ポッター、おまえの死《し》が迫《せま》っているぞ！」

ハリーにもそれがわかっていた。傷痕《きずあと》は痛《いた》みで破裂《はれつ》しそうだ。ヴォルデモートが暗《くら》い荒《あ》れた海《うみ》の上《うえ》を、遠《とお》くから飛《と》んでくるのを感《かん》じた。まもなく、ここに「姿《すがた》あらわし」できる距離《きょり》まで近《ちか》づくだろう。ハリーは逃《のが》れる道《みち》はないと思《おも》った。

「さぁて」

ドラコが杖《つえ》を集《あつ》めて急《いそ》いで戻《もど》る間《あいだ》、ベラトリックスが静《しず》かに言《い》った。

「シシー、この英雄気取《えいゆうきど》りさんたちを、我々《われわれ》の手《て》でもう一度縛《いちどしば》らないといけないようだ。グレイバックが、ミス『穢《けが》れた血《ち》』の面倒《めんどう》を見《み》ているうちにね。グレイバックよ、闇《やみ》の帝王《ていおう》は、今夜《こんや》のおまえの働《はたら》きに対《たい》して、その娘《むすめ》をお与《あた》えになるのをしぶりはなさらないだろう」

その言葉《ことば》が終《お》わらないうちに、奇妙《きみょう》なガリガリという音《おと》が上《うえ》から聞《き》こえてきた。全員《ぜんいん》が見上《みあ》げると、クリスタルのシャンデリアが小刻《こきざ》みに震《ふる》えていた。そして、きしむ音《おと》やチリンチリンという不吉《ふきつ》な音《おと》とともに、シャンデリアが落《お》ちはじめた。その真下《ました》にいたベラトリックスは、ハーマイオニーを放《ほう》り出《だ》し、悲鳴《ひめい》を上《あ》げて飛《と》びのいた。シャンデリアは床《ゆか》に激突《げきとつ》し、大破《たいは》したクリスタルや鎖《くさり》がハーマイオニーと小鬼《ゴブリン》の上《うえ》に落《お》ちた。小鬼《ゴブリン》はそれでも、しっかりとグリフィンドールの剣《つるぎ》を握《にぎ》ったままだった。キラキラ光《ひか》るクリスタルのかけらが、あたり一面《いちめん》に飛《と》び散《ち》った。ドラコは血《ち》だらけの顔《かお》を両手《りょうて》で覆《おお》い、体《からだ》をくの字《じ》に曲《ま》げた。

ロンがハーマイオニーにかけ寄《よ》り、瓦礫《がれき》の下《した》から引《ひ》っ張《ぱ》り出《だ》そうとした。ハリーは、チャンスを逃《のが》さなかった。ひじかけ椅子《いす》を飛《と》び越《こ》え、ドラコが握《にぎ》っていた三本《ぼん》の杖《つえ》をもぎ取《と》り、三本《ぼん》ともグレイバックに向《む》けて叫《さけ》んだ。

「ステューピファイ！　まひせよ！」

三倍《ばい》もの呪文《じゅもん》を浴《あ》びた狼人間《おおかみにんげん》は、はね飛《と》ばされて天井《てんじょう》まで吹《ふ》っ飛《と》び、床《ゆか》にたたきつけられた。

ナルシッサが、ドラコを傷《きず》つかないようにかばって引《ひ》き寄《よ》せる一方《いっぽう》、勢《いきお》いよく立《た》ち上《あ》がったベラトリックスは、髪《かみ》を振《ふ》り乱《みだ》し、銀《ぎん》の小刀《こがたな》を振《ふ》り回《まわ》した。しかしナルシッサは、杖《つえ》をドアに向《む》けていた。

「ドビー！」

ナルシッサの叫《さけ》び声《ごえ》に、ベラトリックスでさえ凍《こお》りついた。

「おまえ！　おまえがシャンデリアを落《お》としたのか――？」

小《ちい》さなしもべ妖精《ようせい》は、震《ふる》える指《ゆび》で昔《むかし》の女主人《おんなしゅじん》を指差《ゆびさ》しながら、小走《こばし》りで部屋《へや》の中《なか》に入《はい》ってきた。

「あなたは、ハリー・ポッターを傷《きず》つけてはならない」ドビーはキーキー声《ごえ》を上《あ》げた。

「殺《ころ》してしまえ、シシー！」

ベラトリックスが金切《かなき》り声《ごえ》を上《あ》げたが、またしてもバチンと大《おお》きな音《おと》がして、ナルシッサの杖《つえ》もまた宙《ちゅう》を飛《と》び、部屋《へや》の反対側《はんたいがわ》に落《お》ちた。

「この汚《けが》らわしいチビ猿《ざる》！」ベラトリックスがわめいた。「魔女《まじょ》の杖《つえ》を取《と》り上《あ》げるとは！　よくもご主人様《しゅじんさま》に歯向《はむ》かったな！」

「ドビーにご主人様《しゅじんさま》はいない！」

しもべ妖精《ようせい》がキーキー声《ごえ》で言《い》った。

「ドビーは自由《じゆう》な妖精《ようせい》だ。そしてドビーは、ハリー・ポッターとその友達《ともだち》を助《たす》けにきた！」

ハリーは、傷痕《きずあと》の激痛《げきつう》で目《め》がくらみそうだった。薄《うす》れる意識《いしき》の中《なか》で、ハリーは、ヴォルデモートが来《く》るまで、あと数秒《すうびょう》しかないことを感《かん》じ取《と》った。

「ロン、受《う》け取《と》れ――そして**逃《に》げろ！**」

ハリーは杖《つえ》を一本放《ぽんほう》り投《な》げて叫《さけ》んだ。それから身《み》をかがめて、グリップフックをシャンデリアの下《した》から引《ひ》っ張《ぱ》り出《だ》した。剣《つるぎ》をしっかり抱《かか》えたままうめいているグリップフックを肩《かた》に背負《せお》い、ドビーの手《て》をとらえて、ハリーはその場《ば》で回転《かいてん》し、「姿《すがた》くらまし」した。

暗闇《くらやみ》の中《なか》に入《はい》り込《こ》む直前《ちょくぜん》、もう一度《いちど》客間《きゃくま》の様子《ようす》が見《み》えた。ナルシッサとドラコの姿《すがた》がその場《ば》に凍《こお》りつき、ロンの髪《かみ》の赤《あか》い色《いろ》が流《なが》れ、部屋《へや》の向《む》こうからベラトリックスの投《な》げた小刀《こがたな》が、ハリーの姿《すがた》が消《き》えつつあるあたりでぼやけた銀色《ぎんいろ》の光《ひかり》になり――。

ビルとフラーの所《ところ》……貝殻《かいがら》の家《いえ》……ビルとフラーの所《ところ》……。

ハリーは、知《し》らない所《ところ》に「姿《すがた》くらまし」した。目的地《もくてきち》の名前《なまえ》をくり返《かえ》し、それだけで行《い》けることを願《ねが》うしかなかった。額《ひたい》の傷《きず》は突《つ》き刺《さ》すように痛《いた》み、小鬼《ゴブリン》の重《おも》みが肩《かた》にのしかかっていた。ハリーは、背中《せなか》にグリフィンドールの剣《つるぎ》がぶつかるのを感《かん》じた。その時《とき》、ドビーが、ハリーに握《にぎ》られている手《て》をぐいっと引《ひ》いた。もしかしたら、妖精《ようせい》が、正《ただ》しい方向《ほうこう》へ導《みちび》こうとしているのではないかと思《おも》い、ハリーは、それでよいと伝《つた》えようとして、ドビーの指《ゆび》をギュッと握《にぎ》った……。

その時《とき》、ハリーたちは固《かた》い地面《じめん》を感《かん》じ、潮《しお》の香《か》をかいだ。ハリーはひざをつき、ドビーの手《て》を離《はな》して、グリップフックをそっと地面《じめん》に下《お》ろそうとした。

「大丈夫《だいじょうぶ》かい?」

小鬼《ゴブリン》が身動《みうご》きしたのでハリーは声《こえ》をかけたが、グリップフックは、ただヒンヒン鼻《はな》を鳴《な》らすばかりだった。

ハリーは、暗闇《くらやみ》を透《す》かしてあたりを見回《みまわ》した。一面《いちめん》に星空《ほしぞら》が広《ひろ》がり、少《すこ》し離《はな》れた所《ところ》に小《ちい》さな家《いえ》が建《た》っている。その外《そと》で何《なに》か動《うご》くものが見《み》えたような気《き》がした。

「ドビー、これが『貝殻《かいがら》の家《いえ》』なの？」

ハリーは、必要《ひつよう》があれば戦《たたか》えるようにと、マルフォイの館《やかた》から持《も》ってきた二本《ほん》の杖《つえ》をしっかり握《にぎ》りながら、小声《こごえ》で聞《き》いた。

「僕《ぼく》たち、正《ただ》しい場所《ばしょ》に着《つ》いたの？　ドビー？」

ハリーはあたりを見回《みまわ》した。小《ちい》さな妖精《ようせい》はすぐそばに立《た》っていた。

「**ドビー！**」

妖精《ようせい》がぐらりと傾《かたむ》いた。大《おお》きなキラキラした眼《め》に、星《ほし》が映《うつ》っている。ドビーとハリーは同時《どうじ》に、妖精《ようせい》の激《はげ》しく波打《なみう》つ胸《むね》から突《つ》き出《で》ている、銀《ぎん》の小刀《こがたな》の柄《つか》を見下《みお》ろした。

「ドビー――ああっ――**誰《だれ》か！**」

ハリーは小屋《こや》に向《む》かって、そこで動《うご》いている人影《ひとかげ》に向《む》かって大声《おおごえ》を上《あ》げた。

「**助《たす》けて！**」

人影《ひとかげ》が魔法使《まほうつか》いかマグルか、敵《てき》か味方《みかた》か、ハリーにはわからなかったし、そんなことはどうでもよかった。ドビーの胸《むね》に広《ひろ》がっていくどす黒《ぐろ》いしみのことしか考《かんが》えられず、ハリーに向《む》かってすがりつくように伸《の》ばされた細《ほそ》い両腕《りょううで》しか見《み》えなかった。ハリーはドビーを抱《だ》き止《と》めて、ひんやりした草《くさ》に横《よこ》たえた。

「ドビー、だめだ。死《し》んじゃだめだ。死《し》なないで――」

妖精《ようせい》の目《め》がハリーをとらえ、何《なに》か物言《ものい》いたげに唇《くちびる》を震《ふる》わせた。

「ハリー……ポッター……」

そして、小《ちい》さく身《み》を震《ふる》わせ、妖精《ようせい》はそれきり動《うご》かなくなった。大《おお》きなガラス玉《だま》のような両眼《りょうがん》が、もはや見《み》ることのできない星《ほし》の光《ひかり》をちりばめて、キラキラと光《ひか》っていた。

第《だい》24章《しょう》　杖作《つえつく》り

同《おな》じ悪夢《あくむ》に、二度《にど》引《ひ》き込《こ》まれる思《おも》いだった。一瞬《いっしゅん》ハリーは、ホグワーツで一番高《いちばんたか》いあの塔《とう》の下《した》で、ダンブルドアのなきがらのかたわらにひざまずいているような気《き》がした。しかし現実《げんじつ》には、ベラトリックスの銀《ぎん》の小刀《こがたな》に貫《つらぬ》かれて、草《くさ》むらに丸《まる》くなっている小《ちい》さな体《からだ》を見《み》つめていた。しかも妖精《ようせい》は、もはやハリーの呼《よ》び戻《もど》せない所《ところ》に行《い》ってしまったとわかっていても、ハリーは「ドビー……ドビー……」と呼《よ》び続《つづ》けていた。

やがてハリーは、結局《けっきょく》は正《ただ》しい場所《ばしょ》に着《つ》いていたことを知《し》った。ひざまずいて妖精《ようせい》をのぞき込《こ》んでいるハリーの周《まわ》りに、ビル、フラー、ディーン、ルーナが集《あつ》まってきたからだ。

「ハーマイオニーは？」ハリーが、突然思《とつぜんおも》い出《だ》したように聞《き》いた。「ハーマイオニーはどこ？」

「ロンが家《いえ》の中《なか》に連《つ》れていったよ」ビルが言《い》った。「ハーマイオニーは大丈夫《だいじょうぶ》だ」

ハリーは、再《ふたた》びドビーを見《み》つめ、手《て》を伸《の》ばして妖精《ようせい》の体《からだ》から鋭《するど》い小刀《こがたな》を抜《ぬ》き取《と》った。それから自分《じぶん》の上着《うわぎ》をゆっくりと脱《ぬ》いで、毛布《もうふ》をかけるようにドビーを覆《おお》った。

どこか近《ちか》くで、波《なみ》が岩《いわ》に打《う》ちつけている。ビルたちが話《はな》し合《あ》っている間《あいだ》、ハリーは話《はな》し声《ごえ》だけを聞《き》いていた。何《なに》を話《はな》し合《あ》い、何《なに》を決《き》めているかにも、まったく興味《きょうみ》が湧《わ》かなかった。けがをしたグリップフックを家《いえ》の中《なか》に運《はこ》び込《こ》むディーンに、フラーが急《いそ》いでついていった。ビルは、妖精《ようせい》の埋葬《まいそう》についての提案《ていあん》をしていた。ハリーは、自分《じぶん》が何《なに》を言《い》っているかもわからずに同意《どうい》した。同意《どうい》しながら、小《ちい》さななきがらをじっと見下《みお》ろしたそのとき、傷痕《きずあと》がうずき、焼《や》けるように痛《いた》みだした。どこかハリーの心《こころ》の一部《いちぶ》で、長《なが》い望遠鏡《ぼうえんきょう》を逆《ぎゃく》にのぞいたようにヴォルデモートの姿《すがた》が遠《とお》くに見《み》えた。ハリーたちが去《さ》ったあと、マルフォイの館《やかた》に残《のこ》った人々《ひとびと》を罰《ばっ》している姿《すがた》だ。ヴォルデモートの怒《いか》りは恐《おそ》ろしいものだったが、ドビーへの哀悼《あいとう》の念《ねん》がその怒《いか》りを弱《よわ》め、ハリーにとっては、広大《こうだい》で静《しず》かな海《うみ》のどこか遠《とお》い彼方《かなた》で起《お》こっている嵐《あらし》のように感《かん》じた。

「僕《ぼく》、きちんとやりたい」

ハリーが意識《いしき》して口《くち》に出《だ》した、最初《さいしょ》の言葉《ことば》だった。

「魔法《まほう》でなく。スコップはある？」

それからしばらくして、ハリーは作業《さぎょう》を始《はじ》めた。たった一人《ひとり》で、ビルに示《しめ》された庭《にわ》の隅《すみ》の、しげみとしげみの間《あいだ》に墓穴《はかあな》を掘《ほ》りはじめた。ハリーは、憤《いきどお》りのようなものをぶつけながら掘《ほ》った。魔法《まほう》ではなく、汗《あせ》を流《なが》して自分《じぶん》の力《ちから》で掘《ほ》り進《すす》めることに意味《いみ》があった。汗《あせ》の一滴一滴《いってきいってき》、手《て》のマメの一つ一つが、自分《じぶん》たちの命《いのち》を救《すく》ってくれた妖精《ようせい》への供養《くよう》に思《おも》えた。

傷痕《きずあと》が痛《いた》んだが、ハリーは痛《いた》みを制《せい》した。痛《いた》みを感《かん》じはしても、それは自分《じぶん》とはかけ離《はな》れたものだった。ついにハリーは、心《こころ》を制御《せいぎょ》し、ヴォルデモートに対《たい》して心《こころ》を閉《と》じる方法《ほうほう》を身《み》につけた。ダンブルドアが、スネイプからハリーに学《まな》び取《と》らせたいと願《ねが》った、まさにその技《わざ》だ。シリウスの死《し》の悲《かな》しみに胸《むね》ふさがれ、ほかのことが考《かんが》えられなかったハリーの心《こころ》をヴォルデモートが乗《の》っ取《と》ることができなかったと同様《どうよう》、こうしてドビーを悼《いた》んでいる心《こころ》にも、ヴォルデモートの想念《そうねん》は侵《しん》入《にゅう》することができなかった。深《ふか》い悲《かな》しみが、ヴォルデモートをしめ出《だ》したようだ……もっとも、ダンブルドアならもちろん、それを愛《あい》だと言《い》ったことだろう……。

汗《あせ》に悲《かな》しみを包《つつ》み込《こ》み、傷痕《きずあと》の痛《いた》みをはねのけて、ハリーは固《かた》く冷《つめ》たい土《つち》を掘《ほ》り続《つづ》けた。暗闇《くらやみ》の中《なか》で、自分《じぶん》の息《いき》と砕《くだ》ける波《なみ》の音《おと》だけを感《かん》じながら、ハリーはマルフォイの館《やかた》で起《お》こったことを考《かんが》え、耳《みみ》にしたことを思《おも》い出《だ》していた。すると、闇《やみ》に花《はな》が開《ひら》くように、徐々《じょじょ》にいろいろなことがわかってきた……。

穴《あな》を掘《ほ》る腕《うで》の、規則的《きそくてき》なリズムが頭《あたま》の中《なか》にも刻《きざ》まれた。秘宝《ひほう》……分霊箱《ぶんれいばこ》……秘宝《ひほう》……分霊箱《ぶんれいばこ》……。しかし、もうあのおかしな執念《しゅうねん》に身《み》を焦《こ》がすことはなかった。喪失感《そうしつかん》と恐《おそ》れが、妄執《もうしゅう》を吹《ふ》き消《け》していた。横面《よこつら》を張《は》られて目《め》が覚《さ》めたような気《き》がした。

ハリーは深《ふか》く、さらに深《ふか》く墓穴《はかあな》を掘《ほ》った。ハリーにはもうわかっていた。ヴォルデモートが今《こん》夜《や》どこに行《い》っていたのか、ヌルメンガードの一番高《いちばんたか》い独房《どくぼう》で、誰《だれ》を、なぜ殺《ころ》したのかも……。

そしてハリーは、ワームテールのことを思《おも》った。たった一度《いちど》の、些細《ささい》な、無意識《むいしき》で衝動的《しょうどうてき》な慈《じ》悲《ひ》の心《こころ》のせいで死《し》んだのだ……。ダンブルドアはそれを予測《よそく》していた……ダンブルドアという人《ひと》は、そのほか、どれほど多《おお》くのことを知《し》っていたのだろう?

ハリーは時《とき》を忘《わす》れていた。ロンとディーンが戻《もど》ってきたときにも、闇《やみ》がほんの少《すこ》し白《しら》んでいることに気《き》づいただけだった。

「ハーマイオニーはどう?」

「だいぶよくなった」ロンが言《い》った。「フラーが世話《せわ》してくれてる」

二人《ふたり》がもし、杖《つえ》を使《つか》って完璧《かんぺき》な墓《はか》を掘《ほ》らないのはなぜかと聞《き》いたら、ハリーはその答《こた》えを用意《ようい》していた。しかし答《こた》える必要《ひつよう》はなかった。二人《ふたり》はスコップを手《て》に、ハリーの掘《ほ》った穴《あな》に飛《と》び降《お》りて、充分《じゅうぶん》な深《ふか》さになるまでだまって一緒《いっしょ》に掘《ほ》った。

ハリーは、妖精《ようせい》が心地《ここち》よくなるように、上着《うわぎ》で、すっぽりと包《つつ》みなおした。ロンは墓穴《はかあな》の縁《ふち》に腰《こし》かけて靴《くつ》を脱《ぬ》ぎ、ソックスを妖精《ようせい》の素足《すあし》にはかせた。ディーンは毛糸《けいと》の帽子《ぼうし》を取《と》り出《だ》し、ハリーがそれをドビーの頭《あたま》にていねいにかぶせて、こうもりのような耳《みみ》を覆《おお》った。

「目《め》を閉《と》じさせたほうが、いいもン」

ほかの人《ひと》たちが闇《やみ》の中《なか》を近《ちか》づいてくる音《おと》に、ハリーはその時《とき》まで気《き》づかなかった。ビルは旅行《りょこう》用《よう》のマントを着《き》て、フラーは大《おお》きな白《しろ》いエプロンをかけていた。そのポケットから、ハリーには「骨生え薬《ほねはえぐすり》」だと見分《みわ》けがつく瓶《びん》がのぞいていた。借《か》り物《もの》の部屋着《へやぎ》を着《き》たハーマイオニーは、青《あお》ざめた顔《かお》をして足元《あしもと》がまだふらついていた。そばに来《き》たハーマイオニーに、ロンは片腕《かたうで》を回《まわ》した。フラーのコートにくるまったルーナが、かがんでそっと妖精《ようせい》のまぶたに指《ゆび》を触《ふ》れ、見開《みひら》いたままのガラス玉《だま》のような眼《め》をつむらせた。

「ほーら」ルーナがやさしく言《い》った。「ドビーは眠《ねむ》っているみたい」

ハリーは妖精《ようせい》を墓穴《はかあな》に横《よこ》たえ、小《ちい》さな手足《てあし》を眠《ねむ》っているかのように整《ととの》えた。そして穴《あな》から出《で》て、最後《さいご》にもう一度《いちど》小《ちい》さななきがらを見《み》つめた。ダンブルドアの葬儀《そうぎ》を思《おも》い出《だ》し、ハリーは泣《な》くまいとこらえた。何列《なんれつ》も続《つづ》く金色《きんいろ》の椅子《いす》、前列《ぜんれつ》には魔法大臣《まほうだいじん》、ダンブルドアの功績《こうせき》をたたえる弔辞《ちょうじ》、堂々《どうどう》とした白《しろ》い大理石《だいりせき》の墓《はか》。ハリーは、ドビーもそれと同《おな》じ壮大《そうだい》な葬儀《そうぎ》に値《あたい》すると思《おも》った。しかし妖精《ようせい》は、粗《あら》っぽく掘《ほ》った穴《あな》で、しげみの間《あいだ》に横《よこ》たわっている。

「あたし、何《なに》か言《い》うべきだと思《おも》う」突然《とつぜん》、ルーナが言《い》った。「あたしから始《はじ》めてもいい？」

そして、みんなが見守《みまも》る中《なか》、ルーナは墓穴《はかあな》の底《そこ》の妖精《ようせい》のなきがらに語《かた》りかけた。

「あたしを地下牢《ちかろう》から救《すく》い出《だ》してくれて、ドビー、ほんとうにありがとう。そんなにいい人《ひと》で勇《ゆう》敢《かん》なあなたが死《し》んでしまうなんて、とっても不公平《ふこうへい》だわ。あなたがあたしたちにしてくれたことを、あたし、けっして忘《わす》れないもン。あなたが今《いま》、幸《しあわ》せだといいな」

ルーナは、うながすようにロンを振《ふ》り返《かえ》った。ロンは咳払《せきばら》いをして、くぐもった声《こえ》で言《い》った。

「うん……ドビー、ありがとう」

「ありがとう」ディーンがつぶやいた。

ハリーはゴクリとつばを飲《の》んだ。

「さようなら、ドビー」

ハリーが言《い》った。やっと、それだけしか言《い》えなかった。しかし、ルーナがハリーの言《い》いたいことを全部《ぜんぶ》言《い》ってくれていた。ビルが杖《つえ》を上《あ》げると、墓穴《はかあな》の横《よこ》の土《つち》が宙《ちゅう》に浮《う》き上《あ》がり、きれいに穴《あな》に落《お》ちてきて、小《ちい》さな赤《あか》みがかった塚《つか》ができた。

「僕《ぼく》もう少《すこ》しここにいるけど、いいかな？」ハリーがみんなに聞《き》いた。

口々《くちぐち》に返事《へんじ》をするつぶやき声《ごえ》が聞《き》こえたが、言葉《ことば》は聞《き》き取《と》れなかった。誰《だれ》かが背中《せなか》をやさしくたたくのを感《かん》じた。そしてハリーを一人《ひとり》、妖精《ようせい》のそばに残《のこ》して、みんなは家《いえ》に向《む》かってぞろぞろと戻《もど》っていった。

ハリーはあたりを見回《みまわ》した。海《うみ》が丸《まる》くした大《おお》きな白《しろ》い石《いし》が、いくつも花壇《かだん》を縁取《ふちど》っていた。ハリーは一番大《いちばんおお》きそうな石《いし》を一つ取《と》り、ドビーの眠《ねむ》っている塚《つか》の頭《あたま》のあたりに、枕《まくら》のように置《お》いた。それから、杖《つえ》を取《と》り出《だ》そうとポケットを探《さぐ》った。

杖《つえ》は二本《ほん》あった。何《なに》がどうだったのか記憶《きおく》がとぎれ、今《いま》となっては、誰《だれ》の杖《つえ》だったか思《おも》い出《だ》すことができなかった。ただ、誰《だれ》かの手《て》からか、杖《つえ》をもぎ取《と》ったことは覚《おぼ》えていた。ハリーは短《みじか》いほうの杖《つえ》を選《えら》んだ。それのほうが手《て》になじむような気《き》がしたからだ。そして杖《つえ》を石《いし》に向《む》けた。

ハリーのつぶやく呪文《じゅもん》に従《したが》って、ゆっくりと、石《いし》の表面《ひょうめん》に何《なに》かが深《ふか》く刻《きざ》まれた。ハーマイオニーならもっときれいに、しかも、おそらくもっと早《はや》くできただろう。しかし、墓《はか》を自分《じぶん》で掘《ほ》りたかったように、その場所《ばしょ》を自分《じぶん》で記《しる》しておきたかった。ハリーが再《ふたた》び立《た》ち上《あ》がったとき、石《いし》にはこう刻《きざ》まれていた。

自由《じゆう》なしもべ妖精《ようせい》　ドビー　ここに眠《ねむ》る

ハリーは、しばらく自分《じぶん》の手作《てづく》りの墓《はか》を見下《みお》ろしたあと、その場《ば》を離《はな》れた。傷痕《きずあと》はまだ少《すこ》しうずいていたが、頭《あたま》の中《なか》は、墓穴《はかあな》の中《なか》で浮《う》かんだ考《かんが》えでいっぱいだった。闇《やみ》の中《なか》ではっきりしてきた考《かんが》えは、心《こころ》を奪《うば》うものでもあり、恐《おそ》ろしくもあった。

ハリーが小《ちい》さな玄関《げんかん》ホールに入《はい》ったとき、みんなは居間《いま》にいた。話《はなし》をしているビルに、みんなが注目《ちゅうもく》していた。やわらかい色調《しきちょう》のかわいい居間《いま》で、暖炉《だんろ》には、流木《りゅうぼく》を薪《まき》にした小《ちい》さな炎《ほのお》が明《あか》るく燃《も》えている。ハリーは、じゅうたんに泥《どろ》を落《お》としたくなかったので、入口《いりぐち》に立《た》って話《はなし》を聞《き》いた。

「……ジニーが休暇中《きゅうかちゅう》で幸《さいわ》いだった。ホグワーツにいたら、我々《われわれ》が連絡《れんらく》する前《まえ》にジニーは捕《つか》まっていたかもしれない。ジニーも今《いま》は安全《あんぜん》だ」

ビルが振《ふ》り返《かえ》って、そこに立《た》っているハリーに気《き》づいた。

「僕《ぼく》は、みんなを『隠《かく》れ穴《あな》』から連《つ》れ出《だ》しているんだ」ビルが説明《せつめい》した。

「ミュリエルの所《ところ》に移《うつ》した。死喰《しく》い人《びと》はもう、ロンが君《きみ》と一緒《いっしょ》だということを知《し》っているから、必《かなら》ずその家族《かぞく》をねらう──謝《あやま》らないでくれよ」

ハリーの表情《ひょうじょう》を読《よ》んだビルが、一言《ひとこと》つけ加《くわ》えた。

「どのみち、時間《じかん》の問題《もんだい》だったんだ。父《とう》さんが、何《なん》か月《げつ》も前《まえ》からそう言《い》っていた。僕《ぼく》たち家族《かぞく》は、最大《さいだい》の『血《ち》を裏切《うらぎ》る者《もの》』なんだから」

「どうやってみんなを護《まも》っているの？」ハリーが聞《き》いた。

「『忠誠《ちゅうせい》の呪文《じゅもん》』だ。父《とう》さんが『秘密《ひみつ》の守人《もりびと》』。この家《いえ》にも同《おな》じことをした。僕《ぼく》が『秘密《ひみつ》の守人《もりびと》』

なんだ。誰《だれ》も仕事《しごと》に行《い》くことはできないけれど、今《いま》は、そんなことは枝葉末節《しようまっせつ》だ。オリバンダーとグリップフックがある程度回復《ていどかいふく》したら、二人《ふたり》ともミュリエルの所《ところ》に移《うつ》そう。ここじゃあまり場《ば》所《しょ》がないけれど、ミュリエルの所《ところ》は充分《じゅうぶん》だ。グリップフックの脚《あし》は治《なお》りつつある。フラーが『骨《ほね》生《は》え薬《ぐすり》』を飲《の》ませたから。たぶん、二人《ふたり》を移動《いどう》させられるのは、一時間後《じかんご》ぐらいで――」

「だめだ」

ハリーの言葉《ことば》に、ビルは驚《おどろ》いたような顔《かお》をした。

「二人《ふたり》ともここにいてほしい。話《はなし》をする必要《ひつよう》があるんだ。大切《たいせつ》なことで」

ハリーは自分《じぶん》の声《こえ》に力《ちから》があり、確信《かくしん》に満《み》ちた目的意識《もくてきいしき》がこもっているのを感《かん》じた。ドビーの墓《はか》を掘《ほ》っているときに意識《いしき》した目的《もくてき》だ。みんながいっせいに、どうしたのだろう、という顔《かお》をハリーに向《む》けた。

「手《て》を洗《あら》ってくるよ」

まだ泥《どろ》とドビーの血《ち》がついている両手《りょうて》を見《み》ながら、ハリーがビルに言《い》った。

「そのあとすぐに、僕《ぼく》は二人《ふたり》に会《あ》う必要《ひつよう》がある」

ハリーは小《ちい》さなキッチンまで歩《ある》いていき、海《うみ》を見下《みお》ろす窓《まど》の下《した》にある流《なが》しに向《む》かった。暗《くら》い庭《にわ》で浮《う》かんだ考《かんが》えの糸《いと》を、再《ふたた》びたどりながら手《て》を洗《あら》っていると、水平線《すいへいせん》から明《あ》け初《そ》める空《そら》が、桜貝《さくらがい》色《いろ》と淡《あわ》い金色《きんいろ》に染《そ》まった……。

ドビーはもう、誰《だれ》に言《い》われて地下牢《ちかろう》に来《き》たのかを話《はな》してくれることはない。しかしハリーは、自分《じぶん》の見《み》たものが何《なに》か、わかっていた。鏡《かがみ》の破片《はへん》から、心《こころ》を見透《みとお》すような青《あお》い目《め》がのぞいていた。そして救《すく》いがやってきた。

——ホグワーツでは、助《たす》けを求《もと》める者《もの》には、必《かなら》ずそれが与《あた》えられる。

ハリーは手《て》をふいた。窓《まど》から見《み》える美《うつく》しい景色《けしき》にも、居間《いま》から聞《き》こえる低《ひく》い話《はな》し声《ごえ》にも、ハリーは心《こころ》を動《うご》かされることがなかった。海《うみ》の彼方《かなた》を眺《なが》めながら、夜明《よあ》けのこの瞬間《しゅんかん》、ハリーは今《いま》までになく強《つよ》く、自分《じぶん》がすべての核心《かくしん》に迫《せま》っていると感《かん》じた。

しかし、額《ひたい》の傷痕《きずあと》はまだうずいていた。ハリーには、ヴォルデモートもその核心《かくしん》に近《ちか》づいていることがわかっていた。しかし、頭《あたま》ではわかっていたが、納得《なっとく》していたわけではなかった。本能《ほんのう》と頭脳《ずのう》が、別々《べつべつ》のことをハリーにうながしていた。頭《あたま》の中《なか》のダンブルドアが、祈《いの》りのときのように組《く》み合《あ》わせた指《ゆび》の上《うえ》からハリーを観察《かんさつ》しながら、ほほ笑《え》んでいる。

あなたはロンに「灯消《ひけ》しライター」を与《あた》えた。あなたはロンを理解《りかい》していた……あなたがロンに、戻《もど》るための手段《しゅだん》を与《あた》えたのだ……。

そしてあなたはワームテールをも理解《りかい》していた……わずかに、どこかに後悔《こうかい》の念《ねん》があることを……。

もしあなたが彼《かれ》らを理解《りかい》していたとすれば……ダンブルドア、僕《ぼく》のことは、何《なに》を理解《りかい》していたのですか？

僕《ぼく》は知《し》るべきだった。でも、求《もと》めるべきではなかったのですね？　僕《ぼく》にとって、それがどんなにつらいことか、あなたにはわかっていたのですね？

だからあなたは、何《なに》もかも、これほどまでに難《むずか》しくしたのですね？　自分《じぶん》で悟《さと》る時間《じかん》をかけさせるために、そうなさったのですね？

ハリーは、水平線《すいへいせん》に昇《のぼ》りはじめたまぶしい太陽《たいよう》の金色《きんいろ》に輝《かがや》く縁《ふち》を、ぼんやりと見《み》つめながらじっとたたずんでいた。それからきれいになった両手《りょうて》を見下《みお》ろし、その手《て》にタオルが握《にぎ》られているのにふと気《き》づいて、驚《おどろ》いた。タオルをそこに置《お》き、ハリーは居間《いま》に戻《もど》った。その時《とき》、傷痕《きずあと》が怒《いか》りにうずくのを感《かん》じた。そして、ほんの一瞬《いっしゅん》、水面《すいめん》に映《うつ》るトンボの影《かげ》のようにハリーがよく知《し》っているあの建物《たてもの》のりんかくが心《こころ》をよぎった。

ビルとフラーが、階段《かいだん》の下《した》に立《た》っていた。

「グリップフックとオリバンダーに話《はなし》がしたいんだけど」ハリーが言《い》った。

「いけませーん」フラーが言《い》った。「アリー、もう少《すこ》し待《ま》たないとだめでーす。ふーたりとも病《びょう》気《き》で、つかれーていて――」

「すみません」ハリーは冷静《れいせい》だった。「でも、待《ま》てない。今《いま》すぐ話《はな》す必要《ひつよう》があるんです。秘密《ひみつ》に――二人別々《ふたりべつべつ》に。急《きゅう》を要《よう》することです」

「ハリー、いったい何《なに》が起《お》こったんだ？」ビルが聞《き》いた。「君《きみ》は、死《し》んだしもべ妖精《ようせい》と半分気絶《はんぶんきぜつ》した小鬼《ゴブリン》を連《つ》れて現《あらわ》れたし、ハーマイオニーは拷問《ごうもん》を受《う》けたみたいに見《み》える。それに、ロンも、何《なに》も話《はな》せないと言《い》い張《は》るばかりだ――」

「僕《ぼく》たちが何《なに》をしているかは、話《はな》せません」ハリーはきっぱりと言《い》った。「ビル、あなたは騎士《きし》団《だん》のメンバーだから、ダンブルドアが僕《ぼく》たちに、ある任務《にんむ》を残《のこ》したことは知《し》っているはずですね。でも、僕《ぼく》たち、その任務《にんむ》のことは、誰《だれ》にも話《はな》さないことになっているんです」

フラーがいらだったような声《こえ》をもらしたが、ビルはフラーのほうを見《み》ずに、ハリーをじっと見《み》ていた。深《ふか》い傷痕《きずあと》に覆《おお》われたビルの顔《かお》から、その表情《ひょうじょう》を読《よ》むことは難《むずか》しかった。しばらくして、ビルがようやく言《い》った。

「わかった。どちらと先《さき》に話《はな》したい？」

ハリーは迷《まよ》った。自分《じぶん》の決定《けってい》に何《なに》がかかっているかを、ハリーは知《し》っていた。残《のこ》された時間《じかん》はほとんどない。今《いま》こそ決心《けっしん》すべきときだ。分霊箱《ぶんれいばこ》か、秘宝《ひほう》か？

「グリップフック」ハリーが言《い》った。「グリップフックと先《さき》に話《はなし》をします」

全速力《ぜんそくりょく》で走《はし》ってきて、今《いま》しがた大《おお》きな障害物《しょうがいぶつ》を越《こ》えたかのように、ハリーの心臓《しんぞう》は早鐘《はやがね》を打《う》っていた。

「それじゃ、こっちだ」ビルが案内《あんない》した。

階段《かいだん》を二、三段《だん》上《あ》がったところで、ハリーは立《た》ち止《ど》まって振《ふ》り返《かえ》った。

「君《きみ》たち二人《ふたり》にも来《き》てほしいんだ！」

居間《いま》の入口《いりぐち》で、半分隠《はんぶんかく》れてこそこそしていたロンとハーマイオニーに、ハリーが呼《よ》びかけた。

二人《ふたり》は奇妙《きみょう》にホッとしたような顔《かお》で、明《あか》るみに出《で》てきた。

「具合《ぐあい》はどう？」ハリーがハーマイオニーに問《と》いかけた。「君《きみ》ってすごいよ――あの女《おんな》がさんざん君《きみ》を痛《いた》めつけていたときに、あんな話《はなし》を思《おも》いつくなんて――」

ハーマイオニーは弱々《よわよわ》しくほほ笑《え》み、ロンは片腕《かたうで》でハーマイオニーをギュッと抱《だ》き寄《よ》せた。

「ハリー、今度《こんど》は何《なに》をするんだ？」ロンが聞《き》いた。

「今《いま》にわかるよ。さあ」

ハリー、ロン、ハーマイオニーは、ビルについて急《きゅう》な階段《かいだん》を上《あ》がり、小《ちい》さな踊《おど》り場《ば》に出《で》た。そこは三つの扉《とびら》へと続《つづ》いていた。

「ここで」ビルは自分《じぶん》たちの寝室《しんしつ》のドアを開《ひら》いた。

そこからも海《うみ》が見《み》えた。昇《のぼ》る朝日《あさひ》が、海《うみ》を点々《てんてん》と金色《きんいろ》に染《そ》めている。ハリーは窓《まど》に近寄《ちかよ》り、壮《そう》大《だい》な風景《ふうけい》に背《せ》を向《む》けて、傷痕《きずあと》のうずきを意識《いしき》しながら腕組《うでぐ》みをして待《ま》った。ハーマイオニーは化《け》粧《しょう》テーブル脇《わき》の椅子《いす》に腰《こし》かけ、ロンはその椅子《いす》のひじかけに腰《こし》を下《お》ろした。

ビルが、小《ちい》さな小鬼《ゴブリン》を抱《かか》えて再《ふたた》び現《あらわ》れ、そっとベッドに下《お》ろした。グリップフックはうめき声《ごえ》で礼《れい》を言《い》い、ビルはドアを閉《し》めて立《た》ち去《さ》った。

「ベッドから動《うご》かして、すまなかったね」ハリーが言《い》った。「脚《あし》の具合《ぐあい》はどう?」

「痛《いた》い」小鬼《ゴブリン》が答《こた》えた。「でも治《なお》りつつある」

グリップフックは、まだグリフィンドールの剣《つるぎ》を抱《かか》えたままだった。そして、半《なか》ば反抗的《はんこうてき》で、半《なか》ば好奇心《こうきしん》にかられた不可思議《ふかしぎ》な表情《ひょうじょう》をしていた。ハリーは小鬼《ゴブリン》の土気色《つちけいろ》の肌《はだ》や、長《なが》くて細《ほそ》い指《ゆび》、黒《くろ》い瞳《ひとみ》に目《め》をとめた。フラーが靴《くつ》を脱《ぬ》がせていたので、小鬼《ゴブリン》の大《おお》きな足《あし》が汚《よご》れているのが見《み》えた。屋敷《やしき》しもべ妖精《ようせい》より体《からだ》は大《おお》きかったが、それほどの差《さ》はない。半球状《はんきゅうじょう》の頭《あたま》は、人間《にんげん》の頭《あたま》より大《おお》きい。

「君《きみ》はたぶん覚《おぼ》えていないだろうけど――」ハリーが切《き》り出《だ》した。

「――あなたがグリンゴッツを初《はじ》めて訪《おとず》れたときに、金庫《きんこ》にご案内《あんない》した小鬼《ゴブリン》が私《わたし》だということをですか？」グリップフックが言《い》った。「覚《おぼ》えていますよ、ハリー・ポッター。小鬼《ゴブリン》の間《あいだ》でも、あなたは有名《ゆうめい》です」

ハリーと小鬼《ゴブリン》は、見《み》つめ合《あ》って互《たが》いの腹《はら》の中《なか》を探《さぐ》った。ハリーの傷痕《きずあと》は、まだうずいていた。ハリーは、グリップフックとの話《はな》し合《あ》いを早《はや》く終《お》えてしまいたかったが、同時《どうじ》に、誤《あやま》った動《うご》きをしてしまうことを恐《おそ》れた。自分《じぶん》の要求《ようきゅう》をどう伝《つた》えるのが最善《さいぜん》かを決《き》めかねていると、小鬼《ゴブリン》が先《さき》に口《くち》を開《ひら》いた。

「あなたは妖精《ようせい》を埋葬《まいそう》した」

小鬼《ゴブリン》は、意外《いがい》にも恨《うら》みがましい口調《くちょう》だった。

「隣《となり》の寝室《しんしつ》の窓《まど》から、あなたを見《み》ていました」

「そうだよ」ハリーが言《い》った。

グリップフックは吊《つ》り上《あ》がった暗《くら》い目《め》で、ハリーを盗《ぬす》み見《み》た。

「あなたは変《か》わった魔法使《まほうつか》いです、ハリー・ポッター」

「どこが？」

ハリーは、無意識《むいしき》に額《ひたい》の傷《きず》をさすりながら聞《き》いた。

「墓《はか》を掘《ほ》りました」

「それで？」

グリップフックは答《こた》えなかった。ハリーは、マグルのような行動《こうどう》を取《と》ったことを、軽蔑《けいべつ》されているような気《き》がしたが、グリップフックがドビーの墓《はか》を受《う》け入《い》れようが受《う》け入《い》れまいが、ハリーにとってはあまり重要《じゅうよう》なことではなかった。攻撃《こうげき》に出《で》るために、ハリーは意識《いしき》を集中《しゅうちゅう》させた。

「グリップフック、僕《ぼく》、聞《き》きたいことが――」

「あなたは、小鬼《ゴブリン》も救《すく》った」

「えっ？」

「あなたは、私《わたし》をここに連《つ》れてきた。私《わたし》を救《すく》った」

「でも、別《べつ》に困《こま》らないだろう？」ハリーは少《すこ》しいらいらしながら言《い》った。

「ええ、別《べつ》に、ハリー・ポッター」

そう言《い》ったあと、グリップフックは指一本《ゆびいっぽん》をからませて、細《ほそ》く黒《くろ》いあごひげをひねった。

「でも、とても変《へん》な魔法使《まほうつか》いです」

「そうかな」ハリーが言《い》った。「ところでグリップフック、助《たす》けが必要《ひつよう》なんだ。君《きみ》にはそれができる」

小鬼《ゴブリン》は先《さき》をうながすような様子《ようす》は見《み》せず、しかめっ面《つら》のまま、こんなものを見《み》るのは初《はじ》めてだという目《め》つきで、ハリーを見《み》ていた。

「僕《ぼく》は、グリンゴッツの金庫破《きんこやぶ》りをする必要《ひつよう》があるんだ」

こんな荒《あら》っぽい言《い》い方《かた》をするつもりではなかったのに、稲妻形《いなずまがた》の傷痕《きずあと》に痛《いた》みが走《はし》って、またしてもホグワーツのりんかくが見《み》えたとたん、言葉《ことば》が口《くち》をついて出《で》てきてしまったのだ。ハリーはしっかりと心《こころ》を閉《と》じた。グリップフックのほうを、先《さき》に終《お》えてしまわなければならない。ロンとハーマイオニーは、ハリーがおかしくなったのではないかという表情《ひょうじょう》で見《み》つめた。

「ハリー――」

ハーマイオニーの言葉《ことば》は、グリップフックによってさえぎられた。

「グリンゴッツの金庫破《きんこやぶ》り？」

小鬼《ゴブリン》はベッドで体《からだ》の位置《いち》を変《か》えながら、ビクッとしてくり返《かえ》した。

「不可能《ふかのう》です」

「そんなことはないよ」ロンが否定《ひてい》した。「前例《ぜんれい》がある」

「うん」ハリーが言《い》った。「君《きみ》に初《はじ》めて会《あ》った日《ひ》だよ、グリップフック。七年前《ねんまえ》の僕《ぼく》の誕生日《たんじょうび》」

「問題《もんだい》の金庫《きんこ》は、その時《とき》、空《から》でした。最低限《さいていげん》の防衛《ぼうえい》しかありませんでした」

小鬼《ゴブリン》はピシャリと言《い》った。グリンゴッツを去《さ》ったとは言《い》え、銀行《ぎんこう》の防御《ぼうぎょ》が破《やぶ》られるという考《かんが》えは腹《はら》にすえかねるのだと、ハリーには理解《りかい》できた。

「うん、僕《ぼく》たちが入《はい》りたい金庫《きんこ》は空《から》じゃない。相当強力《そうとうきょうりょく》に守《まも》られていると思《おも》うよ」

ハリーが言《い》った。

「レストレンジ家《け》の金庫《きんこ》なんだ」

ハーマイオニーとロンが、度肝《どぎも》を抜《ぬ》かれて顔《かお》を見合《みあ》わせるのが目《め》に入《はい》った。しかし、グリップフックが答《こた》えてくれれば、そのあとで、二人《ふたり》に説明《せつめい》する時間《じかん》は充分《じゅうぶん》あるだろう。

「可能性《かのうせい》はありません」

グリップフックはにべもなく答《こた》えた。

「まったくありません。『おのれのものに　あらざる宝《たから》、わが床下《ゆかした》に　求《もと》める者《もの》よ――』」

「『盗人《ぬすびと》よ　気《き》をつけよ――』うん、わかっている。覚《おぼ》えているよ」ハリーが言《い》った。「でも、僕《ぼく》は、宝《たから》を自分《じぶん》のものにしようとしているんじゃない。自分《じぶん》の利益《りえき》のために、何《なに》かを盗《と》ろうとしているわけじゃないんだ。信《しん》じてくれるかな？」

小鬼《ゴブリン》は、横目《よこめ》でハリーを見《み》た。その時《とき》、額《ひたい》の稲妻形《いなずまがた》の傷痕《きずあと》がうずいたが、ハリーは痛《いた》みを無視《むし》し、引《ひ》き込《こ》もうとする誘《さそ》いも拒絶《きょぜつ》した。

「個人的《こじんてき》な利益《りえき》を求《もと》めない人《ひと》だと、私《わたし》が認《みと》める魔法使《まほうつか》いがいるとすれば――」

グリップフックがようやく答《こた》えた。

「それは、ハリー・ポッター、あなたです。小鬼《ゴブリン》やしもべ妖精《ようせい》は、今夜《こんや》あなたが示《しめ》してくれたような保護《ほご》や尊敬《そんけい》には慣《な》れていません。杖《つえ》を持《も》つ者《もの》がそんなことをするなんて」

「杖《つえ》を持《も》つ者《もの》」

ハリーがくり返《かえ》した。傷痕《きずあと》が刺《さ》すように痛《いた》み、ヴォルデモートが意識《いしき》を北《きた》に向《む》けているこの時《とき》に、そしてハリーが隣《となり》の部屋《へや》のオリバンダーに質問《しつもん》したくてたまらないというこの時《とき》に、その言葉《ことば》はハリーの耳《みみ》に奇妙《きみょう》に響《ひび》いた。

「杖《つえ》を持《も》つ権利《けんり》は」小鬼《ゴブリン》は静《しず》かに言《い》った。「魔法使《まほうつか》いと小鬼《ゴブリン》の間《あいだ》で、長《なが》い間論争《あいだろんそう》されてきました」

「でも、小鬼《ゴブリン》は杖《つえ》なしで魔法《まほう》が使《つか》える」ロンが言《い》った。

「それは関係《かんけい》のないことです！　魔法使《まほうつか》いは、杖《つえ》の術《じゅつ》の秘密《ひみつ》をほかの魔法生物《まほうせいぶつ》と共有《きょうゆう》することを拒《こば》みました。我々《われわれ》の力《ちから》が拡大《かくだい》する可能性《かのうせい》を否定《ひてい》したのです！」

「だって、小鬼《ゴブリン》も、自分《じぶん》たちの魔法《まほう》を共有《きょうゆう》しないじゃないか」ロンが言《い》った。「剣《つるぎ》や甲冑《かっちゅう》を、君《きみ》たちがどんなふうにして作《つく》るかを、僕《ぼく》たちに教《おし》えてくれないぜ。金属加工《きんぞくかこう》については、小鬼《ゴブリン》は魔《ま》法使《ほうつか》いが知《し》らないやり方《かた》を――」

「そんなことはどうでもいいんだ」

グリップフックの顔《かお》に血《ち》が上《のぼ》ってきたのに気《き》づいて、ハリーが言《い》った。

「魔法使《まほうつか》いと小鬼《ゴブリン》の対立《たいりつ》じゃないし、そのほかの魔法生物《まほうせいぶつ》との対立《たいりつ》でもないんだ――」

グリップフックは、意地悪《いじわる》な笑《わら》い声《ごえ》を上《あ》げた。

「ところがそうなのですよ。まったくその対立《たいりつ》なのです！　闇《やみ》の帝王《ていおう》がいよいよ力《ちから》を得《え》るにつれて、あなたたち魔法使《まほうつか》いは、ますますしっかりと我々《われわれ》の上位《じょうい》に立《た》っている！　グリンゴッツは魔《ま》法使《ほうつか》いの支配下《しはいか》に置《お》かれ、屋敷《やしき》しもべ妖精《ようせい》は惨殺《ざんさつ》されている。それなのに、杖《つえ》を持《も》つ者《もの》の中《なか》で、誰《だれ》が抗議《こうぎ》をしていますか？」

「私《わたし》たちがしているわ！」

ハーマイオニーは背筋《せすじ》を正《ただ》し、目《め》をキラキラさせていた。

「私《わたし》たちが抗議《こうぎ》しているわ！　それに、グリップフック、私《わたし》は小鬼《ゴブリン》やしもべ妖精《ようせい》と同《おな》じぐらい厳《きび》しく狩《か》り立《た》てられているのよ！　私《わたし》は『穢《けが》れた血《ち》』なの！」

「自分《じぶん》のことをそんなふうに――」ロンがボソボソつぶやいた。

「どうしていけないの？」ハーマイオニーが言《い》った。「『穢《けが》れた血《ち》』、それが誇《ほこ》りよ！　新《あたら》しい秩《ちつ》序《じょ》の下《もと》での私《わたし》の地位《ちい》は、グリップフック、あなたとちがいはないわ！　マルフォイの館《やかた》で、あの人《ひと》たちが拷問《ごうもん》にかけるために選《えら》んだのは、私《わたし》だったのよ！」

話《はな》しながら、ハーマイオニーは部屋着《へやぎ》のえりを横《よこ》に引《ひ》いて、ベラトリックスにつけられた切《き》り傷《きず》を見《み》せた。のどに赤々《あかあか》と、細《ほそ》い傷《きず》があった。

「ドビーを解放《かいほう》したのがハリーだということを、あなたは知《し》っていた？」ハーマイオニーが聞《き》いた。「私《わたし》たちが、何年《なんねん》も前《まえ》から屋敷《やしき》しもべ妖精《ようせい》を解放《かいほう》したいと望《のぞ》んでいたことを知《し》っていた？」

ロンは、ハーマイオニーの椅子《いす》のひじで、気《き》まずそうにそわそわした。「グリップフック、『例《れい》のあの人《ひと》』を打《う》ち負《ま》かしたいという気持《きも》ちが、私《わたし》たち以上《いじょう》に強《つよ》い人《ひと》なんかいないわ！」

グリップフックは、ハリーを見《み》たときと同《おな》じような好奇《こうき》の目《め》で、ハーマイオニーを見《み》つめた。

「レストレンジ家《け》の金庫《きんこ》で、何《なに》を求《もと》めたいのですか？」

グリップフックが唐突《とうとつ》に聞《き》いた。

「中《なか》にある剣《つるぎ》は贋作《がんさく》です。こちらが本物《ほんもの》です」

グリップフックは三人《にん》の顔《かお》を順《じゅん》ぐりに見《み》た。

「あなたたちは、もうそのことを知《し》っているのですね。あそこにいた時《とき》、私《わたし》にうそをつくように頼《たの》みました」

「でも、その金庫《きんこ》にあるのは、偽《にせ》の剣《つるぎ》だけじゃないだろう？」ハリーが聞《き》いた。「君《きみ》はたぶん、ほかの物《もの》も見《み》ているね？」

ハリーの心臓《しんぞう》は、これまでにないほど激《はげ》しく打《う》っていた。ハリーは、傷痕《きずあと》のうずきを無視《むし》しようと、さらにがんばった。

小鬼《ゴブリン》は、また指《ゆび》にあごひげをからませた。

「グリンゴッツの秘密《ひみつ》を話《はな》すことは、我々《われわれ》の綱領《こうりょう》に反《はん》します。小鬼《ゴブリン》はすばらしい宝物《たからもの》の番人《ばんにん》なのです。我々《われわれ》に託《たく》された品々《しなじな》は、往々《おうおう》にして小鬼《ゴブリン》の手《て》によって鍛錬《たんれん》された物《もの》なのですが、それらの品《しな》に対《たい》しての責任《せきにん》があります」

小鬼《ゴブリン》は剣《つるぎ》をなで、黒《くろ》い目《め》がハリー、ハーマイオニー、ロンを順《じゅん》に眺《なが》め、また逆《ぎゃく》の順《じゅん》で視線《しせん》を戻《もど》した。

「こんなに若《わか》いのに」しばらくしてグリップフックが言《い》った。「あれだけ多《おお》くの敵《てき》と戦《たたか》うなんて」

「僕《ぼく》たちを助《たす》けてくれる？」ハリーが言《い》った。「小鬼《ゴブリン》の助《たす》けなしに押《お》し入《い》るなんて、とても望《のぞ》みがない。君《きみ》だけが頼《たよ》りなんだ」

「私《わたし》は……考《かんが》えてみましょう」

グリップフックは、腹立《はらだ》たしい答《こた》え方《かた》をした。

「だけど――」ロンが怒《おこ》ったように口《くち》を開《ひら》いたが、ハーマイオニーはロンのろっ骨《こつ》をこづいた。

「ありがとう」ハリーが言《い》った。

小鬼《ゴブリン》は大《おお》きなドーム型《がた》の頭《あたま》を下《さ》げて礼《れい》に応《こた》え、それから短《みじか》い脚《あし》を曲《ま》げた。

「どうやら」ビルとフラーのベッドに、これ見《み》よがしに横《よこ》になり、グリップフックが言《い》った。「『骨生え薬《ほねはぐすり》』の効果《こうか》が出《で》たようです。やっと眠《ねむ》れるかもしれません。失礼《しつれい》して……」

「ああ、もちろんだよ」ハリーが言《い》った。部屋《へや》を出《で》るとき、ハリーはかがんで小鬼《ゴブリン》の横《よこ》からグリフィンドールの剣《つるぎ》を取《と》った。グリップフックは逆《さか》らわなかったが、ドアを閉《し》めるときに、小鬼《ゴブリン》の目《め》に恨《うら》みがましい色《いろ》が浮《う》かぶのを、ハリーは見《み》たような気《き》がした。

「いやなチビ」ロンがささやいた。「僕《ぼく》たちがやきもきするのを、楽《たの》しんでやがる」

「ハリー」

ハーマイオニーが二人《ふたり》をドアから離《はな》し、まだ暗《くら》い踊《おど》り場《ば》の真《ま》ん中《なか》まで引《ひ》っ張《ぱ》っていった。

「あなたの言《い》っていることは、つまりこういうことかしら？　レストレンジ家《け》の金庫《きんこ》に、分霊箱《ぶんれいばこ》が一つある。そういうことなの？」

「そうだ」ハリーが言《い》った。「ベラトリックスは、僕《ぼく》たちがそこに入《はい》ったと思《おも》って、逆上《ぎゃくじょう》するほどおびえていた。どうしてだ？　僕《ぼく》たちが何《なに》を見《み》たと思《おも》ったんだろう？　僕《ぼく》たちが、ほかに何《なに》を取《と》ったと思《おも》ったんだろう？　『例《れい》のあの人《ひと》』に知《し》れるのではないかと思《おも》って、ベラトリックスが正気《しょうき》を失《うしな》うほど恐《おそ》れた物《もの》なんだよ」

「でも、僕《ぼく》たち、『例《れい》のあの人《ひと》』が今《いま》まで行《い》ったことのある場所《ばしょ》を探《さが》してるんじゃなかったか？あの人《ひと》が、何《なに》か重要《じゅうよう》なことをした場所《ばしょ》じゃないのか？」ロンは困惑《こんわく》した顔《かお》だった。「あいつがレストレンジ家《け》の金庫《きんこ》に、入《はい》ったことがあるって言《い》うのか？」

「グリンゴッツに入《はい》ったことがあるかどうかは、わからない」ハリーが言《い》った。「あいつは、若《わか》いとき、あそこに金貨《きんか》なんか預《あず》けていなかったはずだ。誰《だれ》も何《なに》も遺《のこ》してくれなかったんだから。でも、銀行《ぎんこう》を外《そと》から見《み》たことはあっただろう。ダイアゴン横丁《よこちょう》に最初《さいしょ》に行《い》ったときに」

傷痕《きずあと》がずきずき痛《いた》んだが、ハリーは無視《むし》した。オリバンダーと話《はなし》をする前《まえ》に、ロンとハーマイオニーに、グリンゴッツのことを理解《りかい》しておいてほしかった。

「あいつは、グリンゴッツの金庫《きんこ》の鍵《かぎ》を持《も》つ者《もの》を、うらやましく思《おも》ったんじゃないかな。あの銀《ぎん》行《こう》が、魔法界《まほうかい》に属《ぞく》していることの真《しん》の象徴《しょうちょう》に見《み》えたんだと思《おも》う。それに、忘《わす》れてならないのは、あいつが、ベラトリックスとその夫《おっと》を信用《しんよう》していたということだ。二人《ふたり》とも、あいつが力《ちから》を失《うしな》うまで、最《もっと》も献身的《けんしんてき》な信奉者《しんぽうしゃ》だったし、あいつが消《き》えてからも探《さが》し求《もと》め続《つづ》けた。あいつがよみがえった夜《よる》にそう言《い》うのを、僕《ぼく》は聞《き》いた」

ハリーは傷痕《きずあと》をこすった。

「だけど、ベラトリックスに、分霊箱《ぶんれいばこ》を預《あず》けるとは言《い》わなかったと思《おも》う。ルシウス・マルフォイにも、日記《にっき》に関《かん》するほんとうのことは一度《いちど》も話《はな》していなかった。ベラトリックスには、たぶん、大切《たいせつ》な所持品《しょじひん》だから、金庫《きんこ》に入《い》れておくようにと頼《たの》んだんだろう。ハグリッドが僕《ぼく》に教《おし》えてくれたよ。何《なに》かを安全《あんぜん》に隠《かく》しておくには、グリンゴッツが一番《いちばん》だって……ホグワーツ以外《いがい》にはね」

ハリーが話《はな》し終《お》えると、ロンがうなずきながら言《い》った。

「君《きみ》って、ほんとに『あの人《ひと》』のことがわかってるんだな」

「あいつの一部《いちぶ》だ」ハリーが言《い》った。「一部《いちぶ》だけなんだ……僕《ぼく》、ダンブルドアのことも、それくらい理解《りかい》できていたらよかったのに。でも、そのうちに――。さあ――今度《こんど》はオリバンダーだ」

ロンとハーマイオニーは当惑顔《とうわくがお》だったが、感心《かんしん》したようにハリーのあとについて、小《ちい》さな踊《おど》り場《ば》を横切《よこぎ》った。ハリーがビルとフラーの寝室《しんしつ》のむかい側《がわ》のドアをノックすると、「どうぞ！」という弱々《よわよわ》しい声《こえ》が答《こた》えた。

杖作《つえつく》りのオリバンダーは、窓《まど》から一番離《いちばんはな》れたツインベッドに横《よこ》たわっていた。一年以上地下《ねんいじょうちか》牢《ろう》に閉《と》じ込《こ》められ、ハリーの知《し》るかぎり、少《すく》なくとも一度《いちど》は拷問《ごうもん》を受《う》けたはずだ。やせおとろえ、黄《き》ばんだ肌《はだ》から顔《かお》の骨格《こっかく》がくっきりと突《つ》き出《で》ている。大《おお》きな銀色《ぎんいろ》の目《め》は、眼窩《がんか》が落《お》ちくぼんで巨《きょ》大《だい》に見《み》えた。毛布《もうふ》の上《うえ》に置《お》かれた両手《りょうて》は、がいこつの手《て》と言《い》ってもよかった。ハリーは、空《あ》いているベッドに、ロンとハーマイオニーと並《なら》んで腰《こし》かけた。ここからは、昇《のぼ》る朝日《あさひ》は見《み》えなかった。

部屋《へや》は、崖《がけ》の上《うえ》に作《つく》られた庭《にわ》と、掘《ほ》られたばかりの墓《はか》とに面《めん》していた。

「オリバンダーさん、おじゃましてすみません」ハリーが言《い》った。

「いやいや」オリバンダーはか細《ぼそ》い声《こえ》で言《い》った。「あなたは、わしらを救《すく》い出《だ》してくれた。あそこで死《し》ぬものと思《おも》っていたのに。感謝《かんしゃ》しておるよ……いくら感謝《かんしゃ》しても……しきれないぐらいに」

「お助《たす》けできてよかった」

ハリーの傷痕《きずあと》がうずいた。ヴォルデモートよりも先《さき》に目的地《もくてきち》に行《い》くにしても、ヴォルデモートの試《こころ》みをくじくにしても、もはやほとんど時間《じかん》がないことをハリーは知《し》っていた。いや、確信《かくしん》していた。ハリーは突然恐怖《とつぜんきょうふ》を感《かん》じた……しかし、グリップフックに先《さき》に話《はなし》をするという選択《せんたく》をしたときに、ハリーの心《こころ》は決《き》まっていたのだ。無理《むり》に平静《へいせい》を装《よそお》い、ハリーは首《くび》からかけた巾着《きんちゃく》の中《なか》を探《さぐ》って、二つに折《お》れた杖《つえ》を取《と》り出《だ》した。

「オリバンダーさん、助《たす》けてほしいんです」

「何《なん》なりと、何《なん》なりと」杖作《つえつく》りは弱々《よわよわ》しく答《こた》えた。

「これを直《なお》せますか？　可能《かのう》ですか？」

オリバンダーは震《ふる》える手《て》を差《さ》し出《だ》し、ハリーはその手《て》のひらに、かろうじて一つにつながっている杖《つえ》を置《お》いた。

「柊《ひいらぎ》と不死鳥《ふしちょう》の尾羽根《おばね》」オリバンダーは、緊張気味《きんちょうぎみ》に震《ふる》える声《こえ》で言《い》った。「二十八センチ、良質《りょうしつ》でしなやか」

「そうです」ハリーが言《い》った。「できますか――？」

「いや」オリバンダーがささやくように言《い》った。「すまない。ほんとうにすまない。しかし、ここまで破壊《はかい》された杖《つえ》は、わしの知《し》っておるどんな方法《ほうほう》をもってしても、直《なお》すことはできない」

ハリーは、そうだろうと心《こころ》の準備《じゅんび》をしていたものの、やはり痛手《いたで》だった。二つに折《お》れた杖《つえ》を引《ひ》き取《と》り、ハリーは首《くび》にかけた巾着《きんちゃく》の中《なか》に戻《もど》した。オリバンダーは、破壊《はかい》された杖《つえ》が消《き》えたあたりをじっと見《み》つめ続《つづ》け、ハリーがマルフォイの館《やかた》から持《も》ち帰《かえ》った二本《ほん》の杖《つえ》をポケットから取《と》り出《だ》すまで、目《め》をそらさなかった。

「どういう杖《つえ》か、見《み》ていただけますか？」ハリーが頼《たの》んだ。

杖作《つえつく》りは、その中《なか》の一本《ぽん》を取《と》って、弱《よわ》った目《め》の近《ちか》くにかざし、関節《かんせつ》の浮《う》き出《で》た指《ゆび》の間《あいだ》で転《ころ》がしてからちょっと曲《ま》げた。

「鬼胡桃《おにぐるみ》とドラゴンの琴線《きんせん》」オリバンダーが言《い》った。「三十二センチ。頑固《がんこ》。この杖《つえ》はベラトリックス・レストレンジのものだ」

「それじゃ、こっちは？」

オリバンダーは同《おな》じようにして調《しら》べた。

「サンザシと一角獣《ユニコーン》のたてがみ。きっちり二十五センチ。ある程度《ていど》弾力性《だんりょくせい》がある。これはドラコ・マルフォイの杖《つえ》だった」

「だった？」ハリーがくり返《かえ》した。

「今《いま》でも、まだドラコのものでしょう？」

「たぶんちがう。あなたが奪《うば》ったのであれば――」

「――ええ、そうです――」

「――それなら、この杖《つえ》はあなたのものであるかもしれない。もちろん、どんなふうに手《て》に入《い》れたかが関係《かんけい》してくる。杖《つえ》そのものに負《お》うところもまた大《おお》きい。しかし、一般的《いっぱんてき》に言《い》うなら、杖《つえ》を勝《か》ち取《と》ったのであれば、杖《つえ》の忠誠心《ちゅうせいしん》は変《か》わるじゃろう」

部屋《へや》は静《しず》かだった。遠《とお》い波《なみ》の音《おと》だけが聞《き》こえていた。

「まるで、杖《つえ》が感情《かんじょう》を持《も》っているような話《はな》し方《かた》をなさるんですね」ハリーが言《い》った。「まるで、杖《つえ》が自分《じぶん》で考《かんが》えることができるみたいに」

「杖《つえ》が魔法使《まほうつか》いを選《えら》ぶのじゃ」オリバンダーが言《い》った。「そこまでは、杖《つえ》の術《じゅつ》を学《まな》んだ者《もの》にとって、常《つね》に明白《めいはく》なことじゃった」

「でも、杖《つえ》に選《えら》ばれていなくとも、その杖《つえ》を使《つか》うことはできるのですか？」ハリーが言《い》った。

「ああ、できますとも。いやしくも魔《ま》法使《ほうつか》いなら、ほとんどどんな道具《どうぐ》を通《とお》してでも、魔法《まほう》の力《ちから》を伝《つた》えることができる。しかし、最高《さいこう》の結果《けっか》は必《かなら》ず、魔《ま》法使《ほうつか》いと杖《つえ》との相性《あいしょう》が一番強《いちばんつよ》いときに得《え》られるはずじゃ。こうしたつながりは、複雑《ふくざつ》なものがある。最初《さいしょ》にひかれ合《あ》い、それからお互《たが》いに経験《けいけん》を通《とお》して探求《たんきゅう》する。杖《つえ》は魔《ま》法使《ほうつか》いから、魔《ま》法使《ほうつか》いは杖《つえ》から学《まな》ぶのじゃ」

寄《よ》せては返《かえ》す波《なみ》の音《おと》は、哀調《あいちょう》を帯《お》びていた。

「僕《ぼく》はこの杖《つえ》を、ドラコ・マルフォイから力《ちから》ずくで奪《うば》いました」ハリーが言《い》った。「僕《ぼく》が使《つか》っても安全《あんぜん》でしょうか？」

「そう思《おも》いますよ。杖《つえ》の所有権《しょゆうけん》を司《つかさど》る法則《ほうそく》には微妙《びみょう》なものがあるが、征服《せいふく》された杖《つえ》は、通常《つうじょう》、新《あたら》しい持《も》ち主《ぬし》に屈服《くっぷく》するものじゃ」

「それじゃ、僕《ぼく》はこの杖《つえ》を使《つか》うべきかなぁ？」

ロンが、ワームテールの杖《つえ》をポケットから出《だ》して、オリバンダーに渡《わた》した。

「栗《くり》とドラゴンの琴線《きんせん》。二十三・五センチ。もろい。誘拐《ゆうかい》されてからまもなく、わしはピーター・ペティグリューのために無理《むり》やりこの杖《つえ》を作《つく》らされた。そうじゃとも、君《きみ》が勝《か》ち取《と》った杖《つえ》じゃから、ほかの杖《つえ》よりもよく君《きみ》の命令《めいれい》を聞《き》き、よい仕事《しごと》をするじゃろう」

「そして、そのことは、すべての杖《つえ》に通用《つうよう》するのですね？」ハリーが聞《き》いた。

「そうじゃろうと思《おも》う」

くぼんだ眼窩《がんか》から飛《と》び出《だ》した目《め》でハリーの顔《かお》をじっと見《み》ながら、オリバンダーが答《こた》えた。

「ポッターさん、あなたは深遠《しんえん》なる質問《しつもん》をする。杖《つえ》の術《じゅつ》は、魔法《まほう》の中《なか》でも複雑《ふくざつ》で神秘的《しんぴてき》な分野《ぶんや》なのじゃ」

「それでは、杖《つえ》の真《しん》の所有者《しょゆうしゃ》になるためには、前《まえ》の持《も》ち主《ぬし》を殺《ころ》す必要《ひつよう》はないのですね？」

ハリーが聞《き》いた。

オリバンダーはゴクリとつばを飲《の》んだ。

「必要《ひつよう》？　いいや、殺《ころ》す必要《ひつよう》がある、とは言《い》いますまい」

「でも、伝説《でんせつ》があります」

ハリーの動悸《どうき》はさらに高《たか》まり、傷痕《きずあと》の痛《いた》みはますます激《はげ》しくなっていた。ヴォルデモートが考《かんが》えを実行《じっこう》に移《うつ》す決心《けっしん》をしたのだと、ハリーは確信《かくしん》した。

「一本《ぽん》の杖《つえ》の伝説《でんせつ》です——数本《すうほん》の杖《つえ》かもしれません——殺人《さつじん》によって手《て》から手《て》へと渡《わた》されてきた杖《つえ》です」

オリバンダーは青《あお》ざめた。雪《ゆき》のように白《しろ》い枕《まくら》の上《うえ》で、オリバンダーの顔色《かおいろ》は薄《うす》い灰色《はいいろ》に変《か》わり、巨大《きょだい》な目《め》は、恐怖《きょうふ》からか血走《ちばし》って飛《と》び出《だ》していた。

「それは、ただ一本《ぽん》の杖《つえ》じゃと思《おも》う」オリバンダーがささやくように言《い》った。

「そして、『例《れい》のあの人《ひと》』は、その杖《つえ》に興味《きょうみ》があるのですね？」ハリーが聞《き》いた。

「わしは――どうして？」

オリバンダーの声《こえ》がかすれ、ロンとハーマイオニーに助《たす》けを求《もと》めるように目《め》を向《む》けた。

「どうしてあなたはそのことを？」

「『あの人《ひと》』はあなたに、どうすれば僕《ぼく》と『あの人《ひと》』の杖《つえ》の結《むす》びつきを克服《こくふく》できるのかを、言《い》わせようとした」ハリーが言《い》った。

オリバンダーは、おびえた目《め》をした。

「わしは拷問《ごうもん》されたのじゃ。わかってくれ！『磔《はりつけ》の呪文《じゅもん》』で、わしは――わしは知《し》っていることを、そうだと推定《すいてい》することを、あの人《ひと》に話《はな》すしかなかった！」

「わかります」ハリーが言《い》った。「『あの人《ひと》』に、双子《ふたご》の杖芯《つえしん》のことを話《はな》しましたね？　誰《だれ》かほかの人《ひと》の杖《つえ》を借《か》りればよいと言《い》いましたね？」

オリバンダーは、ハリーがあまりにもよく知《し》っていることにぞっとして、金縛《かなしば》りにあったように見《み》えた。ゆっくりと、オリバンダーがうなずいた。

「でも、それがうまくいかなかった」ハリーは話《はな》し続《つづ》けた。「それでも僕《ぼく》の杖《つえ》は、借《か》りた杖《つえ》を打《う》ち負《ま》かした。なぜなのか、おわかりになりますか?」

オリバンダーは、うなずいたときと同《おな》じくらいゆっくりと、首《くび》を横《よこ》に振《ふ》った。

「わしは……そんな話《はなし》を聞《き》いたことがなかった。あなたの杖《つえ》は、あの晩《ばん》、何《なに》か独特《どくとく》なことをしたのじゃ。双子《ふたご》の芯《しん》が結《むす》びつくのも信《しん》じられないくらい稀《まれ》なことじゃが、あなたの杖《つえ》がなぜ借《か》り物《もの》の杖《つえ》を折《お》ったのか、わしにはわからぬ……」

「さっき、別《べつ》の杖《つえ》のことを話《はな》しましたね。殺人《さつじん》によって持《も》ち主《ぬし》が変《か》わる杖《つえ》のことです。『例《れい》のあの人《ひと》』が、僕《ぼく》の杖《つえ》が何《なに》か不可解《ふかかい》なことをしたと気《き》づいたとき、あなたの所《ところ》に戻《もど》って、その別《べつ》の杖《つえ》のことを聞《き》きましたね?」

「どうして、それを知《し》っているのかね?」

ハリーは答《こた》えなかった。

「たしかに、それを聞《き》かれた」オリバンダーはささやくように言《い》った。「『死《し》の杖《つえ》』、『宿命《しゅくめい》の杖《つえ》』、『ニワトコの杖《つえ》』など、いろいろな名前《なまえ》で知《し》られるその杖《つえ》について、わしが知《し》っておることを、『あの人《ひと》』はすべて知《し》りたがった」

ハリーは、ハーマイオニーをちらりと横目《よこめ》で見《み》た。びっくり仰天《ぎょうてん》した顔《かお》をしていた。

「闇《やみ》の帝王《ていおう》は」

オリバンダーは押《お》し殺《ころ》した声《こえ》で、おびえたように話《はな》した。

「わしが作《つく》った杖《つえ》にずっと満足《まんぞく》していた――イチイと不死鳥《ふしちょう》の尾羽根《おばね》。三十四センチ――双子《ふたご》の芯《しん》の結《むす》びつきを知《し》るまではじゃが。今《いま》は別《べつ》の、もっと強力《きょうりょく》な杖《つえ》を探《さが》しておる。あなたの杖《つえ》を征服《せいふく》する唯《ただ》一つの手段《しゅだん》として」

「けれど、今《いま》はまだ知《し》らなくとも、あの人《ひと》にはもうすぐわかることです。僕《ぼく》の杖《つえ》が折《お》れて、直《なお》しようがないということを」ハリーは静《しず》かに言《い》った。

「やめて！」ハーマイオニーはおびえきったように言《い》った。「わかるはずがないわ、ハリー、あの人《ひと》に、どうしてわかるって――？」

「直前呪文《ちょくぜんじゅもん》だ」ハリーが言《い》った。「ハーマイオニー、君《きみ》の杖《つえ》とリンボクの杖《つえ》を、マルフォイの館《やかた》に残《のこ》してきた。連中《れんちゅう》がきちんと調《しら》べて、最近《さいきん》どんな呪文《じゅもん》を使《つか》ったかを再現《さいげん》すれば、君《きみ》の杖《つえ》が僕《ぼく》の杖《つえ》を折《お》ったことがわかるだろうし、君《きみ》が、僕《ぼく》の杖《つえ》を直《なお》そうとして直《なお》せなかったことも知《し》るだろう。そして、僕《ぼく》がそれからずっとリンボクの杖《つえ》を使《つか》っていたことも」

この家《いえ》に到着《とうちゃく》して、少《すこ》しは赤《あか》みがさしていたハーマイオニーの顔《かお》から、サッと血《ち》の気《け》が引《ひ》いた。

ロンはハリーを非難《ひなん》するような目《め》で見《み》て、「今《いま》は、そんなこと心配《しんぱい》するのはよそう――」と言《い》った。

しかしオリバンダーが口《くち》を挟《はさ》んだ。

「闇《やみ》の帝王《ていおう》は、ポッターさん、もはやあなたを滅《ほろ》ぼすためにのみ『ニワトコの杖《つえ》』を求《もと》めておるのではないのじゃ。絶対《ぜったい》に所有《しょゆう》すると決《き》めておる。そうすれば、自分《じぶん》が真《しん》に無敵《むてき》になると信《しん》じておるからじゃ」

「そうなのですか？」

「『ニワトコの杖《つえ》』の持《も》ち主《ぬし》は、常《つね》に攻撃《こうげき》されることを恐《おそ》れねばならぬ」オリバンダーが言《い》った。「しかしながら、『死《し》の杖《つえ》』を所有《しょゆう》した『闇《やみ》の帝王《ていおう》』は、やはり……恐《おそ》るべき強大《きょうだい》さじゃ」

ハリーは、最初《さいしょ》にオリバンダーに会《あ》ったとき、あまり好《す》きになれない気《き》がしたことを突然思《とつぜんおも》い出《だ》した。ヴォルデモートに拷問《ごうもん》され牢《ろう》に入《い》れられた今《いま》になっても、あの闇《やみ》の魔法使《まほうつか》いが「死《し》の杖《つえ》」を所有《しょゆう》すると考《かんが》えることは、このオリバンダーにとって、嫌悪感《けんおかん》をもよおす以上《いじょう》にゾクゾクするほど強《つよ》く心《こころ》を奪《うば》われるものであるらしい。

「あなたは――それじゃ、オリバンダーさん、その杖《つえ》が存在《そんざい》すると、ほんとうにそう思《おも》っていらっしゃるのですか？」ハーマイオニーが聞《き》いた。

「ああ、そうじゃ」オリバンダーが言《い》った。「その杖《つえ》がたどった跡《あと》を、歴史上《れきしじょう》追《お》うことは完全《かんぜん》に可能《かのう》じゃ。もちろん歴史《れきし》の空白《くうはく》はある。しかも長《なが》い空白《くうはく》によって、一時的《いちじてき》に失《うしな》われたとか隠《かく》されたとかで、杖《つえ》が姿《すがた》を消《け》したことはあった。しかし、必《かなら》ずまた現《あらわ》れる。この杖《つえ》は、杖《つえ》の術《じゅつ》に熟達《じゅくたつ》した者《もの》なら、必《かなら》ず見分《みわ》けることができる特徴《とくちょう》を備《そな》えておる。不明瞭《ふめいりょう》な記述《きじゅつ》もふくめてじゃが、文献《ぶんけん》も残《のこ》っており、わしら杖作《つえつく》り仲間《なかま》は、それを研究《けんきゅう》することを本分《ほんぶん》としておる。そうした文献《ぶんけん》には、確実《かくじつ》な信憑性《しんぴょうせい》がある」

「それじゃ、あなたは――おとぎ話《ばなし》や神話《しんわ》だとは思《おも》わないのですね？」

ハーマイオニーは未練《みれん》がましく聞《き》いた。

「そうは思《おも》わない」オリバンダーが言《い》った。「殺人《さつじん》によって受《う》け渡《わた》される必要《ひつよう》があるかどうかは、わしは知《し》らない。その杖《つえ》の歴史《れきし》は血塗《ちぬ》られておるが、それは単《たん》に、それほどに求《もと》められる品《しな》であり、それほどに魔法使《まほうつか》いの血《ち》をかり立《た》てる物《もの》だからかもしれぬ。計《はか》り知《し》れぬ力《ちから》を持《も》ち、まちがった者《もの》の手《て》に渡《わた》れば危険《きけん》ともなり、我々《われわれ》、杖《つえ》の力《ちから》を学《まな》ぶ者《もの》すべてにとっては、信《しん》じがたいほどの魅力《みりょく》を持《も》った品《しな》じゃ」

「オリバンダーさん」ハリーが言《い》った。「あなたは『例《れい》のあの人《ひと》』に、グレゴロビッチが『ニワトコの杖《つえ》』を持《も》っていると教《おし》えましたね？」

これ以上青《いじょうあお》ざめようのないオリバンダーの顔《かお》が、いっそう青《あお》ざめた。ゴクリと生《なま》つばを飲《の》んだ顔《かお》はゴーストのようだった。

「どうして――どうしてあなたがそんなことを――？」

「僕《ぼく》がどうして知《し》ったかは、気《き》にしないでください」

傷痕《きずあと》が焼《や》けるように痛《いた》み、ハリーは一瞬《いっしゅん》目《め》を閉《と》じた。ほんの数秒間《すうびょうかん》、ホグズミードの大通《おおどお》りが見《み》えた。ずっと北《きた》に位置《いち》する村《むら》なので、まだ暗《くら》い。

「『例《れい》のあの人《ひと》』に、グレゴロビッチが杖《つえ》を持《も》っていると教《おし》えたのですか？」

「うわさじゃった」オリバンダーがささやいた。「何年《なんねん》も前《まえ》のうわさじゃ。あなたが生《う》まれるよりずっと前《まえ》の！　わしはグレゴロビッチ自身《じしん》がうわさの出所《でどころ》じゃと思《おも》っておる。『ニワトコの杖《つえ》』を調《しら》べ、その性質《せいしつ》を複製《ふくせい》するということが、杖《つえ》の商売《しょうばい》にはどんなに有利《ゆうり》かわかるじゃろう！」

「ええ、わかります」ハリーはそう言《い》って立《た》ち上《あ》がった。

「オリバンダーさん、最後《さいご》にもう一つだけ。そのあとは、どうぞ少《すこ》し休《やす》んでください。『死《し》の秘宝《ひほう》』について何《なに》かご存《ぞん》じですか？」

「え？　――何《なん》と言《い》ったのかね？」杖作《つえつく》りはキョトンとした顔《かお》をした。

「『死《し》の秘宝《ひほう》』です」

「何《なん》のことを言《い》っているのか、すまないがわしにはわからん。それも、杖《つえ》に関係《かんけい》のあることなのかね？」

ハリーはオリバンダーの落《お》ちくぼんだ顔《かお》を見《み》つめ、知《し》らぬふりをしているわけではないと思《おも》った。「秘宝《ひほう》」については知《し》らないのだ。

「ありがとう」ハリーが言《い》った。「ほんとうにありがとうございました。僕《ぼく》たちは出《で》ていきますから、どうぞ少《すこ》し休《やす》んでください」

オリバンダーは、打《う》ちのめされたような顔《かお》をした。

「『あの人《ひと》』はわしを拷問《ごうもん》した！」オリバンダーはあえいだ。「『磔《はりつけ》の呪《のろ》い』……どんなにひどいかわからんじゃろう……」

「わかります」ハリーが言《い》った。「ほんとにわかるんです。どうぞ少《すこ》し休《やす》んでください。いろいろ教《おし》えていただいて、ありがとうございました」

ハリーは、ロンとハーマイオニーの先《さき》に立《た》って階段《かいだん》を下《お》りた。ビル、フラー、ルーナ、ディーンが紅茶《こうちゃ》のカップを前《まえ》に、キッチンのテーブルに着《つ》いているのがちらりと見《み》えた。入口《いりぐち》にハリーの姿《すがた》が見《み》えると、みんないっせいにハリーを見《み》た。しかし、ハリーはみんなに向《む》かってうなずいただけで、そのまま庭《にわ》に出《で》ていった。ロンとハーマイオニーがあとからついていった。少《すこ》し先《さき》にあるドビーを葬《ほうむ》った赤味《あかみ》がかった土《つち》の塚《つか》まで、ハリーは歩《ある》いた。頭痛《ずつう》がますますひどくなっていた。無理《むり》やり入《はい》ってこようとする映像《えいぞう》をしめ出《だ》すのは、今《いま》や生《なま》やさしい努力《どりょく》ではなかった。しかし、もう少《すこ》しだけたえればいいことを、ハリーは知《し》っていた。まもなくハリーは屈服《くっぷく》するだろう。なぜなら、自分《じぶん》の理論《りろん》が正《ただ》しいことを知《し》る必要《ひつよう》があるからだ。ロンとハーマイオニーに説明《せつめい》できるように、あと少《すこ》しだけ、もうひとがんばりしなければならない。

「グレゴロビッチは、ずいぶん昔《むかし》、『ニワトコの杖《つえ》』を持《も》っていた」ハリーが言《い》った。「『例《れい》のあの人《ひと》』がグレゴロビッチを探《さが》そうとしているところを、僕《ぼく》は見《み》たんだ。見《み》つけ出《だ》したときには、グレゴロビッチがもう杖《つえ》を持《も》っていないことを、『あの人《ひと》』は知《し》った。グリンデルバルドに盗《ぬす》まれたということを知《し》ったんだ。グリンデルバルドがどうやって、グレゴロビッチが杖《つえ》を持《も》っていることを知《し》ったかはわからない——でも、グレゴロビッチが自分《じぶん》からうわさを流《なが》すようなばかなまねをしたというなら、知《し》るのはそれほど難《むずか》しくはなかっただろう」

ヴォルデモートはホグワーツの校門《こうもん》にいた。ハリーは、そこに立《た》つヴォルデモートを見《み》た。同《どう》時《じ》に、夜明《よあ》け前《まえ》の校庭《こうてい》から、ランプが揺《ゆ》れながら校門《こうもん》に近《ちか》づいてくるのも見《み》えた。

「それで、グリンデルバルドは『ニワトコの杖《つえ》』を使《つか》って、強大《きょうだい》になった。その力《ちから》が最高潮《さいこうちょう》に達《たっ》したとき、ダンブルドアは、それを止《と》めることができるのは自分一人《じぶんひとり》だと知《し》り、グリンデルバルドと決闘《けっとう》して打《う》ち負《ま》かした。そして『ニワトコの杖《つえ》』を手《て》に入《い》れたんだ」

「ダンブルドアが『ニワトコの杖《つえ》』を？」ロンが言《い》った。「でも、それなら――杖《つえ》は今《いま》どこにあるんだ？」

「ホグワーツだ」ハリーが答《こた》えた。

二人《ふたり》と一緒《いっしょ》にいるこの崖上《がけうえ》の庭《にわ》に踏《ふ》みとどまろうと、ハリーは、自分自身《じぶんじしん》と必死《ひっし》に戦《たたか》っていた。

「それなら、行《い》こうよ！」ロンが焦《あせ》った。「ハリー、行《い》って杖《つえ》を取《と》ろう。あいつがそうする前《まえ》に！」

「もう遅過《おそす》ぎる」

ハリーが言《い》った。意識《いしき》を引《ひ》き込《こ》まれまいと抵抗《ていこう》する自分自身《じぶんじしん》の頭《あたま》を助《たす》けようとして、ハリーは思《おも》わずしっかり頭《あたま》をつかんでいた。

「あいつは杖《つえ》のある場所《ばしょ》を知《し》っている。今《いま》、あいつはそこにいる」

「ハリー！」ロンがかんかんに怒《おこ》った。「どのくらい前《まえ》からそれを知《し》ってたんだ？――僕《ぼく》たち、どうして時間《じかん》をむだにしたんだ？　なんでグリップフックに先《さき》に話《はなし》をしたんだ？　もっと早《はや》く行《い》けたのに――今《いま》からでもまだ――」

「いや」

ハリーは草《くさ》にひざをついてしゃがみ込《こ》んだ。

「ハーマイオニーが正《ただ》しかった。ダンブルドアは僕《ぼく》にその杖《つえ》を持《も》たせたくなかった。その杖《つえ》を取《と》らせたくなかったんだ。僕《ぼく》に分霊箱《ぶんれいばこ》を見《み》つけ出《だ》させたかったんだ」

「無敵《むてき》の杖《つえ》だぜ、ハリー！」ロンがうめいた。

「僕《ぼく》はそうしちゃいけないはずなんだ……僕《ぼく》は分霊箱《ぶんれいばこ》を探《さが》すはずなんだ……」

そして突然《とつぜん》、何《なに》もかもがすずしく、暗《くら》くなった。太陽《たいよう》は地平線《ちへいせん》からまだほとんど顔《かお》を出《だ》しておらず、ハリーは、スネイプと並《なら》んで、湖《みずうみ》へと校庭《こうてい》をすべるように歩《ある》いていた。

「まもなく、城《しろ》でおまえに会《あ》うことにする」彼《かれ》は高《たか》い冷《つめ》たい声《こえ》で言《い》った。「さあ、俺様《おれさま》を一人《ひとり》にするのだ」

スネイプは頭《あたま》を下《さ》げ、黒《くろ》いマントを後《うし》ろになびかせて、今来《いまき》た道《みち》を戻《もど》っていった。ハリーはスネイプの姿《すがた》が消《き》えるのを待《ま》ちながら、ゆっくりと歩《ある》いた。これから自分《じぶん》が行《い》く所《ところ》を、スネイプは見《み》てはならない、いや、実《じつ》は何人《なんぴと》も見《み》てはならないのだ。幸《さいわ》い、城《しろ》の窓《まど》には明《あ》かりもなく、しかも彼《かれ》は自分《じぶん》を隠《かく》すことができる……一瞬《いっしゅん》にして彼《かれ》は自分《じぶん》に「目《め》くらまし術《じゅつ》」をかけ、自分《じぶん》の目《め》からさえ姿《すがた》を隠《かく》した。

そして彼《かれ》は、湖《みずうみ》の縁《ふち》を歩《ある》き続《つづ》けた。愛《いと》おしい城《しろ》、自分《じぶん》の最初《さいしょ》の王国《おうこく》、自分《じぶん》が受《う》け継《つ》ぐ権利《けんり》のある城《しろ》のりんかくをじっくり味《あじ》わいながら……。

そして、ここだ。湖《みずうみ》のほとりに建《た》ち、その影《かげ》を暗《くら》い水《みず》に映《うつ》している白《しろ》い大理石《だいりせき》の墓《はか》。――見《み》知《し》った光景《こうけい》には不必要《ふひつよう》な汚点《おてん》だ――。彼《かれ》は再《ふたた》び、抑制《よくせい》された高揚感《こうようかん》が押《お》し寄《よ》せてくるのを感《かん》じた。破壊《はかい》の際《さい》に感《かん》じる、あの陶然《とうぜん》とした目的意識《もくてきいしき》だ。彼《かれ》は古《ふる》いイチイの杖《つえ》を上《あ》げた。――この杖《つえ》の最《さい》後《ご》の術《じゅつ》としては、なんとふさわしい――。

墓《はか》は、上《うえ》から下《した》まで真《ま》っ二《ぷた》つに割《わ》れて開《ひら》いた。帷子《かたびら》に包《つつ》まれた姿《すがた》は、生前《せいぜん》と同《おな》じように細《ほそ》く長《なが》い。彼《かれ》はもう一度《いちど》杖《つえ》を上《あ》げた。

覆《おお》いが落《お》ちた。死《し》に顔《がお》は青《あお》く透《す》き通《とお》り、落《お》ちくぼんではいたが、ほとんど元《もと》のまま保《たも》たれていた。曲《ま》がった鼻《はな》に、めがねがのせられたままだ。彼《かれ》は、ばかばかしさを嘲笑《あざわら》いたかった。ダンブルドアの両手《りょうて》は胸《むね》の上《うえ》に組《く》まれ、それはそこに、両手《りょうて》の下《した》にしっかり抱《だ》かれて、ダンブルドアとともに葬《ほうむ》られていた。

――この老《お》いぼれは、大理石《だいりせき》か死《し》が、杖《つえ》を護《まも》るとでも思《おも》ったのか？　闇《やみ》の帝王《ていおう》が墓《はか》を冒涜《ぼうとく》することを恐《おそ》れるとでも思《おも》ったのか？

クモのような指《ゆび》が襲《おそ》いかかり、ダンブルドアが固《かた》く抱《だ》いた杖《つえ》を引《ひ》っ張《ぱ》った。彼《かれ》がそれを奪《うば》ったとき、杖《つえ》の先《さき》から火花《ひばな》が噴《ふ》き出《だ》し、最後《さいご》の持《も》ち主《ぬし》のなきがらに降《ふ》りかかった。杖《つえ》はついに、新《あたら》しい主人《しゅじん》に仕《つか》える準備《じゅんび》ができたのだ。

第《だい》25章《しょう》　貝殻《かいがら》の家《いえ》

　ビルとフラーの家《いえ》は、海《うみ》を見下《みお》ろす崖《がけ》の上《うえ》に建《た》つ、白壁《しらかべ》に貝殻《かいがら》を埋《う》め込《こ》んだ一軒家《いっけんや》だった。さびしくも、美《うつく》しい場所《ばしょ》だ。潮《しお》の満《み》ち干《ひ》の音《おと》が、小《ちい》さな家《いえ》の中《なか》にいても庭《にわ》でも、大《おお》きな生物《せいぶつ》がまどろむ息《いき》のように、ハリーには絶《た》え間《ま》なく聞《き》こえていた。家《いえ》に着《つ》いてから二、三日《にち》の間《あいだ》、混《こ》み合《あ》った家《いえ》から逃《のが》れる口実《こうじつ》を見《み》つけては、ハリーは外《そと》に出《で》た。崖《がけ》の上《うえ》に広《ひろ》がる空《そら》と広大《こうだい》で何《なに》もない海《うみ》の景色《けしき》を眺《なが》め、冷《つめ》たい潮風《しおかぜ》を顔《かお》に感《かん》じたかったのだ。

　ヴォルデモートと競《きそ》って杖《つえ》を追《お》うのはやめようと決《き》めた、その決定《けってい》の重大《じゅうだい》さが、いまだにハリーをおびえさせた。ハリーには、これまで一度《いちど》も、何《なに》かをしないという選択《せんたく》をした記憶《きおく》がない。ハリーは迷《まよ》いだらけだった。ロンと顔《かお》を合《あ》わせるたびに、ロンのほうががまんできずにその迷《まよ》いを口《くち》に出《だ》した。

「もしかしてダンブルドアは、僕《ぼく》たちがあの印《しるし》の意味《いみ》を解読《かいどく》して、杖《つえ》を手《て》に入《い》れるのに間《ま》に合《あ》ってほしいと思《おも》ったんじゃないのか？」「あの印《しるし》を解読《かいどく》したら、君《きみ》が『秘宝《ひほう》』を手《て》に入《い》れるに『ふさわしい者《もの》』になったという意味《いみ》じゃないのか？」「ハリー、それがほんとに『ニワトコの杖《つえ》』だったら、僕《ぼく》たちいったいどうやって『例《れい》のあの人《ひと》』をやっつけられるって言《い》うんだ？」

ハリーには答《こた》えられなかった。ヴォルデモートが墓《はか》を暴《あば》くのをはばもうともしなかったのは、まったく頭《あたま》がどうかしていたのではないかと、ハリー自身《じしん》がそう思《おも》うときもあった。どうしてそうしないと決《き》めたのか、満足《まんぞく》のいく説明《せつめい》さえできなかった。その結論《けつろん》を出《だ》すまでの理論《りろん》づけを再《さい》現《げん》しようとしても、そのたびに根拠《こんきょ》が希薄《きはく》になっていくような気《き》がした。

おかしなことにハーマイオニーが支持《しじ》してくれることが、ロンの疑念《ぎねん》と同《おな》じくらい、ハリーを混乱《こんらん》させた。「ニワトコの杖《つえ》」が実在《じつざい》すると認《みと》めざるをえなくなったハーマイオニーは、その杖《つえ》が邪悪《じゃあく》な品《しな》だと主張《しゅちょう》した。そして、ヴォルデモートは考《かんが》えるだに汚《けが》らわしい手段《しゅだん》で杖《つえ》を手《て》に入《い》れたのだと言《い》った。

「あなたには、あんなこと絶対《ぜったい》できなかったわ、ハリー」ハーマイオニーは何度《なんど》もくり返《かえ》しそう言《い》った。「ダンブルドアの墓《はか》を暴《あば》くなんて、あなたにはできなかったわ」

しかし、ハリーにとっては、ダンブルドアのなきがら自体《じたい》が恐《おそ》ろしいというよりも、生前《せいぜん》のダンブルドアの意図《いと》を誤解《ごかい》したのではないかという可能性《かのうせい》のほうが恐《おそ》ろしかった。ハリーはいまだに暗闇《くらやみ》を手探《てさぐ》りしているような気《き》がしていた。行《い》くべき道《みち》は選《えら》んだ。しかし、何度《なんど》も振《ふ》り返《かえ》り、標識《ひょうしき》を読《よ》みちがえたのではないか、ほかの道《みち》を行《い》くべきではなかったのかと迷《まよ》った。時《とき》には、ダンブルドアに対《たい》する怒《いか》りが、家《いえ》の建《た》つ崖下《がけした》に砕《くだ》ける波《なみ》のような強《つよ》さで押《お》し寄《よ》せ、ハリーはまたしても押《お》しつぶされそうになった。ダンブルドアが死《し》ぬ前《まえ》に説明《せつめい》してくれなかったことへの憤《いきどお》りだった。

「だけど、**ほんとに**死《し》んだのかな？」

貝殻《かいがら》の家《いえ》に着《つ》いてから三日目《みっかめ》に、ロンが言《い》った。ハリーはその時《とき》、庭《にわ》と崖《がけ》を仕切《しき》る壁《かべ》の上《うえ》から、遠《とお》くを眺《なが》めていたが、ロンとハーマイオニーがやってきて、話《はな》しはじめたのだ。ハリーは、一人《ひとり》にしておいてほしかった。二人《ふたり》の議論《ぎろん》に加《くわ》わる気《き》にはなれなかった。

「そうよ、死《し》んだのよ、ロン。**お願《ねが》いだから、**蒸《む》し返《かえ》さないで！」

「事実《じじつ》を見《み》ろよ、ハーマイオニー」ロンが、ハリーのむこう側《がわ》にいるハーマイオニーに言《い》った。

ハリーは地平線《ちへいせん》を見《み》つめたままだった。

「銀色《ぎんいろ》の牝鹿《めじか》。剣《つるぎ》。ハリーが鏡《かがみ》の中《なか》に見《み》た目《め》――」

「ハリーは、目《め》を見《み》たと錯覚《さっかく》したのかもしれないって認《みと》めているわ！　ハリー、そうでしょう？」

「そうかもしれない」ハリーはハーマイオニーを見《み》ずに言《い》った。

「だけど錯覚《さっかく》だとは思《おも》ってない。だろ？」ロンが聞《き》いた。

「ああ、思《おも》ってない」ハリーが言《い》った。

「それ見《み》ろ！」ロンは、ハーマイオニーが割《わ》り込《こ》む前《まえ》に急《いそ》いで言葉《ことば》を続《つづ》けた。「もしあれがダンブルドアじゃなかったのなら、ドビーはどうやって、僕《ぼく》たちが地下牢《ちかろう》にいるってわかったのか、ハーマイオニー、説明《せつめい》できるか？」

「できないわ――でも、ダンブルドアがホグワーツの墓《はか》に眠《ねむ》っているなら、どうやってドビーを差《さ》し向《む》けたのか、説明《せつめい》できるの？」

「さあな。ダンブルドアのゴーストだったんじゃないか？」

「ダンブルドアは、ゴーストになって戻《もど》ってきたりはしない」ハリーが言《い》った。ダンブルドアについて、ハリーが、今《いま》、確実《かくじつ》に言《い》えることなどほとんどなかったが、それだけはわかっていた。

「ダンブルドアは逝《い》ってしまうだろう」

「『逝《い》ってしまう』って、どういう意味《いみ》だ？」ロンが聞《き》いたが、ハリーが言葉《ことば》を続《つづ》ける前《まえ》に、背後《はいご》で声《こえ》がした。

「アリー？」

フラーが長《なが》い銀色《ぎんいろ》の髪《かみ》を潮風《しおかぜ》になびかせて、家《いえ》から出《で》てきていた。

「アリー、グリップウックが、あなたにあなしたいって。一番小《いちばんちい》さい寝室《しんしつ》にいまーすね。誰《だれ》にも盗《ぬす》み聞《ぎ》きされたくない、と言《い》っていまーす」

小鬼《ゴブリン》の伝言《でんごん》に使《つか》われたことを快《こころよ》く思《おも》っていないのは明《あき》らかで、フラーはプリプリしながら家《いえ》に戻《もど》っていった。

グリップフックは、フラーが言《い》ったように、三つある寝室《しんしつ》の一番小《いちばんち い》さい部屋《へや》で、三人《にん》を待《ま》っていた。そこは、ハーマイオニーとルーナが寝《ね》ている部屋《へや》だった。グリップフックが赤《あか》いコットンのカーテンを閉《し》めきっていたので、雲《くも》の浮《う》かぶ明《あか》るい空《そら》の光《ひかり》が透《す》けて、部屋《へや》が燃《も》えるように赤《あか》く輝《かがや》き、優雅《ゆうが》で軽《かろ》やかな感《かん》じのこの家《いえ》には似合《にあ》わなかった。

「結論《けつろん》が出《で》ました。ハリー・ポッター」

小鬼《ゴブリン》は脚《あし》を組《く》んで低《ひく》い椅子《いす》に腰《こし》かけ、細《ほそ》い指《ゆび》で椅子《いす》のひじかけをトントンとたたいていた。

「グリンゴッツの小鬼《ゴブリン》たちは、これを卑《いや》しい裏切《うらぎ》りと考《かんが》えるでしょうが、私《わたし》はあなたを助《たす》けることにしました——」

「よかった！」ハリーは、体中《からだじゅう》に安堵感《あんどかん》が走《はし》るのを感《かん》じた。「グリップフック、ありがとう。僕《ぼく》たちほんとうに——」

「——見返《みかえ》りに」小鬼《ゴブリン》ははっきりと言《い》った。「代償《だいしょう》をいただきます」

ハリーは少《すこ》し驚《おどろ》いて、まごついた。

「どのくらいかな？　僕《ぼく》はお金《かね》を持《も》っているけど」

「お金《かね》ではありません」グリップフックが言《い》った。「お金《かね》は持《も》っています」

小鬼《ゴブリン》の黒《くろ》い目《め》がキラキラ輝《かがや》いた。小鬼《ゴブリン》の目《め》には白目《しろめ》がなかった。

「剣《つるぎ》が欲《ほ》しいのです。ゴドリック・グリフィンドールの剣《つるぎ》です」

たかぶっていたハリーの気持《きも》ちが、がくんと落《お》ち込《こ》んだ。

「それはできない」ハリーが言《い》った。「すまないけど」

「それは」小鬼《ゴブリン》が静《しず》かに言《い》った。「問題《もんだい》ですね」

「ほかの物《もの》をあげるよ」ロンが熱心《ねっしん》に言《い》った。「レストレンジたちはきっと、ごっそりいろんな物《もの》を持《も》ってる。僕《ぼく》たちが金庫《きんこ》に入《はい》ったら、君《きみ》は好《す》きな物《もの》を取《と》ればいい」

これは失言《しつげん》だった。グリップフックは怒《いか》りで真《ま》っ赤《か》になった。

「私《わたし》は泥棒《どろぼう》ではないぞ！　自分《じぶん》に権利《けんり》のない宝《たから》を手《て》に入《い》れようとしているわけではない！」

「剣《つるぎ》は僕《ぼく》たちの——」

「ちがう」小鬼《ゴブリン》が言《い》った。

「僕《ぼく》たちはグリフィンドール生《せい》だし、それはゴドリック・グリフィンドールの——」

「そして、グリフィンドールの前《まえ》は、誰《だれ》のものでしたか？」小鬼《ゴブリン》は姿勢《しせい》を正《ただ》して問《と》いつめた。

「誰《だれ》のものでもないさ」ロンが言《い》った。「剣《つるぎ》はグリフィンドールのために作《つく》られたものだろ？」

「ちがう！」小鬼《ゴブリン》はいらだって、長《なが》い指《ゆび》をロンに向《む》けながら叫《さけ》んだ。「またしても魔法使《まほうつか》いの傲《ごう》慢《まん》さよ！　あの剣《つるぎ》はラグヌック一世《せい》のものだったのを、ゴドリック・グリフィンドールが奪《うば》ったのだ。これこそ失《うしな》われた宝《たから》、小鬼《ゴブリン》の技《わざ》のけっさくだ！　小鬼族《ゴブリンぞく》に帰属《きぞく》する品《しな》なのだ！　この剣《つるぎ》は私《わたし》をやとうことの対価《たいか》だ。いやならこの話《はなし》はなかったことにする！」

グリップフックは三人《にん》をにらみつけた。ハリーはほかの二人《ふたり》をちらりと見《み》て、こう言《い》った。

「グリップフック、僕《ぼく》たち三人《にん》で相談《そうだん》する必要《ひつよう》があるんだけど、いいかな。少《すこ》し時間《じかん》をくれないか？」

小鬼《ゴブリン》は、むっつりとうなずいた。

一階《かい》の誰《だれ》もいない居間《いま》で、ハリーは眉根《まゆね》を寄《よ》せ、どうしたものかと考《かんが》えながら、暖炉《だんろ》まで歩《ある》いた。その後《うし》ろでロンが言《い》った。

「あいつ、腹《はら》の中《なか》で笑《わら》ってるんだぜ。あの剣《つるぎ》をあいつにやることなんて、できないさ」

「ほんとなの？」ハリーはハーマイオニーに聞《き》いた。「あの剣《つるぎ》は、グリフィンドールが盗《ぬす》んだものなの？」

「わからないわ」ハーマイオニーがどうしようもないという調子《ちょうし》で言《い》った。「魔法史《まほうし》は、魔法使《まほうつか》いたちがほかの魔法生物《まほうせいぶつ》に何《なに》かしたことについては、よく省《はぶ》いてしまうの。でも、私《わたし》が知《し》るかぎり、グリフィンドールが剣《つるぎ》を盗《ぬす》んだとは、どこにも書《か》いてないわ」

「また、小鬼《ゴブリン》お得意《とくい》の話《はなし》なんだよ」ロンが言《い》った。「魔法使《まほうつか》いはいつでも小鬼《ゴブリン》をうまくだまそうとしているってね。あいつが、僕《ぼく》たちの杖《つえ》のどれかを欲《ほ》しいと言《い》わなかっただけ、まだ運《うん》がよかったと考《かんが》えるべきだろうな」

「ロン、小鬼《ゴブリン》が魔法使《まほうつか》いを嫌《きら》うのには、ちゃんとした理由《りゆう》があるのよ」ハーマイオニーが言《い》った。「過去《かこ》において、残忍《ざんにん》な扱《あつか》いを受《う》けてきたの」

「だけど、小鬼《ゴブリン》だって、ふわふわのちっちゃなうさちゃん、というわけじゃないだろ?」ロンが言《い》った。「あいつら、魔法使《まほうつか》いをずいぶん殺《ころ》したんだぜ。あいつらだって汚《きたな》い戦《たたか》い方《かた》をしてきたんだ」

「でも、どっちの仲間《なかま》のほうがより卑怯《ひきょう》で暴力的《ぼうりょくてき》だったかなんて議論《ぎろん》したところで、グリップフックが私《わたし》たちに協力《きょうりょく》する気《き》になってくれるわけでもないでしょう?」

どうしたら問題《もんだい》が解決《かいけつ》できるかを考《かんが》えようと、三人《にん》ともしばらくだまり込《こ》んだ。ハリーは、窓《まど》からドビーの墓《はか》を見《み》た。ルーナが、墓石《ぼせき》の脇《わき》にジャムの瓶《びん》を置《お》いてイソマツを活《い》けているところだった。

「オッケー」ロンが言《い》った。ハリーは振《ふ》り返《かえ》って、ロンの顔《かお》を見《み》た。「こういうのはどうだ？　グリップフックに、剣《つるぎ》は金庫《きんこ》に入《はい》るまで僕《ぼく》たちが必要《ひつよう》だと言《い》う。そのあとであいつにやる、と言《い》う。金庫《きんこ》の中《なか》に、贋作《がんさく》があるんだろう？　それと入《い》れ替《か》えて、あいつに贋作《がんさく》をやる」

「ロン、グリップフックは、私《わたし》たちよりも見分《みわ》ける力《ちから》を持《も》っているのよ！」ハーマイオニーが言《い》った。「どこかで交換《こうかん》されていると気《き》づいたのは、グリップフックだけだったのよ！」

「うーん、だけど、やつが気《き》づく前《まえ》に、僕《ぼく》たちがずらかれば――」

ハーマイオニーにひとにらみされて、ロンはひるんだ。

「そんなこと」ハーマイオニーが静《しず》かに言《い》った。「卑劣《ひれつ》だわ。助《たす》けを頼《たの》んでおいて、裏切《うらぎ》るの？　ロン、小鬼《ゴブリン》は魔法使《まほうつか》いがなぜ嫌《きら》いなのかって、それでもあなたは不思議《ふしぎ》に思《おも》うわけ？」

ロンは耳《みみ》を真《ま》っ赤《か》にした。

「わかった、わかった！　僕《ぼく》はそれしか思《おも》いつかなかったんだ！　それじゃ、君《きみ》の解決策《かいけつさく》は何《なん》だ？」

「小鬼《ゴブリン》に、何《なに》かかかわりの物《もの》をあげる必要《ひつよう》があるわ。何《なに》か同《おな》じくらい価値《かち》のある物《もの》を」

「すばらしい。手持《ても》ちの小鬼製《ゴブリンせい》の古《ふる》い剣《つるぎ》の中《なか》から、僕《ぼく》が一本《ぽん》持《も》ってくるから、君《きみ》がプレゼント用《よう》に包《つつ》んでくれ」

三人《にん》はまただまり込《こ》んだ。ハリーは、何《なに》か同《おな》じくらい価値《かち》のある物《もの》を提案《ていあん》してみたところで、グリップフックは、剣《つるぎ》以外《いがい》の物《もの》は絶対《ぜったい》に受《う》け入《い》れないだろうと思《おも》った。とはいえ、剣《つるぎ》は、自分《じぶん》たちにとって一つしかない、分霊箱《ぶんれいばこ》に対《たい》するかけがえのない武器《ぶき》だ。

ハリーは目《め》を閉《と》じて、わずかの間《あいだ》、海《うみ》の音《おと》を聞《き》いた。グリフィンドールが剣《つるぎ》を盗《ぬす》んだかもしれないと思《おも》うと、いやな気分《きぶん》だった。ハリーはグリフィンドール生《せい》であることを、いつも誇《ほこ》りにしてきた。グリフィンドールは、マグル生《う》まれのために戦《たたか》った英雄《えいゆう》であり、純血好《じゅんけつず》きのスリザリンと衝突《しょうとつ》した魔法使《まほうつか》いだった……。

「グリップフックが、うそをついているのかもしれない」ハリーは再《ふたた》び目《め》を開《あ》けた。「グリフィンドールは、剣《つるぎ》を盗《ぬす》んでいないかもしれない。小鬼側《ゴブリンがわ》の歴史《れきし》が正《ただ》しいかどうかも、誰《だれ》にもわからないだろう？」

「それで何《なに》か変《か》わるとでも言《い》うの？」ハーマイオニーが聞《き》いた。

「僕《ぼく》の感《かん》じ方《かた》が変《か》わるよ」ハリーが言《い》った。

ハリーは深呼吸《しんこきゅう》した。

「グリップフックが金庫《きんこ》に入《はい》る手助《てだす》けをしてくれたら、そのあとで剣《つるぎ》をやると言《い》おう――でも、いつ渡《わた》すかは、正確《せいかく》には言《い》わないように注意《ちゅうい》するんだ」

ロンの顔《かお》にゆっくりと笑《わら》いが広《ひろ》がった。しかし、ハーマイオニーは、とんでもないという顔《かお》だった。

「ハリー、そんなことできない――」

「グリップフックにあげるんだ」ハリーは言葉《ことば》を続《つづ》けた。「全部《ぜんぶ》の分霊箱《ぶんれいばこ》に剣《つるぎ》を使《つか》い終《お》わってからだ。その時《とき》に必《かなら》ず彼《かれ》の手《て》に渡《わた》す。約束《やくそく》は守《まも》るよ」

「でも、何年《なんねん》もかかるかもしれないわ！」ハーマイオニーが言《い》った。

「わかっているよ。でも**グリップフック**はそれを知《し》る必要《ひつよう》はない。僕《ぼく》はうそを言《い》うわけじゃない……と思《おも》う」

ハリーは、抗議《こうぎ》と恥《はじ》とが入《い》りまじった気持《きも》ちでハーマイオニーの目《め》を見《み》た。ヌルメンガードの入口《いりぐち》に彫《ほ》られた言葉《ことば》を、ハリーは思《おも》い出《だ》した。「**より大《おお》きな善《ぜん》のために**」ハリーはその考《かんが》えを払《はら》いのけた。ほかにどんな選択《せんたく》があると言《い》うのか？

「気《き》に入《い》らないわ」ハーマイオニーが言《い》った。

「僕《ぼく》だって、あんまり」ハリーも認《みと》めた。

「いや、僕《ぼく》は天才的《てんさいてき》だと思《おも》う」ロンは再《ふたた》び立《た》ち上《あ》がりながら言《い》った。「さあ、行《い》って、やつにそう言《い》おう」

一番小《いちばんちい》さい寝室《しんしつ》に戻《もど》り、ハリーは、剣《つるぎ》を渡《わた》す具体的《ぐたいてき》な時《とき》を言《い》わないように慎重《しんちょう》に言葉《ことば》を選《えら》んで提案《ていあん》した。ハリーが話《はな》している間《あいだ》、ハーマイオニーは、床《ゆか》をにらみつけていた。ハリーは、ハーマイオニーのせいで計画《けいかく》を読《よ》まれてしまうのではないかと恐《おそ》れ、いらいらした。しかしグリップフックは、ハリー以外《いがい》の誰《だれ》も見《み》ていなかった。

「約束《やくそく》するのですね、ハリー・ポッター？　私《わたし》があなたを助《たす》けたら、グリフィンドールの剣《つるぎ》を私《わたし》にくれるのですね？」

「そうだ」ハリーが言《い》った。

「では成立《せいりつ》です」小鬼《ゴブリン》は、手《て》を差《さ》し出《だ》した。

ハリーはその手《て》を取《と》って握手《あくしゅ》した。黒《くろ》い目《め》が、ハリーの目《め》に危惧《きぐ》の念《ねん》を読《よ》み取《と》りはしないかと心配《しんぱい》だった。グリップフックは手《て》を離《はな》し、ポンと両手《りょうて》を打《う》ち合《あ》わせて「それでは、始《はじ》めましょう！」と言《い》った。

まるで、魔法省《まほうしょう》に潜入《せんにゅう》する計画《けいかく》を立《た》てたときのくり返《かえ》しだった。一番狭《いちばんせま》い寝室《しんしつ》で、四人《にん》は作《さ》業《ぎょう》を始《はじ》めた。グリップフックの好《この》みで、部屋《へや》は薄暗《うすぐら》いままに保《たも》たれた。

「私《わたし》がレストレンジ家《け》の金庫《きんこ》に行《い》ったのは、一度《いちど》だけです」

グリップフックが三人《にん》に話《はな》した。

「贋作《がんさく》の剣《つるぎ》を、中《なか》に入《い》れるように言《い》われたときでした。そこは一番古《いちばんふる》い部屋《へや》の一つです。魔法使《まほうつか》いの旧家《きゅうか》の宝《たから》は、一番深《いちばんふか》い所《ところ》に隠《かく》され、金庫《きんこ》は一番大《いちばんおお》きく、守《まも》りも一番堅《いちばんかた》い……」

四人《にん》は、納戸《なんど》のような部屋《へや》に、何度《なんど》も何時間《なんじかん》もこもった。のろのろと数日《すうじつ》が過《す》ぎ、それが何《なん》週間《しゅうかん》にもおよんだ。次《つぎ》から次《つぎ》と難題《なんだい》が出《で》てきた。一つの大《おお》きな問題《もんだい》は、手持《ても》ちの「ポリジュース薬《やく》」が相当少《そうとうすく》なくなっていたことだ。

「ほんとに一人分《ひとりぶん》しか残《のこ》っていないわ」ハーマイオニーが、泥《どろ》のような濃《こ》い液体《えきたい》を傾《かたむ》けて、ランプの明《あ》かりにかざしながら言《い》った。

「それで充分《じゅうぶん》だよ」グリップフックが手描《てが》きした一番深《いちばんふか》い場所《ばしょ》の通路《つうろ》の地図《ちず》をたしかめながら、ハリーが言《い》った。

ハリーとロンとハーマイオニーの三人《にん》が、食事《しょくじ》のときにしか姿《すがた》を現《あらわ》さなくなったので、「貝殻《かいがら》の家《いえ》」のほかの住人《じゅうにん》も、何事《なにごと》かが起《お》こっていることに気《き》づかないわけはなかったが、誰《だれ》も何《なに》も聞《き》かなかった。しかしハリーは、食事《しょくじ》のテーブルで、考《かんが》え深《ぶか》げな目《め》で心配《しんぱい》そうに三人《にん》を見《み》ているビルの視線《しせん》を、しょっちゅう感《かん》じていた。

グリップフックをふくめた四人《にん》で、長《なが》い時間《じかん》を過《す》ごせば過《す》ごすほど、ハリーは小鬼《ゴブリン》が好《す》きになれない自分《じぶん》に気《き》づいた。グリップフックは思《おも》ってもみなかったほど血《ち》に飢《う》え、下等《かとう》な生《い》き物《もの》でも痛《いた》みを感《かん》じるという考《かんが》え方《かた》を笑《わら》い、レストレンジ家《け》の金庫《きんこ》にたどり着《つ》くまでに、ほかの魔法使《まほうつか》いを傷《きず》つけるかもしれないという可能性《かのうせい》を大《おお》いに喜《よろこ》んだ。ロンとハーマイオニーもやはり嫌悪感《けんおかん》を持《も》っていることがハリーにはわかったが、三人《にん》ともその話《はなし》はしなかった。グリップフックが必要《ひつよう》だったからだ。

小鬼《ゴブリン》は、みんなと一緒《いっしょ》に食事《しょくじ》をするのを、いやいや承知《しょうち》した。脚《あし》が治《なお》ってからもまだ、体《からだ》が弱《よわ》っているオリバンダーと同《おな》じように自分《じぶん》の部屋《へや》に食事《しょくじ》を運《はこ》ぶ待遇《たいぐう》を要求《ようきゅう》し続《つづ》けていたが、ある時《とき》ビルが――フラーの怒《いか》りがついに爆発《ばくはつ》したあと――二階《かい》に行《い》って、特別扱《とくべつあつか》いは続《つづ》けられないとグリップフックに言《い》い渡《わた》したのだ。それからは、グリップフックは混《こ》み合《あ》ったテーブルに着《つ》いたが、同《おな》じ食《た》べ物《もの》は拒《こば》み、かわりに生肉《なまにく》の塊《かたまり》、根菜類《こんさいるい》、キノコ類《るい》を要求《ようきゅう》した。

ハリーは責任《せきにん》を感《かん》じた。質問《しつもん》するために、小鬼《ゴブリン》を「貝殻《かいがら》の家《いえ》」に残《のこ》せと言《い》い張《は》ったのは、結局《けっきょく》、ハリーだった。ウィーズリー一家《いっか》が全員隠《ぜんいんかく》れなければならなくなったのも、ビル、フレッド、ジョージ、ウィーズリー氏《し》が全員仕事《ぜんいんしごと》に行《い》けなくなったのも、ハリーのせいだ。

「ごめんね」

ある風《かぜ》の強《つよ》い四月《がつ》の夕暮《ゆうぐ》れ、夕食《ゆうしょく》の支度《したく》を手伝《てつだ》いながら、ハリーがフラーに謝《あやま》った。

「僕《ぼく》、君《きみ》に、こんな大変《たいへん》な思《おも》いをさせるつもりはなかったんだけど」

フラーは、グリップフックとビルのステーキを切るために、包丁《ほうちょう》に準備《じゅんび》させているところだった。グレイバックに襲《おそ》われて以来《いらい》、ビルは生肉《なまにく》を好《この》むようになっていた。包丁《ほうちょう》がかたわらで肉《にく》をそぎ切《ぎ》りしている間《あいだ》、少《すこ》しいらいらしていたフラーの表情《ひょうじょう》がやわらいだ。

「アリー、あなたはわたしの妹《いもうと》の命《いのち》を救《すく》いましーた。忘《わす》れませーん」

厳密《げんみつ》に言《い》えば、それは事実《じじつ》ではなかった。しかし、ハリーは、ガブリエールの命《いのち》がほんとうに危《あぶ》なかったわけではないということを、フラーには言《い》わないでおこうと思《おも》った。

「いーずれにしても」

フラーはかまどの上《うえ》のソース鍋《なべ》に杖《つえ》を向《む》けた。鍋《なべ》はたちまちぐつぐつ煮《に》えだした。

「オリバンダーさんは今夜《こんや》、ミュリエールの所《ところ》へ行《い》きまーす。そうしたら、少《すこ》し楽《らく》になりまーすね。あの小鬼《ゴブリン》は」フラーはそう口《くち》にするだけで、ちょっと顔《かお》をしかめた。「一階《かい》に移動《いどう》できまーす。そして、あなたと、ロンとディーンが小鬼《ゴブリン》の寝室《しんしつ》に移《うつ》ることができまーす」

「僕《ぼく》たちは居間《いま》で寝《ね》てもかまわないんだ」ハリーが言《い》った。

小鬼《ゴブリン》はソファで寝《ね》るのがお気《き》に召《め》さないだろうと、ハリーにはわかっていたし、グリップフックを上機嫌《じょうきげん》にしておくことが、計画《けいかく》にとっては大事《だいじ》だった。

「僕《ぼく》たちのことは気《き》にしないで」

フラーがなおも言《い》い返《かえ》そうとしたので、ハリーが言葉《ことば》を続《つづ》けた。

「僕《ぼく》たちも、もうすぐ、君《きみ》に面倒《めんどう》をかけなくてすむようになるよ。僕《ぼく》もロンも、ハーマイオニーも。もうあまり長《なが》くここにいる必要《ひつよう》がないんだ」

「それは、どういう意味《いみ》でーすか？」

宙《ちゅう》に浮《う》かべたキャセロール皿《ざら》に杖《つえ》を向《む》けたまま、フラーは眉根《まゆね》を寄《よ》せてハリーを見《み》た。

「あなたはもーちろん、ここから出《で》てはいけませーん。あなたはここなら安全《あんぜん》でーす！」

そう言《い》うフラーの様子《ようす》は、ウィーズリーおばさんにとても似《に》ていた。その時《とき》、勝手口《かってぐち》が開《あ》いたので、ハリーはホッとした。雨《あめ》に髪《かみ》をぬらしたルーナとディーンが、両腕《りょううで》いっぱいに流木《りゅうぼく》を抱《かか》えて入《はい》ってきた。

「……それから耳《みみ》がちっちゃいの」ルーナがしゃべっていた。「カバの耳《みみ》みたいだって、パパが言《い》ったけど、ただ、紫色《むらさきいろ》で毛《け》がもじゃもじゃだって。それで、呼《よ》ぶときには、ハミングしなきゃなんないんだもン。ワルツが好《す》きなんだ。あんまり速《はや》い曲《きょく》はだめ……」

何《なん》だか居心地《いごこち》が悪《わる》そうに、ディーンはハリーのそばを通《とお》るときに肩《かた》をすくめ、ルーナのあとから食堂兼居間《しょくどうけんいま》に入《はい》っていった。そこではロンとハーマイオニーが、夕食《ゆうしょく》のテーブルの準備《じゅんび》をしていた。フラーの質問《しつもん》から逃《に》げるチャンスをとらえたハリーは、かぼちゃジュースの入《はい》った水差《みずさ》しを二つつかんで、ルーナたちのあとに続《つづ》いた。

「……それから、あたしの家《いえ》に来《き》たら、角《つの》を見《み》せてあげられるよ。パパがそのことで手紙《てがみ》をくれたんだもん。あたしはまだ見《み》てないんだ。だって、あたし、ホグワーツ特急《とっきゅう》から死喰《しく》い人《びと》にさらわれて、それで、クリスマスには家《いえ》に帰《かえ》れなかったんだもん」

ディーンと二人《ふたり》で暖炉《だんろ》の火《ひ》をおこしなおしながら、ルーナが話《はな》していた。

「ルーナ、教《おし》えてあげたじゃない」ハーマイオニーが向《む》こうのほうから声《こえ》をかけた。「あの角《つの》は爆発《ばくはつ》したのよ。エルンペントの角《つの》だったの。しわしわ角《づの》スノーカックのじゃなくて――」

「ううん、絶対《ぜったい》にスノーカックの角《つの》だったわ」ルーナがのどかに言《い》った。「パパがあたしにそう言《い》ったもん。たぶん今《いま》ごろは元《もと》どおりになってるわ。ひとりでに治《なお》るものなんだもん」

ハーマイオニーはやれやれと首《くび》を振《ふ》り、フォークを並《なら》べ続《つづ》けた。その時《とき》、ビルがオリバンダー氏《し》を連《つ》れて階段《かいだん》を下《お》りてきた。杖作《つえつく》りは、まだとても弱《よわ》っている様子《ようす》で、ビルの腕《うで》にすがっていた。ビルは老人《ろうじん》を支《ささ》え、大《おお》きなスーツケースをさげて階段《かいだん》を下《お》りてきた。

「オリバンダーさん、お別《わか》れするのはさびしいわ」ルーナが老人《ろうじん》に近《ちか》づいてそう言《い》った。

「わしもじゃよ、お嬢《じょう》さん」オリバンダーが、ルーナの肩《かた》を軽《かる》くたたきながら言《い》った。「あの恐《おそ》ろしい場所《ばしょ》で、君《きみ》は、言葉《ことば》には言《い》い表《あらわ》せないほど私《わたし》のなぐさめになってくれた」

「それじゃ、オールヴォア、オリバンダーさん」フラーはオリバンダーの両《りょう》ほおにキスした。「それから、もしできれば、ビルの大《おお》おばさんのミュリエールに、包《つつ》みを届《とど》けてくださればうれしいのでーすが？　あのいとに、ティアラを返《かえ》すことができなかったのでーす」

「喜《よろこ》んでお引《ひ》き受《う》けします」オリバンダーが軽《かる》くおじぎしながら言《い》った。「こんなにお世話《せわ》になったお礼《れい》として、そんなことはお安《やす》いご用《よう》です」

フラーはすり切《き》れたビロードのケースを取《と》り出《だ》し、それを開《あ》けて中《なか》の物《もの》を杖作《つえつく》りに見《み》せた。低《ひく》く吊《つ》られたランプの明《あ》かりで、ティアラが燦然《さんぜん》と輝《かがや》いていた。

「ムーンストーンとダイヤモンド」ハリーの知《し》らない間《あいだ》に部屋《へや》にすべり込《こ》んでいたグリップフックが言《い》った。「小鬼製《ゴブリンせい》と見《み》ましたが？」

「そして魔法使《まほうつか》いが買《か》い取《と》った物《もの》だ」

ビルが静《しず》かに言《い》った。小鬼《ゴブリン》は陰険《いんけん》で、同時《どうじ》に挑戦的《ちょうせんてき》な目《め》つきでビルを見《み》た。

ビルとオリバンダーが闇《やみ》に消《き》え去《さ》ったその夜《よる》は、「貝殻《かいがら》の家《いえ》」に強《つよ》い風《かぜ》が吹《ふ》きつけていた。残《のこ》った全員《ぜんいん》がテーブルの周《まわ》りにぎゅう詰《づ》めになり、ひじとひじがぶつかって動《うご》くすきまもなく食《しょく》事《じ》を始《はじ》めた。かたわらでは、暖炉《だんろ》の火《ひ》がパチパチと火格子《ひごうし》にはぜていた。フラーが、ただ料理《りょうり》をつつき回《まわ》してばかりなのに、ハリーは気《き》づいた。フラーは、数分《すうふん》ごとに窓《まど》の外《そと》をちらちらと見《み》ていた。幸《さいわ》いビルは、長《なが》い髪《かみ》を風《かぜ》にもつれさせて、夕食《ゆうしょく》の最初《さいしょ》の料理《りょうり》が終《お》わる前《まえ》に戻《もど》ってきた。

「みんな無事《ぶじ》だよ」ビルがフラーに言《い》った。「オリバンダーは落《お》ち着《つ》いた。母《かあ》さんと父《とう》さんからよろしくって。ジニーが、みんなに会《あ》いたがっていた。フレッドとジョージはミュリエルをかんかんに怒《おこ》らせてるよ。おばさんの家《いえ》の奥《おく》の部屋《へや》から『ふくろう通信販売《つうしんはんばい》』をまだ続《つづ》けていてね。ティアラを返《かえ》したらおばさんは少《すこ》し元気《げんき》になったけどね。僕《ぼく》たちが盗《ぬす》んだと思《おも》ったって言《い》ってたよ」

「ああ、あのいと、あなたのおばさーん、シャーマント《すてき》」

フラーは不機嫌《ふきげん》にそう言《い》いながら、杖《つえ》を振《ふ》って汚《よご》れた食器《しょっき》を舞《ま》い上《あ》がらせ、空中《くうちゅう》で重《かさ》ねた。それを手《て》で受《う》け、フラーはカツカツと部屋《へや》を出《で》ていった。

「パパもティアラを作《つく》ったもン」ルーナが急《きゅう》に言《い》った。「うーん、どっちかって言《い》うと冠《かんむり》だけどね」

ロンがハリーと目《め》を見合《みあ》わせ、ニヤリと笑《わら》った。ハリーは、ロンが、ゼノフィリウスを訪《たず》ねたときに見《み》た、あのばかばかしい髪飾《かみかざ》りを思《おも》い出《だ》しているのだとわかった。

「そうよ、レイブンクローの『失《うしな》われた髪飾《かみかざ》り』を再現《さいげん》しようとしたんだもン。パパは、主《おも》な特徴《とくちょう》はもうほとんどわかったって思《おも》ってるんだもン。ビリーウィグの羽根《はね》をつけたら、とってもよくなって――」

正面玄関《しょうめんげんかん》でバーンと音《おと》がした。全員《ぜんいん》がいっせいに音《おと》のほうを振《ふ》り向《む》いた。フラーがおびえた顔《かお》でキッチンからかけ込《こ》んできた。ビルは勢《いきお》いよく立《た》ち上《あ》がり、杖《つえ》をドアに向《む》けた。ハリー、ロン、ハーマイオニーも同《おな》じことをした。グリップフックは、テーブルの下《した》にすべり込《こ》んで姿《すがた》を隠《かく》した。

「誰《だれ》だ？」ビルが叫《さけ》んだ。

「私《わたし》だ、リーマス・ジョン・ルーピンだ！」

風《かぜ》のうなりに消《け》されないように叫《さけ》ぶ声《こえ》が聞《き》こえた。ハリーは背筋《せすじ》に冷《つめ》たいものが走《はし》った。何《なに》があったのだろう？

「私《わたし》は狼人間《おおかみにんげん》で、ニンファドーラ・トンクスと結婚《けっこん》した。君《きみ》は『貝殻《かいがら》の家《いえ》』の『秘密《ひみつ》の守人《もりびと》』で、私《わたし》にここの住所《じゅうしょ》を教《おし》え、緊急《きんきゅう》のときには来《く》るようにと告《つ》げた！」

「ルーピン」ビルは、そうつぶやくなりドアにかけ寄《よ》り、急《いそ》いで開《あ》けた。

ルーピンは入口《いりぐち》に倒《たお》れ込《こ》んだ。真《ま》っ青《さお》な顔《かお》で旅行《りょこう》マントに身《み》を包《つつ》み、風《かぜ》にあおられた白髪《しらが》まじりの髪《かみ》は乱《みだ》れている。ルーピンは立《た》ち上《あ》がって部屋《へや》を見回《みまわ》し、誰《だれ》がいるかをたしかめたあと、大《おお》声《ごえ》で叫《さけ》んだ。

「男《おとこ》の子《こ》だ！　ドーラの父親《ちちおや》の名前《なまえ》を取《と》って、テッドという名《な》にした！」

ハーマイオニーが金切《かなき》り声《ごえ》を上《あ》げた。

「えっ？——トンクスが——トンクスが赤《あか》ちゃんを？」

「そうだ。そうなんだ。赤《あか》ん坊《ぼう》が生《う》まれたんだ！」ルーピンが叫《さけ》んだ。

テーブル中《じゅう》が喜《よろこ》びに沸《わ》き、安堵《あんど》の吐息《といき》をもらした。ハーマイオニーとフラーは「おめでとう！」とかん高《だか》い声《こえ》を上《あ》げた。ロンは、そんなものは今《いま》まで聞《き》いたことがないという調子《ちょうし》で「ヒエーッ、赤《あか》ん坊《ぼう》かよ！」と言《い》った。

「そうだ——そうなんだ——男《おとこ》の子《こ》だ」

ルーピンは、幸《しあわ》せでぼうっとしているように見《み》えた。ルーピンはテーブルをぐるっと回《まわ》って、ハリーをしっかり抱《だ》きしめた。グリモールド・プレイスの厨房《ちゅうぼう》での出来事《できごと》が、うそのようだった。

「君《きみ》が名付《なづ》け親《おや》になってくれるか？」ハリーを離《はな》して、ルーピンが聞《き》いた。

「ぼ——僕《ぼく》が？」ハリーは舌《した》がもつれた。

「そう、君《きみ》だ、もちろんだ——ドーラも大賛成《だいさんせい》なんだ。君《きみ》ほどぴったりの人《ひと》はいない——」

「僕《ぼく》——ええ——うわぁ——」ハリーは感激《かんげき》し、驚《おどろ》き、うれしかった。

ビルはワインを取《と》りに走《はし》り、フラーはルーピンに、一緒《いっしょ》に飲《の》みましょうと勧《すす》めていた。

「あまり長《なが》くはいられない。戻《もど》らなければならないんだ」

ルーピンは、全員《ぜんいん》にニッコリ笑《わら》いかけた。ハリーがこれまでに見《み》たルーピンより、何歳《なんさい》も若《わか》く見《み》えた。

「ありがとう、ありがとう、ビル」

ビルはまもなく、全員《ぜんいん》のゴブレットを満《み》たした。みんなが立《た》ち上《あ》がり、杯《さかずき》を高《たか》く掲《かか》げた。

「テディ・リーマス・ルーピンに」ルーピンが音頭《おんど》を取《と》った。「未来《みらい》の偉大《いだい》な魔法使《まほうつか》いに！」

「赤《あか》ちゃんは、どちらーに似《に》ていまーすか？」フラーが聞《き》いた。

「私《わたし》はドーラに似《に》ていると思《おも》うんだが、ドーラは私《わたし》に似《に》ていると言《い》うんだ。髪《かみ》の毛《け》が少《すく》ない。生《う》まれたときは黒《くろ》かったのに、一時間《じかん》くらいでまちがいなく赤《あか》くなった。私《わたし》が戻《もど》るころには、ブロンドになっているかもしれない。アンドロメダは、トンクスの髪《かみ》も、生《う》まれた日《ひ》に色《いろ》が変《か》わりはじめたと言《い》うんだ」

ルーピンはゴブレットを飲《の》み干《ほ》し、ビルがもう一杯《ぱい》注《そそ》ごうとすると、ニコニコしながら「ああ、それじゃ、いただくよ。もう一杯《ぱい》だけ」と受《う》けた。

風《かぜ》が小《ちい》さな家《いえ》を揺《ゆ》らし、暖炉《だんろ》の火《ひ》がはぜた。そしてビルは、すぐにもう一本《ぽん》ワインを開《あ》けた。ルーピンの知《し》らせはみんなを夢中《むちゅう》にさせ、しばしの間《あいだ》、包囲《ほうい》されていることも忘《わす》れさせた。新《あたら》しい生命《せいめい》の吉報《きっぽう》が、心《こころ》を躍《おど》らせた。小鬼《ゴブリン》だけは突然《とつぜん》のお祭《まつ》り気分《きぶん》に無関心《むかんしん》な様子《ようす》で、しばらくするとこっそりと、今《いま》や一人《ひとり》で占領《せんりょう》している寝室《しんしつ》へと戻《もど》っていった。ハリーは、自分《じぶん》だけがそれに気《き》づいていると思《おも》ったが、やがて、ビルの目《め》が階段《かいだん》を上《あ》がる小鬼《ゴブリン》を追《お》っていることに気《き》づいた。

「いや……いや……ほんとうにもう帰《かえ》らなければ」

もう一杯《ぱい》とすすめられるワインを断《ことわ》って、ルーピンはとうとう立《た》ち上《あ》がり、再《ふたた》び旅行用《りょこうよう》マントを着《き》た。

「さようなら、さようなら――二、三日《にち》のうちに、写真《しゃしん》を持《も》ってくるようにしよう――家《いえ》の者《もの》たちも、私《わたし》がみんなに会《あ》ったと知《し》って喜《よろこ》ぶだろう――」

ルーピンはマントのひもをしめ、別《わか》れの挨拶《あいさつ》に女性《じょせい》を抱《だ》きしめ、男性《だんせい》とは握手《あくしゅ》して、ニコニコ顔《がお》のまま、荒《あ》れた夜《よる》へと戻《もど》っていった。

「名付《なづ》け親《おや》、ハリー！」テーブルを片《かた》づけるのを手伝《てつだ》って、ハリーと一緒《いっしょ》にキッチンに入《はい》りながら、ビルが言《い》った。「ほんとうに名誉《めいよ》なことだ！　おめでとう！」

ハリーは手《て》に持《も》った空《から》のゴブレットを下《した》に置《お》いた。ビルは背後《はいご》のドアを引《ひ》いて閉《し》め、ルーピンがいなくなっても祝《いわ》い続《つづ》けているみんなの話《はな》し声《ごえ》をしめ出《だ》した。

「君《きみ》と二人《ふたり》だけで話《はな》したかったんだよ、ハリー。こんなに満員《まんいん》の家《いえ》ではなかなかチャンスがなくてね」ビルは言《い》いよどんだ。「ハリー、君《きみ》はグリップフックと何《なに》か計画《けいかく》しているね」

質問《しつもん》ではなく、確信《かくしん》のある言《い》い方《かた》だった。ハリーはあえて否定《ひてい》はせず、ただビルの顔《かお》を見《み》つめて、次《つぎ》の言葉《ことば》を待《ま》った。

「僕《ぼく》は小鬼《ゴブリン》のことを知《し》っている」ビルが言《い》った。「ホグワーツを卒業《そつぎょう》してから、ずっとグリンゴッツで働《はたら》いてきたんだ。魔法使《まほうつか》いと小鬼《ゴブリン》の間《あいだ》に友情《ゆうじょう》が成《な》り立《た》つかぎりにおいてだが、僕《ぼく》には小鬼《ゴブリン》の友人《ゆうじん》がいると言《い》える――少《すく》なくとも僕《ぼく》がよく知《し》っていて、しかも好意《こうい》を持《も》っている小鬼《ゴブリン》がいる」ビルはまた口《くち》ごもった。「ハリー、グリップフックに何《なに》を要求《ようきゅう》した？　見返《みかえ》りに何《なに》を約束《やくそく》した？」

「話《はな》せません」ハリーが言《い》った。「ビル、ごめんなさい」

背後《はいご》のキッチンのドアが開《ひら》いて、フラーが空《から》になったゴブレットをいくつか持《も》って入《はい》ってこようとした。

「待《ま》ってくれ」ビルがフラーに言《い》った。「もう少《すこ》しだけ」

フラーは引《ひ》き下《さ》がり、ビルがドアを閉《し》めなおした。

「それなら、これだけは言《い》っておかなければ――」ビルが言葉《ことば》を続《つづ》けた。「グリップフックと何《なに》か取引《とりひき》をしたなら、特《とく》に宝《たから》に関《かん》する取引《とりひき》なら、特別《とくべつ》に用心《ようじん》する必要《ひつよう》がある。所有《しょゆう》や代償《だいしょう》、それに報酬《ほうしゅう》に関《かん》する小鬼《ゴブリン》の考《かんが》え方《かた》は、ヒトと同《おな》じではない」

ハリーは小《ち》さな蛇《へび》が体《からだ》の中《なか》で動《うご》いたような、気持《きも》ちの悪《わる》いかすかなくねりを感《かん》じた。

「どういう意味《いみ》ですか？」ハリーが聞《き》いた。

「相手《あいて》は種類《しゅるい》がちがう生《い》き物《もの》だ」ビルが言《い》った。「魔法使《まほうつか》いと小鬼《ゴブリン》の間《あいだ》の取引《とりひき》には、何世紀《なんせいき》にもわたってごたごたがつき物《もの》だった――それは、すべて魔法史《まほうし》で学《まな》んだだろう。両方《りょうほう》に非《ひ》があったし、魔法使《まほうつか》いが無実《むじつ》だったとはけっして言《い》えない。しかし、一部《いちぶ》の小鬼《ゴブリン》の間《あいだ》には、そして特《とく》にグリンゴッツの小鬼《ゴブリン》にはその傾向《けいこう》が最《もっと》も強《つよ》いのだが、金貨《きんか》や宝《たから》に関《かん》しては、魔法使《まほうつか》いは信用《しんよう》できないという不信感《ふしんかん》がある。魔法使《まほうつか》いは小鬼《ゴブリン》の所有権《しょゆうけん》を尊重《そんちょう》しない、という考《かんが》え方《かた》だ」

「僕《ぼく》は尊重《そんちょう》――」ハリーが口《くち》を開《ひら》いたが、ビルは首《くび》を振《ふ》った。

「君《きみ》にはわかっていないよ、ハリー。小鬼《ゴブリン》と暮《く》らしたことのある者《もの》でなければ、誰《だれ》も理解《りかい》できないことだ。小鬼《ゴブリン》にとっては、どんな品《しな》でも、正当《せいとう》な真《しん》の持《も》ち主《ぬし》は、それを作《つく》った者《もの》であり、買《か》った者《もの》ではない。すべて小鬼《ゴブリン》の作《つく》った物《もの》は、小鬼《ゴブリン》の目《め》から見《み》れば、正当《せいとう》に自分《じぶん》たちの物《もの》なのだ」

「でも、それを買《か》えば――」

「――その場合《ばあい》は、金《かね》を払《はら》った者《もの》に貸《か》したと考《かんが》えるだろう。しかし、小鬼《ゴブリン》にとって、小鬼《ゴブリン》の作《つく》った品《しな》が魔法使《まほうつか》いの間《あいだ》で代々《だいだい》受《う》け継《つ》がれるという考《かんが》えは、承服《しょうふく》しがたいものなのだ。グリップフックが、目《め》の前《まえ》でティアラが手渡《てわた》されるのを見《み》たとき、どんな顔《かお》をしたか、君《きみ》も見《み》ただろう。承認《しょうにん》できないという顔《かお》だ。小鬼《ゴブリン》の中《なか》でも強硬派《きょうこうは》の一人《ひとり》として、グリップフックは、最初《さいしょ》に買《か》った者《もの》が死《し》んだら、その品《しな》は小鬼《ゴブリン》に返《かえ》すべきだと考《かんが》えていると思《おも》うね。小鬼製《ゴブリンせい》の品《しな》をいつまでも持《も》っていて、対価《たいか》も支払《しはら》わず魔法使《まほうつか》いの手《て》から手《て》へと引《ひ》き渡《わた》す我々《われわれ》の習慣《しゅうかん》は、盗《ぬす》みも同然《どうぜん》だと考《かんが》えている」

ハリーは、今《いま》や不吉《ふきつ》な予感《よかん》に襲《おそ》われていた。ビルは、知《し》らないふりをしながら、実《じつ》はもっと多《おお》くのことを推測《すいそく》しているのではないか、とハリーは思《おも》った。

「僕《ぼく》が言《い》いたいのは」ビルが居間《いま》へのドアに手《て》をかけながら言《い》った。「小鬼《ゴブリン》と約束《やくそく》するなら、充分注意《じゅうぶんちゅうい》しろということだよ、ハリー。小鬼《ゴブリン》との約束《やくそく》を破《やぶ》るより、グリンゴッツ破《やぶ》りをするほうがまだ危険性《きけんせい》が少《すく》ないだろう」

「わかりました」居間《いま》へのドアを開《あ》けたビルに向《む》かって、ハリーが言《い》った。「ビル、ありがとう。僕《ぼく》、肝《きも》にめいじておく」

ビルのあとからみんなのいるところに戻《もど》りながら、ワインを飲《の》んだせいにちがいないが、ハリーの頭《あたま》に皮肉《ひにく》な考《かんが》えが浮《う》かんだ。テディ・ルーピンの名付《なづ》け親《おや》になった自分《じぶん》は、ハリー自身《じしん》の名付《なづ》け親《おや》のシリウス・ブラックと同様《どうよう》、向《む》こう見《み》ずな道《みち》を歩《あゆ》みだしたようだ。

計画《けいかく》が立《た》てられ、準備《じゅんび》は完了《かんりょう》した。一番小《いちばんちい》さい寝室《しんしつ》の、マントルピースの上《うえ》に置《お》かれた小瓶《こびん》には、長《なが》くて硬《かた》い黒髪《くろかみ》が一本《ぽん》――マルフォイの館《やかた》で、ハーマイオニーの着《き》ていたセーターからつまんだ毛《け》だ――丸《まる》まって入《はい》っていた。

「それに、本人《ほんにん》の杖《つえ》を使《つか》うんだもの」ハリーは、鬼胡桃《おにぐるみ》の杖《つえ》をあごでしゃくりながら言《い》った。「かなり説得力《せっとくりょく》があると思《おも》うよ」

ハーマイオニーは、杖《つえ》を取《と》り上《あ》げながら、杖《つえ》が刺《さ》したりかみついたりするのではないかと、おびえた顔《かお》をした。

「私《わたし》、これ、いやだわ」ハーマイオニーが低《ひく》い声《こえ》で言《い》った。「ほんとうにいやよ。何《なに》もかもしっくり来《こ》ないの。私《わたし》の思《おも》いどおりにならないわ……あの女《おんな》の一部《いちぶ》みたい」

ハリーは、自分《じぶん》がリンボクの杖《つえ》を嫌《きら》ったとき、ハーマイオニーが一蹴《いっしゅう》したことを思《おも》い出《だ》さずにはいられなかった。自分《じぶん》の杖《つえ》と同《おな》じように機能《きのう》しないのは気《き》のせいにすぎないと主張《しゅちょう》し、練習《れんしゅう》あるのみだとハリーに説教《せっきょう》したではないか。しかし、その言葉《ことば》をそっくりそのままハーマイオニーに返《かえ》すのは思《おも》いとどまった。グリンゴッツに押《お》し入《い》ろうとしているその前日《ぜんじつ》に、ハーマイオニーの反感《はんかん》を買《か》うのはまずいと感《かん》じたのだ。

「でも、あいつになりきるのには、役《やく》に立《た》つかもしれないぜ」ロンが言《い》った。「その杖《つえ》が何《なに》をしたかを考《かんが》えるんだ！」

「だって、それこそが問題《もんだい》なのよ！」ハーマイオニーが言《い》った。「この杖《つえ》が、ネビルのパパやママを拷問《ごうもん》したんだし、ほかに何人《なんにん》を苦《くる》しめたかわからないでしょう？　この杖《つえ》が、シリウスを殺《ころ》したのよ！」

ハリーは、そのことを考《かんが》えていなかった。杖《つえ》を見下《みお》ろすと、急《きゅう》に、へし折《お》ってやりたいという残忍《ざんにん》な思《おも》いが突《つ》き上《あ》げてきた。脇《わき》の壁《かべ》に立《た》てかけてあるグリフィンドールの剣《つるぎ》で、真《ま》っ二《ぷた》つにしてやりたかった。

「私《わたし》の杖《つえ》がなつかしいわ」

ハーマイオニーがみじめな声《こえ》で言《い》った。

「オリバンダーさんが、私《わたし》にも新《あたら》しいのを一本作《ぽんつく》ってくれてたらよかったのに」

オリバンダーはその日《ひ》の朝《あさ》、ルーナに新《あたら》しい杖《つえ》を送《おく》ってきていた。ルーナは今《いま》、裏《うら》の芝生《しばふ》に出《で》て、遅《おそ》い午後《ごご》の太陽《たいよう》の光《ひかり》の中《なか》で、杖《つえ》の能力《のうりょく》を試《ため》していた。「人《ひと》さらい」に杖《つえ》を取《と》り上《あ》げられたディーンが、かなり憂《ゆう》うつそうにルーナの練習《れんしゅう》を見《み》つめていた。

ハリーは、ドラコ・マルフォイのものだったサンザシの杖《つえ》を見下《みお》ろした。ハリーにとってはその杖《つえ》が、少《すく》なくともハーマイオニーの杖《つえ》と同《おな》じ程度《ていど》には役《やく》に立《た》つことがわかり、驚《おどろ》くとともにうれしかった。オリバンダーが三人《にん》に教《おし》えてくれた杖《つえ》の技《わざ》の秘密《ひみつ》を思《おも》い出《だ》し、ハリーはハーマイオニーの問題《もんだい》が何《なん》なのかがわかるような気《き》がした。ハーマイオニーは自分《じぶん》でベラトリックスから杖《つえ》を奪《うば》ったわけではないので、鬼胡桃《おにぐるみ》の杖《つえ》の忠誠心《ちゅうせいしん》を勝《か》ち得《え》ていなかったのだ。

寝室《しんしつ》のドアが開《ひら》いて、グリップフックが入《はい》ってきた。ハリーは反射的《はんしゃてき》に剣《つるぎ》の柄《つか》をつかんで引《ひ》き寄《よ》せたが、すぐに後悔《こうかい》した。その動《うご》きを小鬼《ゴブリン》に気《き》づかれたことがわかったのだ。気《き》まずい瞬間《しゅんかん》を取《と》りつくろおうとして、ハリーが言《い》った。

「グリップフック、僕《ぼく》たち、最終《さいしゅう》チェックをしていたところだよ。ビルとフラーには、僕《ぼく》たちが明日《あすた》発つことを知《し》らせたし、わざわざ早起《はやお》きして見送《みおく》ったりしないように言《い》っておいた」

ハリーたちは、この点《てん》はゆずらなかった。出発前《しゅっぱつまえ》に、ハーマイオニーがベラトリックスに変身《へんしん》するからだ。それに、これから三人《にん》のやろうとしていることを、ビルとフラーは知《し》らないほうがよいし、あやしまないほうがよいのだ。もうここには戻《もど》らないということも、説明《せつめい》した。「人《ひと》さらい」に捕《つか》まった夜《よる》、パーキンズの古《ふる》いテントを失《うしな》ってしまったので、ビルが貸《か》してくれた別《べつ》のテントが、ハーマイオニーのビーズバッグに納《おさ》まっていた。ハリーはあとで知《し》って感心《かんしん》したのだが、ハーマイオニーはバッグを、片方《かたほう》のソックスに突《つ》っ込《こ》むというとっさの機転《きてん》で賊《ぞく》から護《まも》ったのだ。

ビルやフラー、ルーナやディーンたちと別《わか》れるのはさびしかったし、この数週間満喫《すうしゅうかんまんきつ》していた家庭《かてい》のぬくもりを失《うしな》うのも、もちろんつらかった。しかし、ハリーは「貝殻《かいがら》の家《いえ》」に閉《と》じ込《こ》められた状態《じょうたい》から抜《ぬ》け出《だ》すのも待《ま》ち遠《どお》しかった。盗《ぬす》み聞《ぎ》きされないように気《き》を使《つか》うことにも、小《ちい》さな暗《くら》い部屋《へや》に閉《と》じこもるのにも、うんざりしていた。特《とく》に、グリップフックをやっかい払《ばら》いしたくてたまらなかった。しかし、いつ、どのようにして、しかもグリフィンドールの剣《つるぎ》を渡《わた》さずに小鬼《ゴブリン》と別《わか》れるかは、未解決《みかいけつ》の問題《もんだい》で、ハリーは答《こた》えを持《も》ち合《あ》わせていなかった。小鬼《ゴブリン》が、ハリー、ロン、ハーマイオニーの三人《にん》だけを残《のこ》して五分以上《ふんいじょう》いなくなることはめったになかったので、その問題《もんだい》をどう解決《かいけつ》するかを決《き》めるのは不可能《ふかのう》だった。

「あいつ、ママより一枚上手《いちまいうわて》だぜ」

小鬼《ゴブリン》の長《なが》い指《ゆび》が、あまりにもひんぱんにドアの端《はし》から現《あらわ》れるので、ロンがうなるように言《い》った。

ハリーは、ビルの教訓《きょうくん》を思《おも》い出《だ》し、グリップフックが、ペテンにかけられることを警戒《けいかい》しているのではないかと疑《うたが》わざるをえなかった。ハーマイオニーが、裏切《うらぎ》り行為《こうい》の計画《けいかく》には徹底的《てっていてき》に反対《はんたい》だったので、ハリーは、うまく切《き》り抜《ぬ》ける方法《ほうほう》についてハーマイオニーの頭脳《ずのう》を借《か》りることを、とっくにあきらめていた。ごく稀《まれ》に、ロンと二人《ふたり》だけで、グリップフックなしの数分間《すうふんかん》をかすめとることができても、ロンの考《かんが》えはせいぜい「出《で》たとこ勝負《しょうぶ》さ、おい」だった。

その晩《ばん》、ハリーはよく眠《ねむ》れなかった。朝早《あさはや》く目《め》が覚《さ》めて、横《よこ》になったまま、ハリーは魔法省《まほうしょう》に侵入《しんにゅう》する前夜《ぜんや》に感《かん》じた、興奮《こうふん》にも似《に》た決意《けつい》を思《おも》い出《だ》した。今回《こんかい》は、不安《ふあん》とぬぐいきれない疑《うたが》いとで、ハリーの心《こころ》はぐらついていた。何《なに》もかもうまくいかないのではないかという不安《ふあん》を、振《ふ》り払《はら》うことができなかった。ハリーは、計画《けいかく》は万全《ばんぜん》だと、くり返《かえ》し自分《じぶん》を納得《なっとく》させた。グリップフックは、立《た》ち向《む》かう相手《あいて》を知《し》っているし、遭遇《そうぐう》しそうな困難《こんなん》な問題《もんだい》には、すべて充分《じゅうぶん》に備《そな》えた。それでも、ハリーは落《お》ち着《つ》かなかった。一度《いちど》か二度《にど》、ロンが寝返《ねがえ》りを打《う》つ音《おと》が聞《き》こえ、ハリーは、ロンもまた眠《ねむ》れずにいるにちがいないと思《おも》った。しかし、同《おな》じ部屋《へや》にディーンがいるので、ハリーは何《なに》も言《い》わなかった。

六時《じ》になって、ハリーは救《すく》われる思《おも》いがした。ロンと二人《ふたり》で寝袋《ねぶくろ》から抜《ぬ》け出《だ》し、まだ薄暗《うすぐら》い中《なか》で着替《きが》えをすませた。それから手《て》はずどおりに、ハーマイオニーやグリップフックと落《お》ち合《あ》う庭《にわ》に出《で》た。夜明《よあ》けは肌寒《はだざむ》かったが、もう五月《がつ》ともなれば風《かぜ》はほとんどない。ハリーは、暗《くら》い空《そら》にまだ青白《あおじろ》く瞬《またた》いている星《ほし》を見上《みあ》げ、岩《いわ》に寄《よ》せては返《かえ》す波《なみ》の音《おと》を聞《き》いた。この音《おと》が聞《き》けなくなるのはさびしかった。

ドビーの眠《ねむ》る赤土《あかつち》の塚《つか》からは、もう緑《みどり》の若芽《わかめ》が萌《も》え出《い》でていた。一年《ねん》もたてば、塚《つか》は花《はな》で覆《おお》われるだろう。ドビーの名《な》を刻《きざ》んだ白《しろ》い石《いし》は、すでに風雨《ふうう》にさらされたような趣《おもむ》きが出《で》ていた。ドビーを埋葬《まいそう》するのに、これほど美《うつく》しい場所《ばしょ》はほかになかっただろうと、ハリーはあらためてそう思《おも》った。それでも、ドビーをここに置《お》いていくと思《おも》うと、悲《かな》しさで胸《むね》が痛《いた》んだ。ハリーは墓《はか》を見《み》下《お》ろし、ドビーはどうやって助《たす》けに来《く》る場所《ばしょ》を知《し》ったのかと、またしても疑問《ぎもん》に思《おも》った。ハリーの指《ゆび》が、無意識《むいしき》に首《くび》から下《さ》げた巾着《きんちゃく》に伸《の》び、あの鏡《かがみ》のかけらのギザギザな手触《てざわ》りを感《かん》じた。あの時《とき》は、たしかにダンブルドアの目《め》を鏡《かがみ》の中《なか》に見《み》たと思《おも》ったのだが……。その時《とき》、ドアの開《ひら》く音《おと》で、ハリーは振《ふ》り返《かえ》った。

ベラトリックス・レストレンジが、グリップフックを従《したが》えて、こちらに向《む》かって堂々《どうどう》と芝生《しばふ》を横切《よこぎ》ってくるところだった。グリモールド・プレイスから持《も》ってきた古着《ふるぎ》の一つを着《き》て、歩《ある》きながら小《ちい》さなビーズバッグを、ローブの内《うち》ポケットにしまい込《こ》んでいる。正体《しょうたい》はハーマイオニーだとはっきりわかってはいても、ハリーは、おぞましさで思《おも》わず身震《みぶる》いした。ベラトリックスは、ハリーより背《せ》が高《たか》く、長《なが》い黒髪《くろかみ》を背中《せなか》に波打《なみう》たせ、厚《あつ》ぼったいまぶたの下《した》からハリーをさげすむような目《め》で見《み》た。しかし話《はな》しはじめると、ベラトリックスの低《ひく》い声《こえ》を通《とお》して、ハリーはハーマイオニーらしさを感《かん》じ取《と》った。

「反吐《へど》が出《で》そうな味《あじ》だったわ。ガーディルートよりひどい！　じゃあ、ロン、ここへ来《き》て。あなたに術《じゅつ》を……」

「うん。でも、忘《わす》れないでくれよ。あんまり長《なが》いひげはいやだぜ――」

「まあ、何《なに》を言《い》ってるの。ハンサムに見《み》えるかどうかの問題《もんだい》じゃないのよ――」

「そうじゃないよ。じゃまっけだからだ！　でも鼻《はな》はもう少《すこ》し低《ひく》いほうがいいな。この前《まえ》やったみたいにしてよ」

ハーマイオニーはため息《いき》をついて仕事《しごと》に取《と》りかかり、声《こえ》をひそめて呪文《じゅもん》を唱《とな》えながら、ロンの容貌《ようぼう》のあちこちを変《か》えていった。ロンはまったく実在《じつざい》しない人物《じんぶつ》になる予定《よてい》で、ベラトリックスの悪《あく》のオーラがロンを護《まも》ってくれるだろうと、みんなが信《しん》じていた。一方《いっぽう》、ハリーとグリップフックは、「透明《とうめい》マント」で隠《かく》れる手《て》はずになっていた。

「さあ」ハーマイオニーが言《い》った。「これでどうかしら、ハリー？」

変装《へんそう》していても、かろうじてロンだと見分《みわ》けがついたが、たぶんそれは、本人《ほんにん》をあまりにもよく知《し》っているせいだろう、とハリーは思《おも》った。ロンは、髪《かみ》の毛《け》を長《なが》く波打《なみう》たせ、濃《こ》い褐色《かっしょく》のあごひげと口《くち》ひげを生《は》やしていた。そばかすは消《き》え、鼻《はな》は低《ひく》く横《よこ》に広《ひろ》がり、眉《まゆ》は太《ふと》かった。

「そうだな、僕《ぼく》の好《この》みのタイプじゃないけど、これで通用《つうよう》するよ」ハリーが言《い》った。「それじゃ、行《い》こうか？」

三人《にん》は、薄《うす》れゆく星明《ほしあ》かりの下《した》に、静《しず》かに影《かげ》のように横《よこ》たわる「貝殻《かいがら》の家《いえ》」を一目《ひとめ》だけ振《ふ》り返《かえ》った。それから家《いえ》に背《せ》を向《む》け、境界線《きょうかいせん》の壁《かべ》を越《こ》える地点《ちてん》を目指《めざ》して歩《ある》いた。「忠誠《ちゅうせい》の呪文《じゅもん》」はその地点《ちてん》で切《き》れ、「姿《すがた》くらまし」できるようになるのだ。門《もん》を出《で》るとすぐ、グリップフックが口《くち》を開《ひら》いた。

「たしかここで、私《わたし》は負《お》ぶさるのですね、ハリー・ポッター？」

ハリーがかがみ、小鬼《ゴブリン》はその背中《せなか》によじ登《のぼ》って、ハリーの首《くび》の前《まえ》で両手《りょうて》を組《く》んだ。重《おも》くはなかったが、ハリーは、小鬼《ゴブリン》の感触《かんしょく》や、しがみついてくる驚《おどろ》くほどの力《ちから》がいやだった。ハーマイオニーが、ビーズバッグから「透明《とうめい》マント」を出《だ》して二人《ふたり》の上《うえ》からかぶせた。

「完璧《かんぺき》よ」ハーマイオニーは、かがんでハリーの足元《あしもと》をたしかめながら言《い》った。「何《なん》にも見《み》えないわ。行《い》きましょう」

ハリーはグリップフックを肩《かた》に乗《の》せたまま、ダイアゴン横丁《よこちょう》の入口《いりぐち》、旅籠《はたご》の「もれ鍋《なべ》」に全神経《ぜんしんけい》を集中《しゅうちゅう》して、その場《ば》で回転《かいてん》した。しめつけられるような暗闇《くらやみ》に入《はい》ると、小鬼《ゴブリン》はさらに強《つよ》くしがみついてきた。数秒後《すうびょうご》、ハリーの足《あし》が歩道《ほどう》を打《う》ち、目《め》を開《あ》けると、そこはチャリング・クロス通《どお》りだった。マグルたちが、早朝《そうちょう》のしょぼしょぼ顔《がお》で、小《ちい》さな旅籠《はたご》にはまったく気《き》づかずに、あわただしく通《とお》り過《す》ぎていく。

「もれ鍋《なべ》」のバーには、ほとんど誰《だれ》もいなかった。腰《こし》の曲《ま》がった歯《は》抜《ぬ》けの亭主《ていしゅ》トムが、カウンターの中《なか》でグラスを磨《みが》いていた。隅《すみ》でヒソヒソ話《ばなし》をしていた二人《ふたり》の魔法戦士《まほうせんし》が、ハーマイオニーの姿《すがた》を一目《ひとめ》見《み》るなり、暗《くら》がりに身《み》を引《ひ》いた。

「マダム・レストレンジ」トムがつぶやき、ハーマイオニーが通《とお》り過《す》ぎるときに、へつらうように頭《あたま》を下《さ》げた。

「おはよう」ハーマイオニーが言《い》った。ハリーがグリップフックを肩《かた》に乗《の》せたまま、「マント」をかぶってこっそり通《とお》り過《す》ぎる際《さい》、トムの驚《おどろ》いた顔《かお》が見《み》えた。

「ていねい過《す》ぎるよ」

宿《やど》から小《ちい》さな裏庭《うらにわ》に抜《ぬ》けながら、ハリーがハーマイオニーにささやいた。

「ほかのやつらは、虫《むし》けら扱《あつか》いにしなくちゃ！」

「はい、はい！」

ハーマイオニーはベラトリックスの杖《つえ》を取《と》り出《だ》し、目《め》の前《まえ》の平凡《へいぼん》なれんがの壁《かべ》をたたいた。たちまちれんが渦《うず》を巻《ま》き、回転《かいてん》して、真《ま》ん中《なか》に現《あらわ》れた穴《あな》がだんだん広《ひろ》がっていった。そしてとうとう、狭《せま》い石畳《いしだたみ》のダイアゴン横丁《よこちょう》へと続《つづ》く、アーチ形《がた》の入口《いりぐち》になった。

横丁《よこちょう》は静《しず》まり返《かえ》っていた。開店《かいてん》の時間《じかん》にはまだ早《はや》く、買《か》い物客《ものきゃく》の姿《すがた》はほとんどなかった。もう何年《なんねん》も前《まえ》になるが、ハリーがホグワーツの最初《さいしょ》の学期《がっき》の準備《じゅんび》で来《き》たときには、この曲《ま》がりくねった石畳《いしだたみ》の通《とお》りはにぎやかな場所《ばしょ》だった。しかし、今《いま》は様変《さまが》わりしていた。これまでになく多《おお》くの店《みせ》が閉《と》じられ、窓《まど》に板《いた》が打《う》ちつけられている一方《いっぽう》、前回来《ぜんかいき》たときにはなかった店《みせ》が数軒《すうけん》、闇《やみ》の魔《ま》術《じゅつ》専門店《せんもんてん》として開店《かいてん》していた。あちこちのウィンドウに貼《は》られたポスターから「問題分子《もんだいぶんし》ナンバーワン」の説明書《せつめいが》きがついたハリー自身《じしん》の顔《かお》が、ハリーをにらんでいる。

ボロを着《き》た人《ひと》たちが何人《なんにん》も、あちこちの店《みせ》の入口《いりぐち》にうずくまっていた。まばらな通行人《つうこうにん》に、うめくように呼《よ》びかけては、金銭《きんせん》をせびり、自分《じぶん》たちはほんとうに魔法使《まほうつか》いなのだと言《い》い張《は》っている声《こえ》が、ハリーの耳《みみ》に届《とど》いた。一人《ひとり》の男《おとこ》は、片方《かたほう》の目《め》を覆《おお》った包帯《ほうたい》が血《ち》だらけだった。

横丁《よこちょう》を歩《ある》きはじめると、物《もの》ごいたちはハーマイオニーの姿《すがた》を盗《ぬす》み見《み》て、たちまち、その目《め》の前《まえ》から、溶《と》けてなくなるように姿《すがた》を消《け》した。フードで顔《かお》を隠《かく》し、クモの子《こ》を散《ち》らすように逃《に》げていく後《うし》ろ姿《すがた》を、ハーマイオニーは不思議《ふしぎ》なものを見《み》るように眺《なが》めていた。するとそこへ、血《ち》だらけの包帯《ほうたい》の男《おとこ》が現《あらわ》れ、よろよろとハーマイオニーの行《ゆ》く手《て》をふさいだ。

「私《わたし》の子供《こども》たち！」

男《おとこ》は、ハーマイオニーを指差《ゆびさ》して大声《おおごえ》で言《い》った。正気《しょうき》を失《うしな》ったような、かすれてかん高《だか》い声《こえ》だった。

「私《わたし》の子供《こども》たちはどこだ？　あいつは子供《こども》たちに何《なに》をしたんだ？　おまえは知《し》っている。知《し》っている！」

「私《わたし》――私《わたし》はほんとに――」ハーマイオニーは口《くち》ごもった。

男《おとこ》はハーマイオニーに飛《と》びかかり、のどに手《て》を伸《の》ばした。その時《とき》、バーンという音《おと》とともに赤《あか》い閃光《せんこう》が走《はし》り、男《おとこ》は気《き》を失《うしな》って仰向《あおむ》けに地面《じめん》に投《な》げ出《だ》された。ロンが杖《つえ》をかまえたまま、ひげ面《づら》の奥《おく》から衝撃《しょうげき》を受《う》けたような顔《かお》をのぞかせて突《つ》っ立《た》っていた。両側《りょうがわ》の窓々《まどまど》から、何人《なんにん》かが顔《かお》を出《だ》す一方《いっぽう》、裕福《ゆうふく》そうな通行人《つうこうにん》が小《ちい》さな塊《かたまり》になって、一刻《いっこく》も早《はや》く離《はな》れようと、ローブをからげて小走《こばし》りにその場《ば》から立《た》ち去《さ》った。

ハリーたちのダイアゴン横丁入場《よこちょうにゅうじょう》は、これ以上目立《いじょうめだ》つのは難《むずか》しいだろう、というほど人目《ひとめ》についた。一瞬《いっしゅん》ハリーは、今《いま》すぐ立《た》ち去《さ》って、別《べつ》な計画《けいかく》を練《ね》るほうがよいのではないかと迷《まよ》った。しかし、移動《いどう》する間《ま》も相談《そうだん》する余裕《よゆう》もないうちに、背後《はいご》で叫《さけ》ぶ声《こえ》が聞《き》こえた。

「なんと、マダム・レストレンジ！」

ハリーはくるりと振《ふ》り向《む》き、グリップフックはハリーの首《くび》にさらにしがみついた。背《せ》の高《たか》い、瘦身《そうしん》の魔法使《まほうつか》いが、大股《おおまた》で近《ちか》づいてきた。王冠《おうかん》のように見《み》えるもじゃもじゃした白髪《はくはつ》で、鼻《はな》は高《たか》く鋭《するど》い。

「トラバースだ」

小鬼《ゴブリン》がハリーの耳《みみ》にささやいたが、その瞬間《しゅんかん》、ハリーはトラバースが誰《だれ》だったか思《おも》い出《だ》せなかった。ハーマイオニーは思《おも》いっきり背筋《せすじ》を伸《の》ばし、可能《かのう》なかぎり見下《みくだ》した態度《たいど》で言《い》った。

「私《わたし》に何《なに》か用《よう》か？」

トラバースは、明《あき》らかにむっとして、その場《ば》に立《た》ち止《ど》まった。

「死喰《しく》い人《びと》の一人《ひとり》だ！」グリップフックが声《こえ》を殺《ころ》して言《い》った。

ハリーはハーマイオニーに耳打《みみう》ちして知《し》らせようと、横歩《よこある》きでにじり寄《よ》った。

「単《たん》にあなたに、挨拶《あいさつ》をしようとしただけだ」トラバースが冷《つめ》たく言《い》った。「しかし、私《わたし》が目《め》ざわりだということなら……」

ハリーは、ようやくその声《こえ》を思《おも》い出《だ》した。トラバースは、ゼノフィリウスの家《いえ》に呼《よ》び寄《よ》せられた死喰《しく》い人《びと》の一人《ひとり》だった。

「いや、いや、トラバース、そんなことはない」

ハーマイオニーは失敗《しっぱい》を取《と》りつくろうために、急《いそ》いで言《い》った。

「しばらくだった」

「いやあ、正直《しょうじき》言《い》って、ベラトリックス、こんな所《ところ》でお見《み》かけするとは驚《おどろ》いた」

「そうか？　なぜだ？」ハーマイオニーが聞《き》いた。

「それは」トラバースは咳払《せきばら》いした。「聞《き》いた話《はなし》だが、マルフォイの館《やかた》の住人《じゅうにん》は軟禁状態《なんきんじょうたい》だとか。つまり……その……逃《に》げられたあとで」

ハリーは、ハーマイオニーが冷静《れいせい》でいてくれるように願《ねが》った。もし、それがほんとうなら、もし、ベラトリックスが公《おおやけ》の場《ば》に現《あらわ》れるはずがないなら――。

「闇《やみ》の帝王《ていおう》は、これまで最《もっと》も忠実《ちゅうじつ》にあの方《かた》にお仕《つか》えした者《もの》たちを、お許《ゆる》しになる」

ハーマイオニーは見事《みごと》に、ベラトリックスの侮蔑《ぶべつ》的《てき》な調子《ちょうし》をまねた。

「トラバース、あなたは私《わたし》ほどに、あの方《かた》の信用《しんよう》を得《え》ていないのではないか？」

死喰《しく》い人《びと》のトラバースは感情《かんじょう》を害《がい》したようだったが、同時《どうじ》にあやしむ気持《きも》ちは薄《うす》れたようだった。トラバースは、ロンが今《いま》しがた「失神《しっしん》の呪文《じゅもん》」で倒《たお》した男《おとこ》をちらりと見《み》た。

「こいつは、何故《なにゆえ》お怒《いか》りに触《ふ》れたのですかな？」

「それはどうでもよい。二度《にど》と同《おな》じことはできまい」ハーマイオニーは冷《つめ》たく言《い》った。

「『杖《つえ》なし』たちの中《なか》には、やっかいなのもいるようですな」トラバースが言《い》った。「物《もの》ごいだけしているうちは、私《わたし》は別《べつ》にかまわんが、先週《せんしゅう》、ある女《おんな》が、魔法省《まほうしょう》で私《わたし》に弁護《べんご》をしてくれと求《もと》めてきた。**『私《わたし》は魔女《まじょ》です。魔女《まじょ》なんです。あなたにその証拠《しょうこ》を見《み》せます！』**」

トラバースはキーキー声《ごえ》をまねした。

「まるでその女《おんな》に、私《わたし》が自分《じぶん》の杖《つえ》を与《あた》えるとでも思《おも》ったみたいに——しかし、今《いま》あなたは」トラバースは興味深《きょうみぶか》げに聞《き》いた。「誰《だれ》の杖《つえ》をお使《つか》いかな、ベラトリックス？　うわさでは、あなたの杖《つえ》は——」

「私《わたし》の杖《つえ》はここにある」

ハーマイオニーはベラトリックスの杖《つえ》を上《あ》げて、冷《つめ》たく言《い》った。

「トラバース、いったいどんなうわさを聞《き》いているのかは知《し》らないが、気《き》の毒《どく》にもまちがった情《じょう》報《ほう》をお持《も》ちのようだ」

トラバースはやや驚《おどろ》いた様子《ようす》で、今度《こんど》はロンに目《め》を向《む》けた。

「こちらのお連《つ》れは、どなたかな？　私《わたし》には見覚《みおぼ》えがないが」

「ドラゴミール・デスパルドだ」

ロンが他人《たにん》になりすますのには、架空《かくう》の外国人《がいこくじん》が一番安全《いちばんあんぜん》だろうと、三人《にん》は決《き》めていた。

「英語《えいご》はほとんどしゃべれない。しかし、闇《やみ》の帝王《ていおう》の目的《もくてき》に共鳴《きょうめい》している。トランシルバニアから、我々《われわれ》の新体制《しんたいせい》を見学《けんがく》に来《き》たのだ」

「ほう？　はじめまして、ドラゴミール」

「はじめって・・・・・・」ロンが手《て》を差《さ》し出《だ》した。

トラバースは指《ゆび》を二本《ほん》だけ出《だ》して、汚《よご》れるのが怖《こわ》いとでもいうようにロンと握手《あくしゅ》した。

「ところで、あなたも、こちらの――えーと――共鳴《きょうめい》しておられるお連《つ》れの方《かた》も、こんなに早朝《そう》、ダイアゴン横丁《よこちょう》に何用《なによう》ですかな？」トラバースが聞《き》いた。

「グリンゴッツに用《よう》がある」ハーマイオニーが言《い》った。

「なんと、私《わたし》もだ」トラバースが言《い》った。「金《かね》、汚《きたな》い金《かね》！　それなくして我々《われわれ》は生《い》きられん。しかし、実《じつ》を言《い》うと、指《ゆび》の長《なが》い友達《ともだち》とつき合《あ》わねばならんのは、嘆《なげ》かわしいかぎりだ」

ハリーは、グリップフックの指《ゆび》が、一瞬《いっしゅん》首《くび》をしめつけるのを感《かん》じた。

「参《まい》りましょうか？」トラバースがハーマイオニーを、先《さき》へとうながした。

ハーマイオニーは、しかたなく並《なら》んで歩《ある》き、曲《ま》がりくねった石畳《いしだたみ》の道《みち》を、小《ちい》さな店舗《てんぽ》の上《うえ》にひときわ高《たか》くそびえる、雪《ゆき》のように白《しろ》いグリンゴッツの建物《たてもの》へと向《む》かった。ロンはひっそりと二人《ふたり》の脇《わき》を歩《ある》き、ハリーとグリップフックはその後《うし》ろについた。

警戒心《けいかいしん》の強《つよ》い死喰《しく》い人《びと》の出現《しゅつげん》は、最《もっと》も望《のぞ》ましくない展開《てんかい》だった。トラバースが、すっかりベラトリックスだと思《おも》い込《こ》んでハーマイオニーの横《よこ》を歩《ある》いているので、ハリーがハーマイオニーともロンとも話《はなし》ができないのは、最悪《さいあく》だった。そうこうするうちに、大理石《だいりせき》の階段《かいだん》の下《した》に着《つ》いてしまった。階段《かいだん》の上《うえ》には大《おお》きなブロンズの扉《とびら》があった。グリップフックに警告《けいこく》されていたとおり、扉《とびら》の両側《りょうがわ》には、制服《せいふく》を着《き》た小鬼《ゴブリン》のかわりに、細長《ほそなが》い金《きん》の棒《ぼう》を持《も》った魔法使《まほうつか》いが立《た》っている。

「ああ、『潔白検査棒《けっぱくけんさぼう》』だ」

トラバースが大《おお》げさな身《み》ぶりでため息《いき》をついた。

「原始的《げんしてき》だ――しかし効果《こうか》あり！」

トラバースは階段《かいだん》を上《あ》がって、左右《さゆう》の魔法使《まほうつか》いにうなずいた。魔法使《まほうつか》いたちは金《きん》の棒《ぼう》を上《あ》げて、トラバースの体《からだ》を上下《じょうげ》になぞった。「検査棒《けんさぼう》」が、身《み》を隠《かく》す呪文《じゅもん》や隠《かく》し持《も》った魔法《まほう》の品《しな》を探知《たんち》する棒《ぼう》だということを、ハリーは知《し》っていた。わずか数秒《すうびょう》しかないと判断《はんだん》し、ハリーはドラコの杖《つえ》を二人《ふたり》の門番《もんばん》に順《じゅん》に向《む》けて、呪文《じゅもん》を二回《かい》つぶやいた。

「コンファンド、錯乱《さくらん》せよ」

ブロンズの扉《とびら》から中《なか》を見《み》ていたトラバースは気《き》づかなかったが、門番《もんばん》の二人《ふたり》は呪文《じゅもん》に撃《う》たれたとたん、ビクッとした。

ハーマイオニーが長《なが》い黒髪《くろかみ》を背中《せなか》に波打《なみう》たせて、階段《かいだん》を上《のぼ》った。

「マダム、お待《ま》ちください」「検査棒《けんさぼう》」を上《あ》げながら、門番《もんばん》が言《い》った。

「たった今《いま》、すませたではないか！」

ハーマイオニーが、ベラトリックスの傲慢《ごうまん》な命令口調《めいれいくちょう》で言《い》った。トラバースが眉《まゆ》を吊《つ》り上《あ》げて振《ふ》り向《む》いた。門番《もんばん》は混乱《こんらん》して、細《ほそ》い金《きん》の「検査棒《けんさぼう》」をじっと見下《みお》ろし、それからもう一人《ひとり》の門番《もんばん》を見《み》た。

「ああ、マリウス、おまえはたった今《いま》、この方《かた》たちを検査《けんさ》したばかりだよ」

相方《あいかた》は、少《すこ》しぼうっとした声《こえ》で言《い》った。

ハーマイオニーがロンと並《なら》んで、威圧《いあつ》するようにすばやく進《すす》み、ハリーとグリップフックは、透明《とうめい》のままそのあとから小走《こばし》りに進《すす》んだ。敷居《しきい》をまたいでからハリーがちらりと振《ふ》り返《かえ》ると、二人《ふたり》の魔法使《まほうつか》いが頭《あたま》をかいていた。

内扉《うちとびら》の前《まえ》には小鬼《ゴブリン》が二人立《ふたりた》っていた。銀《ぎん》の扉《とびら》には、盗人《ぬすびと》は恐《おそ》ろしい報《むく》いを受《う》けると警告《けいこく》した詩《し》が書《か》いてある。それを見上《みあ》げたとたん、ハリーの心《こころ》に思《おも》い出《で》がくっきりとよみがえった。十一歳《さい》になった日《ひ》、人生《じんせい》で一番《いちばん》すばらしい誕生日《たんじょうび》に、ハリーはこの同《おな》じ場所《ばしょ》に立《た》っていた。ハグリッドが脇《わき》に立《た》ち、こう言《い》った。

——言《い》ったろうが。ここから盗《ぬす》もうなんて、狂気《きょうき》の沙汰《さた》だわい。

あの日《ひ》のグリンゴッツは、不思議《ふしぎ》の国《くに》に見《み》えた。魔法《まほう》のかかった宝《たから》の山《やま》の蔵《くら》、ハリーの物《もの》だとはまったく知《し》らなかった黄金《おうごん》。そのグリンゴッツに、盗《ぬす》みに戻《もど》ってこようとは、あの時《とき》は夢《ゆめ》にも思《おも》わなかった……。次《つぎ》の瞬間《しゅんかん》、ハリーたちは、広々《ひろびろ》とした大理石《だいりせき》のホールに立《た》っていた。

細長《ほそなが》いカウンターのむこう側《がわ》で、脚高《あしだか》の丸椅子《まるいす》に座《すわ》った小鬼《ゴブリン》たちが、その日《ひ》の最初《さいしょ》の客《きゃく》に応対《おうたい》していた。ハーマイオニー、ロン、トラバースの三人《にん》は、片《かた》めがねをかけて一枚《まい》の分厚《ぶあつ》い金貨《きんか》を吟味《ぎんみ》している、年老《としお》いた小鬼《ゴブリン》のほうに向《む》かった。ハーマイオニーは、ロンにホールの特徴《とくちょう》を説明《せつめい》するという口実《こうじつ》で、トラバースに先《さき》をゆずった。

小鬼《ゴブリン》は手《て》にしていた金貨《きんか》を脇《わき》に放《ほう》り投《な》げ、誰《だれ》に言《い》うともなく言《い》った。

「レプラコーンの偽金貨《にせきんか》だ」

それからトラバースに挨拶《あいさつ》し、渡《わた》された小《ち》いさな金《きん》の鍵《かぎ》を調《しら》べてから持《も》ち主《ぬし》に返《かえ》した。

ハーマイオニーが進《すす》み出《で》た。

「マダム・レストレンジ！」

小鬼《ゴブリン》は、明《あき》らかに度肝《どぎも》を抜《ぬ》かれたようだった。

「なんと！　な——何《なん》のご用命《ようめい》でございましょう？」

「私《わたし》の金庫《きんこ》に入《はい》りたい」ハーマイオニーが言《い》った。

年老《としお》いた小鬼《ゴブリン》は、少《すこ》しあとずさりしたように見《み》えた。ハリーはサッとあたりを見回《みまわ》した。トラバースがまだその場《ば》に残《のこ》って見《み》つめていたし、そればかりでなく、ほかの小鬼《ゴブリン》も数人《すうにん》、仕事《しごと》の手《て》を止《と》めて顔《かお》を上《あ》げ、ハーマイオニーをじっと見《み》ていた。

「あなた様《さま》の……身分証明書《みぶんしょうめいしょ》はお持《も》ちで？」小鬼《ゴブリン》が聞《き》いた。

「身分証明書《みぶんしょうめいしょ》？　こ——これまで、そんなものを要求《ようきゅう》されたことはない！」ハーマイオニーが言《い》った。

「**連中《れんちゅう》は知《し》っている！**」グリップフックがハリーの耳《みみ》にささやいた。「**名《な》をかたる偽者《にせもの》が現《あらわ》れるかもしれないと、警告《けいこく》を受《う》けているにちがいない！**」

「マダム、あなた様《さま》の杖《つえ》でけっこうでございます」小鬼《ゴブリン》が言《い》った。

小鬼《ゴブリン》がかすかに震《ふる》える手《て》を差《さ》し出《だ》した。ハリーはそのとたんに気《き》がついて、ぞっとした。グリンゴッツの小鬼《ゴブリン》たちは、ベラトリックスの杖《つえ》が盗《ぬす》まれたことを知《し》っているのだ。

「今《いま》だ。今《いま》やるんだ」グリップフックがハリーの耳元《みみもと》でささやいた。「**服従《ふくじゅう》の呪文《じゅもん》だ！**」

ハリーは「マント」の下《した》でサンザシの杖《つえ》を上《あ》げ、年老《としお》いた小鬼《ゴブリン》に向《む》けて、生《う》まれて初《はじ》めての呪文《じゅもん》をささやいた。

「インペリオ、服従《ふくじゅう》せよ」

奇妙《きみょう》な感覚《かんかく》がハリーの腕《うで》を流《なが》れた。温《あたた》かいものがジンジン流《なが》れるような感覚《かんかく》で、どうやらそれは、自分《じぶん》の心《こころ》から流《なが》れ出《で》て筋肉《きんにく》や血管《けっかん》を通《とお》り、杖《つえ》と自分《じぶん》を結《むす》びつけて、今《いま》かけた呪《のろ》いへと流《なが》れ出《だ》していくようだった。小鬼《ゴブリン》はベラトリックスの杖《つえ》を受《う》け取《と》り、念入《ねんい》りに調《しら》べていたが、やがてこう言《い》った。

「ああ、新《あたら》しい杖《つえ》をお作《つく》りになったのですね、マダム・レストレンジ！」

「何《なに》？」ハーマイオニーが言《い》った。「いや、いや、それは私《わたし》の――」

「新《あたら》しい杖《つえ》？」

トラバースが再《ふたた》びカウンターに近《ちか》づいてきた。周《まわ》り中《じゅう》の小鬼《ゴブリン》がまだ見《み》つめている。

「しかし、そんなことがどうしてできる？　どの杖作《つえつく》りを使《つか》ったのだ？」

ハリーは考《かんが》えるより先《さき》に行動《こうどう》していた。トラバースに杖《つえ》を向《む》け、ハリーはもう一度《いちど》小声《こごえ》で唱《とな》えた。

「インペリオ、服従《ふくじゅう》せよ」

「ああ、なるほど、そうだったか」

トラバースがベラトリックスの杖《つえ》を見下《みお》ろして言《い》った。

「なるほど、見事《みごと》なものだ。それで、うまく機能《きのう》しますかな？　杖《つえ》はやはり、少《すこ》し使《つか》い込《こ》まないとなじまないというのが、私《わたし》の持論《じろん》だが、どうですかな？」

ハーマイオニーは、まったくわけがわからないという顔《かお》だったが、結局《けっきょく》、この不可解《ふかかい》な成《な》り行《ゆ》きを、何《なに》も言《い》わずに受《う》け入《い》れたので、ハリーはホッとした。

年老《としお》いた小鬼《ゴブリン》がカウンターの向《む》こうで両手《りょうて》を打《う》つと、若手《わかて》の小鬼《ゴブリン》がやってきた。

「『鳴子《なるこ》』の準備《じゅんび》を」

年老《としお》いた小鬼《ゴブリン》がそう言《い》いつけると、若《わか》い小鬼《ゴブリン》はすっ飛《と》んでいき、ガチャガチャと金属音《きんぞくおん》のする革袋《かわぶくろ》を手《て》に、すぐに戻《もど》ってきて、袋《ふくろ》を上司《じょうし》に渡《わた》した。

「よし、よし！　では、マダム・レストレンジ、こちらへ」

年老《としお》いた小鬼《ゴブリン》は、丸椅子《まるいす》からポンと飛《と》び降《お》りて姿《すがた》が見《み》えなくなった。

「私《わたし》が金庫《きんこ》まで、ご案内《あんない》いたしましょう」

年老《としお》いた小鬼《ゴブリン》がカウンターの端《はし》から現《あらわ》れ、革袋《かわぶくろ》の中身《なかみ》をガチャつかせながら、いそいそと小走《こばし》りでやってきた。トラバースは、口《くち》をだらりと開《あ》け、棒《ぼう》のように突《つ》っ立《た》っていた。ロンがポカンとしてトラバースを眺《なが》めているせいで、周囲《しゅうい》の目《め》がこの奇妙《きみょう》な現象《げんしょう》に引《ひ》きつけられていた。

「待《ま》て――ボグロッド！」

別《べつ》の小鬼《ゴブリン》が、カウンターの向《む》こうからあたふたと走《はし》ってきた。

「私《わたくし》どもは、指令《しれい》を受《う》けております」

小鬼《ゴブリン》はハーマイオニーに一礼《いちれい》しながら言《い》った。

「マダム・レストレンジ、申《もう》し訳《わけ》ありませんが、レストレンジ家《け》の金庫《きんこ》に関《かん》しては、特別《とくべつ》な命令《めいれい》が出《で》ています」

その小鬼《ゴブリン》が、ボグロッドの耳《みみ》に急《いそ》いで何事《なにごと》かをささやいたが、「服従《ふくじゅう》」させられているボグロッドは、その小鬼《ゴブリン》を振《ふ》り払《はら》った。

「指令《しれい》のことは知《し》っています。マダム・レストレンジはご自分《じぶん》の金庫《きんこ》にいらっしゃりたいのです……旧家《きゅうか》です……昔《むかし》からのお客様《きゃくさま》です……さあ、こちらへ、どうぞ……」

そして、相変《あいか》わらずガチャガチャと音《おと》を立《た》てながら、ボグロッドは、ホールから奥《おく》に続《つづ》く無数《むすう》の扉《とびら》の一つへと急《いそ》いだ。ハリーが振《ふ》り返《かえ》って見《み》ると、トラバースは、異常《いじょう》にうつろな顔《かお》で、同《おな》じ場所《ばしょ》に根《ね》が生《は》えたように立《た》っていた。ハリーは意《い》を決《けっ》して、杖《つえ》を一振《ひとふ》りし、トラバースについてこさせた。トラバースは、おとなしく後《うし》ろからついてきた。一行《いっこう》は扉《とびら》を通《とお》り、その向《む》こうのゴツした石《いし》のトンネルへと出《で》た。松明《たいまつ》がトンネルを照《て》らしている。

「困《こま》ったことになった。小鬼《ゴブリン》たちが疑《うたぐ》っている」

背後《はいご》で扉《とびら》がバタンと閉《し》まるのを待《ま》って、「透明《とうめい》マント」を脱《ぬ》いだハリーが言《い》った。グリップフックが肩《かた》から飛《と》び降《お》りた。ボグロッドもトラバースも、ハリー・ポッターが突然《とつぜん》その場《ば》に現《あらわ》れたことに、驚《おどろ》く気配《けはい》をまったく見《み》せなかった。

「この二人《ふたり》は『服従《ふくじゅう》』させられているんだ」

無表情《むひょうじょう》にその場《ば》に立《た》つトラバースとボグロッドを見《み》て、困惑《こんわく》した顔《かお》で尋《たず》ねるハーマイオニーとロンに、ハリーが答《こた》えた。

「僕《ぼく》は、充分強《じゅうぶんつよ》い呪文《じゅもん》をかけられなかったかもしれない。わからないけど……」

その時《とき》、また別《べつ》の思《おも》い出《で》がハリーの脳裏《のうり》をかすめた。ハリーが初《はじ》めて「許《ゆる》されざる呪文《じゅもん》」を使《つか》おうとしたときに、本物《ほんもの》のベラトリックス・レストレンジがかん高《だか》く叫《さけ》んだ声《こえ》だ。——本気《ほんき》になる必要《ひつよう》があるんだ、ポッター！

「どうしよう？」ロンが聞《き》いた。「まだ間《ま》に合《あ》ううちに、すぐここを出《で》ようか？」

「出《で》られるものならね」

ハーマイオニーが、ホールに戻《もど》る扉《とびら》を振《ふ》り返《かえ》りながら言《い》った。そのむこう側《がわ》で何《なに》が起《お》こっているか、わかったものではない。

「ここまで来《き》た以上《いじょう》、先《さき》に進《すす》もう」ハリーが言《い》った。

「けっこう！」グリップフックが言《い》った。

「それでは、トロッコを運転《うんてん》するのに、ボグロッドが必要《ひつよう》です。私《わたし》にはもうその権限《けんげん》がありません。しかし、あの魔法使《まほうつか》いの席《せき》はありませんね」

ハリーはトラバースに杖《つえ》を向《む》けた。

「インペリオ！　服従《ふくじゅう》せよ！」

トラバースは回《まわ》れ右《みぎ》して、暗《くら》いトンネルをきびきびと歩《ある》きはじめた。

「何《なに》をさせているんですか？」

「隠《かく》れさせている」

ボグロッドに杖《つえ》を向《む》けながら、ハリーが言《い》った。ボグロッドが口笛《くちぶえ》を吹《ふ》くと、小《ちい》さなトロッコが暗闇《くらやみ》からこちらに向《む》かってゴロゴロと線路《せんろ》を走《はし》ってきた。全員《ぜんいん》がトロッコによじ登《のぼ》り、先頭《せんとう》にボグロッド、後《うし》ろの席《せき》にグリップフック、ハリー、ロン、ハーマイオニーがぎゅう詰《づ》めになって乗《の》り込《こ》んだとたん、ハリーは、背後《はいご》のホールから、たしかに叫《さけ》び声《ごえ》が聞《き》こえたように思《おも》った。

トロッコはガタンと発車《はっしゃ》し、どんどん速度《そくど》を上《あ》げた。壁《かべ》の割《わ》れ目《め》に体《からだ》を押《お》し込《こ》もうとして身《み》をよじっているトラバースの横《よこ》をあっという間《ま》に通《とお》り過《す》ぎ、くねくね曲《ま》がる坂道《さかみち》の迷路《めいろ》を、トロッコは下《した》へ下《した》へと走《はし》った。ガタゴトと線路《せんろ》を走《はし》るトロッコの音《おと》にかき消《け》されて、ハリーは何《なに》も聞《き》こえなくなった。天井《てんじょう》から下《さ》がる鍾乳石《しょうにゅうせき》の間《あいだ》を飛《と》ぶように縫《ぬ》って、どんどん地中深《ちちゅうふか》くもぐっていくトロッコから、ハリーは髪《かみ》をなびかせながら何度《なんど》もちらちらと後《うし》ろを振《ふ》り返《かえ》った。ハリーたちは、膨大《ぼうだい》な手《て》がかりを残《のこ》してきたも同然《どうぜん》だった。考《かんが》えれば考《かんが》えるほど、ハーマイオニーをベラトリックスに変身《へんしん》させたのは愚《おろ》かだったと、ハリーは後悔《こうかい》しはじめた。ベラトリックスの杖《つえ》を誰《だれ》が盗《ぬす》んだのか、死喰《しく》い人《びと》にはわかっているのに、その杖《つえ》を持《も》ってくるなんて――。

トロッコは、ハリーが入《はい》ったことのない、グリンゴッツの奥深《おくふか》くへと入《はい》り込《こ》んでいった。ヘアピンカーブを高速《こうそく》で曲《ま》がったとたん、線路《せんろ》にたたきつけるように落《お》ちる滝《たき》が目《め》に飛《と》び込《こ》んできた。滝《たき》まであと数秒《すうびょう》もない。グリップフックの叫《さけ》び声《ごえ》がハリーの耳《みみ》に入《はい》った。

「ダメだ！」

しかし、ブレーキを効《き》かせる間《ま》もない。トロッコはズーンと滝《たき》に突《つ》っ込《こ》んだ。ハリーは目《め》も口《くち》も水《みず》でふさがれ、何《なに》も見《み》えず、息《いき》もできなかった。トロッコがぐらりと恐《おそ》ろしく傾《かたむ》いたかと思《おも》うと、ひっくり返《かえ》って、全員《ぜんいん》が投《な》げ出《だ》された。トロッコがトンネルの壁《かべ》にぶつかって粉々《こなごな》になる音《おと》や、ハーマイオニーが何《なに》か叫《さけ》ぶ声《こえ》が聞《き》こえた瞬間《しゅんかん》、ハリーは無重力状態《むじゅうりょくじょうたい》でスーッと地面《じめん》に戻《もど》るのを感《かん》じた。ハリーは何《なん》の苦《く》もなく、岩《いわ》だらけのトンネルに着地《ちゃくち》した。

「ク……クッション呪文《じゅもん》」

ロンに助《たす》け起《お》こされたハーマイオニーが、ゲホゲホ咳《せ》き込《こ》みながら言《い》った。そのハーマイオニーを見《み》て、ハリーは大変《たいへん》だと思《おも》った。そこにはベラトリックスの姿《すがた》はなく、ぶかぶかのローブを着《き》てずぶぬれになり、完全《かんぜん》に元《もと》に戻《もど》ったハーマイオニーが立《た》っていた。ロンも赤毛《あかげ》でひげなしになっていた。二人《ふたり》とも互《たが》いの顔《かお》を見《み》、自分《じぶん》の顔《かお》をさわってみて、それに気《き》づいていた。

「盗人落《ぬすびとお》としの滝《たき》！」

よろよろと立《た》ち上《あ》がったグリップフックが、水浸《みずびた》しの線路《せんろ》を振《ふ》り返《かえ》りながら言《い》った。今《いま》になってハリーは、それが単《たん》なる水《みず》ではなかったことに気《き》づいた。

「呪文《じゅもん》も魔法《まほう》による隠蔽《いんぺい》も、すべて洗《あら》い流《なが》します！　グリンゴッツに偽者《にせもの》が入《はい》り込《こ》んだことがわかって、我々《われわれ》に対《たい》する防衛手段《ぼうえいしゅだん》が発動《はつどう》されたのです！」

ハーマイオニーが、ビーズバッグがまだあるかどうかを調《しら》べているのを見《み》て、ハリーも急《いそ》いで上着《うわぎ》に手《て》を突《つ》っ込《こ》み、「透明《とうめい》マント」がなくなっていないことをたしかめた。振《ふ》り返《かえ》ると、ボグロッドが当惑顔《とうわくがお》で頭《あたま》を振《ふ》っているのが見《み》えた。「盗人落《ぬすびとお》としの滝《たき》」は、「服従《ふくじゅう》の呪文《じゅもん》」をも解《と》いてしまったようだ。

「彼《かれ》は必要《ひつよう》です」グリップフックが言《い》った。「グリンゴッツの小鬼《ゴブリン》なしでは、金庫《きんこ》に入《はい》れません。それに『鳴子《なるこ》』も必要《ひつよう》です！」

「インペリオ！　服従《ふくじゅう》せよ！」

ハリーがまた唱《とな》えた。その声《こえ》は石《いし》のトンネルに反響《はんきょう》し、同時《どうじ》に、頭《あたま》から杖《つえ》に流《なが》れる陶然《とうぜん》とした強《つよ》い制御《せいぎょ》の感覚《かんかく》が戻《もど》ってきた。ボグロッドは再《ふたた》びハリーの意思《いし》に従《したが》い、まごついた表情《ひょうじょう》が礼儀正《れいぎただ》しい無表情《むひょうじょう》に変《か》わった。ロンは、金属《きんぞく》の道具《どうぐ》が入《はい》った革袋《かわぶくろ》を急《いそ》いで拾《ひろ》った。

「ハリー、誰《だれ》か来《く》る音《おと》が聞《き》こえるわ！」

ハーマイオニーは、ベラトリックスの杖《つえ》を滝《たき》に向《む》けて叫《さけ》んだ。

「プロテゴ！　護《まも》れ！」

「盾《たて》の呪文《じゅもん》」がトンネルを飛《と》んでいき、魔法《まほう》の滝《たき》の流《なが》れを止《と》めるのが見《み》えた。

「いい思《おも》いつきだ」ハリーが言《い》った。「グリップフック、道案内《みちあんない》してくれ」

「どうやってここから出《で》るんだ？」

グリップフックのあとを、暗闇《くらやみ》に向《む》かって急《いそ》いで歩《ある》きながら、ロンが聞《き》いた。ボグロッドは年《とし》老《お》いた犬《いぬ》のように、ハァハァ言《い》いながらそのあとについてきた。

「いざとなったら考《かんが》えよう」ハリーが言《い》った。

ハリーは耳《みみ》を澄《す》ましていた。近《ちか》くで何《なに》かがガランガランと音《おと》を立《た》てて動《うご》き回《まわ》っている気配《けはい》を感《かん》じたのだ。

「グリップフック、あとどのくらい？」

「もうすぐです。ハリー・ポッター、もうすぐ……」

角《かど》を曲《ま》がったとたん、ハリーの警戒《けいかい》していたものが目《め》に入《はい》った。予想《よそう》していたとは言《い》え、やはり全員《ぜんいん》が棒立《ぼうだ》ちになった。

巨大《きょだい》なドラゴンが、行《ゆ》く手《て》の地面《じめん》につながれ、最《もっと》も奥深《おくふか》くにある四つか五つの金庫《きんこ》に誰《だれ》も近づけないように立《た》ちはだかっていた。長《なが》い間《あいだ》地下《ちか》に閉《と》じ込《こ》められていたせいで、色《いろ》の薄《うす》れたうろこははげ落《お》ちやすくなり、両眼《りょうがん》は白濁《はくだく》したピンク色《いろ》だ。両《りょう》の後脚《あとあし》には足《あし》かせがはめられ、岩盤深《がんばんふか》く打《う》ち込《こ》まれた巨大《きょだい》な杭《くい》に、鎖《くさり》でつながれていた。とげのある大《おお》きな翼《つばさ》は、閉《と》じられて胴体《どうたい》に折《お》りたたまれていたが、広《ひろ》げればその洞《ほら》をふさいでしまうだろう。ドラゴンは醜《みにく》い頭《あたま》をハリーたちに向《む》けて吼《ほ》え、その声《こえ》は岩《いわ》を震《ふる》わせた。口《くち》を開《ひら》くと炎《ほのお》が噴《ふ》き出《だ》し、ハリーたちは走《はし》って退却《たいきゃく》した。

「ほとんど目《め》が見えません」

グリップフックが言《い》った。

「しかし、そのためにますます獰猛《どうもう》になっています。ただ、我々《われわれ》にはこれを押《お》さえる方法《ほうほう》があります。『鳴子《なるこ》』を鳴《な》らすと、次《つぎ》にどうなるかを、ドラゴンは教《おし》え込《こ》まれています。それをこちらにください」

ロンが渡《わた》した革袋《かわぶくろ》から、グリップフックは小さな金属《きんぞく》の道具《どうぐ》をいくつも引《ひ》っ張《ぱ》り出《だ》した。道具《どうぐ》を振《ふ》ると、鉄床《かなとこ》に小型《こがた》ハンマーを打《う》ち下《お》ろすような、大《おお》きな音《おと》が響《ひび》き渡《わた》った。グリップフックは道具《どうぐ》を一人一人《ひとりひとり》に渡《わた》し、ボグロッドは自分《じぶん》の分《ぶん》を素直《すなお》に受《う》け取《と》った。

「やるべきことは、わかっていますね」

グリップフックがハリー、ロン、ハーマイオニーに言《い》った。

「この音《おと》を聞《き》くと、ドラゴンは痛《いた》い目《め》にあうと思《おも》ってあとずさりします。そのすきにボグロッドが、手《て》の平《ひら》を金庫《きんこ》の扉《とびら》に押《お》し当《あ》てるようにしなければなりません」

ハリーたちは、もう一度《いちど》角《かど》を曲《ま》がりなおして、前進《ぜんしん》した。「鳴子《なるこ》」を振《ふ》ると、岩壁《がんぺき》に反響《はんきょう》した音《おと》が何倍《なんばい》にも増幅《ぞうふく》されてガンガンと響《ひび》き、ハリーは頭《ず》がい骨《こつ》が震動《しんどう》するのを感《かん》じた。ドラゴンは再《ふたた》び咆哮《ほうこう》を上《あ》げながら、あとずさりした。ハリーはドラゴンが震《ふる》えているのに気《き》づいた。近《ちか》づいて見《み》ると、その顔《かお》に何《なん》か所《しょ》も荒々《あらあら》しく切《き》りつけられた傷痕《きずあと》があり、ハリーは、「鳴子《なるこ》」の音《おと》を聞《き》くたびに焼《や》けた剣《つるぎ》を怖《こわ》がるよう、しつけられたのだろうと思《おも》った。

「手《て》の平《ひら》を扉《とびら》に押《お》しつけさせてください！」

グリップフックがハリーをうながした。ハリーは再《ふたた》びボグロッドに杖《つえ》を向《む》けた。年老《としお》いた小鬼《ゴブリン》は命令《めいれい》に従《したが》い、木《き》の扉《とびら》に手《て》の平《ひら》を押《お》しつけた。金庫《きんこ》の扉《とびら》が溶《と》けるように消《き》え、洞窟《どうくつ》のような空間《くうかん》が現《あらわ》れた。天井《てんじょう》から床《ゆか》までぎっしり詰《つ》まった金貨《きんか》、ゴブレット、銀《ぎん》の鎧《よろい》、不気味《ぶきみ》な生《い》き物《もの》の皮《かわ》——長《なが》いとげがついている物《もの》もあるし、羽根《はね》が垂《た》れ下《さ》がっているのもある——宝石《ほうせき》で飾《かざ》られたフラスコ入《い》りの魔法薬《まほうやく》、冠《かんむり》をかぶったままの頭《ず》がい骨《こつ》。

「探《さが》すんだ、早《はや》く！」急《いそ》いで中《なか》に入《はい》りながら、ハリーが言《い》った。

ハリーは、ハッフルパフのカップがどんなものか、ロンとハーマイオニーに話《はな》しておいたが、この金庫《きんこ》に隠《かく》されている分霊箱《ぶんれいばこ》が、それ以外《いがい》の未知《みち》のものなら、何《なに》を探《さが》してよいのかわからなかった。しかし、全体《ぜんたい》を見渡《みわた》す間《ま》もなく、背後《はいご》で鈍《にぶ》い音《おと》がして、金庫《きんこ》の扉《とびら》が再《ふたた》び現《あらわ》れ、ハリーたちは閉《と》じ込《こ》められてしまった。あたりはたちまち真《ま》っ暗闇《くらやみ》になり、ロンが驚《おどろ》いて叫《さけ》び声《ごえ》を上《あ》げた。

「心配《しんぱい》いりません。ボグロッドが出《だ》してくれます！」グリップフックが言《い》った。「杖灯《つえあか》りをつけていただけますか？　それに、急《いそ》いでください。ほとんど時間《じかん》がありません！」

「ルーモス！　光《ひかり》よ！」

ハリーが、杖灯《つえあか》りで金庫《きんこ》の中《なか》をぐるりと照《て》らした。灯《あか》りを受《う》けてキラキラ輝《かがや》く宝石《ほうせき》の中《なか》に、ハリーは、いろいろな鎖《くさり》にまじって高《たか》い棚《たな》に置《お》かれている偽《にせ》のグリフィンドールの剣《つるぎ》を見《み》つけた。ロンとハーマイオニーも杖灯《つえあか》りをつけて、周《まわ》りの宝《たから》の山《やま》を調《しら》べはじめていた。

「ハリー、これはどう——？　あぁぅ——！」

ハーマイオニーが痛《いた》そうに叫《さけ》んだ。ハリーが杖《つえ》を向《む》けて見《み》ると、宝石《ほうせき》をはめ込《こ》んだゴブレットがハーマイオニーの手《て》から転《ころ》がり落《お》ちるところだった。ところが、落《お》ちたとたんにそのゴブレットが分裂《ぶんれつ》して同《おな》じようなゴブレットが噴《ふ》き出《だ》し、あっという間《ま》に床《ゆか》を埋《う》め、カチャカチャとやかましい音《おと》を立《た》てながらあちこちに転《ころ》がりはじめた。もともとのゴブレットがどれだったか、見分《みわ》けがつかない。

「火傷《やけど》したわ！」

ハーマイオニーが、火《ひ》ぶくれになった指《ゆび》をしゃぶりながらうめいた。

「『双子《ふたご》の呪文《じゅもん》』と『燃焼《ねんしょう》の呪《のろ》い』が追加《ついか》されていたのです！」グリップフックが言《い》った。「触《ふ》れる物《もの》はすべて、熱《あつ》くなり、増《ふ》えます。しかしコピーには価値《かち》がない——宝物《たからもの》に触《ふ》れ続《つづ》けると、最後《さいご》には増《ふ》えた金《きん》の重《おも》みに押《お》しつぶされて死《し》にます！」

「わかった。何《なに》にも手《て》を触《ふ》れるな！」

ハリーは必死《ひっし》だった。しかしそう言《い》うそばから、ロンが、落《お》ちたゴブレットの一つをうっかり足《あし》でつついてしまい、熱《あつ》さに跳《と》びはねているうちに、ゴブレットがまた二十個《こ》ぐらい増《ふ》えた。ロンの片方《かたほう》の靴《くつ》の一部《いちぶ》が、熱《あつ》い金属《きんぞく》に触《ふ》れて焼《や》け焦《こ》げていた。

「じっとして、動《うご》いちゃダメ！」ハーマイオニーは急《いそ》いでロンを押《お》さえようとした。

「目《め》で探《さが》すだけにして！」ハリーが言《い》った。

「いいか、小《ちい》さい金《きん》のカップだ。穴熊《あなぐま》が彫《ほ》ってあって、取《と》っ手《て》が二つついている――そのほかに、レイブンクローの印《しるし》がどこかについていないか見《み》てくれ。鷲《わし》だ――」

三人《にん》はその場《ば》で慎重《しんちょう》に向《む》きを変《か》えながら、隅々《すみずみ》の割《わ》れ目《め》まで杖《つえ》で照《て》らした。しかし、何《なに》にも触《ふ》れないというのは不可能《ふかのう》だった。ハリーはガリオン金貨《きんか》の滝《たき》を作《つく》ってしまい、偽《にせ》の金貨《きんか》がゴブレットと一緒《いっしょ》になって、もはや足《あし》の踏《ふ》み場《ば》もない。しかも輝《かがや》く金貨《きんか》が熱《ねつ》を発《はっ》し、金庫《きんこ》はかまどの中《なか》のようだった。ハリーの杖灯《つえあか》りが、天井《てんじょう》まで続《つづ》く棚《たな》に置《お》かれた盾《たて》の類《たぐい》や、小鬼製《ゴブリンせい》の兜《かぶと》を照《て》らし出《だ》した。杖灯《つえあか》りを徐々《じょじょ》に上《うえ》へと移動《いどう》させていくと、突然《とつぜん》、あるものが見《み》えた。ハリーの心臓《しんぞう》は躍《おど》り、手《て》が震《ふる》えた。

「**あそこだ。あそこ！**」

ロンとハーマイオニーも、杖《つえ》をそこに向《む》けた。小《ちい》さな金《きん》のカップが、三方《さんぼう》からの杖灯《つえあか》りに照《て》らされて浮《う》かび上《あ》がった。ヘルガ・ハッフルパフのものだったカップ。ヘプジバ・スミスに引《ひ》き継《つ》がれ、トム・リドルに盗《ぬす》まれたカップだ。

「だけど、いったいどうやって、何《なに》にも触《ふ》れないであそこまで登《のぼ》るつもりだ？」

ロンが聞《き》いた。

「アクシオ! カップよ、来《こ》い!」

ハーマイオニーが叫《さけ》んだ。必死《ひっし》になるあまり、計画《けいかく》の段階《だんかい》でグリップフックの言《い》ったことを忘《わす》れてしまったらしい。

「むだです。むだ!」小鬼《ゴブリン》が歯《は》がみした。

「それじゃ、どうしたらいいんだ?」ハリーは小鬼《ゴブリン》をにらんだ。「剣《つるぎ》が欲《ほ》しいなら、グリップフック、もっと助《たす》けてくれなきゃ——待《ま》てよ! 剣《つるぎ》なら触《ふ》れられるんじゃないか? ハーマイオニー、剣《つるぎ》をよこして!」

ハーマイオニーはローブをあちこち探《さぐ》って、やっとビーズバッグを取《と》り出《だ》し、しばらくガサゴソかき回《まわ》していたが、やがて輝《かがや》く剣《つるぎ》を取《と》り出《だ》した。ハリーはルビーのはまった柄《つか》を握《にぎ》り、剣先《けんさき》で、近《ちか》くにあった銀《ぎん》の細口瓶《ほそくちびん》に触《ふ》れてみた。増《ふ》えない。

「剣《つるぎ》をカップの取《と》っ手《て》に引《ひ》っかけられたら——でも、あそこまでどうやって登《のぼ》ればいいんだろう?」

カップが置《お》かれている棚《たな》は、誰《だれ》も手《て》が届《とど》かない。三人《にん》の中《なか》で一番背《いちばんせ》の高《たか》いロンでさえ届《とど》かなかった。呪文《じゅもん》のかかった宝《たから》から出《で》る熱《ねつ》が、熱波《ねっぱ》となって立《た》ち昇《のぼ》り、カップに届《とど》く方法《ほうほう》を考《かんが》えあぐねているハリーの顔《かお》からも背中《せなか》からも、汗《あせ》が滴《したた》っていた。その時《とき》、金庫《きんこ》の扉《とびら》のむこう側《がわ》で、ドラゴンの吼《ほ》え声《ごえ》と、ガチャガチャいう音《おと》がだんだん大《おお》きくなってくるのが聞《き》こえた。

今《いま》や、完全《かんぜん》に包囲《ほうい》されてしまった。出口《でぐち》は扉《とびら》しかない。しかし扉《とびら》の向《む》こうには大勢《おおぜい》の小鬼《ゴブリン》が近《ちか》づきつつあるようだ。ハリーがロンとハーマイオニーを振《ふ》り返《かえ》ると、二人《ふたり》とも恐怖《きょうふ》で顔《かお》が引《ひ》きつっていた。

「ハーマイオニー」

ガチャガチャという音《おと》がだんだん大《おお》きくなる中《なか》で、ハリーが呼《よ》びかけた。

「僕《ぼく》、あそこまで登《のぼ》らないといけない。僕《ぼく》たちは、あれを破壊《はかい》しないといけないんだ――」

ハーマイオニーは杖《つえ》を上《あ》げ、ハリーに向《む》けて小声《こごえ》で唱《とな》えた。

「レビコーパス、身体浮上《しんたいふじょう》せよ」

ハリーの体全体《からだぜんたい》がくるぶしから持《も》ち上《あ》がって、逆《さか》さまに宙《ちゅう》に浮《う》かんだ。とたんに鎧《よろい》にぶつかり、白熱《はくねつ》した鎧《よろい》のコピーが中《なか》から飛《と》び出《だ》して、すでにいっぱいになっている空間《くうかん》をさらに埋《う》めた。ロン、ハーマイオニー、そして二人《ふたり》の小鬼《ゴブリン》が、押《お》し倒《たお》されて痛《いた》みに叫《さけ》びを上《あ》げながら、ほかの宝《たから》にぶつかった。その宝《たから》のコピーがまた増《ふ》えた。満《み》ち潮《しお》のように迫《せ》り上《あ》がってくる灼熱《しゃくねつ》した宝《たから》に半分《はんぶん》埋《う》まり、みんなが悲鳴《ひめい》を上《あ》げてもがく中《なか》、ハリーは剣《つるぎ》をハッフルパフのカップの取《と》っ手《て》に通《とお》し、剣先《けんさき》にカップを引《ひ》っかけた。

「インパービアス！　防水《ぼうすい》・防火《ぼうか》せよ！」

ハーマイオニーが、自分《じぶん》とロンと二人《ふたり》の小鬼《ゴブリン》を焼《や》けた金属《きんぞく》から護《まも》ろうとして、金切《かなき》り声《ごえ》で呪文《じゅもん》を唱《とな》えた。

その時《とき》、一段《いちだん》と大《おお》きな悲鳴《ひめい》が聞《き》こえ、ハリーは下《した》を見《み》た。ロンとハーマイオニーが腰《こし》まで宝《たから》に埋《う》まりながら、宝《たから》の満《み》ち潮《しお》に飲《の》まれようとするボグロッドを救《すく》おうと、もがいていた。しかし、グリップフックはすでに沈《しず》んで姿《すがた》が見《み》えず、長《なが》い指《ゆび》の先《さき》だけが見《み》えていた。

ハリーは、グリップフックの指先《ゆびさき》を捕《つか》まえて引《ひ》っ張《ぱ》り上《あ》げた。火《ひ》ぶくれの小鬼《ゴブリン》が、泣《な》きわめきながら少《すこ》しずつ上《あ》がってきた。

「リベラコーパス！　身体自由《しんたいじゆう》！」

ハリーが呪文《じゅもん》を叫《さけ》び、グリップフックもろとも、ふくれ上《あ》がる宝《たから》の表面《ひょうめん》に音《おと》を立《た》てて落下《らっか》した。剣《つるぎ》がハリーの手《て》を離《はな》れて飛《と》んだ。

「剣《つるぎ》を！」熱《あつ》い金属《きんぞく》が肌《はだ》を焼《や》く痛《いた》みと戦《たたか》いながら、ハリーが叫《さけ》んだ。

グリップフックは灼熱《しゃくねつ》した宝《たから》の山《やま》を何《なに》が何《なん》でもさけようと、またハリーの肩《かた》によじ登《のぼ》った。

「剣《つるぎ》はどこだ？　カップが一緒《いっしょ》なんだ！」

扉《とびら》の向《む》こうでは、ガチャガチャ音《おん》が耳《みみ》をつんざくほどに大《おお》きくなっていた――もう遅過《おそす》ぎる。

「そこだ！」

見《み》つけたのも飛《と》びついたのも、グリップフックだった。そのとたん、ハリーは、小鬼《ゴブリン》が、自分《じぶん》たちとの約束《やくそく》をまったく信用《しんよう》していなかったことを思《おも》い知《し》った。グリップフックは、焼《や》けた宝《たから》の海《うみ》のうねりに飲《の》み込《こ》まれまいと、片手《かたて》でハリーの髪《かみ》の毛《け》をむんずとつかみ、もう一方《いっぽう》の手《て》に剣《つるぎ》の柄《つか》をつかんで、ハリーに届《とど》かないよう高々《たかだか》と振《ふ》り上《あ》げた。

剣先《けんさき》に取《と》っ手《て》が引《ひ》っかかっていた小《ちい》さな金《きん》のカップが、宙《ちゅう》に舞《ま》った。小鬼《ゴブリン》を肩車《かたぐるま》したまま、ハリーは飛《と》びついてカップをつかんだ。カップがじりじりと肌《はだ》を焼《や》くのを感《かん》じながらも、ハリーはカップを離《はな》さなかった。数《かぞ》えきれないハッフルパフのカップが、握《にぎ》った手《て》の中《なか》から飛《と》び出《だ》して、雨《あめ》のように降《ふ》りかかってきても離《はな》さなかった。その時《とき》、金庫《きんこ》の入口《いりぐち》が開《ひら》き、ハリーは、ふくれ続《つづ》けた、火《ひ》のように熱《あつ》い金銀《きんぎん》のなだれになす術《すべ》もなく流《なが》されて、ロン、ハーマイオニーと一緒《いっしょ》に金《きん》庫《こ》の外《そと》に押《お》し出《だ》された。

体中《からだじゅう》を覆《おお》う火傷《やけど》の痛《いた》みもほとんど意識《いしき》せず、増《ふ》え続《つづ》ける宝《たから》のうねりに流《なが》されながら、ハリーはカップをポケットに押《お》し込《こ》んで、剣《つるぎ》を取《と》り戻《もど》そうと手《て》を伸《の》ばした。しかし、グリップフックはもういなかった。頃合《ころあ》いを見計《みはか》らって、すばやくハリーの肩《かた》からすべり降《お》りたグリップフックは、周囲《しゅうい》を取《と》り囲《かこ》む小鬼《ゴブリン》の中《なか》に紛《まぎ》れ込《こ》み、剣《つるぎ》を振《ふ》り回《まわ》して叫《さけ》んだ。

「泥棒《どろぼう》！　泥棒《どろぼう》！　助《たす》けて！　泥棒《どろぼう》だ！」

グリップフックは、攻《せ》め寄《よ》せる小鬼《ゴブリン》の群《む》れの中《なか》に消《き》えた。手《て》に手《て》に短刀《たんとう》を振《ふ》りかざした小鬼《ゴブリン》たちは、何《なん》の疑問《ぎもん》もなくグリップフックを受《う》け入《い》れたのだ。

熱《あつ》い金属《きんぞく》に足《あし》を取《と》られながら、ハリーは何《なん》とか立《た》ち上《あ》がろうともがき、脱出《だっしゅつ》するには囲《かこ》みを破《やぶ》るほかはないと覚悟《かくご》した。

「ステューピファイ！　まひせよ！」

ハリーの叫《さけ》びに、ロンとハーマイオニーも続《つづ》いた。赤《あか》い閃光《せんこう》が小鬼《ゴブリン》の群《む》れに向《む》かって飛《と》び、何人《なんにん》かがひっくり返《かえ》ったが、ほかの小鬼《ゴブリン》が攻《せ》め寄《よ》せてきた。その上《うえ》、魔法使《まほうつか》いの門番《もんばん》が数人《すうにん》、曲《ま》がり角《かど》を走《はし》ってくるのが見《み》えた。

つながれたドラゴンが吼《ほ》えたけり、吐《は》き出《だ》す炎《ほのお》が小鬼《ゴブリン》の頭上《ずじょう》を飛《と》び過《す》ぎた。魔法使《まほうつか》いたちは身《み》をかがめて逃《に》げ出《だ》し、今来《いまき》た道《みち》を後退《こうたい》した。その時《とき》、啓示《けいじ》か狂気《きょうき》か、ハリーの頭《あたま》に突然《とつぜん》ひらめくものがあった。ドラゴンを岩盤《がんばん》に鎖《くさり》でつないでいるがっしりした足《あし》かせに杖《つえ》を向《む》け、ハリーは叫《さけ》んだ。

「レラシオ！　放《はな》せ！」

足《あし》かせが爆音《ばくおん》を上《あ》げて割《わ》れた。

「こっちだ！」ハリーが叫《さけ》んだ。そして、攻《せ》め寄《よ》せる小鬼《ゴブリン》たちに「失神呪文《しっしんじゅもん》」を浴《あ》びせかけながら、ハリーは目《め》の見《み》えないドラゴンに向《む》かって全速力《ぜんそくりょく》で走《はし》った。

「ハリー――ハリー――何《なに》をするつもりなの？」ハーマイオニーが叫《さけ》んだ。

「乗《の》るんだ、よじ登《のぼ》って、さあ――」

ドラゴンは、まだ自由《じゆう》になったことに気《き》づいていなかった。ハリーはドラゴンの後脚《あとあし》の曲《ま》がった部分《ぶぶん》を足《あし》がかりにして、背中《せなか》によじ登《のぼ》った。うろこが鋼鉄《こうてつ》のように硬《かた》く、ハリーが乗《の》ったことも感《かん》じていないようだった。ハリーが伸《の》ばした片腕《かたうで》にすがって、ハーマイオニーも登《のぼ》った。そのあとをロンが登《のぼ》ってきた直後《ちょくご》、ドラゴンはもうつながれていないことに気《き》づいた。

ドラゴンは、一声《ひとこえ》吼《ほ》えて後脚《あとあし》で立《た》ち上《あ》がった。ハリーはゴツゴツしたうろこを力《ちから》のかぎりしっかりつかみ、両《りょう》ひざをドラゴンの背《せ》に食《く》い込《こ》ませた。ドラゴンは両《りょう》の翼《つばさ》を開《ひら》き、悲鳴《ひめい》を上《あ》げる小鬼《ゴブリン》たちをボウリングのピンのようになぎ倒《たお》して、舞《ま》い上《あ》がった。ハリー、ロン、ハーマイオニーの三人《にん》は、トンネルの開口部《かいこうぶ》方向《ほうこう》に突《つ》っ込《こ》んでいくドラゴンの背中《せなか》にぴったり張《は》りついていた。天井《てんじょう》で体《からだ》がこすれた。その上《うえ》、追《お》っ手《て》の小鬼《ゴブリン》たちが投《な》げる短剣《たんけん》が、ドラゴンの脇腹《わきばら》をかすめた。

「外《そと》には絶対《ぜったい》出《で》られないわ。ドラゴンが大《おお》き過《す》ぎるもの！」

ハーマイオニーが悲鳴《ひめい》を上《あ》げた。しかしドラゴンは、開《あ》けた口《くち》から再《ふたた》び炎《ほのお》を吐《は》いて、トンネルを吹《ふ》き飛《と》ばした。床《ゆか》も天井《てんじょう》も割《わ》れて砕《くだ》けた。ドラゴンは、力任《ちからまか》せに鉤爪《かぎづめ》で引《ひ》っかき、道《みち》を作《つく》るのに奮闘《ふんとう》していた。熱《ねつ》とほこりの中《なか》で、ハリーは両目《りょうめ》を固《かた》く閉《と》じていた。岩《いわ》が砕《くだ》ける音《おと》とドラゴンの咆哮《ほうこう》は耳《みみ》を聾《ろう》するばかりで、ハリーは背中《せなか》につかまっているのがやっとだった。今《いま》にも振《ふ》り落《お》とされるのではないかと思《おも》った。その時《とき》、ハーマイオニーの叫《さけ》ぶ声《こえ》が聞《き》こえた。

「デイフォディオ！　掘《ほ》れ！」

ハーマイオニーは、ドラゴンがトンネルを広《ひろ》げるのを手伝《てつだ》っていた。新鮮《しんせん》な空気《くうき》を求《もと》め、小鬼《ゴブリン》のかん高《だか》い声《こえ》と、鳴子《なるこ》の音《おと》から遠《とお》ざかろうと格闘《かくとう》しているドラゴンのために、天井《てんじょう》をうがっているのだ。ハリーとロンもハーマイオニーに倣《なら》い、穴掘《あなほ》り呪文《じゅもん》を連発《れんぱつ》して、天井《てんじょう》を吹《ふ》き飛《と》ばした。鼻息《はないき》も荒《あら》くはい進《すす》む巨大《きょだい》な生《い》き物《もの》は、地下《ちか》の湖《みずうみ》を通《とお》り過《す》ぎたあたりで、行《ゆ》く手《て》に自由《じゆう》と広《ひろ》い空間《くうかん》を感《かん》じ取《と》った様子《ようす》だった。背後《はいご》のトンネルは、ドラゴンがたたきつけるとげのある尻尾《しっぽ》と、たたき壊《こわ》された瓦礫《がれき》で埋《う》まり、大《おお》きな岩《いわ》の塊《かたまり》や、巨大《きょだい》な鍾乳石《しょうにゅうせき》の残《ざん》がいが累々《るいるい》と転《ころ》がっていた。後方《こうほう》の小鬼《ゴブリン》の鳴《な》らすガチャガチャという音《おと》は、だんだんくぐもり、前方《ぜんぽう》にはドラゴンの吐《は》く炎《ほのお》で、着々《ちゃくちゃく》と道《みち》が開《ひら》けていた——。

呪文《じゅもん》の力《ちから》とドラゴンの怪力《かいりき》が重《かさ》なり、三人《にん》はついに地下《ちか》トンネルを吹《ふ》き飛《と》ばして抜《ぬ》け出《だ》し、大《だい》理石《りせき》のホールに突入《とつにゅう》した。小鬼《ゴブリン》も魔法使《まほうつか》いも悲鳴《ひめい》を上《あ》げ、身《み》を隠《かく》す場所《ばしょ》を求《もと》めて逃《に》げ惑《まど》った。とうとう翼《つばさ》を広《ひろ》げられる空間《くうかん》を得《え》たドラゴンは、入口《いりぐち》の向《む》こうにさわやかな空気《くうき》をかぎ分《わ》け、角《つの》の生《は》えた頭《あたま》をその方向《ほうこう》に向《む》けて飛《と》び立《た》った。

ハリー、ロン、ハーマイオニーを背中《せなか》にしがみつかせたまま、ドラゴンは金属《きんぞく》の扉《とびら》を力《ちから》ずくで突《つ》き破《やぶ》った。ねじれて蝶番《ちょうつがい》からだらりとぶら下《さ》がった扉《とびら》を尻目《しりめ》に、よろめきながらダイアゴン横《よこ》丁《ちょう》に進《すす》み出《で》たドラゴンは、そこから高々《たかだか》と大空《おおぞら》に舞《ま》い上《あ》がった。

第《だい》27章《しょう》　最後《さいご》の隠《かく》し場所《ばしょ》

舵《かじ》を取《と》る手段《しゅだん》はなかった。ドラゴン自身《じしん》、どこに向《む》かっているのか見《み》えていない。もし急《きゅう》に曲《ま》がったり空中《くうちゅう》で回転《かいてん》したりすれば、三人《にん》とももう、その広《ひろ》い背中《せなか》にしがみついていることはできないと、ハリーにはわかっていた。にもかかわらず、どんどん高《たか》く舞《ま》い上《あ》がり、ロンドンが灰色《はいいろ》と緑《みどり》の地図《ちず》のように眼下《がんか》に広《ひろ》がってくるにつれ、ハリーは、不可能《ふかのう》と思《おも》われた脱出《だっしゅつ》ができたことへの感謝《かんしゃ》の気持《きも》ちを圧倒的《あっとうてき》に強《つよ》く感《かん》じていた。ドラゴンの首《くび》に低《ひく》く身《み》を伏《ふ》せ、金属的《きんぞくてき》なうろこにしっかりしがみついていると、ドラゴンの翼《つばさ》が風車《ふうしゃ》の羽根《はね》のように送《おく》る冷《つめ》たい風《かぜ》が、火傷《やけど》で火《ひ》ぶくれになった肌《はだ》に心地《ここち》よかった。後《うし》ろでは、うれしいからか恐《おそ》ろしいからか、ロンが声《こえ》を張《は》り上《あ》げて悪態《あくたい》をつき、ハーマイオニーはすすり泣《な》いている。

五分《ふん》もたつと、ドラゴンが三人《にん》を振《ふ》り落《お》とすのではないかという緊迫《きんぱく》した恐《おそ》れを、ハリーは少《すこ》し忘《わす》れることができた。ドラゴンは、地下《ちか》の牢獄《ろうごく》からなるべく遠《とお》くに離《はな》れることだけを思《おも》いつめているようだった。しかし、いつ、どうやって降《お》りるかという問題《もんだい》を考《かんが》えると、やはりかなり恐《おそ》ろしかった。ハリーは、ドラゴンという生《い》き物《もの》が休《やす》まずにどのくらい飛《と》び続《つづ》けられるのかを知《し》らなかったし、このほとんど目《め》の見《み》えないドラゴンが、どうやって着陸地点《ちゃくりくちてん》を見《み》つけるのか、見当《けんとう》もつかなかった。ハリーはひっきりなしにあたりに目《め》を配《くば》った。額《ひたい》の傷痕《きずあと》がうずくような気《き》がしたからだ……。

ハリーたちがレストレンジの金庫《きんこ》を破《やぶ》ったことが、ヴォルデモートの知《し》るところとなるまでにどのくらいかかるだろう？　グリンゴッツの小鬼《ゴブリン》たちは、どのくらい急《いそ》いでベラトリックスに知《し》らせるだろう？　どのくらいたってから、盗《ぬす》まれた品物《しなもの》が何《なん》なのかに気《き》がつくだろう？　そして、金《きん》のカップがなくなっていると知《し》れば、ヴォルデモートはついに気《き》づくだろう。ハリーたちが分《ぶん》霊箱《れいばこ》を探《さが》し求《もと》めていることに……。

ドラゴンは、より冷《つめ》たく新鮮《しんせん》な空気《くうき》にうえているようだった。どこまでも高《たか》く上《あ》がり、とうとう今《いま》は、冷《つめ》たい薄雲《うすぐも》が漂《ただよ》う中《なか》を飛《と》んでいた。それまで、色《いろ》のついた小《ちい》さな点《てん》のように見《み》えていたロンドンに出入《でい》りする車《くるま》も、もう見《み》えなくなった。ドラゴンは飛《と》び続《つづ》けた。緑《みどり》と茶色《ちゃいろ》の区画《くかく》に分《わ》けられた田園《でんえん》の上《うえ》を、景色《けしき》を縫《ぬ》って蛇行《だこう》するつや消《け》しのリボンのような道《みち》や光《ひか》る川《かわ》の上《うえ》を、どこまでも飛《と》んだ。

「こいつは何《なに》を探《さが》してるんだ？」北《きた》へ北《きた》へと飛《と》びながら、ロンが後《うし》ろから叫《さけ》んだ。

「わからないよ」ハリーが叫《さけ》び返《かえ》した。

冷《つめ》たくて手《て》の感覚《かんかく》がなくなっていたが、かといって握《にぎ》りなおすことなど怖《こわ》くてとてもできない。ハリーは、眼下《がんか》に海岸線《かいがんせん》が通《とお》り過《す》ぎるのが見《み》えたらどうしようとずっと考《かんが》えていた。もしドラゴンが広《ひろ》い海《うみ》に向《む》かっていたらどうなるのだろう。ハリーは寒《さむ》さにかじかんでいた。そればかりか、死《し》ぬほど空腹《くうふく》でのどもかわいていた。このドラゴンが最後《さいご》に餌《えさ》を食《く》ったのはいつだろう？　きっとそのうちに、食料補給《しょくりょうほきゅう》が必要《ひつよう》になるのではないだろうか？　そして、もしその時《とき》、ちょうど食《た》べごろの人間《にんげん》が三人背中《にんせなか》に乗《の》っていることに気《き》づいたら？

太陽《たいよう》が傾《かたむ》き、空《そら》は藍色《あいいろ》に変《か》わったが、ドラゴンはまだ飛《と》び続《つづ》けていた。大小《だいしょう》の街《まち》が矢《や》のように通《とお》り過《す》ぎ、ドラゴンの巨大《きょだい》な影《かげ》が、大《おお》きな黒雲《くろくも》のように地上《ちじょう》をすべっていった。ドラゴンの背《せ》に必死《ひっし》にしがみついているだけで、ハリーは体中《からだじゅう》のあちらこちらが痛《いた》んだ。

「僕《ぼく》の錯覚《さっかく》かなぁ？」長《なが》い無言《むごん》の時間《じかん》が過《す》ぎ、やがてロンが叫《さけ》んだ。「それとも、高度《こうど》が下《さ》がっているのかなぁ？」

ハリーが下《した》を見《み》ると、日没《にちぼつ》の光《ひかり》で赤銅色《しゃくどういろ》に染《そ》まった深《ふか》い緑《みどり》の山々《やまやま》と湖《みずうみ》がいくつか見《み》えた。ドラゴンの脇腹《わきばら》から目《め》を細《ほそ》めてたしかめているうちにも、見《み》る見《み》る景色《けしき》は大《おお》きくなり、細部《さいぶ》が見《み》えてきた。ドラゴンは、陽《ひ》の光《ひかり》の反射《はんしゃ》で淡水《たんすい》の存在《そんざい》を感《かん》じ取《と》ったらしい。

ドラゴンはしだいに低《ひく》く飛《と》び、大《おお》きく輪《わ》を描《えが》きながら、小《ちい》さめの湖《みずうみ》の一つに的《まと》を絞《しぼ》り込《こ》んでいるようだった。

「充分低《じゅうぶんひく》くなったら、いいか、飛《と》び込《こ》め！」ハリーが後《うし》ろに呼《よ》びかけた。「ドラゴンが僕《ぼく》たちの存在《そんざい》に気《き》づく前《まえ》に、まっすぐ湖《みずうみ》に！」

二人《ふたり》は了解《りょうかい》したが、ハーマイオニーの返事《へんじ》は少《すこ》し弱々《よわよわ》しかった。その時《とき》ハリーには、ドラゴンの広《ひろ》く黄色《きいろ》い腹《はら》が湖《みずうみ》の面《おもて》に映《うつ》って、小《ちい》さく波打《なみう》っているのが見《み》えた。

「今《いま》だ！」

ハリーはドラゴンの脇腹《わきばら》をずるずるすべり降《お》りて、湖《みずうみ》の表面目《ひょうめんめ》がけて足《あし》から飛《と》び込《こ》んだ。落《らく》差《さ》は思《おも》ったより大《おお》きく、ハリーはしたたか水《みず》を打《う》って、葦《あし》に覆《おお》われた凍《こお》りつくような緑色《みどりいろ》の水《みず》の世界《せかい》に石《いし》が落下《らっか》するように突《つ》っ込《こ》んだ。水面《すいめん》に向《む》かって水《みず》をけり、あえぎながら顔《かお》を出《だ》して見回《みまわ》すと、ロンとハーマイオニーが落《お》ちたあたりに、大《おお》きな波紋《はもん》が広《ひろ》がっているのが見《み》えた。ドラゴンは何《なに》も気《き》づかなかったようだ。すでに十四、五メートルほど先《さき》をスーッと低空飛行《ていくうひこう》し、傷《きず》ついた鼻面《はなづら》で水《みず》をすくっていた。ロンとハーマイオニーの顔《かお》がようやく水面《すいめん》に現《あらわ》れ、ゼイゼイあえぎながら水《みず》を吐《は》き出《だ》しているうちに、ドラゴンは翼《つばさ》を強《つよ》く羽《は》ばたかせてさらに飛《と》び、ついには遠《とお》くの湖岸《こがん》に着陸《ちゃくりく》した。

ハリー、ロン、ハーマイオニーの三人《にん》は、ドラゴンとは反対側《はんたいがわ》の岸《きし》を目指《めざ》して泳《およ》いだ。湖《みずうみ》はそう深《ふか》くはないように見《み》えたが、そのうち、泳《およ》ぐというより、むしろ葦《あし》と泥《どろ》をかき分《わ》けて進《すす》むことになった。やっと岸《きし》に着《つ》いたときには、三人《にん》とも水《みず》を滴《したた》らせ、息《いき》を切《き》らしながら疲労困憊《ひろうこんぱい》して、つるつるすべる草《くさ》の上《うえ》にばったり倒《たお》れた。

ハーマイオニーは咳《せ》き込《こ》み、震《ふる》えながら横《よこ》になったままだった。ハリーもそのまま横《よこ》になって眠《ねむ》れたらどんなに幸《しあわ》せかと思《おも》ったが、よろよろと立《た》ち上《あ》がって杖《つえ》を抜《ぬ》き、いつもの保護呪文《ほごじゅもん》を周《しゅう》囲《い》に張《は》り巡《めぐ》らしはじめた。

それが終《お》わって二人《ふたり》のそばに戻《もど》ったハリーは、金庫《きんこ》から脱出《だっしゅつ》して初《はじ》めて、二人《ふたり》をまともに見《み》た。二人《ふたり》とも、顔《かお》と腕中《うでじゅう》を火傷《やけど》で赤《あか》く腫《は》れ上《あ》がらせ、着《き》ている物《もの》もところどころ焼《や》け焦《こ》げて、痛《いた》さに顔《かお》をしかめて身《み》をよじりながら、火傷《やけど》にハナハッカのエキスを塗《ぬ》っていた。ハーマイオニーはハリーに薬瓶《くすりびん》を渡《わた》し、「貝殻《かいがら》の家《いえ》」から持《も》ってきたかぼちゃジュース三本《ぼん》と、乾《かわ》いた清潔《せいけつ》なローブを三人分取《にんぶんと》り出《だ》した。着替《きが》えをすませた三人《にん》は、一気《いっき》にジュースを飲《の》んだ。

「まあ、いいほうに考《かんが》えれば——」

座《すわ》り込《こ》んで両手《りょうて》の皮《かわ》が再生《さいせい》するのを見《み》ながら、ロンがようやく口《くち》を開《ひら》いた。

「分霊箱《ぶんれいばこ》を手《て》に入《い》れた。悪《わる》いほうに考《かんが》えれば——」

「――剣《つるぎ》がない」

ジーンズの焼《や》け焦《こ》げ穴《あな》からハナハッカを垂《た》らして、その下《した》のひどい火《ひ》ぶくれに薬《くすり》をつけていたハリーが、歯《は》を食《く》いしばりながら言《い》った。

「剣《つるぎ》がない」ロンがくり返《かえ》した。「あのチビの裏切《うらぎ》り者《もの》の下衆野郎《げすやろう》……」

ハリーは今脱《いまぬ》いだばかりのぬれた上着《うわぎ》のポケットから分霊箱《ぶんれいばこ》を引《ひ》っ張《ぱ》り出《だ》し、目《め》の前《まえ》の草《くさ》の上《うえ》に置《お》いた。カップは燦然《さんぜん》と陽《ひ》に輝《かがや》き、ジュースをぐい飲《の》みする三人《にん》の目《め》を引《ひ》いた。

「少《すく》なくともこれは、身《み》につけられないな。首《くび》にかけたら少《すこ》し変《へん》だろう」ロンが手《て》のこうで口《くち》をぬぐいながら言《い》った。

ハーマイオニーは、ドラゴンがまだ水《みず》を飲《の》んでいる遠《とお》くの岸《きし》を眺《なが》めていた。

「あのドラゴン、どうなるのかしら？」ハーマイオニーが聞《き》いた。「大丈夫《だいじょうぶ》かしら？」

「君《きみ》、まるでハグリッドみたいだな」ロンが言《い》った。「あいつはドラゴンだよ、ハーマイオニー。ちゃんと自分《じぶん》の面倒《めんどう》を見《み》るさ。心配《しんぱい》しなけりゃならないのは、むしろこっちだぜ」

「どういうこと？」

「えーと、この悲報《ひほう》を、どう君《きみ》に伝《つた》えればいいのかなぁ」ロンが言《い》った。「あのさ、あいつらは、もしかしたら、僕《ぼく》たちがグリンゴッツ破《やぶ》りをしたことに気《き》づいたかもしれないぜ」

三人《にん》とも笑《わら》いだした。いったん笑《わら》いはじめると、止《と》まらなかった。ハリーは笑《わら》い過《す》ぎてろっ骨《こつ》が痛《いた》くなり、空腹《くうふく》で頭《あたま》がふらふらしたが、草《くさ》に寝転《ねころ》び夕焼《ゆうや》けの空《そら》を見上《みあ》げて、のどがかれるまで笑《わら》い続《つづ》けた。

「でも、どうするつもり？」

ハーマイオニーはヒクヒク言《い》いながら、やっと笑《わら》いやんで真顔《まがお》になった。

「わかってしまうでしょうね？『例《れい》のあの人《ひと》』に、私《わたし》たちが分霊箱《ぶんれいばこ》のことを知《し》っていることが！」

「もしかしたら、やつらは怖《こわ》くてあの人《ひと》に言《い》えないんじゃないか？」ロンが望《のぞ》みをかけた。「もしかしたら、隠《かく》そうとするかも――」

その時《とき》、空《そら》も湖《みずうみ》の水《みず》の匂《にお》いも、ロンの声《こえ》もかき消《き》え、ハリーは頭《あたま》を刀《かたな》で割《さ》かれたような痛《いた》みを感《かん》じた。

ハリーは薄明《うすあ》かりの部屋《へや》に立《た》っていた。目《め》の前《まえ》に魔法使《まほうつか》いが半円状《はんえんじょう》に並《なら》び、足元《あしもと》の床《ゆか》には小《ちい》さな姿《すがた》が震《ふる》えながらひざまずいている。

「俺様《おれさま》に何《なん》と言《い》った？」

かん高《だか》く冷《つめ》たい声《こえ》が言《い》った。頭《あたま》の中《なか》は怒《いか》りと恐《おそ》れで燃《も》え上《あ》がっていた。このことだけを恐《おそ》れていた――しかし、まさかそんなことが。どうしてそんなことが……。

小鬼《ゴブリン》は、ずっと高《たか》みから見下《みお》ろしている赤《あか》い目《め》を見《み》ることができず、震《ふる》え上《あ》がっていた。

「もう一度《いちど》言《い》え！」ヴォルデモートがつぶやくように言《い》った。「もう一度《いちど》言《い》ってみろ！」

「わ――わが君《きみ》」小鬼《ゴブリン》は恐怖《きょうふ》で黒《くろ》い目《め》を見開《みひら》き、つかえながら言《い》った。「わ――わが君《きみ》……我々《われわれ》は、ど――努力《どりょく》いたしました。あ――あいつらを、と――止《と》めるために……に――偽者《にせもの》が、わが君《きみ》……破《やぶ》りました――金庫《きんこ》をや――破《やぶ》って――レストレンジ家《け》のき――金庫《きんこ》に……」

「偽者《にせもの》？ どんな偽者《にせもの》だ？ グリンゴッツは常《つね》に、偽者《にせもの》を見破《みやぶ》る方法《ほうほう》を持《も》っていると思《おも》ったが？ 偽者《にせもの》は誰《だれ》だ？」

「それは……それは……あのポ――ポッターのや――やつと、あとふ――二人《ふたり》の仲間《なかま》で……」

「**それで、やつらが盗《ぬす》んだ物《もの》は？**」ヴォルデモートは声《こえ》を荒《あら》らげた。恐怖《きょうふ》がヴォルデモートをしめつけた。

「言《い》え！ **やつらは何《なに》を盗《ぬす》んだ？**」

「ち……小《ちい》さな――金《きん》のカ――カップです。わ――わが君《きみ》……」

怒《いか》りの叫《さけ》び、否定《ひてい》の叫《さけ》びが、ヴォルデモートの口《くち》から他人《たにん》の声《こえ》のようにもれた。ヴォルデモートは逆上《ぎゃくじょう》し、荒《あ》れ狂《くる》った。そんなはずはない。不可能《ふかのう》だ。知《し》る者《もの》は誰《だれ》もいなかった。どうしてあの小僧《こぞう》が、俺様《おれさま》の秘密《ひみつ》を知《し》ることができたのだ？

ニワトコの杖《つえ》が空《くう》を切《き》り、緑《みどり》の閃光《せんこう》が部屋中《へやじゅう》に走《はし》った。ひざまずいていた小鬼《ゴブリン》が、転《ころ》がって絶命《ぜつめい》した。周《まわ》りで見《み》ていた魔法使《まほうつか》いたちは、おびえきって飛《と》びのき、ベラトリックスとルシウス・マルフォイは、ほかの者《もの》を押《お》しのけて、真《ま》っ先《さき》に扉《とびら》へと走《はし》った。ヴォルデモートの杖《つえ》が、何度《なんど》も何度《なんど》も振《ふ》り下《お》ろされ、逃《に》げ遅《おく》れた者《もの》は、一人残《ひとりのこ》らず殺《ころ》された。こんな知《し》らせを俺様《おれさま》にもたらし、金《きん》のカップのことを聞《き》いてしまったからには――。

屍《しかばね》の間《あいだ》を、ヴォルデモートは荒々《あらあら》しく往《い》ったり来《き》たりした。頭《あたま》の中《なか》に、次々《つぎつぎ》に浮《う》かんでくるイメージ。自分《じぶん》の宝《たから》、自分《じぶん》の護《まも》り、不死《ふし》の碇《いかり》――日記帳《にっきちょう》は破壊《はかい》され、カップは盗《ぬす》まれた。もしも、もしもあの小僧《こぞう》が、ほかの物《もの》も知《し》っているとしたなら？　知《し》っているのだろうか？　すでに行動《こうどう》に移《うつ》したのか？　ほかの物《もの》も探《さが》し出《だ》したのか？　ダンブルドアがやつの陰《かげ》にいるのか？　俺様《おれさま》をずっと疑《うたぐ》っていたダンブルドア、俺様《おれさま》の命令《めいれい》で死《し》んだダンブルドア、今《いま》やその杖《つえ》は俺様《おれさま》のものとなったというのに、ダンブルドアは恥《は》ずべき死《し》の向《む》こうから手《て》を伸《の》ばし、あの小僧《こぞう》を通《とお》して、あの小僧《こぞう》め――。

しかし、もしあの小僧《こぞう》が分霊箱《ぶんれいばこ》のどれかを破壊《はかい》してしまったのなら、まちがいなく、このヴォルデモート卿《きょう》にはわかったはずだ。感《かん》じたはずではないか？　最《もっと》も偉大《いだい》なる魔法使《まほうつか》いの俺様《おれさま》が、最《もっと》も強大《きょうだい》な俺様《おれさま》が、ダンブルドアを亡《な》き者《もの》にし、ほかの名《な》もない虫《むし》けらどもを数《かぞ》えきれないほど始末《しまつ》してくれたこの俺様《おれさま》が――そのヴォルデモート卿《きょう》が、一番大切《いちばんたいせつ》で尊《たっと》い俺様自身《おれさまじしん》が襲《おそ》われ傷《きず》つけられるのに、気《き》づかぬはずがないではないか？

たしかに、日記帳《にっきちょう》が破壊《はかい》されたときには感《かん》じなかった。しかしあれは、感《かん》じるべき肉体《にくたい》を持《も》たず、ゴースト以下《いか》の存在《そんざい》だったからだ……いや、まちがいない。ほかの物《もの》は安全《あんぜん》だ……ほかの分霊箱《ぶんれいばこ》は手《て》つかずだ……。

しかし、知《し》っておかねばならぬ、たしかめねば……。ヴォルデモートは部屋《へや》を往《い》き来《き》しながら、小鬼《ゴブリン》の死体《したい》をけとばした。煮《に》えくり返《かえ》った頭《あたま》に、ぼんやりとしたイメージが燃《も》え上《あ》がった。湖《みずうみ》、小屋《こや》、そしてホグワーツ……。

わずかの冷静《れいせい》さが、今《いま》、ヴォルデモートの怒《いか》りをしずめていた。あの小僧《こぞう》が、ゴーントの小屋《こや》に指輪《ゆびわ》が隠《かく》してあると知《し》るはずがあろうか？　自分《じぶん》がゴーントの血筋《ちすじ》であると知《し》る者《もの》は、誰《だれ》もいない。そのつながりは隠《かく》し通《とお》してきた。あの当時《とうじ》の殺人《さつじん》についても、この俺様《おれさま》が突《つ》き止《と》められることはなかった。あの指輪《ゆびわ》は、まちがいなく安全《あんぜん》だ。

それに、あの小僧《こぞう》だろうが誰《だれ》だろうが、洞窟《どうくつ》のことを知《し》ることも、護《まも》りを破《やぶ》ることもできはずまい？　ロケットが盗《ぬす》まれると考《かんが》えるのは、愚《ぐ》の骨頂《こっちょう》だ……。

学校《がっこう》はどうだ。分霊箱《ぶんれいばこ》をホグワーツのどこに隠《かく》したかを知《し》る者《もの》は、俺様《おれさま》ただ一人《ひとり》だ。自分《じぶん》だけがあの場所《ばしょ》の、最《もっと》も深《ふか》い秘密《ひみつ》を見抜《みぬ》いたのだから……。

それに、まだナギニがいる。これからは、身近《みぢか》に置《お》かねばなるまい。もう俺様《おれさま》の命令《めいれい》を実行《じっこう》させるのはやめ、俺様《おれさま》の庇護《ひご》の下《もと》に置《お》くのだ……。

しかし、確認《かくにん》のために、万全《ばんぜん》を期《き》すために、それぞれの隠《かく》し場所《ばしょ》に戻《もど》らねばならぬ。分霊箱《ぶんれいばこ》の護《まも》りをさらに強化《きょうか》せねばなるまい……ニワトコの杖《つえ》を求《もと》めたときと同様《どうよう》、この仕事《しごと》は俺様一人《おれさまひとり》でやらねばならぬ……。

どこを最初《さいしょ》に訪《たず》ねるべきか？　最《もっと》も危険《きけん》なのはどれだ？　昔《むかし》の不安感《ふあんかん》が脳裏《のうり》をかすめた。ダンブルドアは、俺様《おれさま》の二番目《ばんめ》の姓《せい》を知《し》っている……ゴーントとの関係《かんけい》に気《き》づいたかもしれぬ……隠《かく》し場所《ばしょ》として、あの廃屋《はいおく》は、たぶん一番危《いちばんあぶ》ない。最初《さいしょ》に行《い》くべきは、あそこだ……。

湖《みずうみ》、絶対《ぜったい》に不可能《ふかのう》だ……もっとも、ダンブルドアが、孤児院《こじいん》を通《つう》じて、俺様《おれさま》の過去《かこ》のいたずらをいくつか知《し》った可能性《かのうせい》が、わずかにはあるが。

それに、ホグワーツ……しかし、あそこの分霊箱《ぶんれいばこ》は安全《あんぜん》だとわかりきっている。ポッターが網《あみ》にかからずしてホグズミードに入《はい》ることは不可能《ふかのう》だし、ましてや学校《がっこう》はなおさらだ。万《まん》が一《いち》のために、スネイプに、小僧《こぞう》が城《しろ》に潜入《せんにゅう》しようとするやもしれぬ、と警告《けいこく》しておくのが賢明《けんめい》かもしれぬ……小僧《こぞう》が戻《もど》ってくる理由《りゆう》をスネイプに話《はな》すのは、むろん愚《おろ》かしいことだ。ベラトリックスやマルフォイのやつらを信用《しんよう》したのは、重大《じゅうだい》な過《あやま》ちだった。あいつらのバカさかげんと軽率《けいそつ》さを見《み》れば、そもそも信用《しんよう》なぞということ自体《じたい》がいかに愚《おろ》かしいことかを証明《しょうめい》しているではないか？

まずは、ゴーントの小屋《こや》を訪《たず》ねるのだ。ナギニも連《つ》れていく。もはやこの蛇《へび》とは離《はな》れるべきではない……。

そしてヴォルデモートは荒々《あらあら》しく部屋《へや》を出《で》て玄関《げんかん》ホールを通《とお》り抜《ぬ》け、噴水《ふんすい》が水音《みずおと》を立《た》てて落《お》ちる暗《くら》い庭《にわ》に出《で》た。ヴォルデモートが蛇語《へびご》で呼《よ》ぶ声《こえ》に応《こた》えて、ナギニが長《なが》い影《かげ》のようにするするとかたわらに寄《よ》ってきた……。

ハリーは、自分《じぶん》を現実《げんじつ》に引《ひ》き戻《もど》し、パッと目《め》を開《あ》けた。陽《ひ》が沈《しず》みかけ、ハリーは湖《みずうみ》のほとりに横《よこ》たわっていた。ロンとハーマイオニーが、ハリーを見下《みお》ろしている。二人《ふたり》の心配《しんぱい》そうな表情《ひょうじょう》や、傷痕《きずあと》がずきずき痛《いた》み続《つづ》けていることから考《かんが》えると、突然《とつぜん》ヴォルデモートの心《こころ》の中《なか》に旅《たび》をしていたことが、二人《ふたり》に気《き》づかれてしまったらしい。ハリーは、肌《はだ》がまだぬれているのに漠然《ばくぜん》と驚《おどろ》き、震《ふる》えながら何《なん》とか体《からだ》を起《お》こした。目《め》の前《まえ》の草《くさ》の上《うえ》には、何《なに》も知《し》らぬげに金《きん》のカップが転《ころ》がり、深《ふか》い青色《あおいろ》の湖《みずうみ》は、沈《しず》む太陽《たいよう》の金色《こんじき》に彩《いろど》られていた。

「『あの人《ひと》』は知《し》っている」

ヴォルデモートのかん高《だか》い叫《さけ》びのあとでは、自分《じぶん》の声《こえ》の低《ひく》さが不思議《ふしぎ》だった。

「あいつは知《し》っているんだ。そして、ほかの分霊箱《ぶんれいばこ》をたしかめにいく。それで、最後《さいご》の一個《こ》は」

ハリーはもう立《た》ち上《あ》がっていた。

「ホグワーツにある。そうだと思《おも》っていた。**そうだと思《おも》っていたんだ**」

「えっ？」

ロンはポカンとしてハリーを見《み》つめ、ハーマイオニーはひざ立《だ》ちで心配《しんぱい》そうな顔《かお》をしていた。

「何《なに》を見《み》たの？　なぜ、それがわかったの？」

「あいつが、カップのことを聞《き》かされる様子《ようす》を見《み》た。僕《ぼく》は——僕《ぼく》はあいつの頭《あたま》の中《なか》にいて、あいつは——」ハリーは殺戮《さつりく》の場面《ばめん》を思《おも》い出《だ》した。「あいつは本気《ほんき》で怒《おこ》っていた。それに、恐《おそ》れていた。どうして僕《ぼく》たちが知《し》ったのかを、あいつは理解《りかい》できない。それで、これからほかの分霊箱《ぶんれいばこ》が安全《あんぜん》かどうか、調《しら》べにいくんだ。最初《さいしょ》は指輪《ゆびわ》。あいつは、ホグワーツにある品《しな》が一番安全《いちばんあんぜん》だと思《おも》っている。スネイプがあそこにいるし、見《み》つからずに入《はい》り込《こ》むことがとても難《むずか》しいだろうから。あいつはその分霊箱《ぶんれいばこ》を最後《さいご》に調《しら》べると思《おも》う。それでも、数時間《すうじかん》のうちにはそこに行《い》くだろう――」

「ホグワーツのどこにあるか、見《み》たか？」ロンも今《いま》や急《いそ》いで立《た》ち上《あ》がりながら、聞《き》いた。

「いや。スネイプに警告《けいこく》するほうに意識《いしき》を集中《しゅうちゅう》していて、正確《せいかく》にどこにあるかは思《おも》い浮《う》かべていなかった――」

「待《ま》って、待《ま》ってよ！」

ロンが分霊箱《ぶんれいばこ》を取《と》り上《あ》げ、ハリーがまた「透明《とうめい》マント」を引《ひ》っ張《ぱ》り出《だ》すと、ハーマイオニーが叫《さけ》んだ。

「ただ行《い》くだけじゃだめよ。何《なん》の計画《けいかく》もないじゃないの。私《わたし》たちに必要《ひつよう》なのは――」

「僕《ぼく》たちに必要《ひつよう》なのは、進《すす》むことだ」ハリーがきっぱりと言《い》った。ハリーは眠《ねむ》りたかった。新《あたら》しいテントに入《はい》るのを楽《たの》しみにしていた。しかしもうそれはできない。

「指輪《ゆびわ》とロケットがなくなっていることに気《き》づいたら、あいつが何《なに》をするか想像《そうぞう》できるか？　ホグワーツの分霊箱《ぶんれいばこ》はもう安全《あんぜん》ではないと考《かんが》えて、どこかに動《うご》かしてしまったらどうなる？」

「だけど、どうやって入《はい》り込《こ》むつもり？」

「ホグズミードに行《い》こう」ハリーが言《い》った。「そして、学校《がっこう》の周囲《しゅうい》の防衛《ぼうえい》がどんなものかを見《み》てから、何《なん》とか策《さく》を考《かんが》える。ハーマイオニー、『透明《とうめい》マント』に入《はい》って。今度《こんど》はみんな一緒《いっしょ》に行《い》きたいんだ」

「でも、入《はい》りきらないし――」

「暗《くら》くなるよ。誰《だれ》も、足《あし》なんかに気《き》づきやしない」

暗《くら》い水面《すいめん》に翼《つばさ》の音《おと》が大《おお》きく響《ひび》いた。心行《こころゆ》くまで水《みず》を飲《の》んだドラゴンが、空《そら》に舞《ま》い上《あ》がったのだ。

三人《にん》は支度《したく》の手《て》を止《と》め、ドラゴンがだんだん高《たか》く舞《ま》い上《あ》がっていくのを眺《なが》めた。急速《きゅうそく》に暗《くら》くなる空《そら》を背景《はいけい》に飛《と》ぶ黒《くろ》い影《かげ》のようなドラゴンが、近《ちか》くの山《やま》の向《む》こうに消《き》えるまで、三人《にん》はその姿《すがた》を見《み》送《おく》っていた。それからハーマイオニーが進《すす》み出《で》て、二人《ふたり》の真《ま》ん中《なか》に立《た》った。ハリーはできるかぎり下《した》までマントを引《ひ》っ張《ぱ》り、それから三人一緒《にんいっしょ》にその場《ば》で回転《かいてん》して、押《お》しつぶされるような暗闇《くらやみ》へと入《はい》っていった。

第《だい》28章《しょう》　鏡《かがみ》の片割《かたわ》れ

　ハリーの足《あし》が道路《どうろ》に触《ふ》れた。胸《むね》が痛《いた》くなるほどなつかしいホグズミードの大通《おおどお》りが目《め》に入《はい》った。暗《くら》い店先《みせさき》、村《むら》の向《む》こうには山々《やまやま》の黒《くろ》い稜線《りょうせん》、道《みち》の先《さき》に見《み》えるホグワーツへの曲《ま》がり角《かど》、「三本《さんぼん》の箒《ほうき》」の窓《まど》からもれる明《あ》かり。そして、ほぼ一年前《ねんまえ》、絶望的《ぜつぼうてき》に弱《よわ》っていたダンブルドアを支《ささ》えてここに降《お》り立《た》ったときのことが細部《さいぶ》まで鮮明《せんめい》に思《おも》い出《だ》されて、ハリーは心《こころ》が揺《ゆ》すぶられた。降《お》り立《た》った瞬間《しゅんかん》、そうしたすべての思《おも》いが一度《いちど》に押《お》し寄《よ》せた――しかしその時《とき》――ロンとハーマイオニーの腕《うで》をつかんでいた手《て》をゆるめた、まさにその時《とき》に、事《こと》は起《お》こった。

　ギャーッという叫《さけ》び声《ごえ》が空気《くうき》を切《き》り裂《さ》いた。カップを盗《ぬす》まれたと知《し》ったときの、ヴォルデモートの叫《さけ》びのような声《こえ》だった。ハリーは、神経《しんけい》という神経《しんけい》を逆《さか》なでされるように感《かん》じた。三人《にん》が現《あらわ》れたことが引《ひ》き金《がね》になったことはすぐにわかる。マントに隠《かく》れたほかの二人《ふたり》を振《ふ》り返《かえ》る間《あいだ》に、「三本《さんぼん》の箒《ほうき》」の入口《いりぐち》が勢《いきお》いよく開《ひら》き、フードをかぶったマント姿《すがた》の死喰《しく》い人《びと》が十数人《すうにん》、杖《つえ》をかまえて道路《どうろ》に躍《おど》り出《で》た。

杖《つえ》を上《あ》げるロンの手首《てくび》を、ハリーが押《お》さえた。失神《しっしん》させるには相手《あいて》が多過《おおす》ぎる。呪文《じゅもん》を発《はっ》するだけで、敵《てき》に居所《いどころ》を教《おし》えてしまうだろう。死喰《しく》い人《びと》の一人《ひとり》が杖《つえ》を振《ふ》ると、叫《さけ》び声《ごえ》はやんだが、まだ遠《とお》くの山々《やまやま》にこだまし続《つづ》けていた。

「アクシオ！　透明《とうめい》マントよ、来《こ》い！」死喰《しく》い人《びと》が大声《おおごえ》で唱《とな》えた。

ハリーはマントのひだをしっかりつかんだが、マントは動《うご》く気配《けはい》さえない。「呼《よ》び寄《よ》せ呪文《じゅもん》」は「透明《とうめい》マント」には効《き》かなかった。

「かぶり物《もの》はなしということか、え、ポッター？」

呪文《じゅもん》をかけた死喰《しく》い人《びと》が叫《さけ》んだ。それから仲間《なかま》に指令《しれい》を出《だ》した。

「散《ち》れ、やつはここにいる」

死喰《しく》い人《びと》が六人《にん》、ハリーたちに向《む》かって走《はし》ってきた。ハリー、ロン、ハーマイオニーは、急《いそ》いであとずさりし、近《ちか》くの脇道《わきみち》に入《はい》ったが、死喰《しく》い人《びと》たちは、そこからあと十数《すう》センチという所《ところ》を通《とお》り過《す》ぎていった。三人《にん》が暗闇《くらやみ》に身《み》をひそめてじっとしていると、死喰《しく》い人《びと》の走《はし》り回《まわ》る足音《あしおと》が聞《き》こえ、捜索《そうさく》の杖灯《つえあか》りが通《とお》りを飛《と》び交《か》うのが見《み》えた。

「このまま逃《に》げましょう！」ハーマイオニーがささやいた。「すぐに『姿《すがた》くらまし』しましょう！」

「そうしよう」ロンが言《い》った。

しかしハリーが答《こた》える前《まえ》に、一人《ひとり》の死喰《しく》い人《びと》が叫《さけ》んだ。

「ここにいるのはわかっているぞ、ポッター。逃《に》げることはできない。おまえを見《み》つけ出《だ》してやる！」

「待《ま》ち伏《ぶ》せされていた」ハリーがささやいた。「僕《ぼく》たちが来《く》ればわかるように、あの呪文《じゅもん》が仕掛《しか》けてあったんだ。僕《ぼく》たちを足止《あしど》めするためにも、何《なに》か手《て》が打《う》ってあると思《おも》う。袋《ふくろ》のネズミに――」

「『吸魂鬼《きゅうこんき》』はどうだ？」別《べつ》の死喰《しく》い人《びと》が叫《さけ》んだ。「やつらの好《す》きにさせろ。やつらなら、ポッターをたちまち見《み》つける！」

「闇《やみ》の帝王《ていおう》は、ほかの誰《だれ》でもなく、ご自身《じしん》の手《て》でポッターを始末《しまつ》なさりたいのだ――」

「――吸魂鬼《きゅうこんき》はやつを殺《ころ》しはしない！　闇《やみ》の帝王《ていおう》がお望《のぞ》みなのはポッターの命《いのち》だ。魂《たましい》ではない。まず吸魂鬼《きゅうこんき》に接吻《キス》させておけば、ますます殺《ころ》しやすいだろう！」

口々《くちぐち》に賛成《さんせい》する声《こえ》が聞《き》こえた。ハリーは恐怖《きょうふ》にかられた。吸魂鬼《きゅうこんき》を追《お》い払《はら》うためには守護霊《しゅごれい》を創《つく》り出《だ》さなければならず、そうすればたちまち三人《にん》の居場所《いばしょ》がわかってしまう。

「とにかく『姿《すがた》くらまし』してみましょう、ハリー！」ハーマイオニーがささやいた。

その言葉《ことば》が終《お》わらないうちに、ハリーは不自然《ふしぜん》な冷気《れいき》が通《とお》りに忍《しの》び込《こ》むのを感《かん》じた。周《まわ》りの明《あ》かりは吸《す》い取《と》られ、星《ほし》までもが消《き》えた。真《ま》っ暗闇《くらやみ》の中《なか》で、ハーマイオニーが自分《じぶん》の手《て》を取《と》るのを感《かん》じた。三人《にん》はその場《ば》で回転《かいてん》した。

通《とお》り抜《ぬ》けるべき空間《くうかん》の空気《くうき》が、固《かた》まってしまったかのようだ。「姿《すがた》くらまし」はできなかった。死喰《しく》い人《びと》のかけた呪文《じゅもん》は、見事《みごと》に効《き》いている。冷《つめ》たさがハリーの肉《にく》に、しだいに深《ふか》く食《く》い込《こ》んできた。ハリーたち三人《にん》は、手探《てさぐ》りで壁《かべ》をつたいながら、音《おと》を立《た》てないように脇道《わきみち》を奥《おく》へ奥《おく》へと入《はい》り込《こ》んだ。すると脇道《わきみち》の入口《いりぐち》から、音《おと》もなくすべりながらやってくる吸魂鬼《きゅうこんき》が見《み》えた。十体《たい》、いやもっとたくさんいる。周《まわ》りの暗闇《くらやみ》よりも、さらに濃《こ》い黒《くろ》でそれとわかる吸魂鬼《きゅうこんき》は、黒《くろ》いマントをかぶり、かさぶたに覆《おお》われたくさった手《て》を見《み》せていた。周辺《しゅうへん》に恐怖感《きょうふかん》があると、それを感《かん》じ取《と》るのだろうか？　ハリーはきっとそうだと思《おも》った。さっきより速度《そくど》を上《あ》げて近《ちか》づいてくる。ハリーの大嫌《だいきら》いな、あのガラガラという息《いき》を長々《ながなが》と吸《す》い込《こ》み、あたりを覆《おお》う絶望感《ぜつぼうかん》を味《あじ》わいながら、吸魂鬼《きゅうこんき》が迫《せま》ってくる——。

ハリーは杖《つえ》を上《あ》げた。あとはどうなろうとも、吸魂鬼《きゅうこんき》の接吻《キス》だけは受《う》けられない、受《う》けるものか。ハリーが小声《こごえ》で呪文《じゅもん》を唱《とな》えたときに思《おも》い浮《う》かべていたのは、ロンとハーマイオニーのことだった。

「エクスペクト　パトローナム！　守護霊《しゅごれい》よ来《き》たれ！」

銀色《ぎんいろ》の牡鹿《おじか》が、ハリーの杖《つえ》から飛《と》び出《だ》して突撃《とつげき》した。吸魂鬼《きゅうこんき》はけちらされたが、どこか見《み》えない所《ところ》から勝《か》ち誇《ほこ》った叫《さけ》び声《ごえ》が聞《き》こえてきた。

「やつだ。あそこだ、あそこだ。あいつの守護霊《しゅごれい》を見《み》たぞ。牡鹿《おじか》だ!」

吸魂鬼《きゅうこんき》は後退《こうたい》し、星《ほし》が再《ふたた》び瞬《またた》きはじめた。死喰《しく》い人《びと》たちの足音《あしおと》がだんだん大《おお》きくなってきた。恐怖《きょうふ》と衝撃《しょうげき》で、ハリーがどうすべきか決《き》めかねていると、近《ちか》くでかんぬきをはずす音《おと》がして狭《せま》い脇道《わきみち》の左手《ひだりて》の扉《とびら》が開《ひら》き、ガサガサした声《こえ》が言《い》った。

「ポッター、こっちへ、早《はや》く!」

ハリーは迷《まよ》わず従《したが》った。三人《にん》は開《ひら》いた扉《とびら》から中《なか》に飛《と》び込《こ》んだ。

「二階《かい》に行《い》け。『マント』はかぶったまま。静《しず》かにしていろ!」

背《せ》の高《たか》い誰《だれ》かが、そうつぶやきながら三人《にん》の脇《わき》を通《とお》り抜《ぬ》けて外《そと》に出《で》ていき、背後《はいご》で扉《とびら》をバタンと閉《し》めた。

ハリーにはどこなのかまったくわからなかったが、明滅《めいめつ》する一本《ぽん》のろうそくの明《あ》かりであらためて見《み》ると、そこは、おがくずのまき散《ち》らされた汚《きたな》らしい「ホッグズ・ヘッド」のバーだった。三人《にん》はカウンターの後《うし》ろにかけ込《こ》み、もう一つ別《べつ》の扉《とびら》を通《とお》って、ぐらぐらした木《き》の階段《かいだん》を急《いそ》いで上《あ》がった。階段《かいだん》の先《さき》は、すり切《き》れたカーペットの敷《し》かれた居間《いま》で、小《ちい》さな暖炉《だんろ》があり、その上《うえ》にブロンドの少女《しょうじょ》の大《おお》きな油絵《あぶらえ》が一枚《まい》かかっていた。少女《しょうじょ》はどこかうつろなやさしい表情《ひょうじょう》で、部屋《へや》を見《み》つめている。

下《した》の通《とお》りでわめく声《こえ》が聞《き》こえてきた。「透明《とうめい》マント」をかぶったまま、三人《にん》は、ほこりでべっとり汚《よご》れた窓《まど》に忍《しの》び寄《よ》り、下《した》を見《み》た。救《すく》い主《ぬし》は——ハリーにはもう、「ホッグズ・ヘッド」のバーテンだとわかっていたが——ただ一人《ひとり》だけフードをかぶっていない。

「それがどうした？」

バーテンは、フード姿《すがた》の一人《ひとり》に向《む》かって大声《おおごえ》を上《あ》げていた。

「それがどうしたって言《い》うんだ？　おまえたちが俺《おれ》の店《みせ》の通《とお》りに吸魂鬼《きゅうこんき》を送《おく》り込《こ》んだから、俺《おれ》は守護霊《しゅごれい》をけしかけたんだ！　あいつらにこの周《まわ》りをうろつかれるのはごめんだ、そう言《い》ったはずだぞ。あいつらはお断《ことわ》りだ！」

「あれは貴様《きさま》の守護霊《しゅごれい》じゃなかった！」死喰《しく》い人《びと》の一人《ひとり》が言《い》った。「牡鹿《おじか》だった。あれはポッターのだ！」

「牡鹿《おじか》！」バーテンは怒鳴《どな》り返《かえ》して杖《つえ》を取《と》り出《だ》した。「牡鹿《おじか》！　このバカ——エクスペクト　パトローナム！　守護霊《しゅごれい》よ来《き》たれ！」

杖《つえ》から何《なに》か大《おお》きくて角《つの》のあるものが飛《と》び出《だ》し、頭《あたま》を低《ひく》くしてハイストリート通《どお》りに突《つ》っ込《こ》み、姿《すがた》が見《み》えなくなった。

「俺《おれ》が見《み》たのはあれじゃない――」

そう言《い》いながらも、死喰《しく》い人《びと》は少《すこ》し自信《じしん》をなくした口調《くちょう》だった。

「夜間外出禁止令《やかんがいしゅつきんしれい》が破《やぶ》られた。あの音《おと》を聞《き》いたろう」仲間《なかま》の死喰《しく》い人《びと》がバーテンに言《い》った。「誰《だれ》かが規則《きそく》を破《やぶ》って通《とお》りに出《で》たんだ――」

「猫《ねこ》を外《そと》に出《だ》したいときには、俺《おれ》は出《だ》す。外出禁止《がいしゅつきんし》なんてくそくらえだ！」

「『夜鳴《よな》き呪文《じゅもん》』を鳴《な》らしたのは、**貴様《きさま》か？**」

「鳴《な》らしたがどうした？　無理《むり》やりアズカバンに引《ひ》っ張《ぱ》っていくか？　自分《じぶん》の店《みせ》の前《まえ》に顔《かお》を突《つ》き出《だ》した咎《とが》で、俺《おれ》を殺《ころ》すのか？　やりたきゃやれ！　だがな、おまえたちのために言《い》うが、けちな闇《やみ》の印《しるし》を押《お》して、『あの人《ひと》』を呼《よ》んだりしてないだろうな。呼《よ》ばれて来《き》てみれば、俺《おれ》と年寄《としよ》り猫《ねこ》一匹《ぴき》じゃ、お気《き》に召《め》さんだろうよ。さあ、どうだ？」

「よけいなお世話《せわ》だ」死喰《しく》い人《びと》の一人《ひとり》が言《い》った。「貴様自身《きさまじしん》のことを心配《しんぱい》しろ。夜間外出禁止令《やかんがいしゅつきんしれい》を破《やぶ》りやがって！」

「それじゃあ、俺《おれ》のパブが閉鎖《へいさ》になりゃ、おまえたちの薬《くすり》や毒薬《どくやく》の取引《とりひき》はどこでする気《き》だ？　おまえたちのこづかいかせぎはどうなるかねぇ？」

「脅《おど》す気《き》か――？」

「俺《おれ》は口《くち》が固《かた》い。だから、おまえたちはここに来《く》るんだろうが？」

「俺《おれ》はまちがいなく牡鹿《おじか》の守護霊《しゅごれい》を見《み》た！」最初《さいしょ》の死喰《しく》い人《びと》が叫《さけ》んだ。

「牡鹿《おじか》だと？」バーテンがほえ返《かえ》した。「山羊《やぎ》だ、バカめ！」

「まあ、いいだろう。俺《おれ》たちのまちがいだ」二人目《ふたりめ》の死喰《しく》い人《びと》が言《い》った。「今度外出禁止令《こんどがいしゅつきんしれい》を破《やぶ》ってみろ、この次《つぎ》はそう甘《あま》くはないぞ！」

死喰《しく》い人《びと》たちは鼻息《はないき》も荒《あら》く、大通《おおどお》りへ戻《もど》っていった。ハーマイオニーは、ホッとしてうめき声《ごえ》を上《あ》げ、ふらふらと「マント」から出《で》て、脚《あし》のがたついた椅子《いす》にドサリと腰《こし》かけた。ハリーはカーテンをきっちり閉《し》めてから、ロンと二人《ふたり》でかぶっていた「マント」を脱《ぬ》いだ。階下《かいか》でバーテンが入口《いりぐち》のかんぬきを閉《し》めなおし、階段《かいだん》を上《あ》がってくる音《おと》が聞《き》こえた。

ハリーは、マントルピースの上《うえ》にある何《なに》かに気《き》を取《と》られた。少女《しょうじょ》の絵《え》の真下《ました》に、小《ちい》さな長方形《ちょうほうけい》の鏡《かがみ》が立《た》てかけてある。

バーテンが部屋《へや》に入《はい》ってきた。

「とんでもないバカ者《もの》どもだ」三人《にん》を交互《こうご》に見《み》ながら、バーテンがぶっきらぼうに言《い》った。「このこやってくるとは、どういう了見《りょうけん》だ？」

「ありがとうございました」ハリーが言《い》った。「お礼《れい》の申《もう》し上《あ》げようもありません。命《いのち》を助《たす》けてくださって」

バーテンは、フンと鼻《はな》を鳴《な》らした。ハリーはバーテンに近《ちか》づき、針金色《はりがねいろ》のパサついた長髪《ちょうはつ》とひげに隠《かく》れた顔《かお》を見分《みわ》けるように、じっとのぞき込《こ》んだ。バーテンはめがねをかけていた。汚《よご》れたレンズの奥《おく》に、人《ひと》を見透《みとお》すような明《あか》るいブルーの目《め》があった。

「僕《ぼく》が今《いま》まで鏡《かがみ》の中《なか》に見《み》ていたのは、あなたの目《め》だった」

部屋《へや》の中《なか》がしんとなった。ハリーとバーテンは見《み》つめ合《あ》った。

「あなたがドビーをつかわしてくれたんだ」

バーテンはうなずき、妖精《ようせい》を探《さが》すようにあたりを見《み》た。

「あいつが一緒《いっしょ》だろうと思《おも》ったんだが。どこに置《お》いてきた？」

「ドビーは死《し》にました」ハリーが言《い》った。「ベラトリックス・レストレンジに殺《ころ》されました」

バーテンは無表情《むひょうじょう》だった。しばらくしてバーテンが言《い》った。

「それは残念《ざんねん》だ。あの妖精《ようせい》が気《き》に入《い》っていたのに」

バーテンは三人《にん》に背《せ》を向《む》け、誰《だれ》の顔《かお》も見《み》ずに、杖《つえ》でこづいてランプに灯《ひ》をともした。

「あなたはアバーフォースですね」ハリーがその背中《せなか》に向《む》かって言《い》った。

バーテンは肯定《こうてい》も否定《ひてい》もせずに、かがんで暖炉《だんろ》に火《ひ》をつけた。

「これを、どうやって手《て》に入《い》れたのですか？」ハリーは、シリウスの「両面鏡《りょうめんかがみ》」に近《ちか》づきながら聞《き》いた。ほぼ二年前《ねんまえ》にハリーが壊《こわ》した鏡《かがみ》と、対《つい》をなす鏡《かがみ》だった。

「ダングから買《か》った。一年《ねん》ほど前《まえ》だ」アバーフォースが言《い》った。「アルバスから、これがどういうものかを聞《き》いていたんだ。ときどき君《きみ》の様子《ようす》を見《み》るようにしてきた」

ロンが息《いき》をのんだ。

「銀色《ぎんいろ》の牝鹿《めじか》！」ロンが興奮《こうふん》して叫《さけ》んだ。「あれもあなただったのですか？」

「いったい何《なん》のことだ？」アバーフォースが言《い》った。

「誰《だれ》かが、牝鹿《めじか》の守護霊《しゅごれい》を僕《ぼく》たちに送《おく》ってくれた！」

「それだけの脳《のう》みそがあれば、フン、死喰《しく》い人《びと》になれるかもしれんな。たった今《いま》、俺《おれ》の守護霊《しゅごれい》は山羊《やぎ》だと証明《しょうめい》してみせただろうが？」

「あっ」ロンが言《い》った。「そうか……あのさ、僕《ぼく》、腹《はら》ぺこだ！」

ロンは、胃袋《いぶくろ》がグーッと大《おお》きな音《おと》を立《た》てたのを弁解《べんかい》するように、つけ加《くわ》えた。

「食《く》い物《もの》はある」アバーフォースはすっと部屋《へや》を抜《ぬ》け出《だ》し、大《おお》きなパンの塊《かたまり》とチーズ、蜂蜜酒《はちみつしゅ》の入《はい》った錫製《すずせい》の水差《みずさ》しを手《て》に、ほどなく戻《もど》ってきて、暖炉前《だんろまえ》の小《ち》さなテーブルに置《お》いた。三人《にん》は貪《むさぼ》るように飲《の》み、かつ食《た》べた。しばらくは、暖炉《だんろ》の火《ひ》がはぜる音《おと》とゴブレットの触《ふ》れ合《あ》う音《おと》や物《もの》をかむ音以外《おといがい》は、何《なん》の音《おと》もしなかった。

「さて、それじゃあ――」

三人《にん》がたらふく食《く》い、ハリーとロンが、眠《ねむ》たそうに椅子《いす》に座《すわ》り込《こ》むと、アバーフォースが言《い》った。

「君《きみ》たちをここから出《だ》す手立《てだ》てを考《かんが》えないといかんな。夜《よる》はだめだ。暗《くら》くなってから外《そと》に出《で》たらどうなるか、聞《き》いていただろう。『夜鳴《よな》き呪文《じゅもん》』が発動《はつどう》して、連中《れんちゅう》は、ドクシーの卵《たまご》に飛《と》びかかるボウトラックルのように襲《おそ》ってくるだろう。牡鹿《おじか》を山羊《やぎ》と言《い》いくるめるのも、二度目《どめ》はうまくいくとは思《おも》えん。明《あ》け方《がた》まで待《ま》て。夜間外出禁止令《やかんがいしゅつきんしれい》が解《と》けるから、その時《とき》にまた『マント』をかぶって、歩《ある》いて出発《しゅっぱつ》しろ。まっすぐホグズミードを出《で》て、山《やま》に行《い》け。そこからなら『姿《すがた》くらまし』できるだろう。ハグリッドに会《あ》うかもしれん。あいつらに捕《つか》まりそうになって以来《いらい》、グロウプと一緒《いっしょ》にあそこの洞穴《ほらあな》に隠《かく》れている」

「僕《ぼく》たちは逃《に》げません」ハリーが言《い》った。「ホグワーツに行《い》かなければならないんです」

「ばかを言《い》うんじゃない」アバーフォースが言《い》った。

「そうしなければならないんです」

「君《きみ》がしなければならんのは」アバーフォースは身《み》を乗《の》り出《だ》して言《い》った。「ここから、できるだけ遠《とお》ざかることだ」

「あなたにはわからないことです。あまり時間《じかん》がない。僕《ぼく》たちは、城《しろ》に入《はい》らないといけないんだ。ダンブルドアが――あの、あなたのお兄《にい》さんが――僕《ぼく》たちにそうしてほしいと――」

暖炉《だんろ》の火《ひ》が、アバーフォースのめがねの汚《よご》れたレンズを、一瞬《いっしゅん》曇《くも》らせ、明《あか》るい白一色《しろいっしょく》にした。ハリーは巨大蜘蛛《きょだいぐも》のアラゴグの盲《めし》いた目《め》を思《おも》い出《だ》した。

「兄《あに》のアルバスは、いろんなことを望《のぞ》んだ」アバーフォースが言《い》った。「そして、兄《あに》が偉大《いだい》な計《けい》画《かく》を実行《じっこう》しているときには、決《き》まってほかの人間《にんげん》が傷《きず》ついたものだ。ポッター、学校《がっこう》から離《はな》れるんだ。できれば国外《こくがい》に行《い》け。俺《おれ》の兄《あに》の、賢《かしこ》い計画《けいかく》なんぞ忘《わす》れっちまえ。兄《あに》はどうせ、こっちのことでは傷《きず》つかない所《ところ》に行《い》ってしまったし、君《きみ》は兄《あに》に対《たい》して何《なん》の借《か》りもない」

「あなたには、わからないことです」ハリーはもう一度《いちど》言《い》った。

「わからない？」アバーフォースは静《しず》かに言《い》った。「俺《おれ》が、自分《じぶん》の兄《あに》のことを理解《りかい》していないと思《おも》うのかね？　俺《おれ》よりも君《きみ》のほうが、アルバスのことをよく知《し》っているとでも？」

「そういう意味《いみ》ではありません」ハリーが言《い》った。疲労《ひろう》と、食《た》べ過《す》ぎ飲《の》み過《す》ぎで、頭《あたま》が働《はたら》かなくなっていた。「つまり……ダンブルドアは僕《ぼく》に仕事《しごと》を遺《のこ》しました」

「へえ、そうかね？」アバーフォースが言《い》った。「いい仕事《しごと》だといいが？　楽《たの》しい仕事《しごと》か？　簡《かん》単《たん》か？　半人前《はんにんまえ》の魔法使《まほうつか》いの小僧《こぞう》が、あまり無理《むり》せずにできるような仕事《しごと》だろうな？」

ロンはかなりふゆかいそうに笑《わら》い、ハーマイオニーは緊張《きんちょう》した面持《おもも》ちだった。

「僕《ぼく》は——いいえ、簡単《かんたん》な仕事《しごと》ではありません」ハリーが言《い》った。「でも、僕《ぼく》には義務《ぎむ》が——」

「『義務《ぎむ》』？　どうして『義務《ぎむ》』なんだ？　兄《あに》は死《し》んでいる。そうだろうが？」アバーフォースが荒々《あらあら》しく言《い》った。「忘《わす》れるんだ。いいか、兄《あに》と同《おな》じ所《ところ》に行《い》っちまう前《まえ》に！　自分《じぶん》を救《すく》うんだ！」

「できません」

「なぜだ？」

「僕《ぼく》——」ハリーは胸《むね》がいっぱいになった。説明《せつめい》できない。かわりにハリーは反撃《はんげき》した。「でも、あなたも戦《たたか》っている。あなたも『騎士団《きしだん》』のメンバーだ——」

「だった」アバーフォースが言《い》った。「『不死鳥《ふしちょう》の騎士団《きしだん》』はもうおしまいだ。『例《れい》のあの人《ひと》』の勝《か》ちだ。もう終《お》わった。そうじゃないとぬかすやつは、自分《じぶん》をだましている。ポッター、ここは君《きみ》にとってけっして安全《あんぜん》ではない。ヴォルデモートは、執拗《しつよう》に君《きみ》を求《もと》めている。国外《こくがい》に逃《に》げろ。隠《かく》れろ。自分《じぶん》を大切《たいせつ》にするんだ。この二人《ふたり》も一緒《いっしょ》に連《つ》れていくほうがいい」

アバーフォースは親指《おやゆび》をぐいと突《つ》き出《だ》して、ロンとハーマイオニーを指《さ》した。

「この二人《ふたり》が君《きみ》と一緒《いっしょ》に行動《こうどう》していることは、もう誰《だれ》もが知《し》っている。だから、生《い》きているかぎり二人《ふたり》とも危険《きけん》だ」

「僕《ぼく》は行《い》けない」ハリーが言《い》った。「僕《ぼく》には仕事《しごと》がある――」

「誰《だれ》かほかの人間《にんげん》に任《まか》せろ！」

「できません。僕《ぼく》でなければならない。ダンブルドアがすべて説明《せつめい》してくれた――」

「ほう、そうかね？　それで、何《なに》もかも話《はな》してくれたかね？　君《きみ》に対《たい》して正直《しょうじき》だったかね？」

ハリーは心底《しんそこ》「そうだ」と言《い》いたかった。しかし、なぜかその簡単《かんたん》な言葉《ことば》が口《くち》をついて出《で》てこなかった。アバーフォースは、ハリーが何《なに》を考《かんが》えているかを知《し》っているようだった。

「ポッター、俺《おれ》は兄《あに》を知《し》っている。秘密主義《ひみつしゅぎ》を母親《ははおや》のひざで覚《おぼ》えたのだ。秘密《ひみつ》とうそをな。俺《おれ》たちはそうやって育《そだ》った。そしてアルバスには……天性《てんせい》のものがあった」

老人《ろうじん》の視線《しせん》が、マントルピースの上《うえ》にかかっている少女《しょうじょ》の絵《え》に移《うつ》った。ハリーがあらためてよく見回《みまわ》してみると、部屋《へや》にはその絵《え》しかない。アルバス・ダンブルドアの写真《しゃしん》もなければ、ほかの誰《だれ》の写真《しゃしん》もない。

「ダンブルドアさん？」ハーマイオニーが遠慮《えんりょ》がちに聞《き》いた。「あれは妹《いもうと》さんですか？　アリアナ？」

「そうだ」アバーフォースはそっけなく答《こた》えた。「娘《むすめ》さん、リータ・スキーターを読《よ》んでるのか？」

暖炉《だんろ》のバラ色《いろ》の明《あ》かりの中《なか》でもはっきり見分《みわ》けられるほど、ハーマイオニーは真《ま》っ赤《か》になった。

「エルファイアス・ドージが、妹《いもうと》さんのことを話《はな》してくれました」

ハリーはハーマイオニーに助《たす》け舟《ぶね》を出《だ》した。

「あのしょうもないばかが……」

アバーフォースはブツブツ言《い》いながら、蜂蜜酒《はちみつしゅ》をまたぐいとあおった。

「俺《おれ》の兄《あに》の、毛穴《けあな》という毛穴《けあな》から太陽《たいよう》が輝《かがや》くと思《おも》っていたやつだ。まったく。まあ、そう思《おも》っていた連中《れんちゅう》はたくさんいる。どうやら、君《きみ》たちもその類《たぐい》のようだが」

ハリーはだまっていた。ここ何《なん》か月《げつ》もの間《あいだ》、自分《じぶん》を迷《まよ》わせてきたダンブルドアに対《たい》する疑《うたが》いや確信《かくしん》のなさを、口《くち》にしたくはなかった。ドビーの墓穴《はかあな》を掘《ほ》りながら、ハリーは選《えら》び取《と》ったのだ。アルバス・ダンブルドアがハリーに示《しめ》した、曲《ま》がりくねった危険《きけん》な道《みち》をたどり続《つづ》けると決心《けっしん》し、自分《じぶん》の知《し》りたかったことのすべてを話《はな》してもらってはいないということも受《う》け入《い》れ、ただひたすら信《しん》じることに決《き》めたのだ。再《ふたた》び疑《うたが》いたくはなかった。目的《もくてき》から自分《じぶん》をそらそうとするものには、いっさい耳《みみ》を傾《かたむ》けたくなかった。ハリーは、アバーフォースの目《め》を見《み》つめ返《かえ》した。驚《おどろ》くほどその兄《あに》のまなざしに似《に》ていた。明《あか》るいブルーの目《め》は、やはり、相手《あいて》をX線《エックスせん》で透視《とうし》しているような印《いん》象《しょう》を与《あた》えた。ハリーは、アバーフォースが自分《じぶん》の考《かんが》えを見透《みとお》し、そういう考《かんが》え方《かた》をするハリーを軽蔑《けいべつ》していると思《おも》った。

「ダンブルドア先生《せんせい》は、ハリーのことをとても気《き》にかけていました」

ハーマイオニーがそっと言《い》った。

「へえ、そうかね？」アバーフォースが言《い》った。「おかしなことに、兄《あに》がとても気《き》にかけた相手《あいて》の多《おお》くは、結局《けっきょく》、むしろ放《ほう》っておかれたほうがよかった、と思《おも》われる状態《じょうたい》になった」

「どういうことでしょう？」ハーマイオニーが小《ちい》さな声《こえ》で聞《き》いた。

「気《き》にするな」アバーフォースが言《い》った。

「でも、今《いま》おっしゃったことは、とても深刻《しんこく》なことだわ！」ハーマイオニーが言《い》った。「それ――それは、妹《いもうと》さんのことですか？」

アバーフォースは、ハーマイオニーをにらみつけた。出《で》かかった言葉《ことば》をかみ殺《ころ》しているかのように唇《くちびる》が動《うご》いた。そして、せきを切《き》ったように話《はな》しだした。

「妹《いもうと》は六つのときに、三人《にん》のマグルの少年《しょうねん》に襲《おそ》われ、暴力《ぼうりょく》をふるわれた。妹《いもうと》が魔法《まほう》を使《つか》っているところを、やつらは裏庭《うらにわ》の生《い》け垣《がき》からこっそりのぞいていたんだ。妹《いもうと》はまだ子供《こども》で、魔法力《まほうりょく》を制《せい》御《ぎょ》できなかった。その年《とし》では、どんな魔法使《まほうつか》いだってできはせん。たぶん、見《み》ていた連中《れんちゅう》は怖《こわ》くなったのだろう。生《い》け垣《がき》を押《お》し分《わ》けて入《はい》ってきた。もう一度《いちど》やれと言《い》われても、妹《いもうと》は魔法《まほう》を見《み》せることができなかった。それでやつらは、風変《ふうが》わりなチビに変《へん》なまねをやめさせようと図《ず》に乗《の》った」

暖炉《だんろ》の明《あ》かりの中《なか》で、ハーマイオニーの目《め》は大《おお》きく見開《みひら》かれていた。ロンは少《すこ》し気分《きぶん》が悪《わる》そうな顔《かお》だった。アバーフォースが立《た》ち上《あ》がった。兄《あに》のアルバス同様《どうよう》背《せ》の高《たか》いアバーフォースは、怒《いか》りと激《はげ》しい心《こころ》の痛《いた》みで、突然《とつぜん》、恐《おそ》ろしい形相《ぎょうそう》になった。

「妹《いもうと》はめちゃめちゃになった。やつらのせいで。二度《にど》と元《もと》には戻《もど》らなかった。魔法《まほう》を使《つか》おうとはしなかったが、魔法力《まほうりょく》を消《け》し去《さ》ることはできなかった。魔法力《まほうりょく》が内《うち》にこもり、妹《いもうと》を狂《くる》わせた。自《じ》分《ぶん》で抑《おさ》えられなくなると、その力《ちから》が内側《うちがわ》から爆発《ばくはつ》した。妹《いもうと》はときどきおかしくなり、危険《きけん》になった。しかし、いつもはやさしく、おびえていて、誰《だれ》にも危害《きがい》を加《くわ》えることはなかった」

「そして父《ちち》は、そんなことをしたろくでなしを追《お》い——」アバーフォースが話《はなし》を続《つづ》けた。「そいつらを攻撃《こうげき》した。父《ちち》はそのためにアズカバンに閉《と》じ込《こ》められてしまった。攻撃《こうげき》した理由《りゆう》を、父《ちち》はけっして口《くち》にしなかった。魔法省《まほうしょう》がアリアナの状態《じょうたい》を知《し》ったら、妹《いもうと》は、聖《せい》マンゴに一生《いっしょう》閉《と》じ込《こ》められることになっただろう。アリアナのように精神不安定《せいしんふあんてい》で、おさえきれなくなるたびに魔法《まほう》を爆発《ばくはつ》させるような状態《じょうたい》は、魔法省《まほうしょう》から、『国際機密保持法《こくさいきみつほじほう》』をいちじるしくおびやかす存在《そんざい》とみなされただろう」

「家族《かぞく》は、妹《いもうと》をそっと安全《あんぜん》に護《まも》ってやらなければならなかった。俺《おれ》たちは引《ひ》っ越《こ》し、アリアナは病気《びょうき》だと言《い》いふらした。母《はは》は妹《いもうと》の面倒《めんどう》を見《み》て、安静《あんせい》に幸《しあわ》せに過《す》ごさせようとした」

「妹《いもうと》のお気《き》に入《い》りは、俺《おれ》だった」そう言《い》ったとき、アバーフォースのもつれたひげに隠《かく》れたしわだらけの顔《かお》から、泥《どろ》んこの悪童《あくどう》が顔《かお》をのぞかせた。

「アルバスじゃない。あいつは家《いえ》に帰《かえ》ると、自分《じぶん》の部屋《へや》にこもりきりで、本《ほん》を読《よ》んだりもらった賞《しょう》を数《かぞ》えたり、『当世《とうせい》の最《もっと》も著名《ちょめい》な魔法使《まほうつか》いたち』と手紙《てがみ》のやり取《と》りをするばかりだった」アバーフォースはせせら笑《わら》った。「あいつは、妹《いもうと》のことなんか関《かか》わり合《あ》いになりたくなかったんだ。妹《いもうと》は俺《おれ》のことが一番好《いちばんす》きだった。母《はは》が食《た》べさせようとしてもいやがる妹《いもうと》に、俺《おれ》なら食《た》べさせることができた。アリアナが発作《ほっさ》を起《お》こして激怒《げきど》しているときに、俺《おれ》ならなだめることができた。状態《じょうたい》が落《お》ち着《つ》いているときは、俺《おれ》が山羊《やぎ》に餌《えさ》をやるのを手伝《てつだ》ってくれた」

「妹《いもうと》が十四歳《さい》のとき……いや、俺《おれ》はその場《ば》にいなかった」アバーフォースが言《い》った。「俺《おれ》がいたならば、なだめることができたのに。妹《いもうと》がいつもの怒《いか》りの発作《ほっさ》を起《お》こしたが、母《はは》はもう昔《むかし》のように若《わか》くはなかった。それで……事故《じこ》だったんだ。アリアナには抑《おさ》えることができなかった。そして、母《はは》は死《し》んだ」

ハリーは哀《あわ》れみと嫌悪感《けんおかん》の入《い》りまじった、やりきれない気持《きも》ちになった。それ以上《いじょう》聞《き》きたくなかった。しかしアバーフォースは話《はな》し続《つづ》けた。アバーフォースが最後《さいご》にこの話《はなし》をしたのはいつのことだろう、いや、一度《いちど》でも話《はな》したことがあるのだろうか、とハリーはいぶかった。

「そこで、アルバスの、あのドジなドージとの世界一周旅行《せかいいっしゅうりょこう》は立《た》ち消《ぎ》えになった。母《はは》の葬儀《そうぎ》のために、二人《ふたり》は家《いえ》にやってきた。そのあと、ドージだけが出発《しゅっぱつ》し、アルバスは家長《かちょう》として落《お》ち着《つ》いたってわけだ。フン！」

アバーフォースは、暖炉《だんろ》の火《ひ》につばを吐《は》いた。

「俺《おれ》なら、妹《いもうと》の面倒《めんどう》を見《み》てやれたんだ。俺《おれ》は、あいつにそう言《い》った。学校《がっこう》なんてどうでもいい。家《いえ》にいて、面倒《めんどう》を見《み》るってな。兄《あに》は、俺《おれ》が最後《さいご》まで教育《きょういく》を受《う》けるべきだ、自分《じぶん》が母親《ははおや》から引《ひ》き継《つ》ぐ、とのたもうた。『秀才殿《しゅうさいどの》』も落《お》ちぶれたものよ。心《こころ》を病《や》んだ妹《いもうと》の面倒《めんどう》を見《み》たところで、一日《にち》おきに妹《いもうと》が家《いえ》を吹《ふ》っ飛《と》ばすのを阻止《そし》したところで、何《なん》の賞《しょう》ももらえるものか。しかし兄《あに》は、数《すう》週間《しゅうかん》は何《なん》とかかんとかやっていた……やつが来《く》るまでは」

アバーフォースの顔《かお》に、今度《こんど》こそまちがいなく危険《きけん》な表情《ひょうじょう》が浮《う》かんだ。

「グリンデルバルドだ。そして兄《あに》はやっと、自分《じぶん》と同等《どうとう》な話《はな》し相手《あいて》に出会《であ》った。自分同様優秀《じぶんどうようゆうしゅう》で、才能豊《さいのうゆた》かな相手《あいて》だ。すると、アリアナの面倒《めんどう》を見《み》ることなんぞ二《に》の次《つぎ》になった。二人《ふたり》は新《あたら》しい魔《ま》法界《ほうかい》の秩序《ちつじょ》の計画《けいかく》を練《ね》ったり、『秘宝《ひほう》』を探《さが》したり、ほかにも興味《きょうみ》のおもむくままのことをした。すべての魔法族《まほうぞく》の利益《りえき》のための壮大《そうだい》な計画《けいかく》だ。一人《ひとり》の少女《しょうじょ》がないがしろにされようが、アルバスが『**より大《おお》きな善《ぜん》のため**』に働《はたら》いているなら、何《なん》の問題《もんだい》があろう？」

「しかし、それが数週間続《すうしゅうかんつづ》いたとき、俺《おれ》はもうたくさんだと思《おも》った。ああ、そうだとも。俺《おれ》のホグワーツに戻《もど》る日《ひ》が間近《まぢか》に迫《せま》っていた。だから、俺《おれ》は二人《ふたり》に言《い》った。二人《ふたり》に面《めん》と向《む》かって言《い》ってやった。ちょうど今《いま》、俺《おれ》が君《きみ》に話《はな》しているように」

そしてアバーフォースはハリーを見下《みお》ろした。兄《あに》と対決《たいけつ》する屈強《くっきょう》な怒《いか》れる十代《だい》のアバーフォースを、容易《ようい》に想像《そうぞう》できる姿《すがた》だった。

「俺《おれ》は兄《あに》に言《い》った。すぐにやめろ。妹《いもうと》を動《うご》かすことはできない。動《うご》かせる状態《じょうたい》じゃない。どこに行《い》こうと計画《けいかく》しているかは知《し》らないが、おまえに従《したが》う仲間《なかま》を集《あつ》めるための小賢《こざか》しい演説《えんぜつ》に、妹《いもうと》を連《つ》れていくことはできないと、そう言《い》ってやった。兄《あに》は気《き》を悪《わる》くした」

めがねがまた暖炉《だんろ》の火《ひ》を反射《はんしゃ》して白《しろ》く光《ひか》り、アバーフォースの目《め》が一瞬《いっしゅん》さえぎられた。

「グリンデルバルドは、気《き》を悪《わる》くするどころではなかった。やつは怒《おこ》った。――ばかな小童《こわっぱ》だ、自分《じぶん》と優秀《ゆうしゅう》な兄《あに》との行《ゆ》く手《て》をじゃましようとしている――。やつはそう言《い》った……自分《じぶん》たちが世《せ》界《かい》を変《か》えてしまえば、そして隠《かく》れている魔《ま》法《ほう》使《つか》いを表《おもて》舞《ぶ》台《たい》に出《だ》し、マグルに身《み》の程《ほど》を知《し》らせてやれば、俺《おれ》の哀《あわ》れな妹《いもうと》を隠《かく》しておく必《ひつ》要《よう》もなくなる。それがわからないのか？　とそう言《い》った」

「口《こう》論《ろん》になった……そして俺《おれ》は杖《つえ》を抜《ぬ》き、やつも抜《ぬ》いた。兄《あに》の親《しん》友《ゆう》ともあろう者《もの》が、俺《おれ》に『磔《はりつけ》の呪《じゅ》文《もん》』をかけたのだ――アルバスはあいつを止《と》めようとした。それからは三《み》つ巴《どもえ》の争《あらそ》いになり、閃《せん》光《こう》が飛《と》びバンバン音《おと》がして、妹《いもうと》は発《ほっ》作《さ》を起《お》こした。アリアナにはたえられなかったのだ――」

アバーフォースの顔《かお》から、まるで瀕《ひん》死《し》の重《じゅう》傷《しょう》を負《お》ったように血《ち》の気《け》が失《う》せていった。

「――だから、アリアナは助《たす》けようとしたのだと思《おも》う。しかし自《じ》分《ぶん》が何《なに》をしているのか、アリアナにはよくわかっていなかったのだ。そして、誰《だれ》がやったのかはわからないが――三人《にん》ともその可《か》能《のう》性《せい》はあった――妹《いもうと》は死《し》んだ」

最《さい》後《ご》の言《こと》葉《ば》は泣《な》き声《ごえ》になり、アバーフォースはかたわらの椅《い》子《す》にがっくりと座《すわ》り込《こ》んだ。ハーマイオニーの顔《かお》は涙《なみだ》にぬれ、ロンは、アバーフォースと同《おな》じくらい真《ま》っ青《さお》になっていた。ハリーは、激《はげ》しい嫌《けん》悪《お》感《かん》以《い》外《がい》、何《なに》も感《かん》じられなかった。聞《き》かなければよかったと思《おも》った。聞《き》いたことを、きれいさっぱり洗《あら》い流《なが》してしまいたいと思《おも》った。

「ほんとうに……ほんとうにお気《き》の毒《どく》」ハーマイオニーがささやいた。

「逝《い》ってしまった」アバーフォースがかすれ声《ごえ》で言《い》った。「永《えい》久《きゅう》に、逝《い》ってしまった」

アバーフォースはそで口《ぐち》で鼻《はな》をぬぐい、咳払《せきばら》いした。

「もちろん、グリンデルバルドのやつは、急《いそ》いでずらかった。自国《じこく》で前科《ぜんか》のあるやつだから、アリアナのことまで自分《じぶん》の咎《とが》にされたくなかったんだ。そしてアルバスは自由《じゆう》になった。そうだろうが？　妹《いもうと》という重荷《おもに》から解放《かいほう》され、自由《じゆう》に、最《もっと》も偉大《いだい》な魔法使《まほうつか》いになる道《みち》を――」

「先生《せんせい》はけっして自由《じゆう》ではなかった」ハリーが言《い》った。

「何《なん》だって？」アバーフォースが言《い》った。

「けっして」ハリーが言《い》った。「あなたのお兄《にい》さんは、亡《な》くなったあの晩《ばん》、魔法《まほう》の毒薬《どくやく》を飲《の》み、幻覚《げんかく》を見《み》ました。叫《さけ》びだし、その場《ば》にいない誰《だれ》かに向《む》かって懇願《こんがん》しました。『**あの者《もの》たちを傷《きず》つけないでくれ、頼《たの》む……かわりにわしを傷《きず》つけてくれ**』」

ロンとハーマイオニーは、目《め》を見張《みは》ってハリーを見《み》た。湖《みずうみ》に浮《う》かぶ島《しま》で何《なに》が起《お》こったのかを、ハリーは一度《いちど》もくわしく話《はな》していなかった。ハリーとダンブルドアがホグワーツに戻《もど》ってからの一連《いちれん》の出来事《できごと》の大《おお》きさが、その直前《ちょくぜん》の出来事《できごと》を完全《かんぜん》に覆《おお》い隠《かく》してしまっていた。

「ダンブルドアは、あなたとグリンデルバルドのいる、昔《むかし》の場面《ばめん》に戻《もど》っていたんだ。きっとそうだ」ハリーはダンブルドアのうめきと、すがるような言葉《ことば》を思《おも》い出《だ》しながら言《い》った。「先生《せんせい》は、グリンデルバルドが、あなたとアリアナとを傷《きず》つけている幻覚《げんかく》を見《み》ていたんだ……それが先生《せんせい》にとっては拷問《ごうもん》だった。あの時《とき》のダンブルドアをあなたが見《み》ていたら、自由《じゆう》になったなんて言《い》わないはずだ」

アバーフォースは、節《ふし》くれだって血管《けっかん》の浮《う》き出《で》た両手《りょうて》を見《み》つめて、想《おも》いにふけっているようだった。しばらくして、アバーフォースが言《い》った。

「ポッター、確信《かくしん》があるのか？　俺《おれ》の兄《あに》が、君自身《きみじしん》のことより、より大《おお》きな善《ぜん》のほうに関心《かんしん》があったとは思《おも》わんのか？　俺《おれ》の小《ちい》さな妹《いもうと》と同《おな》じように、君《きみ》が使《つか》い捨《す》てにされているとは思《おも》わんのか？」

冷《つめ》たい氷《こおり》が、ハリーの心臓《しんぞう》を貫《つらぬ》いたような気《き》がした。

「そんなこと信《しん》じないわ。ダンブルドアはハリーを愛《あい》していたわ」ハーマイオニーが言《い》った。

「それなら、どうして身《み》を隠《かく》せと言《い》わんのだ？」アバーフォースが切《き》り返《かえ》した。「ポッターに、自分《じぶん》を大事《だいじ》にしろ、こうすれば生《い》き残《のこ》れる、となぜ言《い》わんのだ？」

「なぜなら」ハーマイオニーより先《さき》に、ハリーが答《こた》えていた。「時《とき》には、自分自身《じぶんじしん》の安全《あんぜん》よりも、それ以上《いじょう》のことを考《かんが》える必要《ひつよう》がある！　時《とき》には、より大《おお》きな善《ぜん》のことを考《かんが》えなければならない！　これは戦《たたか》いなんだ！」

「君《きみ》はまだ十七歳《さい》なんだぞ！」

「僕《ぼく》は成人《せいじん》だ。あなたがあきらめたって、僕《ぼく》は戦《たたか》い続《つづ》ける！」

「誰《だれ》があきらめたと言《い》った？」

「『不死鳥《ふしちょう》の騎士団《きしだん》はもうおしまいだ』」ハリーがくり返《かえ》した。「『例《れい》のあの人《ひと》の勝《か》ちだ。もう終《お》わった。そうじゃないと言《い》うやつは、自分《じぶん》をだましている』」

「それでいいと言《い》ったわけじゃない。しかし、それがほんとうのことだ！」

「ちがう」ハリーが言《い》った。「あなたのお兄《にい》さんは、どうすれば『例《れい》のあの人《ひと》』の息《いき》の根《ね》を止《と》められるかを知《し》っていた。そして、その知識《ちしき》を僕《ぼく》に引《ひ》き渡《わた》してくれた。僕《ぼく》は続《つづ》ける。やりとげるまで――でなければ、僕《ぼく》が倒《たお》れるまでだ。どんな結末《けつまつ》になるかを、僕《ぼく》が知《し》らないなんて思《おも》わないでください。僕《ぼく》にはもう、何年《なんねん》も前《まえ》からわかっていたことなんです」

ハリーはアバーフォースが嘲《あざけ》るか、それとも反論《はんろん》するだろうと待《ま》ちかまえたが、どちらでもなかった。アバーフォースはただ、顔《かお》をしかめただけだった。

「僕《ぼく》たちは、ホグワーツに入《はい》らなければならないんです」ハリーがまた言《い》った。「もし、あなたに助《たす》けていただけないのなら、僕《ぼく》たちは夜明《よあ》けまで待《ま》って、あなたにはご迷惑《めいわく》をかけずに自分《じぶん》たちで方法《ほうほう》を見《み》つけます。もし助《たす》けていただけるなら――そうですね、今《いま》すぐ、そう言《い》っていただけるといいのですが」

アバーフォースは椅子《いす》に座《すわ》ったまま動《うご》かず、驚《おどろ》くほど兄《あに》と瓜二《うりふた》つの目《め》で、ハリーをじっと見《み》つめていた。やがて咳払《せきばら》いをして、アバーフォースはついと立《た》ち上《あ》がり、小《ちい》さなテーブルを離《はな》れてアリアナの肖像画《しょうぞうが》のほうに歩《ある》いていった。

「おまえは、どうすればよいかわかっているね」アバーフォースが言《い》った。

アリアナはほほ笑《え》んで、後《うし》ろを向《む》いて歩《ある》きはじめた。肖像画《しょうぞうが》に描《えが》かれた人《ひと》たちが普通《ふつう》するように、額縁《がくぶち》の縁《ふち》から出《で》ていくのではなく、背後《はいご》に描《えが》かれた長《なが》いトンネルに入《はい》っていくような感《かん》じだった。か細《ぼそ》い姿《すがた》がだんだん遠《とお》くなり、ついに暗闇《くらやみ》に飲《の》み込《こ》まれてしまうまで、ハリーたちはアリアナを見《み》つめていた。

「あのぅ――これは――？」ロンが何《なに》か言《い》いかけた。

「入口《いりぐち》は今《いま》やただ一つ」アバーフォースが言《い》った。「やつらは、昔《むかし》からの秘密《ひみつ》の通路《つうろ》を全部《ぜんぶ》押《お》さえていて、その両端《りょうたん》をふさいだ。学校《がっこう》と外《そと》とを仕切《しき》る壁《かべ》の周《まわ》りは吸魂鬼《きゅうこんき》が取《と》り巻《ま》き、俺《おれ》の情報網《じょうほうもう》によれば、校内《こうない》は定期的《ていきてき》に見張《みは》りが巡回《じゅんかい》している。あの学校《がっこう》が、これほど厳重《げんじゅう》に警備《けいび》されたことは、いまだかつてない。中《なか》に入《はい》れたとしても、スネイプが指揮《しき》を執《と》り、カロー兄妹《きょうだい》が副指揮官《ふくしきかん》だ。そんな所《ところ》で、君《きみ》たちに何《なに》ができるのやら……まあ、それは、そっちが心配《しんぱい》することだな？　君《きみ》は死《し》ぬ覚悟《かくご》があると言《い》った」

「でも、どういうこと……？」

アリアナの絵を見て顔《かお》をしかめながら、ハーマイオニーが言《い》った。

絵《え》に描《えが》かれたトンネルのむこう側《がわ》に、再《ふたた》び白《しろ》い点《てん》が現《あらわ》れ、アリアナが今度《こんど》はこちらに向《む》かって歩《ある》いてきた。近《ちか》づくにつれて、だんだん姿《すがた》が大《おお》きくなってくる。さっきとちがって、アリアナよりも背《せ》の高《たか》い誰《だれ》かが一緒《いっしょ》だ。足《あし》を引《ひ》きずりながら、興奮《こうふん》した足取《あしど》りでやってくる。その男《おとこ》の髪《かみ》はハリーの記憶《きおく》よりもずっと長《なが》く伸《の》び、顔《かお》には数箇所《すうかしょ》切《き》り傷《きず》が見《み》える。服《ふく》は引《ひ》き裂《さ》かれて破《やぶ》れていた。二人《ふたり》の姿《すがた》はだんだん大《おお》きくなり、ついに顔《かお》と肩《かた》で画面《がめん》が埋《う》まるほどになった。そして、その画面全部《がめんぜんぶ》が、壁《かべ》の小《ちい》さな扉《とびら》のようにパッと前《まえ》に開《ひら》き、本物《ほんもの》のトンネルの入口《いりぐち》が現《あらわ》れた。その中《なか》から、伸《の》び放題《ほうだい》の髪《かみ》に傷《きず》を負《お》った顔《かお》、引《ひ》き裂《さ》かれた服《ふく》の、本物《ほんもの》のネビル・ロングボトムがはい出《だ》してきた。ネビルは大《おお》きな歓声《かんせい》を上《あ》げながら、マントルピースから飛《と》び降《お》りて叫《さけ》んだ。

「君《きみ》が来《く》ると信《しん》じていた！　僕《ぼく》は信《しん》じていた！　ハリー！」

つづく

J.K. ローリング 作

不朽の人気を誇る「ハリー・ポッター」シリーズの著者。1990年、旅の途中の遅延した列車の中で「ハリー・ポッター」のアイデアを思いつくと、全7冊のシリーズを構想して執筆を開始。1997 年に第1巻『ハリー・ポッターと賢者の石』が出版、その後、完結までにはさらに10年を費やし、2007年に第7巻となる『ハリー・ポッターと死の秘宝』が出版された。シリーズは現在85の言語に翻訳され、発行部数は6億部を突破、オーディオブックの累計再生時間は10億時間以上、制作された8本の映画も大ヒットとなった。また、シリーズに付随して、チャリティのための短編『クィディッチ今昔』と『幻の動物とその生息地』(ともに慈善団体〈コミック・リリーフ〉と〈ルーモス〉を支援)、『吟遊詩人ビードルの物語』(〈ルーモス〉を支援)も執筆。『幻の動物とその生息地』は魔法動物学者ニュート・スキャマンダーを主人公とした映画「ファンタスティック・ビースト」シリーズが生まれるきっかけとなった。大人になったハリーの物語は舞台劇『ハリー・ポッターと呪いの子』へと続き、ジョン・ティファニー、ジャック・ソーンとともに執筆した脚本も書籍化された。その他の児童書に『イッカボッグ』(2020年)『クリスマス・ピッグ』(2021年)があるほか、ロバート・ガルブレイスのペンネームで発表し、ベストセラーとなった大人向け犯罪小説「コーモラン・ストライク」シリーズも含め、その執筆活動に対し多くの賞や勲章を授与されている。J.K. ローリングは、慈善信託〈ボラント〉を通じて多くの人道的活動を支援するほか、性的暴行を受けた女性の支援センター〈ベイラズ・プレイス〉、子供向け慈善団体〈ルーモス〉の創設者でもある。

J.K. ローリングに関するさらに詳しい情報はjkrowlingstories.comで。

松岡佑子《まつおかゆうこ》 訳

翻訳家。国際基督教大学卒、モントレー国際大学院大学国際政治学修士。日本ペンクラブ会員。スイス在住。訳書に「ハリー・ポッター」シリーズ全7巻のほか、「少年冒険家トム」シリーズ、映画オリジナル脚本版「ファンタスティック・ビースト」シリーズ、『ブーツをはいたキティのはなし』『とても良い人生のために』『イッカボッグ』『クリスマス・ピッグ』(以上静山社)がある。

静山社ペガサス文庫

ハリー・ポッター ⓳
ハリー・ポッターと死《し》の秘宝《ひほう》〈新装版《しんそうばん》〉7-3

2024年11月6日　第 1 刷発行

作者	J.K.ローリング
訳者	松岡佑子
発行者	松岡佑子
発行所	株式会社静山社 〒102-0073 東京都千代田区九段北1-15-15 電話・営業 03-5210-7221 https://www.sayzansha.com
装画	ダン・シュレシンジャー
装丁	城所 潤(ジュン・キドコロ・デザイン)
印刷・製本	中央精版印刷株式会社

ISBN 978-4-86389-878-3　Printed in Japan
Published by Say-zan-sha Publications Ltd.

「静山社《せいざんしゃ》ペガサス文庫《ぶんこ》」創刊《そうかん》のことば

小《ちい》さくてもきらりと光《ひか》る、星《ほし》のような物語《ものがたり》を届《とど》けたい――一九七九年《ねん》の創業《そうぎょう》以来《いらい》、静山社《せいざんしゃ》が抱《いだ》き続《つづ》けてきた願《ねが》いをこめて、少年少女《しょうねんしょうじょ》のための文庫《ぶんこ》「静山社《せいざんしゃ》ペガサス文庫《ぶんこ》」を創刊《そうかん》します。

読書《どくしょ》は、みなさんの心《こころ》に眠《ねむ》っている想像《そうぞう》の羽《はね》を広《ひろ》げ、未知《みち》の世界《せかい》へいざないます。読書体験《どくしょたいけん》をとおしてつちかわれた想像力《そうぞうりょく》は、楽《たの》しいとき、苦《くる》しいとき、悲《かな》しいとき、どんなときにも、みなさんに勇気《ゆうき》を与《あた》えてくれるでしょう。

ギリシャ神話《しんわ》に登場《とうじょう》する天馬《てんま》・ペガサスのように、大《おお》きなつばさとたくましい足《あし》、しなやかな心《こころ》で、みなさんが物語《ものがたり》の世界《せかい》を、自由《じゆう》にかけまわってくださることを願《ねが》っています。

二〇一四年《ねん》

静《せい》山《ざん》社《しゃ》